U0110094

不執齋樣記

——紀果庵文史隨筆選

果庵

序言

紀英楠

　　這裡選輯了紀果庵先生有關文史的散文和隨筆二十六篇，大體按照文章內容分為三個部分。第一部分**感時**的七篇文字可分為兩組：前四篇中，〈新仕林祕笈〉雖從兩個晚清的故事開始，但主體還是民國時期特別是作者在北平讀書時期的仕林逸事；〈懷孔德〉、〈《古今》與我〉和〈塞上風物雜記〉是對一些朋友和學者的懷念和地方風土民俗掌故的記述與考察，但也抒發著作者對時局的感憤和沉重的滄桑之感，故歸入這一部分。後三篇文章分別記述了盧溝橋事變前夕張家口地區、冀東和北平局勢。當時作者親歷的塞外、冀東的許多史實是現在的中青年、甚至有些老年人都缺乏了解的，介紹出來可以使人們更多地了解那些地區曾經經受的苦難。在寫作的當時是感時，現在也已經是歷史了。

　　第二部分**談文**的七篇文章也可以分為兩組，前四篇貫穿著作者關於寫作（主要是散文）的主張，簡單地說可歸結為兩點：一是要多讀書，多觀察，以充實自己的學識，培養自己的見解；二是要說真話，說實話，不作「奉命文章」。這裡有一個歷史背景情況應該說明，當時淪陷區的不少知名作家都絕不附和「大東亞共榮」、「和平建國」之類的宣傳，只談歷史掌故、風土民俗、中外書籍等等，並不時揭露社會的一些黑暗面，這當然使「當局」不滿，於是組織一些文人對此大肆攻擊，指責這些作家「清談誤國」、「言不及義」、「抄書」、「炒冷飯」等等，作者在許多文章中進行了反擊，例如在〈談清談〉（已收入秀威出版的《篁軒雜記》）中說：「可知清談者流不

是全無義理，相反，倒是敢說話，敢表現真精神的」，「我則覺得抄書倒也罷了，恐怕有的人漸漸會把中國都忘記，也說不定」，並且發表的一些文章乾脆署名「炒冷飯齋主人」，以示與此輩的對立。了解這個背景，可能對〈說賦得〉、〈我與兩都集〉、〈散文雜文隨談〉等文中的一些提法有更多的理解。另一組包括後三篇，其中〈唐詩的「因」「革」〉一文指出六朝詩歌在用事、聲律等方面對漢魏的詩歌作出了重大發展和提高，而唐代儘管在詩歌的思想取向上反對六朝的萎靡之風，但在藝術上卻繼承和發展了六朝對前代詩歌的變革與推進，清晰地說明了我國詩歌的繼承與發展和唐詩的藝術特點。另外兩篇，如在篇末說明的，是在日本學者文章的基礎上進行整理精簡、並補充了自己的見解而形成的，是編譯作品，因有助於對唐詩和《世說新語》的理解，故選入。

　　第三部分**論史**為關於歷史的議論和讀史的隨感。其中有的是對歷史事件、人物的考據和感想，主要是以筆記、小說、日記等和史籍互相參照，以期得到歷史（主要是清史）上一些人和事的真實面貌。中國的史書由於各種因素，往往並非信史，綜合對同一事件的不同來源的記述，進行比較分析，是求得真相的有效方法，而且在比較過程中，有時還能得到許多其他收穫，如不同作者的風格人品、和事件有關的逸事趣聞等等，更增加讀書的樂趣。這幾篇文字雖然只是歷史隨筆，但這種讀書治史的方法是可以借鑑的。

　　「不執室雜記」是作者文章的篇名，「不執」本是佛教教義中的高境界，大概有勘破一切，不執著於任何人和事，達到真正解脫之意；作者取為室名是希望能「不執於物，又不執於心」（請參看本書〈不執室雜記〉的前記）。我們覺得不執室的命名反映了作者對讀書和寫作的觀點，以「不執室雜記」作書名，應不違背作者的心意吧。

　　紀果庵先生的文章大都發表於三、四十年代的期刊，搜求不易，靠了黃惲和蔡登山二位先生不辭辛勞地查找並幫助錄入、複印，才收集到許多遺文，已出版的散文集《篁軒雜記》的大部分文章就是由他們提供的，本書的文章，則全部是他們熱心收集的，在此向二位先生表示深切的謝意和敬意。

二〇〇九年二月

目　錄

論史

附錄

感時

懷孔德

孔德，孔德，他的主義是什麼？
是博愛，
是尋求人類的真理，
是保守人類的秩序……

以上是孔德學校的校歌，這些日子，頭腦裏總是蕩漾著這只歌的清脆聲音。那一定是每週的星期一，在孔德中部院落的大禮堂中，中學部和小學部都聚在一起作周會的時候，唱完黨歌之後，便是這個歌了。另外還有一首，是以「我們的北河沿」起頭的，不常唱。回想別離可愛的孔德，不覺匆匆十年，去年回北京，看見昔日小學的學生，已有不少人在大學作事，我們正是不知不覺的老去，看著幼小的長大，雖然也喜悅，實在還是哀悵得很。在苦雨齋中，也看到好幾位孔德的老同事，大家提起當年，連素來不甚相熟的人也立即有一番親熱，孔德好像成了我們友誼的紐帶。自己大學畢業以後，經過的事情也很不少了，但孔德的生活，卻永遠比別的印象更深，那可以說是一連串有趣味有色澤的日子，一大片有景物有繁華的環境。……有一天看到當時主持著小學部的老友王淑周，他的大少爺已經娶妻生子，我們的境界和心情也就可想而知。由他的述說，知道今日之孔德也像受了創傷一樣，荒涼，窮困，拮据，絕對沒有往日的丰采與情味了。我不免想到那紅色的門，綠色的窗，有美麗的花壇的院落，有紫藤的夏蔭，與那些道不出姓名的永遠可愛的面孔。但是當我路過東安門大街時，只見什麼東興樓在對面修禮

堂了，南河沿的翠明莊多麼堂皇富麗，新擴充的柏油路多麼寬闊，而只有孔德是老了，錢玄同先生手書的照壁上的總理遺囑，和注有國音及羅馬字的馬叔平隸書的校名都剝落了，雖然沒有進入學校，可是心裏的沉重已經使我不能忍受，東安門的紅色拱門在哪裡呢？常常在大街兩旁釘皮鞋的老匠人在哪裡呢？我常常去理髮的那小店在哪裡呢？在冬天，垂滿了冰箸的咿啞的水車為什麼不見了呢？南池子的樹蔭好像都變了顏色，真的，整個北京好像都和我生疏了，不親熱了。

這裏我要說明，雖然錢玄同先生在致周知堂先生的信裏把孔德喚作「丘道」，（見知堂先生〈玄同紀念〉引）但只是為了猜謎，實在孔德乃是法國社會學家Comto的名字，所以學校的名字也就譯為Ecole de Comte，（在照壁的校名下也有這一行法文的）一個最不冬烘的學校，卻取了頂冬烘字樣的校名，不知底裏的人，一定莫名其妙。她是屬於中法大學系統，中法共分四學院，都是以法國的著名學者為名的，文學院曰服爾德學院，即Voltaire之名。理學院曰居禮，發明鐳錠的，大家都知道。陸謨克學院乃是生物學家Lammark之名，另外一個就是孔德學院了，顧名思義，自可知其為專研社會科學者。但孔德學校的歷史，卻長於孔德學院，故大家常以孔德學院為孔德學校的繼母。孔德是無所謂高初中的，自幼稚園起，小學六個年級，中學四個年級，大學四個年級，初中一叫作七年級，大學一叫作十一年級，這是非常特別的，差不多從幼稚園入校，一直可以到大學畢業，而到里昂或巴黎去留學，不必再考什麼入學試驗了。他們念的是法文，英語只作第二外國語，大約不是自立系統，升入別的大學也是困難的。

誰也想不到孔德的校長乃是蔡元培先生，他是終年不會到校的。孔德可以說和北大的夙命的相連繫，學生，北大同仁的子弟；教員，北大的教授或學生。當我進孔德的時候，黃金時代已經過去了，從前任課的幾位前輩，沈尹默先生，馬幼漁先生，周豈明先

生，張鳳舉先生，徐祖正先生，錢玄同先生，沈兼士先生……等都已經去作政府的高級官吏，或在大學裏主持著頂重要的科系。剩下的只有研究中國小說史的馬隅卿先生（廉），他在管著全校事務，名義好像是總務長罷，還有陳君哲先生，仍然教著高級班的國文。衛天霖先生，教著美術，陶虞孫先生教音樂和生物，趙蔭棠先生教國文。去年看到趙先生，真是老得多了，拿著短小的旱煙管，說話還是那麼有風趣。可是，雖然那些老先生是離開了學校，但在精神上仍然有很密切的關係，譬如錢玄同先生，一直到二十七年逝世為止，總是寄宿在學校裏的，那個紫藤的小院落，陰陰的，兩間小小的東房，緊鄰就是不修邊幅的王青芳先生，我幾乎每天都在孔德的大門附近遇到錢先生拿著手杖和破黃皮包去大學上課，他連包車都沒有，出門現雇。魯迅先生《兩地書》第一二六函云：「途次往孔德學校，去看舊書，遇金立因，胖滑有加，嘮叨如故，時光可惜，默不與談。」不知迅翁為什麼和錢先生不對，此所云金立因，分明是指錢公。我們同學對錢先生都是很恭敬的，我在〈師友憶記〉裏也說到過。兩賢相惡，或許自古已然。唯玄公與迅翁乃是在東京小石川町同時聽太炎先生講說文解字的同門，似乎不該如是同室操戈耳。知堂先生〈玄同紀念〉云：

> 關於玄同的思想與性情欲有所論述，這是不容易的事，……我只簡單的一說在聽到凶信後所得的感想，我覺得這是一個大損失。玄同的文章與言論平時看去似乎頗是偏激，其實他是平正通達不過的人，近幾年和他商量孔德學校的事，他總是最能得要領，理解其中的曲折，尋出一條解決的途徑，他常詼諧的稱為貼水膏藥，但在我實在覺得是極難得的一種品格，平時不覺得，到了不在之後才感覺可惜，卻是來不及了，這是真的可惜。老朋友中間玄同和我見面的時候最多，講話也不拘束而且多遊戲，但他實是我的畏友，浮泛的勸戒

與嘲諷雖然用意不同，一樣的沒有什麼用處。玄同平常不務
苛求，有所忠告必以諒察為本，務為受者利益計，亦不泛泛
徒為高論，我最覺得可感。……

由這些話可以知道知堂翁與玄同翁對於孔德學校關係之深，且大可
瞭解玄翁之為人，我們曾和錢公受過業的殊有同感。孔德有一時期
全由尹默先生在背後主持，後來就轉入周先生名下，大家都稱周先
生為周二先生是也。關於孔德內部的問題，那我是不能贊一詞的，
學校規模一大，有點嚕嚕嗦嗦，也許免不了，但無論怎樣，孔德總
是整個的，活潑的，前進的，朝氣的。尹默先生負責時的主持人即
馬隅卿先生，馬先生為馬氏兄弟中之最幼者，幼漁先生，叔平先
生，大家通曉得的，這位九先生專治中國小說史，不登大雅文庫起
初或即指馬公自己辦公的那兩間房，位於孔德中部的高臺上，前面
種了不少的花木，我們天天在那廣大的磚臺上上課間操，我初到孔
德時，他正以古今小品書籍印行會的名義印著清平山堂話本，這時
還沒有得到馮夢龍原著的四十四本平妖傳，故尚無平妖堂之名。前
面魯迅先生所說的經孔德看舊書，亦即指此，唯孔德之舊書，又不
全在馬公平妖堂中，另有十幾大間用厚重的城磚築成的書庫，原是
清宗人府放置玉牒的地方，這兒藏滿種種珍本，而小說戲曲尤多。
有名的插圖本崇禎刊金瓶梅亦在其中，與北大所藏及北平圖書館的
萬曆本可以鼎足而三的。此項藏書自然要感謝隅卿先生的搜羅之
功，每天每天背著藍布包袱的書友們在孔德的紅大門內外徘徊著，
於是書庫一天天豐滿起來了。但在早期的孔德，聽說蔡先生，沈先
生，以及知堂先生都曾買過不少書的，並且有許多是由冷攤得來。
所以，當民國十九年，學校為了買書墊款太多，政府津貼又斷，
因而發不出薪水時，我在物質上雖然困苦得不能言喻，而精神上
則確是分毫怨思都沒有，蓋下意識的對於學校有著不可動搖的敬意
之故。馬先生不唯在書的收藏上使孔德造成特殊地位，就是在精神

的奮鬥上也曾為孔德賣過不少的氣力。他如存在，年歲也不過五十歲罷，可是終於死在北大的小說史課上，而因為「身後蕭條」的緣故，平妖堂的珍品也全數售之北大了。《苦茶隨筆》中有〈隅卿紀念〉一文，可以作為我所說的參考，引抄如下：

……與隅卿相識大約在民國十年左右，但直到民國十四年我擔任了孔德學校中學部的兩班功課，我們才時常相見。當時系與玄同尹默包辦國文功課，我任作文讀書，曾經給學生講過一部孟子，顏氏家訓，和幾卷東坡尺牘。隅卿則是總務長的地位，整天坐在他的辦公室裏，又正在替孔德圖書館買書，周圍堆滿了舊書頭本，常在和書賈交涉談判，我們下課後便跑去閒談，雖然知道妨害他的辦公，可是總不能改。除我與玄同以外，還有王品青君，其時他也在教書，隨後又添上了（魏）建功（徐）耀辰，在一起常常談上半天。閒談不夠，還要大吃，有時也叫廚房開飯，平常大抵往外邊去耍，最普通的是森隆，一亞一，後來又有玉華台。民十七以後移在宗人府辦公，有一天夏秋之交的晚上，我們幾個人在屋外高臺上喝啤酒汽水談天一直到深夜。說起來大家都還不能忘記。但是光陰荏苒，一年一年地過去，不但如此盛會，於今不可復得，就是那時候大家的勇氣與希望，也已消磨殆盡了。隅卿多年辦孔德學校，費了許多的心，也吃了許多的苦，隅卿是不是老同盟會，我不曾問過他，但看他含有多量革命的熱血，這有一半蓋是對於國民黨解放運動的響應，卻有一大半或由於對北洋派專制政治的反抗。我們在一起的幾年裏，看見隅卿好幾期的活動，在執政治下三一八時期與直魯軍時期的悲苦與屈辱，軍警露刃迫脅他退出宗人府，不久連北河沿的校舍也幾被沒收，到了大元帥治下好像疔瘡已經腫透離出毒不遠了，所以減少沉悶而發生期待，覺得黑暗還

感時
013

是壓不死人的。奉軍退出北京的那幾天他又是多麼興奮，親自跑出西直門外看姍姍其來的山西軍，學校門外青天白日旗恐也是北京城裏最早的一張吧？光明到來了，他回到宗人府去辦起學校來，我們也可以閒談了幾年，可是北平的情形愈弄愈不行，隅卿於二十年秋休假在南方，……二十二年冬他回北平來專管孔德圖書館，那時復古的濁氣又瀰漫了中國，到二十四年春他就與世長辭了！孔德學校的教育方針向來是比較地解放向前的，在現今的風潮中似乎最難於適應。……不過隅卿早死了一年，不及見他親手苦心經營的學校裏學生要從新男女分了班去讀經作古文，使他比章士釗劉哲時代更為難過，那也可以說是不幸中之大幸了吧？

我抄上這麼一大段文字，無非使看官可以多明白一點孔德在故都的學校裏占什麼地位，而馬隅卿先生又在孔德中占什麼地位。我只是孔德的一員小卒，對於大的節目，當然不甚曉得，當初讀了此文，也不免生了「原來如此」的感覺。馬先生死去整整十年了，那穿著深藍色西裝黃色高腰皮鞋的影子，如今還是鮮明得很。民國十九年夏天，我是寄寓在孔德學校的，前文所說高臺上的吃汽水高談闊論，常常看到聽到。唯玄同先生聲音最高，容易使人記憶耳。我離開孔德是二十二年，袁良市長的強制男女分班及讀經古文等節目幸未趕上，在孔德的風習上說起來，這確是加倍痛楚的。

作為孔德風之最大特色，即知堂翁所云的解放與向前。譬如中學男女合班，殆即由此興起。我們不妨說當新青年與新潮時代思想勃發之際，除去北大以外，第二個實驗場所即是孔德。在孔德作教師板起面孔是絕對行不通的，男孩子女孩子永遠那麼天真，一進大門就有人抱住你的大腿或脖子，如果穿了新衣或新剪了髮，先得挨學生的打，叫做「打三光」。訣曰：「剃頭打三光，不長蝨子不長瘡。」先生們大都是含笑承受這打與頌禱的。在雪天，會有人在

衣領裏塞進一團雪球，但這冰冷卻使人心中溫暖，這些在優美家庭中長養起來的純潔國民，沒有受過一點不良傳染，我們應當被他們的稚氣的愛所感動。他們向來不鬧什麼風潮，也並沒有外人所預料的那麼多不大高明的羅曼斯。在這裏我們認識了一個優良家庭環境與高尚的學校風氣之重要，當我闊別孔德三四年之後又帶了別校的學生去參觀時，遇見幼漁先生的幼子馬泰，長得是那麼高了，還是過來抱住脖子，很熱烈的叫著：「紀先！」（他們的慣例是省去「生」字的）於是我立即沉在往日的夢境了。

因為思想上的啟迪，孔德學生的作文是另成風氣的。我曾負責整理過孔德從前的國文講義，印刷校訂皆甚精好，亦即知堂先生等主持國文課時所選刊者。大約一般學校還在讀著商務出版的國文讀本評注之時，孔德已經讀顯克微支的小說了，至於狂人日記，吶喊等篇更毋庸提。我在小學部教讀時，取材常是《朝花夕拾》和《空大鼓》[①]，但學生們往往撇著嘴和我說：「早看過了，先生選點別的好不好。」這便令讀書很少的我為難了，對小孩子們選些什麼教材呢？在中國，兒童文學是不存在的。僅有的紡輪故事呀，兩條腿呀，小約翰呀，統統是陳腐的了，安徒生童話也看過了，儘是公主和王子的老調子也不行。有一時期學生頗迷戀於大仲馬的《俠隱記》，孩子們把木劍帶在腰上，人人都要做起達唐安來了。也有的學生喜歡看《波斯頓》和《屠場》[②]那類厚重的東西，他們並不覺得格格不入。孔德自己刊行的孔德校刊，是把學生的作文成績作基本稿件的，絕不像普通中學學生之濫調與庸俗，可是在先生出作文題時，也真是難關，無論在黑板上寫出多少題目也不能對了學生的心理，終於還是自家想了自家的題材。若是說解放，此亦其一端。然而中國的事難說的實在多，到現在還是盛行著「人生兩大之間」或「美麗的雲兒向我微笑了」的句法與套子，似乎較之桐城義法，更遜一籌，和教師及學校當局提起改良讀書和寫作的方法，也只有付之耳邊風了。於此懷想所謂「孔德風」，便有更深的悵惘。

　　去年回北京在市場看書攤，忽然見到一冊光社年鑒（注），翻開看看，乃是劉半農先生送給馬幼漁先生者，寫著「幼漁二哥」的字樣。裏面有好幾幅孔德學生的照片，是李召貽先生攝的。（這些孩子現在都在哪裡呢？）雙鳳凰磚齋主人③與孔德的因緣很深，兩位雙生的公子小姐育倫育敦（在英倫所生）都是孔德的學生，公子育倫是大有父風的人物，我曾教過的。天華先生的孩子也是孔德學生。這冊子在別人看起來很平凡，但在我則大有興趣，只花了五塊錢即買妥，回到家中細閱，正是舊曆除夕，北京雖是故鄉，而自己的家庭卻遠在江南，一盞燈，一個人，寂寞而淒清，不免提起筆來在扉葉上寫了一段感傷的話，現在書不在手邊，也倒記不清是什麼了。只是覺得這十年的歲月，是怎麼樣可驚！田園寥落干戈後，骨肉流離道路中，骨肉田園，固早不在話下，舊遊之地，同門師友，何一不可繫人夢思！而且許多苦難，也還來日方長，若真的後之視今，亦如今之視昔起來，則此種無謂的個人主義文字，亦未嘗不可作來者歎息之資也。

（原載《天地》第一二期）

注：光社乃劉半農先生所組織之業餘攝影團體，其年鑒為中國美術攝影集
　　之嚆矢，亦值得紀念者也。

---

① 《空大鼓》，周作人翻譯的外國短篇小說集，1928年開明書店出版。
② 《波斯頓》是一部抗議美國麻省法院以莫須有罪名處死兩名無政府主
　　義者的長篇小說，《屠場》是美國著名作家厄普頓・辛克萊的寫實小
　　說，描寫立陶宛移民路德庫斯一家的悲慘遭遇及屠宰場的黑暗，引起
　　巨大的社會反響。
③ 雙鳳凰磚齋主人，即劉半農，因喜獲三國時期的雙鳳凰磚，遂以為室
　　名。下文的劉天華（1895-1932）為其弟，傑出的民族音樂家，創作了
　　多首二胡樂曲，致力於民族音樂改革，在收集民間音樂時傳染了猩紅
　　熱而英年早逝。

新士林祕笈

　　我答應了蘇青女士這個題目，可是實際上並不知該說什麼好，只為偶想起這樣一個題目倒很好玩，於是冒昧的開給人家，彷彿記得張天翼君曾作過此題，唯少一「新」字，那內容完全是和「京派」學者開玩笑的，蓋當時京海雙方，正以朱孟實、巴金二人為中心而展開論戰，張君是喜歡幽默一下的，於是以此文相見。我呢，殊無向別人開玩笑的意向，雖則平時也好和朋友嬉皮笑臉，但那是不關弘旨的，且此種玩笑，絕不是像寫成文字那麼容易得罪人的。到今日離交卷期近，既不能不寫，又無從寫起，想來想去，似不免有點「自作孽」了。

　　花七百元買了四十八冊的《清稗類抄》，並無何等好材料可供發掘，殊覺不勝冤枉之至，午睡無俚，抽一本作消遣，正是屬於「譏諷類」的，這亦即幽默之一，因有所觸，先抄兩條於此，看看引起靈感不曾，再作計較。

> 　　端方督兩江，時江寧將軍為清銳，一日，清謁端，見之於簽押房，房懸名人書畫，有錢大昕對聯，清詢錢為何朝人，且誤讀昕為斤，端以近代人物告之，清曰，公好骨董，此聯有何可賞？又指惲南田畫之署款壽平二字以言曰：此甚佳，壽平隸何旗？端曰：壽平為陽湖人，惲莘耘中丞之族祖也。清曰：今官何省？端曰：公欲識其人，亦何不可！唯不能久於任矣！今日畫省餘閒，盍不流覽圖史乎？

　　剛毅讀書素不多，廣坐之中恒說訛字，如稱虞舜為舜王，讀皋陶之陶作如字，瘐死為瘦死，聊生為耶生之類，不一而足，光緒庚

子之拳亂，剛毅搆之，某太史戲撰七律以嘲之云：「帝降為王虞舜驚，皋陶掩耳怕聞名，薦賢曾舉黃天霸，遠佞思除翁叔平，一字誰能爭瘦死，萬民可惜不耶生，功名鼎盛黃巾起，師弟師兄保大清。」

後一則似乎太普通了，《官場現形記》就曾敷衍成很長的一回，近因研究《孽海花》，其第二十一回「背履歷庫丁蒙廷辱」，記清末夤緣的旗人，毫不識字而頗懂官場規矩習慣，尤為出色，譬如：

這位余大人是總管連公公的好朋友，這個缺，就是連公公替他謀幹的。知道今天召見，是個緊要關頭，他老人家特地扔了園裏的差使，（指頤和園，西后駐此）自己跑來招呼一切，儀制說話，都是連公公親口教導過的，……到了養心殿，揭起氈簾，踏上了天顏咫尺的地方，那余大人就按著向來召對的規矩，摘帽，碰頭，請了老佛爺的聖安，又請了佛爺的聖安，端端正正，把一手戴好帽兒，跪上離軍機墊一二尺遠的窩兒，這余大人心裏很得意，沒有拉（失也）什麼禮，失什麼儀，還了旗下的門面，總該討上頭的好，可以鬧個召對稱職的榮耀了；正在眼對著鼻子，靜聽上頭的問話，預備對付，誰知這時佛爺，只問了幾句照例的話，兜頭倒問道，你讀過書沒有？那余大人出其不意，只得勉勉強強答道，讀過。佛爺道，你既讀過書，那總會寫字的了，余大人怔了一怔，低低答應個會字，這當兒裏，忽然御案上，啪的擲下兩件東西來，就聽佛爺吩咐道：你把自己履歷寫上來，余大人睜眼一看，原來是紙筆，不偏不倚，掉在他跪的地方，頭裏余大人應對的時候，口齒清楚，氣度從容，著實來得，就從奉了寫履歷的旨意，好像得了斬絞的處分似的，頓時面白目瞪，拾了筆鋪上紙，俄延了好一會，只看他鼻尖上的汗珠兒，一滴一滴的滾下，卻不見他紙頭上的黑道兒，一畫一畫的現出，足足挨了兩三分鐘光景，佛爺道，你既寫不

出漢字，我們國書（即滿文），總沒有忘罷？就寫國書也好，可憐余大人自出娘胎，沒有見過字的面兒，拿著支筆，還彷彿外國人吃中國飯，一把抓的捏著筷兒，橫豎不得勁兒，那裏曉得什麼漢字國書呢？這麼著，佛爺就冷笑了兩聲，很嚴屬的喝道，下去吧，還當你的庫丁去吧！余大人正急得沒洞可鑽，得這一聲，就爬著謝了恩，抱頭鼠竄的逃了下來。

假使把這一段對照了漢高祖溺儒冠看起來，百無一用的書生，也不妨大叫一聲「痛快」了。可惜讀書人正是只會口頭痛快，而實際生活，就永遠不如非讀書人痛快了。

但是，非讀書人的事情，我們畢竟不大知道的，李鴻章主持和議，張之洞頗不贊成，鴻章說：「張香濤作官數十年，猶是書生之見也。」張聞甚慍，乃報之曰：「李少荃議和兩三次，遂以前輩自居乎？」當時以為天然對聯，我們不管對仗，只是說「書生之見」四個字，並不是好聽的話，作斬木揭竿的事，我們不會，作綿蕞朝儀①五湖扁舟的事，也不會，而且即辦點小事，仍不免於書生之譏，這便是我輩之苦悶。只有一樣可以自解，大約不會向當局薦舉黃天霸黃飛虎孫悟空之類也。可是如一旦得勢，卻又會大糊塗起來，漢儒之好談陰陽災異，董仲舒主張閉起男人放出女人以求雨，那是二千年前的事了，就是程朱專家徐桐相國之相信大師兄扶清滅洋，詩詞當行的葉名琛大帥向呂祖求籤也終是十八世紀的事，皆可不在話下，而一九二○年以來，北京及全國到處有所謂「悟善社」的組織，天天造謠說「劫數劫數」，主其事者皆一時政界耆宿，亦即讀書很多的人，實在想不透是什麼道理，不知所謂書生本色，是不是包括此點耳。悟善社之事，幼時似頗記憶，頃又見《花隨人聖庵摭憶》一則，所記比我知道的又清楚些，對著題目的祕笈二字而言，未嘗不是好材料：

舊京十二三年前,有悟善社之設,其頗愚侈誕,不可殫述,使稍進者,葉名琛義和團之事,不難復見。斯實政海之枝聞,寒窗記之,兼資噱噱。嘉善既失閣揆,鬱鬱不自聊,乃與江宇澄共創悟善社,於香花坫壇之外,益以師弟受傳,又益以君臣封爵,又益以員司銓選,儼然一內閣也。所謂孚佑帝君,為呂洞賓,又稱純陽祖師,蓋主判者。達官貴人,一時雨聚,各頒法號,江號濟慧,錢之號與魚玄機同(似是幼微),日將戾,嘉善則到壇治公,其奔走左右治事,有參議司長以迄科長之名,文移簽判雜遝幽明,錢江顧而樂之。聶憲藩者,聶士成之子,方為衛戍,一時詣壇問其父死後狀,士成以力戰八國聯軍死於八里台者,於是乩以忠臣之後,賜座賜酒,言士成天爵尊榮,已儕關岳楊令公楊椒山之列,乩判數十字,首言子欲見令先令公乎?中稱令先令公者三四。不知令公之稱,郭子儀趙著皆以官中書令,故得呼此,楊業有此稱,則稗官妄以擬於汾陽,聶士成官止提督,追贈宮保,清無中書令,何來斯名乎?……姚姬傳桐城古文家,降壇稱姚仙,文文山稱文大帝,甚至西洋亞里斯多德,亦來臨,稱曰亞仙,則與張效坤妾同名矣。柳仙者,小說所云洞賓之徒,武劇蟠桃會中,綠臉綠髮者是;號為宏教真人,代宣玉帝上帝批獎呂岩及悟善社之詞曰:「據奏已悉,准予立案,仍仰該帝爵力行勸誘,務廣上天愛育黎元之至意,天道無親,爵祿無常,惟有德有惠者得之,欽此!」蓋雜仿前清民國詔令體為之,其不學無術,不堪作偽類如此。——陸閏生(宗輿)亦社員之一,擁金最多,社之主者(時嘉善已歿)涎之,於是刺取陸陰事若干,俟其匐伏時乩忽震動,大詬責之,陸初惶駭,已而言須責手心若干下,於是眾皆跪為代請,乩固不許,陸跪求不應,已蓄慍矣,繼言欲蠲免拳責,須納金若干萬,陸聞言大怒,一躍而起,繡墊掀騰,

香燈亂落，大聲極呼曰：假的假的！一時踉蹌而散，聞者皆為捧腹。

嘉善當是錢能訓君，不能算不讀書人。幸好這裏只是下臺的官僚，想藉此弄個「屠門大嚼」，與國政無關，雖則同時如京兆尹王公鐵珊一切公事亦取決於呂祖乩訓，錢氏身為總理，尚不至如是之荒唐耳。然而也有斂財的成分在內，品似尤下。書中於此段下又說到時輪金剛法會求雨之事，彷彿達官貴人，附和者甚多，我倒也很憶起班禪活佛坐了黃色汽車滿處頒賜「哈達」之事，但尊敬活佛，乃是我們歷史上一貫的「懷柔」政策，作者大論其當破除迷信，這又不免太「書生」了。

使一個讀書人通達而近人情，大非易事，有的人通則通了，人情卻是不要，便是此說中任誕一流，黃季剛辜鴻銘均是；這只好在大學講壇上罵座，終是不足了事的。又一種，既不通而自以為通，汪容甫罵人再讀十年書可以與於不通之列是。我曾看過不少人屬於此一型，然其不害於騰達則一。其一：某公，留學美國，教育博士，俗所稱鍍過金招牌又是金字者也。我第一次聽課時，便向我們大講其紐約樓房及豪華輪船之內容，第二次則講紐約牙醫生之椅子，旋轉自如舒適無比。第三回才寫出了Parker氏的General Method of Teaching這本書名，說是要作為講授底本的，我分明記得在普通師範科時用的教科書即此本，不過乃俞子夷君的譯本而已，此時忽有一同學拍案而起，大叫道：「W先生，你要不會教書，頂好先去學習一番」！我們聽了均大驚，蓋其時正以前面的女同學為對象而在拍紙簿上作速寫也，某先生囁嚅半晌，說：「我希望你們年輕人心平氣和一點，將來你們也要教書的呀。」從此他就不來了，可是後來卻坐了某高級長官行轅的流線汽車滿街跑，要他教書也不肯教了。其二是某次請了一位教散文的先生，教到莊子的「道在矢溺」，妙解環生，辭云：「矢是臭的，所以要逆風撒污，以免

臭到自己；溺則不然，必取順風，不然要濺到面孔上弄得淋漓盡致了」。此其為「道」，真是現實之至，學生大嘩，先生也一走了事。下回分解，恕不能明。其三：講清代思想史的一位學者，到課堂就拿出一本小冊子，原來是《先祖母行述》，把一個鄉村老太太捧上三十三天，文字又在似通非通之際，自然又是下臺，然不久卻在他校由講師而升為教授了。其四：某秘書，曾代學校擬一稿致學生家長云：「張李氏台鑒，敬啟者，茲因成衣鋪不許欠債，故所請緩交制服費之事，不能照辦，敢祈原諒，此請台安。」如此公文，使學校當局哭笑不得。但不久又拿出自家的小說來了，什麼「兩個人擁抱甜蜜蜜的吻著」呀，「××哥，我愛你」呀，居然也寫了數十頁，要求學校給他出版，學校從此就解聘了他，而小說云云，終於在報屁股上登出來，而且此公教起女學生來了，我早就替他捏一把汗，後來，還是因為行為不檢被迫去職的，其實他倒是個老實人，只是太風流自賞不知自慚形穢罷了。而最近聽說到某處作大學教授去了，不知又有何喜劇。

文人相輕，換言之就是自己要吹噓，文章是自己的好，蓋天經地義。又必須以名人為標榜，我的朋友胡適之，說出來總可以嚇嚇人的。某文壇前輩來了，想盡方法也要拉上關係，即使說句話也是光榮的。我曾遇到一位先生，見面就是長澤規矩也、鹽谷溫，而事實上他是連日本也不曾去過的，有一次恰與Z君相遇，大家攀起同門，好像都與章太炎先生有關係的罷，於是愈說愈近，先生甚至說起章先生曾給他寫過自作的詩句，那詩句是什麼呢？「種豆南山下，草盛豆苗稀」②呀，別人正在聽了不知如何的時候，而鹽谷溫的朋友卻用豔羨與驚訝的目光問道：「真的嗎」？許多人幾乎把熱茶都噴出來。可是，我們不能儘是齒冷，須知這才是文壇登龍術的得道者呢。

讀書人與不讀書的分別正是難說，讀成呆子既不好，不讀成呆子更不好，若是作了剛毅之流，說不定還會弄得國家遭殃。我們在

低著頭口誦心維，別人在仰著頭鑽來鑽去，其所獲結果，竟是相去咫尺，也許「百無一用」的分子倒是我們，而不是他們。我寫此文的用意，本想發發自己的牢騷，但或者火氣太大，會被人疑心為罵人，斯亦無可如何也矣。

（原載《天地》創刊號）

---

① 劉邦稱帝後，儒生叔孫通制定朝儀以確立帝王之尊，他率領弟子在野外用繩束起茅草表示各級官員的位置，制定並演習朝覲皇帝的禮儀，被稱為綿蕝（或作蕞）朝儀。
② 這是陶淵明的詩句。鹽谷溫和長澤規矩也都是研究中國文學的日本學者。

《古今》與我

我本淮王舊雞犬，不隨仙去落人間。

既是不能辟穀升仙，總得追求吃飯之道。十數年轉徙飄零，把一個願意躬耕老死鄉井的人，竟是天涯海角，不想我也像天寶樂工一般，在江南托缽乞食了。我在教育部（民國二十九年）第一次會見朱樸之先生，那天正是孫寒冰君噩耗傳來，樊仲雲先生等在發起賻贈的款子，朱君慷慨解囊，馬上簽了一千塊的支票，我因是北佬，對他尚不認識，由面孔和像片對證起來，疑心是周佛海先生？可是周先生又不會到這一部分來，直到他走後，才曉得姓名職位。不久，我脫離掾曹生涯，仍舊幹起苜蓿勾當，雖是冷板凳，究竟算是還我初服，將南來以後所感受的離愁，減去不少。職務有閑，舊書店為我唯一消遣，這也是我後來所以能寫出白門買書記的原因。時日匆匆，三十年秋冬之際，我們開始計畫出版一種純研究純學術性的刊物，因為那時出版界八股之風，比今日還濃厚，自己想為什麼在這環境不能產生一個比較可讀的刊物？恰好這時上海的局面變了，正可請到兩位經驗極富的編者，於是第一期《真知學報》就在三十一年三月出版了，在那時，這刊物雖不像樣，但卻可說是唯一的學術刊物。與第一期真知出版同時，就看到《中報》上《古今》出版的廣告和目錄，上面大書朱樸之先生主辦，第一流散文月刊，我只覺得由目錄上看來，這也是打破八股風的同道，惟文字如何尚未寓目，三月三十日那天，我去中報館參加紀念宴會，遇見許多平時不大容易看見的文友，好幾個人都談到《古今》，並勸我應當買

一本看看，恰好羅君強先生正接到由上海寄來的一冊，他也在盛讚著。我雖和亢德黎庵兩兄算老同志，然與亢德兄音問已斷絕數年，江湖水深，恐早相忘矣，既不知是周陶兩公所主編，還是忽略的成分居多。後以真知事，開始與亢兄通信討論，除感慨外，兼及近況，因告我《古今》乃黎庵所編，囑為寫文。其時第二期的《古今》已出版，余遂獲第一第二兩期各一冊，略加披覽，始大欣悅，好像又回到六、七年前看《宇宙風》的心情。隨了刊物，得黎兄來函，仍以寫稿相命，我幾年以來，因為感傷人事，漸知注意歷史，覺得一切學問，皆是虛空，只有歷史可以告訴人一點信而有徵的事蹟，若偶然發現可以寄託或解釋自己胸懷之處，尤其像對知友傾瀉鬱結已久的牢騷，其痛快正不減於漢書下酒！當黎庵信來時，正在研究曾左交惡的問題，這也是因想知道一些太平戰役的史實而引起的，翻閱左曾兩家全集，知筆記中所說，皆是推測之詞，骨子裏還不是為了爭權奪利，於是覆信黎庵，說打算寫此一篇，那知黎庵較我更為「有歷史癖」，從此給我來信，由湘鄉與湘陰的長短而談到許多晚清史籍，真如抵掌促膝，使我得到不少益處。我自到南京，久已失去友朋切磋之樂，和可愛的舊京，暌違將及三年，在首都只看見些汽車包車，女招待跳舞場，聽到些投機囤集，活動摩擦，學術云云，向誰去講？自與黎庵信箚往來後，才又恢復了舊時樂境，至今思之，猶有餘味。

黎庵要去我的相片，他說我像老向，老向與我，本皆北方之強，「美秀能文」四字，一點也談不到，朋友看見我這「龐形大漢」，都以為我一定能吃酒，會吸煙，卻想不到我兩樣通來不得，實在夠不上論語社同志，聞陶周二兄，皆有煙癖，余愧未能，真覺有玷良友。去年夏，二君先後寄我小照，惟皆專貼派司用者，毫不「神氣」，昨天我會到寫〈女人頌〉的朱劍心兄，他說在滬與黎庵會談，真如覿面叔寶，靈光照人，不勝欣羨，我自恨為鄉下佬，未到過「天堂」一步，知友如此，尚未識荊，亦奇聞也。

　　三十一年夏季，知堂翁南遊，舊日弟子，追隨者甚多，渺小如予，只充定筵席揩臺子之役，不能親承謦欬，忽得黎兄來信，有來京與此翁一晤之意，蓋自《宇宙風》時期起，知翁雖長期撰稿，周陶與翁，卻也如我與周陶，並不認識。但來去匆匆，會晤終難實現，可是我也就失去了瞻仰丰儀的機會，反而由我寄出所拍照片三幀，以為紀念。去年夏天氣候之熱，可稱前無古人，《古今》一到，立即看完，殊有不過癮之勢，且揩油的朋友甚多，如汪長濟兄即每期向余索要，弄得我一冊無存，對《古今》說，是可幸，對我自己說，是損失！我為消遣長夏計，曾向黎兄索事變以後之《宇宙風》數冊一閱，因我自二十六年秋季，即不見此刊，今日得之，正不啻老友重逢，不知是何滋味。可惜黎兄只覓到六期寄我，常嫌其不足，至今此數冊尚什襲珍藏，不致遺失，因為這也算一段友情的紀念。

　　我在南京，老感覺不舒服，也是因為我在北京住得太久，印象太深之故，所以覺得南京總是不及北京。像傅彥長先生那種主張，到一個地方就應先體會那一地方的好處，並將自己與之習慣，道理是很對，做起來就很難，我在南京可以說已經在盡力發掘他的長處，而除去花尚可看，馬桶尚可用兩件外，到如今尚未看出什麼中意的地方。若是照實利講，現在三百塊錢買一石官米，一百多塊錢買一袋麵粉，實在比北京上海都好得多，然而作文章的人偏不高興計較什麼米貴麵賤，其所留連者，乃在乎歷史風土人情，我在寫〈兩都賦〉一文時，不客氣說，心裏有些偏袒北京的，這文章的名字本叫南京與北京，改為今名，還是黎庵兄的聰明。班孟堅賦兩都，東都西都，大有軒輊，假定以感情說話，我主張國都還是在北京好，然草野之見，自然不得與於大計，不必提他。自此文發表，北京的朋友，多對我誇獎，南京朋友，未免不大高興，然好人在什麼地方都是好人，我的南京朋友也不少，他們大抵皆君子之流，並不因住在南京而有任何減色，此應藉此機會，一加聲明者。

暑假中，有幾封周陶二公的信，被《作家》的編者討去發表，雖未說出名字，卻被人一猜而中，蕭穎士斷李華能為〈吊古戰場文〉，到底是李華的文章有了相當身價才會如此。可惜我這個人懶得連髮都不愛理，信件更不能保存，否則若干年後，裒集成冊，不亦大有價值乎？忙亂中揮汗為《真知學報》撰文，如〈清初圈地考〉等，皆曾大得黎庵指示，並承他美意獎勵，但讀書愈多，愈感覺自己學問不行，無怪古人有學然後知不足之論，去夏至今，關於圈地史料，連續發現不少，人事牽纏，無心補苴，只好聽之。暑假後我大忙起來，寫不出什麼東西，《古今》又囑少談古多談今，因為古太多了，人家都說成了古董，我才敷衍了買書記一稿，題目想好，徵求黎庵意見，黎庵以為可以寫出，起初不過想記記自己買書的滄桑得失而已，不意下筆不能自休，就成了現在的樣子。書商因是不快者甚多，甚至向我提出質問，我只有勸他們馬馬虎虎，可是也有人說：「為什麼不把我們這爿店說進去，我們的書也不算少。」彷彿我的文字成了「案內」①，實在有負初心。這篇文章頂好留到十年二十年之後再看，使人知道南京還有過這麼一種物價，未始不足當「掌故」，若說目下，比起謝君的書林逸話，良有大巫小巫之異！南京買書的人很少，碰來碰去，不過那幾名，又都不大講究版本，戰後收藏蕩然，故家喬木，完全化為灰燼，只剩幾位窮酸，在這古城裏充呆子，可憐可憐！在北京買書，可以需要什麼買什麼，在這兒買書只能看見什麼立刻就買，不然，再回頭架上已空，悔之無及。最近南京書賈鑒於滬上書價狂漲和北京客人吸收胃口太好，將價錢胡亂向上提高，核計起來，有許多書還不如化聯銀券從北京買合算，此亦始料之所不及也。自買書記後，我差不多未給古今寫稿，黎庵兄屢次催促，前幾天正月稍閑，才勉湊一篇〈談紀文達公〉，自知無何見解，恐不見得會發表。黎兄與我志趣最投合的清史之學，自去秋以來，一直沒有翻閱過一本書籍，人事之羈累，有時令人一切難遂心願，凡是不願作的，偏偏得作，因為不作沒飯

吃，反之，願作的呢，則不能不大受犧牲，我常常自己發牢騷，不知何時才能靜坐焚香，讀書遣日。即以文字而論，雖學術上的寫作或得心應手的文章未作一篇（真知已半年未交一字），而跡近八股（亢德兄曾稱之為七股）或被逼搾而出的滿紙草茅狗屁文字，卻每月總要弄上七八篇，如此寫文，毫無生趣，大約等於文案先生之作等因奉此，真罪業也。幸好不知因何，就與黎兄通函談起寫字來，自己雖是春蚓秋蛇，寫不成樣，但關於碑帖之蒐集，墨蹟之欣賞，亦性之所嗜，於是大談特談，一發而不可止，那時黎庵自謙為寫不好字，忽然也用起毛筆來，說是有人送了一塊硯池給他，鼓起興趣，後來談來談去，有些厭了，還是黎兄來函，說「打住吧」，才不再談；唯古今社早日約我塗鴉一篇，起初是無此勇氣，近日忽然振起野心，竟亂寫一通寄去，想來也是覆瓿資格居多。記得這是因為春節晚上，萬里一身，俯仰感念，信手取舊《國聞週報》翻閱，瞥見《今傳是樓詩話》轉載樊樊山〈金陵雜詠〉，頗有風致，所以第二天就寫信給黎兄說，要把這詩寫出寄去，來信大加獎借，才率爾操觚，寫了以後，掛在壁上，實在越看越不成樣子，對於那樣詩篇，未免太不調和，好在這是了卻心願的事，所以不去管他。或黎庵見此字，也當贊我一聲大膽耳。

　　三十一年下半年起，雜誌界有一種風氣，就是竭力想變換胃口，避免八股七股之類的東西。繼《萬象》而起的《大眾》、《雜誌》，都有著獨特的作風，而且銷路相當不壞。文壇的寂寞，實在過於長久了，饑者易為食，作品雖不夠水準，只要不讓人望而欲嘔，總還有辦法，且作者水準低，讀者水準又何嘗高？《古今》可說是在烏煙瘴氣中第一枝挺秀的梅花，這個清亮的角聲起處，自然不乏賢明之士，起而踵行。如所謂《人間味》、《人間》、《風雨談》之類，大有風起雲湧之勢，而其瓣香，未始不在《古今》，《人間味》且自己聲明以《古今》為「模特兒」，但是好比北京人吃飯館，烤鴨必上便宜坊，蘿蔔絲餅必上致美齋，就是買區區醬菜，

也還是不嫌繞遠的跑到六必居等等，所以《古今》之為《古今》，仍然居在領導地位，此並非諛詞，而是公認事實；我個人對於《古今》，與其說愛好的心盛，還不如說希望的心盛，在剛剛出版不及二十期的刊物，已算具有「老資格」的本刊，唯希望其精神日新月異，並且常有像〈盛衰閱盡話滄桑〉那種的巨作，給我們看看。

（原載《古今》，1943年3月第十九期）

---

① 「案內」是日語中的漢字，意為指南、嚮導。

塞上風物雜記——風塵湏洞室隨筆

葡萄

魏文帝與吳監書：

> 中國珍果甚多，且復為說葡萄，當其夏末涉秋，尚有餘暑，
> 酒醉宿醒，掩露而食，甘而不飴，脆而不酸，冷而不寒，味
> 長多汁，除煩解渴。又釀以為酒，甘於曲蘖，善醉而易醒；
> 道之固已流涎咽唾，況親食之邪？他方之果，罕有匹者！

這珍美的果子，你不會以為他是多風多雪的塞上的名產吧？有似乎
西瓜，西瓜是哈密的好，可是哈密在沙漠中，他隨了安石榴、胡
瓜、西瓜、苜蓿，被漢使帶回來，這「帶回」永遠和光榮在一起，
與目下蘆鹽外輸是大異其趣的。為了幾匹駿馬，我們古代的君王可
以興師遠伐，近人見之，一定以為小題大作，可是歷史上卻給我們
不可磨滅的記憶，假使有可以驕人的東西，除去文化二字以外，大
約僅此類區區之事罷？葡萄（寫作「蒲桃」似更多一層記憶）也有
血的經歷，不要只管「甘而不飴」而忘掉昔人的苦，則更佳矣。
《漢書・大宛國傳》：

> 大宛左右，以葡萄為酒，富人藏酒，至萬餘石，久者至數
> 十歲不敗，俗嗜酒，馬嗜苜蓿，宛別邑七十餘城，多善
> 馬。……張騫始為武帝言之，上遣使者持千金及金馬以請宛

善馬，宛以漢絕遠，大兵不能至，愛其寶馬不肯與，漢使妄言，宛遂攻殺漢使，取其財物，於是天子遣貳師將軍李廣利將兵前後十餘萬人伐宛，連四年，宛人斬其王母寡首，立母寡弟蟬封為王，與漢約歲獻天馬二匹，漢使採葡萄，苜蓿種歸，天子以天馬多，又外國使來眾，益種葡萄苜蓿離宮館旁，極望焉。

記載很有趣，你看漢天子種葡萄，不在他的甘酸與否，乃在為外國使人觀瞻，果子而帶有國防意味，恐莫此為甚。《齊民要術》只云：「漢武帝使張騫至大宛取葡萄實，如離宮別館旁盡種之。」意境就大欠豐富，使人難於生幻想，也許賈思勰只想作「農書」之故耳。

到塞外已三年，但只有二年吃到葡萄，另外一年則全數犒賞了黿子。《廣群芳譜》所列塞外葡萄有十種；伏地公領孫、哈密公領孫、哈密紅葡萄、哈密綠葡萄、哈密白葡萄、哈密黑葡萄、哈密瑣瑣葡萄、馬乳葡萄、伏地黑葡萄、伏地瑪瑙葡萄。但於其性狀全未述及。王象晉《原譜》列水晶葡萄云，「暈色帶白如著粉，形大而長，味甚甘，西番者更佳」。殆即我們吃過而上文列入白葡萄的一種，從先我對白葡萄很寵愛，因為他甘而不酸，我們家鄉的紫色圓葡萄是吃不到五枚就會「流酸濺齒牙」的！但一到這風沙的古城，則馬乳葡萄及紫葡萄二種，立刻奪了我的舊歡。紫葡萄即前所云黑葡萄，只是實大，色佳，也就算了，馬乳葡萄簡直好到不可說，長圓形紫黑而到有白暈的實，假如薦以水晶之盤，真將以為是神仙的玉糧。至於味道，那就是吃過他以後，曾經滄海難為水，使你不能不土苴①別種；說是色韻味三絕，分毫不誇大；在去年秋天，也不過四十個銅板一斤，我所痛恨的就是移於淮北則為枳，無論如何，遷地則不良，大約真正君子，都是有點固執之風的。楊萬里詩：「夏挈涼潤青油幕，秋摘甘寒黑水晶」，上句只能在把葡萄作點綴的宮廷園囿池館樓臺之處才可見到。這裏種葡萄總是數百架成

一區，架作蛛網狀，向四方延展；不似內地用髹漆的木杆或竹子那麼小巧玲瓏也。而且在初夏要施肥，把人矢汁大量澆進去，有的更加黑礬，以免蟲豸，隨風蕩漾著的味道，使人作嘔，當作青油幕更不敢領教了。可是他給這古城每年換來近十萬的洋鈿，不知多少人家仰為生活之資，以去年論，晶瑩的白葡萄一角錢可以買二斤多，這簡直不是吃葡萄，而是吃種園人的眼淚！但到底比一場雹子好，──而雹子又幾乎是每年必降的。

葡萄美酒夜光杯，凡想到葡萄的一定聯想到酒，劉禹錫詩：「釀成千日酒，味敵五雲漿。」元貢性之葡萄詩：「憶騎官馬過灤陽，馬乳累累壓架香；釀就瓊漿三百斛，胡姬當道喚人嘗。」多麼值得神往的東西！高粱作的燒刀子太不登大雅，雖則陶淵明公田種秫，後人終不願將他施之吟詠，而且事實上也只有「關西大漢」型的人才吃得消，比起這種美麗果子的漿汁相去不啻天壤，可惜是我雖生活在沙陀舊壤，卻沒見過「一派瑪瑙漿，傾注千百甕」的勝事（元郝經詩語），唯見成千成萬的封在荊筐中運往平津耳，甚怪此地人之拙樸；但有人告訴我說，民國初年，也曾有人試過造酒的事，結果自然是賠累了，據云，泉水不佳，那也就無如之何矣！

葡萄又可制為乾，越往西北越有名，如歸綏、哈密是。並非像市上所售美女牌那樣黑紫色，而作黃白色，顆粒也肥大，那是按斤兩出售的，沒有美麗紙盒，只有木板發票印著：「真正藏葡萄乾」而已。產於多倫者味更雋，惜乎在內地不能常見！《齊民要術》：

> 作乾葡萄法，極熟者，──暴壓摘取，刀子切去蒂，勿令汁出，蜜兩分，合內葡萄中，煮四五沸，漉出陰乾便成矣。非直滋味倍勝，又得夏暑不敗壞也。

不知今日仍用此法否？楊萬里〈葡萄乾〉詩很有趣：「玉骨瘦將無一把，向來馬乳太輕肥。」乾與果成了燕瘦環肥之比。

〈豳風・七月〉：「六月食鬱及薁」，疏云：「薁，蘡薁。」按即野葡萄，其實小，如櫻桃，六月已熟，此種塞外無有，唯古都有之，在六月的公園果攤上買蘡薁吃，看荷花，亦是我的重要記憶之一。

李頎〈古從軍行〉云：「年年戰骨埋荒外，空見葡萄入漢家。」本是充滿非戰之思的，但今日讀之，則徒添惆悵耳！葡萄恐終將不入漢家矣！他外面有冰雹的凌虐，裏面也正滋生著蠹蟲！

油麥・芋

舊日記載沒有能把油麥弄清楚的，總因內地不見此物之故，而山藥（芋）、油麥、大皮襖，合稱口北三寶，可見其重要亦不亞於南人於米北人於麥也。《群芳譜》將他與蕎麥混稱，而二者的分別實際上是太大了，他所定名稱為「莜麥」。《廣群芳譜》增入「雀麥」：「苗葉似小麥而弱，其實似穬麥而細，子亦細小。」括雀麥燕麥為一，而實與塞外之油麥近似。陸應谷《植物名實圖考》多半出於實際調查，且他又服官晉省，那裏正是油麥產區，故他的紀錄當係最可靠的；其書分雀麥與油麥為二，油麥的正名是「青稞」，根據是《本草拾遺》。說云：

> 《本草拾遺》謂「青稞似大麥，天生皮肉相離，秦隴以西種之」是也。山西蒙古皆產之，形如燕麥，離離下垂，耐寒遲收，收時苗葉尚有青者，雲南近西藏界亦產，或即呼為燕麥。……

解釋得尚稱清楚。但我又翻商務版的《植物學大詞典》，雀麥、燕麥，固別列為二，可是油麥蕎麥仍並為一，油作莜，假使不看《名實圖考》，仍叫人摸不清頭腦，甚至逕拿開白花結三角果實的蕎麥

當作離離下垂耐寒遲收的東西也說不定。以此知格物之難，而中國「地大物博」，加上歷史悠長，名物因時因地而紛歧，尤足令讀書人生無窮障礙，程瑤田《通藝錄》〈九穀考〉號稱名作，也不過考定了什麼叫粟，什麼叫稷而已，而這種學問在科學稍為發達一點的國度，大約總是多餘的。

最近編印的《察哈爾通志》卷八物產篇麥類第一項，就是莜麥，亦即油麥：

> 莜麥莖高二三尺，狀與小麥同，稍粗大而柔脆，無韌性，葉稍寬，脈平行，穗下垂，實細長約二分，中有凹棱，每穗百餘粒，粒外有稃相包，一苞內含粒多至四五，如小麥粒含稃中。俗稱勾三勾四勾五者，但其蒂甚細如髮，長或一二寸，結實則下垂。開花時由苞內吐兩須，作白線狀，長分餘，其種別有大小二者，大莜麥粒大，生長期長，小莜麥粒小，生長期短，宜種陰寒之地，故為口外主要農產物，亦為主要食品。質最佳，其用途可與小麥面相等，又能混合各種面中，頗適口，且耐饑，勞動界食之最宜。唯磨麵粉前，須將粒炒熟，合面時，亦須用滾沸水，莖可作燃料，飼牲畜，張北、寶昌、商都、陽原、懷安、龍關、蔚縣、涿鹿、沽原、康保、萬全、赤城均產。

解釋極明確，說莜麥與小麥之別尤清楚，蓋只在結實下垂一點耳。勾三勾四之語，吾鄉亦有，以此看莜麥不免多一層親切之感，可見文學於瞭解相聯之緊。唯莜字說文同蓧，乃是荷蓧丈人所負的除田器，似不當作植物解，蓧字雖也見說文，而義為蚰蜒，尤無關，所以我倒同情「油」字。

燕麥在口北只作牧草，係野生，形近小麥而異於油麥。（據察省通志附圖）。

《維西聞見錄》：

> 青稞，……今山西以四五月種，七八月收，其味如蕎麥而
> 細，耐饑，窮黎多嗜之，性寒，嗜之者，多飲燒酒寢火炕以
> 解其凝滯，南人在西北者，不敢餌也。

此數語極寫實，蓋非身在西北者不知。余亦生長大河以北，但油麥面迄不敢食，大有「吃不消」之勢。火炕燒酒，斯真塞外人每日不可離者，時已六月，炕猶燒得燙手，不知睡者如何輾轉一夜也。伏天有人穿單衣棉褲，乃口北天氣特色，俗說抱火爐吃西瓜亦一旁證，故解凝滯之說，初未可置信，特夾在吃油麥麵一起說，乃更足顯北人生活一斑耳。吃油麥麵法，大別凡三，一是麵條兒，如白麵做的「炸醬麵」而稍短粗，無足述。一是「戳油麵」，大有意思：法將油麵和妥，斷為碎塊，用兩手掌在磚或砧上搓之，使成薄片，再以指旋卷，成空筒狀，然後立於蒸籠上，炊熟，以各種菜佐食。工作進行甚速，觀者但見兩手起落，倏忽一籠告滿，據云，此種手術，山西人最精云。一是「打糊塗」，最沒意思：燒開水一鍋，胡亂將麵及菜混入，真一鍋糊塗粥也，然忙中往往食此。

油麵近因口北來源斷絕，價亦近百斤十元矣！但鄉人仍不肯改食白麵，蓋油麵耐饑，效力足較白麵增倍。吾校西鄰一苗圃，看園人每日下午自做油麵佐以炒韭菜一碟或拌豆腐食之，怡然自得，燒酒有時也吃一二兩，我們把看他吃飯當作日課，所以知之獨悉，而對油麥的瞭解也更深也。

陸放翁詩：「莫笑蹲鴟少風味，賴他撐住過凶年。」自是入世極深語，較黃山谷的「略無風味笑蹲鴟」強得多了。芋嘛，為什麼叫蹲鴟？到今日我尚不解，《史記》注解乃說狀如蹲鴟，未免附會之甚，總疑是方音之轉也。北地天寒，唯此物得遂其生，豈只度荒年，乃日常必備之品。寒家以芋合米同煮謂之大粥，亦曰「糊糊

兒」，有鹽已是上乘，淡食更所常見。中產以上之家亦不過加青菜數莖，牛羊肉幾粒罷了。此間之芋，俗名土豆，羽狀複葉，開白花，花落結實。春植秋收，俗稱土豆，或曰山藥蛋，供食用外，兼可作醬，制粉，渣滓餵豬，誠不愧一寶。

南方所產之香芋大約很好吃，《名實圖考》云：「三吳芋奶[2]，滑嫩如乳，調以蔗飴，入喉自下。」此殆舊都南飯館子之山藥泥矣，不覺垂涎三尺。《山家清供》記吃芋事趣甚，撮抄於此，以見吃芋者非盡俗人。「芋名土芝，大者裹以濕紙，用煮酒和糟塗其外，以糠皮火煨之，候香熟取出，安坳地內，去皮，溫食。……昔懶殘師正煨此牛糞火中，有召者，卻之曰：「尚無情緒收寒涕，哪得功夫伴俗人！」又居山人詩云：「深夜一爐火，渾家團欒坐，芋頭時正熟；天子不如我！」……吾鄉有拾糞人，或問其志，曰：「我若作皇帝啊，天天早晨叫老公（太監）給我買熱白薯吃！」白薯與山芋同類，此公亦居山人之流也。

以上說油麥及芋頭竟。

紅茶‧北風‧夜店燈

口北人嗜紅茶與嗜火炕燒酒煙葉同，不知有否解凝滯之意。生長北國，於茶全系門外漢。只知紅綠茶之別在乎蒸與不蒸，綠茶蒸而後焙，合於古法。紅茶只用日曝，稍焙而已，故亦曰生茶，不知起自何時，遍檢談茶古籍，不得其說。在舊都茶只兩種：曰龍井、香片。茶寮中問客總是一句話：「您沏壺什麼？香片，龍井？」香片為一切綠茶加花薰制的代表，龍井則生茶之一種矣，（？）但其色綠而不紅，所以與紅茶異。余昔日唯知紅茶輸出外國為多，既來塞外，乃知本地人好飲「白毫」，白毫固是極講究的紅茶也，一元六一斤恐尚難入口，西單牌樓的濱來香亞北號等處多半售一角錢一杯，不算不貴。但此間茶葉店僅賣一個大銅板一包耳，為之怪甚。

凡小販、農夫、匠人、行旅、皆吃之，用黑色瓦壺或粗瓷壺，汁作深紅色，須臾不飲，則成黑色，或云，蓋商家雜以「糖色」了，味絕不佳，有泥土氣，而土人云：「可暖肚。」吃綠茶者絕少，亦奇嗜矣。張家口北蒙古人則用磚茶，產雲南，不似內地用沸水沏泡，而架釜煎之，大有古趣，余恨未嚐。

今再說風。風亦塞外一寶也，吹肥了牛羊，吹勁了肢體，吹驕了胡馬，吹白了雪也吹走了溫和。春秋四季，無日不風，且無風不砂石飛揚，打窗迷目。冬天且不管吧，理當刮一刮，且圍爐劇談，聽風聲虎虎，與沸水壺相應答，亦人生樂事之一。怕的是春和秋，而春尤為慘澹。古人云：「羌笛何須怨楊柳，春風不度玉門關。」是寫實。春風固是不度，可是北風卻一徑不停。二三月江南花事正盛，亦此間風威正屬之時。遠遠一片黃雲卷起，嗚嗚聲漸近，不用問，五分鐘內定有浩劫，俄而門窗砰訇，嘩啦啦玻璃粉碎，徑寸的樹枝自幹上驟折而下，於是化作一聲尖銳的呼哨，漸向遠去，而另外一聲尖銳的呼哨則又自遠方而來。天地昏黃，東西不判，大可駭人。曾有一次，我們學校的後大門被北風一夜吹倒。以故，居民的房屋，多用厚重的瓦。這種風一直繼續到四五月，又接上夏日的冰雹，冰雹的來臨更可怖，黑雲如墨，忽有一線白色，倏忽千里的前進，呼呼有聲，大風隨至，雨點大如碗，電火霹靂，屋瓦動搖，這就是冰雹的前奏曲。雹常如鴿卵大，有時更似餺飥，瓶罍。禾稼當然一掃而空，傷人死人也不是罕見之事。最後，還是一陣大風吹走陰翳，於是氣候遽寒，非穿冬衣不可。

宋玉〈風賦〉云：「此大王之雄風也。」我想像中的雄風似乎就具有這種派頭。

昏黑中見夜店燈，多麼值得神往的事。所說店者，自然是僻老的城鎮上的「雞毛小店」，溫飛卿的「雞聲茅店月」者是。泥皮牆頭塗一塊白灰，歪歪斜斜寫上兩行：「留人小店，茶水方便」，古樸，拙陋。在此荒山古道中時也有「牛羊駱駝，車馬大店」的誇大

標識，但其為簡質則一。店內設大火炕，炕下為爐灶，夏日爐輒移於大門外，由一個老頭子拉風箱燒開了十幾把熏黑的洋鐵壺。冬天老頭子一面咳嗆一邊抽旱煙，風箱巴達巴達的響，短土臺上放著煙霧氤氳的油燈，炕上橫三豎四的談起來：

「嘿，給咱們鬧十二兩油面嗨！」

「好灰孫子！割十天油麥挣上他八吊大錢，油面倒賣三十八個子；不夠吃上二十天哩！」

一陣北風吹開了破舊的門，燈光更其搖曳了。那是沒有玻璃罩的陶制的燈檠，拿粗紙卷作成的燈芯，從雞卵大的油壺裏吸上一些發臭氣的煤油或是胡麻油，盡黃光的煙氣薰炙著屋頂和每個人的喉嚨，在暗陬，一個人用洋鐵酒壺喝起燒刀子來了，他大約有點醺然，嘴裏不住喃喃著。

北風，夜店燈，塞外的人生啊。

茶令子③

《抱朴子‧疾謬篇》：

> 俗間既有戲婦之法，於稠眾之中，親屬之前，問以醜言，責以慢對，其為鄙瀆，不可忍論。

可知在晉代以前已有鬧洞房的習俗。大概此亦原始風習遺跡之一，後來演成「撒帳」等習俗，雖是祝賀，詞有很猥褻的。塞外此風極盛行，合巹夕賓客對新郎婦百般調謔，雖尊親亦不忌。民國《張北縣誌》云：

> 鬧洞房：洞房內設神位，內置拜天地時七種物件，並有分食雞蛋及團圓餅者，點燈一盞，終宵不滅，謂之長命燈，男女

來賓均來混喜房，說令子，非至深夜，新郎新婦不能安眠。睡後並有人在外竊聽，如聽出私語，即作為笑談，或盜出新娘衣物，必須用食物贖回，遂以為得意之事，傳為美談。

　　按此風全國均盛行，前者報載有四川某縣鬧房，一客置小蛇於新婦馬桶內，而設法逼嬲，使無閒便旋，將至天明，眾人仍未散，新娘強起更衣，甫坐桶上而蛇入穀道矣，輾轉不得救，新郎大忿，竟以盒子炮打殺來賓，並自戕死，此實民俗學上重要資料之一也！塞北說令子事，雖不致發生如是慘劇，亦有使青年男女極難為情者，余意除蠻風的遺留外，或者有點Freud所說的變態性心理作用也未可知。

　　《歌謠週刊》三卷七期宗丕風君的〈塞北新婚令〉記錄云：

　　……大約鬧法有三種程序，第一部致賀詞，以滋潤喜歡空氣，第二部試口才，以打趣新娘，第三部說令子，以看新娘新郎的有聲活動電影。

可見說令子只是三部曲之一，但既志在看活動電影，自是三部中最精彩的一幕也。宗君所紀歌謠頗多有趣的，茲抄數則於下：

　　沙珀地，（婦）琥珀牆，（郎）琥珀牆上畫鳳凰，（婦）黃鳳凰，粉鳳凰，（郎）黃粉鳳凰二鳳凰，（婦）願咱二人白頭老，恩愛！（婦）
　　丈夫挑水我作飯，（婦）我問新人作甚麼飯？（郎）希溜疙瘩疙瘩希溜混子飯！（郎）你要不給我吃那希溜疙瘩疙瘩希溜混子飯我就打你兩扁擔！（婦）

──以上均是試口才的。

石子兒院，（郎）倒栽柳，（婦）我問我妻多會有？（郎）

（有，指懷孕）再隔二年半，大的跑，二的站，懷裏抱

的個三狗熱；肚裏懷的個四小辮，心裏打的個五算盤！

（婦）……

太陽上來照西坡，因為娶你花的多。（郎）咳，又會縫，又

會聯，黑夜摟上綿又綿，你才花了幾個可憐錢！（婦）

今天天氣真寒冷。（郎）打破窗戶紙兒吹的冷！（婦）咱們

兩口兒遮上個衫衫抱上個緊！（郎）……一步一竹竿，二步

二竹竿，三步走到炕沿邊，（郎）請丈夫，咬腳尖，嚐嚐甜

不甜？（婦）冰糖，洋糖，熏棗兒甜！（郎）

──此歌是新郎隨說隨走到炕沿邊，吻新娘的腳。

喂塊冰糖咳，嘴對嘴呀唉！（郎）喂塊洋糖呀哼咳，化成水

呀咳！（婦）

你是我的要命鬼呀咳！（郎）

──唱時，新夫婦互相喂糖。以上均算令子。

北地豔歌，畢竟與南方不同。先別說六朝樂府，就是馮夢龍

紀錄的《山歌》也有不少隱喻象徵的成分。請看這兒的東西是多原

始，多質樸！幾乎使人不相信，一個女孩子當新婚第一夜會同著許

多賓客唱出這種羞人答答的歌來。

朱之馮

許多古老的記憶留在這古老的城垣裏。

先不用說大將軍竇憲伐匈奴道出於此了，那是太遠了太遠了的

事。在大同府久勝樓鬧羅曼蒂克的正德皇帝，可給這城池留下許多

故事。佞臣江彬把他鄉裏的婦人供獻給皇帝的懷抱,正德便在此地(宣府)大興土木地建起一座鎮國府,當然這裏面充滿了女人、春藥、狗馬、以及皇帝應有的荒淫,他不顧朝臣的死諫,把萬乘之軀情願在邊塞的風沙中尋找一點趣味。

叛變與過度的淫佚帶走皇帝的魂靈,如今又輪到塞外一陣子真正的淒冷,鎮國府毀了,寶物收歸京城,只剩下女人們的懷戀與怨思,蕩漾在秋晚的樓閣上。

許多年,許多年。

陝北一個魔王被饑寒教訓得拼命了,他們一群,由游擊的轉戰而佔有了皇帝的大半江山,沒有一個吃皇家俸祿的人肯流一滴血,像寧武關周遇吉那樣硬漢是被稱為典型的傻子的。無恥、下賤,怯懦的人們終於把一位薄命的君王逼得用條麻繩吊死在自己宮廷的一棵老槐樹上,並殺死了他的兒子,砍斷他女兒的臂膀,可是這全不為向「偽朝」飛眼風的宰輔們所理會。

整個世界渾濁了,恰像今日今時。

當李自成攻破大同旋風一般來到宣府時,那是多風的三月裏的一天。消息同風一樣緊張的吹入巡撫朱之馮的耳朵,他焦急的要哭起來,但卻拗不轉皇帝視為親信的太監杜勳,因為他是監軍,可是他早已向李自成通了款曲。兵部主事金鉉事先勸皇帝專任之馮撤回杜勳,但皇帝只給了沈默:這已證實了皇帝的充分蔽塞。宣府城外紮滿營幕了。剽悍的馬在踢起片片煙塵,敵人的晚笳震顫了城裏十萬人的心。我們可以想像大部分人是附和杜勳的主和論的,為了他們的金錢、地位和生命。但朱之馮終於在城陴上佈置了守兵,更其惹人注目的,是北門城樓上的明太祖御容和一爐好香;他招集了全城的官員和將領在那像前行了嚴重的宣誓禮,「城存俱存,城亡俱亡」。

有人為這一顆火熱的心感動得流了淚,有人卻在暗恨著。

　　太監杜勳在朱巡撫的私宅求見，他委瑣的述明了他的主和論後，「識時務者為俊傑，大勢已去，你還硬幹，未免兩傷，怕老百姓也不見得願意呀。」半威嚇地，半好感地，說了一套。

　　「請你不要再瀆褻我的純潔，因為我總算是朝廷一員官吏，我要流盡最後一滴血。你怕死，你去好了，可是你要知道，皇帝是把你當什麼看待的。」

　　火樣的紅色飛上杜勳的雙頰，他乾笑了三聲拂袖走出大門。

　　第二天太陽還未上來，朱之馮登城視察，卻已不見守城將領，那時北門大開，一個紅袍金冠的人物騎著青驄馬，後面跟從了無數冠纓甲胄的騎士，飛跑到那有笳聲吹動的營寨裏去了。

　　淚和憤怒之火同時從朱之馮眼裏出來，他瞪視著正對北門的鎮虜台，長長的一聲歎息。

　　金鼓和旌旗送來了敵兵的刀槍，銀色的，閃亮的。

　　剛跑出去穿紅袍的傢夥卻在陣前了。啊，杜勳。

　　「朱之馮，天命有定，投了降不失你的富貴！」

　　這無恥的聲音使朱之馮變了顏色，他看了看手下的紅夷大炮，「左右！點炮！」

　　沉默，沉默，沉默。

　　「天啊！」他捋起繡著蟒紋的袍袖，拿起火種，藥桶，逕自去燃點了，可是，不曉得誰在什麼時候早把火藥孔釘死了。

　　他哭了，號啕地，不是為他的性命，而是為幾萬萬人的恥辱。

　　向太祖御容從容地行過禮，在古老的房梁上用腰帶結束了自己的氣息。

　　人們燃香焚燭歡迎進來新的暴君，朱之馮的屍首卻沒人管。

　　半個月後，杜勳已在北京城外了，糊塗的皇帝，允許他縋入大內，談判了一次講和的條件，又縋出去。當他經過女牆時，向他的老伴當王承恩吐了吐舌頭：

　　「富貴還是咱們的，夥計來吧。」

但是，在這風沙的古城裏人們完全磨滅了朱之馮的記憶，倒是康熙北巡重修鼓樓的事還有人豔稱著。

　　（由《明史》二六三及《明紀》十七卷改編）

　　二十六年夏，於風砂的古城，宣化。

　　　　　　　　　（原載1937年7月《文化建設》第三卷第十期）

---

① 土苴，意為糞草、糟粕，《新方言·釋器》：今人謂糟滓為苴，……俗字作渣，……。
② 芋奶，即芋艿，不是山藥，形如土豆而小，外皮似荸薺而色黃，去皮後有粘液，吳中常加紅糖煮食，香糯滑爽，稱為糖芋艿。作者此時尚未到過江南，故有此誤解。
③ 這裡所說的「茶令子」已與茶事無關，或其起源與茶有關。婚娶時鬧新房，說茶令子戲弄新郎新娘是當時張家口一帶的習俗。

塞上散記

一

　　近來常常翻閱中國地圖，東四省照舊是中國領土一部，印得鮮豔明朗，察哈爾北部河北省東部也全是金甌未缺，苦悶之餘，這倒是一付消愁散，蓋行省依然，自覺仍不失為「大中華民國」之國民；雖有人罵我為Q，但除此以外，誰能給我以其他的安慰？

　　「一自邊關殺氣濃，將軍不戰失遼東；漢廷怯敵休邊備，坐棄長城愧祖龍！」此是近人嚴既澄先生〈鐵鳥行〉詩句，（載《宇宙風》十一期）讀後不勝悽愴，猶憶昔讀吳梅村祭酒〈圓圓曲〉時，有「衝冠一怒為紅顏」句，當時極生氣，這回卻覺得吳三桂不能專美於前了，我們現代將軍之洩氣，實駕平西王而上之！故讀了半日地圖，到底事實不能掩蔽，原來我們畢竟成了釜中游魚，只待爨下舉火了！

　　從去年冬天李守信部自多倫出發進攻察北六縣以來，不到一月，張家口以北三十里的地方，已經不是中國主權所能及！又是德王，又是「滿洲國」，又是××[①]，幾於使我們不知這塊廣漠的原野轉移到誰的掌握之中！只是日前與省垣已斷絕了往來，郵件也不通了，聽說近日張家口以北的張北縣，已經又成立一個察哈爾省政府，財政教育各廳都有，完全由蒙人掌握，而聽命於背後的牽線人。請打開地圖看看吧，察哈爾全省的面積有多少大？自張垣以北占著幾分之幾？張垣以南占幾分之幾？如果我們說察省十分之九已經喪失，恐怕你也不以我為誇大吧？但實際上這殘存的十分之一，

——大約十縣面積——也並不是察省原有土地，而是十七年以前直隸省口北道的舊壤，所以，嚴格地講，一直說察哈爾已經「名存實亡」，是誰也不能反對的了。

南自平綏路上的南口起，北至張家口，西自陽原蔚縣一帶起，東至赤城延慶，這「裏長城」北面，「外長城」南面，四山圍繞的小平原，就是察哈爾現在的轄區，你不嫌他太局瘠了嗎？但是，朋友，只要這局瘠的小局面，能保持久遠，我們也就萬分之幸了。

平綏路自南口起就走入山谷中，非換用大號機車不能拖動那笨重的客貨車行列。許多旅行記記過這裏偉大的工程和沿途風景，似乎不必我再饒舌。我只覺得這種兇險陡峻的山勢，極富於北國趣味，因除去居庸關附近以外，幾於看不見一棵樹木，只有灰色的勁草飄動於頑惡的石岩縫際中，偶爾有幾頭小得像貓一般的牛羊而已，這豈不是水秀山明的南方所見不到的嗎？這山谷差不多要走兩個鐘頭，直到青龍橋，山勢始盡，此地有詹天佑的銅像，蒙著一層黝然的綠鏽，挺立在風吹雨灑之中，想到他開闢這條道路的精神毅力，沒有一個乘客不肅然起敬的。過此就是八達嶺山洞，這是中國著名工程之一，火車在裏面穿行，約須十分鐘左右，黑暗中不免引起人恐懼之感，而我們也就更感謝詹公所貽給我們的福利了。一出山地，遂入平原，陣陣冷風，吹面格外發寒，再看看那雄偉的山陰，漠漠無邊的荒野，田禾不見，村莊杳然，不禁自己要歎道：「這原來是塞外了！」

二

長城蜿蜒在山上，而今只供過客憑弔，回想昔人為了抵禦外侮，不惜費去如許民力，而今我們作何感想？出塞後沿途凡是較大村鎮，無處不有整齊的城牆，土人名此為「堡子」，你可以想到昔日此地外患之盛，以及人民的抵抗精神。我老覺得中國自受了商品化的資本主義傳染以來，民力日薄，風習日偷，刻苦耐勞，已經成了歷史上

的名詞了！火車在這原野上行走不久，到了一個較大的車站，名康
莊，從此又易小號機車，速率也漸漸加快，大約此後雖仍不時出入山
地，但像以先那樣險峻的，已經無有，故此地名曰「康莊」，覺得很
有意味。不過，道路雖已走入康莊，恐怕人民卻正活在崎嶇艱險的路
上，不信你看此處車站正中，就有一個六七丈高的新建碉堡，穿了粗
羊皮軍服的守望者，不時從冷風中探首外視，像烏黑的眼睛一般的小
鋼炮，不客氣地從裏邊挺出，這還不是證據嗎？約在距今五個月前，
此地正東的延慶縣，幾全部陷於混亂狀態中；愈剿愈多的劉桂堂匪部
與本地不自聊的痞棍，以及窮得不能忍受的鄉民們勾結起來，盤踞縣
城和永寧鎮一帶，只要有田可耕有飯可吃的人家，無一倖免於綁票，
甚至以「放腳」（出雇騾馬以便行旅之人）為生的腳夫，也不免遭受
剝皮之厄（剝皮者，褫其衣服也）。康莊車站距此不過幾十里，只以
該縣隸於戰區，駐軍遂無所措手足。那時許多鄉民都移居南口北平一
帶，火車上充滿了這些滿面風塵的婦孺，我曾目睹這些被難的同胞，
真不禁為之下淚！後來聽說到底得到×方允許，才能由省政府及×方
共同出了幾萬元錢，把這一群匪兵遣散，從此處越過山嶺，逐漸南
移，經過河北省易縣一帶直到大名，沿途又不知幾許不值錢的人命喪
失在他們手裏，多少血汗換來的財物也隨之飛去，一直到如今，還在
冀南豫北魯東一帶騷擾呢。

　　康莊以西，雖也山脈起伏，但平原上已可見到各種作物，大
約以穀、高粱、玉蜀黍為多，不似東部的荒涼冷漠。西至懷柔縣，
火車不過走三十分鐘光景；此處盛產蘋果，穀類也相當豐富。縣城
建築在一座山上，顯得異常雄偉。加之縣西就是歷史上有名的土木
堡，更會惹人「發思古之幽情」；明代皇帝畢竟不凡，肯從深邃的
宮殿中跑出，與野蠻的也先馳逐於這廣漠的原野之上，雖則以「萬
乘之尊，屈為臣虜」，若較之今日以三省之地拱手讓人者，好像還
夠得上「英雄」的頭銜。土木堡遠在車站之北，有顯忠祠祭祀英宗
時那些隨征死節的志士。

　　沙城（土木以西一站）的「煮酒」很有名氣，在月臺上你可看到一些小販提了酒瓶兜售，每瓶價在六角左右，亦可謂中國酒中之香檳了。據說這酒曾參加過巴拿馬賽會，並得過獎狀，不知信否？若然，則亦我國製造業光榮之一頁啊！

　　此酒有紅綠二種，據說系用竹葉圓肉等藥和酒煮成，有滋補之效，或云：曹孟德與劉玄德共論英雄時即飲此酒，可謂見景生情，善搬古董。這些我且休提罷，還是繼續我們的旅程要緊。沙城西面，屢見突起小山，均極富煤質，直至下花園遂成察省的大礦區。

從火車上可遙遙望見南面山頭的高線鐵路，若天氣晴明，你將看到一輛輛的煤車，輕浮的飄灑的滑行在那上面，使你不由得要歎科學的偉大！大約此地煤礦，用土法開採的居多，有近代科學設備的，也不過一二個公司，規模也都很小；土法開礦，危險極大，常常將工人活埋在礦坑中還不算，那些掘煤運煤工人之苦，也就非我們想像可及！一個人背了二百斤左右煤塊蛇行在幽暗的地道中，終年如此勞動，以致一到夏天冬天，沒一個不成半癱瘓狀態的，記得丁文江先生曾在《獨立評論》中談到雲南個簡舊錫礦工人背礦砂的苦況，我想這種煤礦工人也就大可與之媲美了。此地所產的煤，火力較弱而易燃，多煙，火車上恐不適用，燒火爐也欠清潔，加之西有大同口泉，南有門頭溝，故銷路只限於察省境內，因之也就刺激不起來大量的生產。下花園除產煤外，地勢也很險要，北面南面均山嶺重疊，故極適於用兵，可惜我們的天險，大半已與人共，即使不能飛渡的天塹，目前也不敢保能守到幾時，況此彈丸之地，恐更談不到什麼以少拒眾的誇大話了！

自下花園南行三十里，就到涿鹿縣。從先要坐半日騾車的，而今有汽車連一小時也不消了，我們歷史的創造者，黃帝，與所謂異族的首領蚩尤作戰，不知到底是否此地？有歷史癖的人，大可考證。自涿鹿縣西南行，越過幾重山嶺，經過許多險陡的岩壁，就可到察省唯一的富庶之區，蔚縣了。若按行政區劃說，蔚縣毋寧說應當屬之河北或山西才對，因這一隅孤懸南入差不多夠二百里，好像與其他各縣相隔太遼闊似的。蔚縣人，提起來誰不浮起一個艱苦耐勞儉嗇苛刻的印象？大約此地接近山西，故已有山西人善於「經營」的特質；各種小工商業，「蔚縣幫」在察省都形成一種特殊勢力，而什九掌握地方金融的權衡，尤其是錢業，為蔚縣人操持的更多。故除張家口以外，我們逕說蔚縣是察省的經濟中心亦無不可；不過這幾年省方的予取予求，實在也夠使這些咬定牙關苦幹的同胞們一受了！又傳說此地人好賭及色，故客幫人多有拿這種釣餌使一

些老實人破產的，世道險巇，於斯可見！與蔚縣為鄰的陽原縣僻處全省西隅，人民生活也多與蔚縣相近。一到年關，在熱鬧的縣份常常見到些拿了「二胡」，唱著低曼而淫猥的調子，沿戶乞錢的人，這種歌就是有名的「蔚州秧歌」，北地雖不插秧，但也通名農人的歌謠為秧歌，其唱法，係由一組七八個人扮成許多男女角色，足部縛了所謂的「蹻」的，（一種木頭腿子，其始意不過為使表演高出群眾，便於欣賞而已，殆如古希臘戲子之穿厚底木靴。）跳著舞著，和著一種單純的鑼鼓；鑼鼓一息，就立刻唱起來，其辭藻多係男女調情之類，如像：

> 「哥哥你走西口哇，──
> 小妹妹眼～淚……流！」……

起首是平板的聲調，到後面忽然由高沉下，盡你想像那種男女熱情，以及因塞上苦寒不忍離別之狀。這樣，歌畢又舞，舞罷又歌，男女表演著一種恣肆的無邪的追逐之態，就是北方的秧歌了。

我因秧歌而想到下花園以西，新保安一帶的稻田，這很怪，在這樣荒寒所在會有綠油油的江南玩意兒！兇險的山峰下，卻是一望無際縱橫方罫的阡陌，設在夏末秋初，秧針正齊，你將如何欣賞這種Unharmonious的美！不特此也，有時一片地只種北方男兒所最愛吃的大蔥，一大塊深碧色，映得你眼睛會起纈的；也偶爾有一兩株開了花的桃或杏，點綴著這遲遲而來的春日，小渠裏流著灌溉蔬菜的清水，不免會使你對這冰一般北國起異樣之感呢。

洋河即每年要氾濫為災的永定河的上源，亦即桑乾河也。此水在下流頭那等兇惡，而在此處，則顯得十分馴服，沿了南面的山嶺，緩緩而流，有時向遠方望去，可見一條銀線，恍如從天際而來。山，既無樹木，更少牛羊，只有從外蒙吹來的黃沙掩沒了一切，好像終古就沒有起過變化似的屹立著，使你會疑心這兒壓根就

沒有過人。因為既無橋樑，又無渡頭船隻，故行旅只好「深則厲，淺則揭」了。也有時連車或驢馬一起涉過，那是不易遇到的奇景。洋河在此地既絕不氾濫，因而人民就將他開成渠道，藉以灌田，也恰如「黃河百害唯富一套」一般，洋河給察省以絕大利益。前年華北水利委員會為了宣洩永定河水勢，決定在洋河建一水閘，擬定在懷來縣珠窩寨地方，但此閘一成，勢必會使沿河數十村的田廬房舍全部「沒落」，以此引起地方反對，直到如今，還不知怎樣解決。

<h2 style="text-align:center">三</h2>

察哈爾的「文化城」，──宣化縣，這古舊的城池，會給你許多遐想；這兒本是元明清以來的府城，邊防重鎮。整飭的城垣，古老的衙門，破敗的鐘樓，成群的鴿子，這些，要叫一個陌生人得到什麼印象？請試登城遠眺，你將於若干零落的建築之中，看到一座挺出的羅馬式的傑閣，這是什麼？你不聽見晚禱的鐘聲隨著西風來到耳邊嗎？這裏住著「僧侶」、「聖徒」，這裏有著小城市作夢也見不到的二十世紀的文化；電燈，花壇，大理石的雕像，典麗矞皇的殿堂。這深入「不毛」的帝國主義營壘，這森嚴可畏的窟穴，君臨在一切之上！拱服在他下面的，是簡陋的土舍，是猥瑣的，有著一面洋式門面的「海式」商店，是駱駝之群，是笨滯的騾車，是穿著白色粗羊皮的奔波者，還有許多一臉質樸誠懇氣概的學生。

──學生，近來已經成為叫人頭疼的名詞了，一般人一見了穿著軍訓制服歪頂著軍帽招搖過市的青年人，就要白眼相加，走不了多遠，就會聽到一聲「流氓！」的咒罵。學生果然可恨到這般田地嗎？還是另外有使他非叫人恨不可的原因呢？這恐怕不是一般人所過問的了。我於此地的學生，覺得不單全無所謂「流氓」的派頭，而且覺得他們真是老實誠懇到家。謙而有禮的鞠躬，純摯溫和的談話，所謂市井氣是絲毫沒有的，誰說內地的小城市不是優美的藏息

休遊之所呢？此地的學校，重要的有省立高級中學、省立師範、省立初級女中、省立職業學校等，幾乎佔有全省省立學校之半，而且規模也都比較省垣各校為大，中學有九班，師範有六班，在全省是設備最完全歷史最悠久的。蓋所謂口北十縣既是河北舊壤，這些學校也還是河北省的舊設施。若以目下省政府的力量，決不能有此種建設也。中學原是河北省的第十六中學，師範則係第五師範，而中學歷史尤為長遠，光緒時即已設立，故人才亦最盛。師範學校有六班學生，是察省全省小學教師的總供給機關。說到師範教育，我們在這兒不妨稍稍表示一點意見：按照現行學制，只有初級中學，而無初級師範，故欲入師範，非初級中學畢業不可。從先的師範學校本是公費的，刻苦自勵的學生可以一帆風順地得到高中畢業的程度，雖家庭狀況窘迫，也還可以支援，況且師範畢業之後，若不甘於小學教師，也可找機會升學。現在呢，非初中畢業不能投考公費的高級師範，師範畢業後非服務修學年限加倍年數，不許升學，若想當一名月薪十數元的小學教師又要到處碰壁，於是師範學校就成了死路一條！從先師範生招考總是趨之若鶩，招四十個學生，千把人報名是常事，而今呢，有志上進的要巴結著上高中，欲謀小事者初中畢業已足，於是師範只好門可羅雀！我想不只察省為然，恐怕各省學校當局都有這種苦痛。這種苦痛也就是中國教育迄無定向所賜與的。近來教育部不又改革課程標準了嗎？十年以來，學校系統越改越亂，課程標準，越改越雜，非曰效法美國，就是目前是「非常時期」，狙公賦芋，朝三暮四！國家也亡了，非常時期越加非常了，恐怕我們的課程標準還沒有一定呢！

　　此地學生生活，真是艱苦！每月四塊錢的伙食，以目前食糧價格，每天只好吃莜麥[2]麵和鹹菜。（莜麥，大約即燕麥，產於亞寒帶，色較黑，可磨粉蒸饃或吃麵條，土人將他作為卷狀物，用鍋蒸熟，蘸鹽水或豆腐食之，不易消化。）若有白麵饅首，已算不得了的大餐了。北平學生每月吃七塊錢包飯還要下小館，不知見了此種

情形，作慚愧狀否？至於穿衣服，除去粗糙的羊皮裘用以抵禦吹面如割的北風外，大衣、皮鞋，一般流行於中學生間的化裝，在這兒都成了罕見的物事。

察哈爾全省的省立學校除去宣化四校外，還有張家口四校，柴溝堡一校，張北縣一校，一共不過十校，每月經費只二萬五千元上下，說來真夠寒傖，可是，即這區區兩萬元，還不能按月發出，其為枯窘，已不待言。蓋以此十縣大小地盤，也要供養一個省政府，誠所謂「麻雀雖小，五臟俱全」，不知老百姓為此要多吃若干苦痛！加之近來各省都把教育事業，視同附庸，大家總覺得造就出學生無非跟行政當局搗蛋，因此一怒之下，教育經費就更大吃其虧了！記得去年宋哲元主席去職時，全省負責無人，我們藉粉筆條吃飯的人，就有三個月分文不見，那時若說大家焦急的情況，恐怕只有天曉得！幸好後來張自忠主席都給補發了，總算沒有弄一筆空頭支票，然我們已耽驚得可以了。

民眾教育在這地方似乎成了具文，民眾教育館變成了一種「機關」，雖有閱報所，不曾見過老百姓來閱報，——實際上也沒有老百姓能懂的報，雖有圖書館，只供一些學生們課餘的消遣，老百姓怕連什麼是圖書館也不曉得！更不知所謂邊疆民眾教育究竟作何計畫！而今是強敵壓境，普通教育都成朝不保夕之勢，民眾教育尤成不急之務了！說到此處，不免想到這次中央召集各省市教育界代表談話，獨不及於察省，新近頒發的邊省公務員任用條例，也屏察省於不計，真不知中央還承認察省是中國所有否？我們看了殷汝耕[3]委任大批冀東各校校長，並通令各校採用新編的教科書，再想到自己所處的地位，實不能不有悚然之感。最近察北六縣政權喪失，不特以先在那裏作事的教育界從業員都被排斥出來，即該區城內之學生，亦已被限制出外；我曾眼見幾個剛從這「非常區域」中逃出的學生，那一臉灰暗顏色，使你想到他在途中所受到的折磨，據他們自己說，平常到張家口或宣化來就學，不過走兩三天，如今就要延

長到一星期以上，大路不敢走，遇到軍隊要搜檢阻攔；汽車不能坐，坐了要遇見不可避免的麻煩；書籍不能帶，帶了要遭逢不敢想像的危險；有的時候竟要晝伏夜出地走。況即使這樣的離開家鄉，還得有六七家鋪保保證才行，唉，我想，生活在東北四省的同胞，他們的遭遇更該如何？

四

宣化本包圍在群山叢中，唯所有山嶺均童禿濯濯，無蕃息之可言。除牛羊偶爾到那上面吃一吃衰草而外，只有供人在夜裏放起一把野火，在山頂蔓延著，點綴這北國的冬夜罷了。唯在正北一個小山，叫煙筒山的，卻蘊藏著極豐富的鐵礦，大概是自此山直到龍關縣一帶，鐵礦所在皆是，我們在煙筒山附近各山的斷層中，都可見到岩石裏赤褐色的鐵質。當安福系④當權時代，本決定開採此處鐵礦的，當時礦場均已設好，開掘亦已開始，取名龍煙鐵礦，我還記得曾委陸宗輿充總理，據說這位國恥史中的要角還為這礦很賣了一些力氣，但是，後來政局一變，這礦也馬上停頓了，現在我們還能見到堆集成山的礦砂，拆卸的鐵軌，廢置的機器，拋棄在一個角落，不知不覺叫人起一種今昔之感，同時也要叫一聲慚愧，為什麼我國民族對於建設事業就那麼冷淡！如今這礦已成為我們鄰人的掌中物，在中日經濟提攜的名義下，不知有多少人來這兒考察，近來聽說已有專門技師常川住在城內，進行此事，又聽說此礦已由龍關方面開起，逐漸向西進展，總之，這已丟棄的寶藏，恐怕以後要無條件的歸之他人了。

「攻略豈須勞庶士？安危無復繫重城！」空中嗡嗡的響聲，不由人不想到這二句詩。（亦〈鐵鳥行〉句）宣化城西北約二十里的地面，已經有一大片禾田權充了這二十世紀惡魔的集散地，張家口也還有一個。中國百姓眼福畢竟不淺，能有這樣好機緣「受科學

洗禮！」若細說起來，這裏面不知還有多少意想不到的故事可以敘述，然而我只有不說了，其原因，大約你會「心照」吧！

張家口，這北地的都市，雖則我還沒有到過，但也曾聽到過許多關於這地方的講說。闊大的馬路，縱不似平津的繁華，也應有盡有：飯店、戲院、影院、還有妓院，這還不夠當一個內地都會嗎？何況全省政治中心在此，為察省商業骨幹的皮毛業也以此為薈萃區，鐵路在此有廣大的車站和工廠，其熱鬧亦可想而知。通常將此地分為兩區，北部為政治區，有省政府各機關與銀行，名「上堡」，「下堡」在南部，為商業區。商業，一樣受了農村乾癟的影響，毫無生氣。皮貨滯銷，行情低落得使人驚訝，以前賣十元以上一頂的皮帽，今年五元也出不脫，其他大率類此，小商人只好怨命不濟，卻不知除了得航空獎券特獎以外，什麼樣的命運在這時也沒辦法！有一種商業為內地各處所不易見的，即漢口所稱「特貨」是，此地則曰「西貨」。在大街上懸著×××西貨莊的牌子的，就是專門出售這種東西的表記，宣化城也有此類商店，起初我到底不明白什麼是「西貨」，一問別人，都用微笑回答我，我也就意會了。近來不是平津也成立了「清查處」嗎？這就是「寓禁於征」的大本營；「寓禁於征」，多麼好聽的名詞！有人說中國是文字之邦，誰曰不然乎？

上堡的北門曰大境門，大境門外有元寶山，冷淒的山谷中，時時見到穿了氈靴以及紅紫衣服的蒙古人在這兒貿易。與外蒙貿易，本是張家口繁榮最大原因之一，但自外蒙獨立以來，中俄邦交既斷，經濟關係也就立時完結。從先那些所謂作「外館」生意的商人，哪一年不有十幾萬銀子的營業，如今呢，中俄國交雖已恢復常軌，但過去的歷史卻永遠也回不來了；只有眼巴巴看著一個外國人開的「德華洋行」一批一批的作好生意，自己卻沒有力量打破政治上的難關；最近呢，大境門外三十里的地面已經成了另一種人的勢力範圍，一切一切，更談不到了！前幾天謠言非常利害，不是說省

政府要移往宣化，就是說×方又提新要求，人心如沸，不可終日，幸而這些話終於證明是謠言，總算徼天之幸！不過冀東問題既非一時所可解決，察北問題一時自更難說，日俄風雲又如此緊張，別人的野心也非隱忍所可制止，這有名無實的省份到何時名實俱無，實屬不敢預測啊！

我想起有人在大境門上題了四個字：「大好河山」！這真是一種極好的嘲諷！

二月二十四日，春丁祀孔假期中寫完。

附言

此文草完，又陸續得到許多關於口外六縣的消息。據說×方近來在各縣都已派好參事官，將從先縣府加以根本改組。各局均裁去，而統轄於總務、警務、財務、內務四科。各種各式的土豪劣紳只要曾經有過魚肉鄉里的成績的，都紛紛起用了。而舊日縣府職員，倘若當時未能離開這「是非之場」，就都從新登記，以後照常服務，絕對不准擅離職守，以致許多人只得違心地咬牙忍受。縣長自然早已逃之夭夭，而換上真正親睦邦交論者了。參事官到各縣後，最重要的就是調查工作，無論產業、經濟狀況、人口、文化事業、自衛情形等等，都有極詳盡的表格發下按式填寫，即使雞鴨牛馬，也要詳細說明。本來蒙古軍隊初到時，首先免除積年錢糧陳欠，（即使不免，這也沒有收齊的可能），故老百姓以為倒懸將解，不知怎樣歡迎好，到現在一見到這些瑣細調查表，才知道到底還不如當一個受點剝削的中國國民了。口外各縣因常鬧胡匪，故自衛能力相當充足，以此之故，民間收藏的槍支，近來成了嚴重問題，經登記之後，最短期內，必要沒收，如東北各縣一般；任人沒收呢，心所不甘；不讓沒收吧，誰敢抵抗？這真是老百姓的難關啊。

　　參事官將調查所得，作成詳細報告，呈報給滿洲方面，據說這種報告，各縣都在趕制，書記們（中國人）漏夜不停的寫著，唉，我們心裏覺得怎麼樣？

　　各機關都實行緊縮，無所謂經常費，日常用品各按所分配的數目向縣府去領，如像筆墨紙張煤油蠟燭，我想這種辦法一定要使向來公私不分家的中國同胞感到極大痛苦，但遭受這種果報，也真可以說咎由自取了。此外各縣都成立一種所謂俱樂部，不消說，這裏邊就是一切墮落毒菌的埋葬所，鴉片、白面、賭博、娼妓，……您可隨意選取您所希冀的！

　　許多學校從去年事變後就無形停頓了，聽說參事官也曾召集過各小學校長說：「無論在什麼地方也是作事，我這裏也不少給錢，你們何必走呢？」但是如今已屆三月，畢竟沒有一個校長或教員回去籌備開學，有許多原來掙錢較多的教職員，現在寧願在別處覓一個極苦的小事，也不願回去，可見「文人」不盡「無行」。若灤東各中學校長之情願接收殷汝耕聘書，睹此不知有無愧色。

　　然而聽說各校的小學教科書都被收回了，甚至各縣縣立圖書館的書籍也都被封存了！

三月八日補寫

（原載1936年4月《文化建設》第二卷第七期）

---

① 文中的××或×方均指日本，第四節中提到的「我們鄰人」亦指日本。
② 莜麥，原文在《文化建設》二卷七期刊出時誤排為小麥，作者在二卷
　八期中作了更正：

《塞上散記》勘誤　仲雲先生：《塞上散記》第六頁第一欄所印之「小麥」，實系「莜」〔音油〕麥之誤。莜字不見經傳，土人寫法如此耳。蓋即植物學所稱的「燕麥」（Oat）也。因字形與莜近，故誤。小麥即磨麵粉所用的原料，與此迥然兩種。此本無關宏旨，為傳信計，故向臺端陳之。北地仍寒，狂風如吼，大無生趣，南中聞見，敢請時時見教為盼。此祝撰祺！

　　弟蟄寧頓首四月十日

　　為讀者方便，我們在文中即作了改正，蟄寧為作者當時用的筆名。

③　殷汝耕（1885-1947），早年留學日本，回國後在各軍閥間進行投機活動，後投靠國民黨親日派的黃郛，1933年5月，與黃代表國民黨政府與日本簽訂了賣國的《塘沽協定》，1935年12月，任日本扶植的傀儡政權「冀東防共自治政府」「主席」、「政務長」，公開叛國。該偽政權於1938年被取消，1946年殷被判死刑。

④　安福系：北洋軍閥時期依附於皖系軍閥的官僚政客集團，因其成立及活動地點在北京宣武門內安福胡同，故名。安福系當權時期大約在1916年至1918年皖系在直皖戰爭中失敗，但直到1926年才完全停止活動。

「冀東」管窺

一

　　受了人事的牽纏，已經四年不回故鄉，憶起昔人「少小離鄉老大回」的詩句，自己就一面悵惘，一面茫然。近來家鄉少有來人，而且又懸起「防共自治委員會」的匾額，使人更加彷徨莫知所措了。原擬今冬回家嚐嚐故鄉新年的滋味的，在疑懼交加之下，只得打消原議。我一走到東四牌樓，就引領東望朝陽門外的國道，因為這條公路是我們平東各縣交通孔道，每天都有許多穿了半截夾衫戴著氈皮帽的「東鄉人」從這二十世紀交通利器中下來，走上瀝青馬路。這些厚重、沉毅、忍耐的可愛鄉人，正不知如今受著何等折磨，頭上又增加幾許皺紋呢！一位同鄉見了我說：「恭喜！咱們都是『殷國』的百姓了，和他們隸屬『宋國』①的不能同日而語！」這話使人聽了既傷心且可樂。殷乎，宋乎？我只好解嘲說：「還好，殷宋畢竟同宗，（周封殷之後於宋，故孔子有殷禮宋不足徵之語。）尚不致用夷變夏。目前我們只有聽之吧！」大家會心地點點頭，也就「而已」了。

　　畢竟這「殷國」現在成了問題，恐怕還不是一時半時所可解決。通緝令儘管堂哉皇之，而木牌則赫然懸於聖廟。孔子也曾說過「夷狄之有君，不如諸夏之無也！」的話，此語不知到底作如何解釋，若如清代館臣對付乾隆的說法②，似乎此機關設於孔廟，倒也無啥，如其不然，則孔子也只好「不接淅而行」③了。中國人向來對自己就不甚了然的；即如前些時我接到上海某大書局一封復信，

因我去信時說明通信處是平綏路某地，他覺得平綏路不甚明顯，就在上面加上「湖北省」三個大字，我接到這個信，真有點哭不得笑不得。故我恐怕目前所喧嚷著的「冀東」「察北」，恐怕也少不了有些知其然而不知其所以然的同胞。然則盡我之所知，寫出一二，雖則不能統括冀東全部，而窺豹一斑，或亦可使茶餘酒後閱閱曲線美電影畫報的人們，瞿然一下乎？

二

　　大體是可再將冀東分為兩區的：東面一區，包括灤河流域沿海一帶，富有漁鹽煤礦之利；西面一區，包括薊運河流域一帶平原，饒於農產山林之息。東區距我的家鄉較遠，故所知不甚多，好在人情風俗，根本無大差異，故不說亦可以此例彼。西區，即塘沽協定後所說的薊密區（東區名灤榆區）原有行政專員，公署設通縣，即今日之自治委員會所在地。此區所包各縣，有通縣、三河、遵化、薊縣、密雲、懷柔、順義、平谷等縣，今則不屬於戰區之縣如寶坻、香河、昌平，亦被併入。全部面積，可當河北省七分之一，而北伐以前，皆隸屬於京兆者也。薊運河自遷安來，南北直灌此區，至天津北之蘆台入海。上游多行山谷中，木料、藥材、果品、糧米、雜貨，由此河運輸的很多。我的家適在此河沿岸，至今不能忘記那遠映斜暉的帆影，與傍晚咿呀的櫓聲。蘋果和梨子的香氣從荊條的筐中慢慢散出，船上人的炊煙一如早晨的輕霧，雖則不過一條內地的小河，也盡足使人享受不盡他的好處！沿河兩岸的土地，都是沙壤，極適宜種植小麥、穀、粟、玉蜀黍、花生、蘿蔔等，通常我們鄉下都將農忙分成兩季，吹南風的五月，是小麥收穫期；西風蕭索的八九月，是穀類收穫期。收麥時異常忙碌，你如念過白居易的〈觀刈麥〉詩，就可曉得一二了。到這時一家大小，都要到田裏去，留下婦女們在家炊飯並晾曬收拾已獲得的麥穗。日間往往要吃

上四次飯，因為非如此不能補充體力。麥大都連根拔起，故非常吃力，若非夙日養成習慣，絕不能吃這種苦頭。農家視此季之收穫狀況，即可卜一年的榮枯，因麥子往往全數售之市場，供一年用度，至於穀類作物須秋天收穫者，則僅供一家食用而已。雖則如此，食也是民生一大問題，加之近年糧價低落，收成減少，而苛捐雜稅加重，所以無論任何家庭皆在困頓中打發日子。

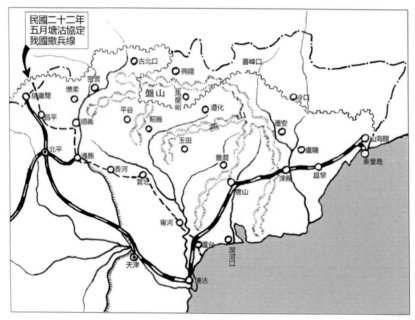

冀東地圖

薊運河下游，如寶坻縣一帶，港汊縱橫，常有水患，故居民往往不事農桑，而以家庭手工業自給。紡織業在寶坻縣最發達，大約都用半人工式的「鐵輪機」，一家大小，苦吃苦作，因紗線均來自東鄉，所得已經有限，況且布匹銷路，百分之八十是口外熱河一帶，近則無論什麼貨物都不能出口，於是一些自食其力的人，只有喝西北風了。我鄉雖不織布，但貧乏的鄉民，常常販了一些洋貨，

如火柴、襪子、肥皂之類到熱河或興隆縣一帶作生意，彷彿山東老鄉「下關東」一樣；雖則有的人流落在外，從此不返，但也有許多人帶回較好的命運，使那在家中忍苦含辛期待著的父母妻子得到最後的慰藉，可是，這些事如今也都成泡影了。

興隆縣以先本名興隆山，因接近馬蘭峪（清陵寢所在地，屬遵化）故為風水禁地，樹木蓊鬱，礦產亦豐，自民國以來，土人才漸漸偷伐數株，起初不過供燃料需要而已，後來曹錕看這有利可牟，遂派一總辦，名義上是保護森林，墾殖土地，但實際卻是有組織地大規模伐售樹木，自經此次「保護」之後，興隆山才變成濯濯童禿，故自十九年改為獨立的縣以來，久已不見樹木的影子了。好在此地是口外與口內各縣交通孔道，雖處萬山叢中，商業也逐漸繁盛起來，而成為薊縣、三河、平谷、密雲各縣的殖民地。家鄉來人談起，二十三年長城各口之役，此地初被日軍侵入，繼由蕭之楚部隊反攻，後來日軍只剩二十餘人，困守縣府，不意此時忽下退卻命令，軍人們眼都紅了，但也只有忍淚退出！而興隆縣也就從此不見青天白日旗了。近來口內各縣商人先後被逐回家，豐饒的金礦和煤礦更早已操之他人之手，想起來真不覺浩歎！（聽說現在興隆縣只轄十個村莊，公安局才有四個警察，因在口外的部分，都正式屬之熱河了）大約亡國慘狀若非身受，總以為不過如此，好歹可以混下去，殊不知事到其間，恐怕你要想混下去也不可能，即如我鄉被逐回家的人們，先既無充分打算，到此如何過活？於是只有在海洛英和嗎啡的麻醉中過日子，後來越弄越沒辦法，若再有一二不軌分子的勾引，哪有不立刻變成「杆兒」上人物的？（杆兒，土匪之集團也，其首領曰杆兒頭。）《大公報》一月十七十八兩日刊載一冀東通訊，說遍地皆是洋行，所謂洋行，貨物只限於嗎啡白面（海洛英），而奸宄之徒，遂紛紛投靠於此，一切綁票勒贖的事，都於此中製造，至於洋行主持者，自然非比我們高一等的亡國奴朝鮮人不辦！灤東各縣，此種洋行，甚至各村皆有；薊密區雖不如此利害，

然各沖要市鎮，也無處無之，縣城內更不用提了。故稱之為「洋行世界」，確乎也不算過分！洋行既是萬惡淵藪，有的所謂戰區特警及地方民團又與之勾結，遂造成三位一體的混亂狀態。

我鄉民團本是十分著名的，自組織以來，土匪真是銷聲匿跡，即潰兵亦不敢恣肆；猶憶民國十六年張宗昌潰兵自武清縣經過香河而達我鄉，俱已腰纏累累，還要賈最後餘勇，遂致與民團衝突，但結果一團人都被殲滅在北面山谷中，即此一端，已可見民團之力量。但為時既久，就漸漸變質，民團本身日漸衰老，而主持民團之人，倚仗實力，也變成地方上叱吒風雲的英雄，其情形一如我們幼年所讀的《彭公案》或《施公案》中的惡霸一樣：——交通官府，勾結盜匪。最近由家信中才知道我鄉最有勢力的一個「保董」，（民團首領之名，隸於「團總」而轄「甲長」）已被剿辦，其財產中最可驚人的有來福槍二百枝，毛瑟手槍百多支，借貸來往賬目達十萬元以上，洋元亦搜出數麻袋！甚至還有造槍機器等，蓋此公久有香河縣武毅亭之心，故有如此準備。記得三年前年假回家，村中窮得不能度歲的人，大都到某保董處貸款，而以價值數倍以上的不動產或牲畜為抵押，限期極短，利息甚重，殆即所說的「印子錢」也。正月一過，某保董已開始催索本金，凡不能如期付款者，門上都加了「××年×月×日，×××封」的封皮，限三五日付清欠款，否則全數沒收，一時男女老幼，拋離了這僅足蔽風雨的廬舍者，也不知有多少！據說有一家因無不動產作抵，又不能付錢，竟被逼得將一孀媳改嫁，用身價錢償債。像這種事也不知還有多少，但竟無一人敢於反抗，豈非怪事！當二十二年宋哲元部與敵兵在喜峰口作戰時，我鄉適當後防，供應之繁，自不待說，好在宋部紀律嚴整，又係抵禦外患，故人人樂於輸將，某保董此時上下其手，大約獲利綦豐，據云全縣攤款六十萬元，用於二十九軍的也不過二十萬耳。縣中代征車輛人夫，照例按日給價，某保董用賤值雇車三數輛應徵，卻呈報出車百餘輛，每天到縣府領取工資，而他自己所

雇的車，竟一文不付，有一天車夫找他索錢，竟一槍將車夫打死，拉出去掩埋完事，我想聽了這故事的人，一定會以為我在胡說，其實卻千真萬確呢！這次被剿辦前，已發覺他勾結本縣土匪綁票，互相分肥，後來又偵查出來他要利用本地一部流氓，連絡駐通縣一部因紀律欠佳而改編的特警，準備成立什麼「自治軍」之類的東西，遂被駐在縣城的另一部分特警先將他搜剿，但他早已聞風遠颺，聽說是跑到天津×租界，偕姨太太同住去了，只有他的兒子和弟弟被捕。後來又破獲了那些助紂為虐的匪徒，這事曾經過一番徹夜的戰鬥，到底將匪首捉住，有一個還立時正法，原來這人卻是我在小學的同年級，我聽了之後，也說不清心裏是痛快還是惆悵了！聽說前幾天某保董的姨太太從天津來縣，帶了兩團東鄰浪人，索取已入官財產，幸而縣裏的特警頗明大體，置之不理，也就沒有惹出什麼交涉。可是以目前局面而論，恐怕誰也不敢保險將來不出什麼亂子吧？

三

　　橫亙於薊密區北部的群山，統名燕山脈，西接北平郊外的西山。東至海岸，

　　這山以及上面的長城，在如今恐怕已成了中日兩國的界限了！蘇東坡詩：

> 燕山如長蛇，千里限夷漢；
> 首銜西山麓，尾掛東海岸。

　　豈只在地勢上形容得好，在功用上尤其成了今日的讖語！撫摩著長城各口的血痕，懷想當日的悲壯劇，俯視漠漠無邊的塞外，肥壯可愛的牛羊，你作何感想？河北和熱河，本不以此山為界的，但實際上只要一過此山，中國政令久已不行。那些蠢蠢蠢蠢的山間居

感時

民，在長城戰役時都曾拿了十五世紀的武器，在山頭攻擊坦克車和野戰炮，如今他們也只有聽憑別人的宰割了。

在這群山之中，風景最好出產最多者則為盤山，此山正在薊縣北部，有人說古有田盤居士隱此，故名；也有的說韓退之〈送李愿游盤谷序〉中所說的泉甘而土肥的盤谷，即是此地，這些我們先不管他。北方各地的山，大都是一片濯濯，獨有此山，松柏橡櫟，極其繁茂，但近來因土人砍伐，也實在凋零不堪了。（請參閱《國聞週報》所刊徐盈君的〈薊密觀秋記〉，有詳細記載。）還有可愛的，就是泉水，長松之下，潺潺流水，水聲松聲，兩不可辨，這便是盤山勝境。寺廟極多，如萬松、天成、雲罩諸寺，建築全很宏偉，可惜一般和尚只知道剪了平頭，穿了馬褂，在山下養妍頭過日子，全不知葆愛這美妙的賜予，所以無論那一處寺院，無不頹敗萬狀，日就傾圮！地方上既無念阿彌陀佛的要人，又無熱心公益的善士，再加民窮財盡，人人到處搜尋可供賣錢的物事，這已不走運的寺院，又有誰去理會呢？雲罩寺高踞山頂，下面時時是白絮似的雲海，尤為避暑勝境，但近來怕也只有窩藏土匪了。乾隆帝在此山修建行宮，依山而築，雖不能媲美熱河避暑山莊，倒也十分莊嚴富麗，內務府在當地派總管看守，總管下設「大老爺」和「二老爺」，我有一個遠親，就是大老爺，民國初年，他還每夜由宮裏守門衛士用紅燈籠接往宮中「上夜」，穿著袍子套子，戴了紅纓大帽，又滑稽又神氣。但到後來宮中字畫古玩，也都被這些大老爺們盜賣一空，聽說最值錢的羅兩峰〈鬼趣圖〉也不過像爛紙一般賣掉了。前幾年因為裏面既已空無所有，這些耗子（用吳稚暉先生給內務府旗人的綽號）們又設法拆賣磚瓦木料，到如今這巍峨的行宮早已變成一片瓦礫之場，只有供人憑弔了。昔日君王一時興之所至，不知苦了多少人民，報施往復，我們倒也不必為此事難過。國民革命北伐那年，孫殿英軍隊勾結地方人盜掘乾隆帝和西太后陵寢，頗有從傳統觀念上立論，同情被掘之人者，其實這也不是什麼值得深

憐痛惜的事，獨夫民賊，受此果報，還有什麼該不該的道理可講嗎？吾於盤山行宮之被毀，亦不禁與此同感。

帝王的餘蔭，豈只蓋下行宮，供後人拆賣？到如今盤山下各村，都為旗人所盤據，家家佔有豐肥的土地，並有出產極富的果園。盤山的果子，如柿、梨、栗，皆出口大宗，只要不鬧蟲災雹災，那一個家庭每年不可以由這上面吸收幾千塊錢進款？故所有鄉民，鮮衣美食，儼然城市中人，但為他們看管果園的苦人，卻連一間房舍都沒有，有的甚至在牛羊的圈中睡覺，一有蟲災，全家大小，一齊出動，在搖曳的高枝上捉拿蟲蠹，其終年辛苦的酬報，也不過白住幾間羊棚，白種幾畝瘠土而已！此種「勝國遺民」，到現在尚為地方上吸血鬼，至於將來一旦有變，其勢更是難說，好在這些人已竟大半為海洛英所麻醉，實也不會有什麼大不了的作為，或不致勞我們過慮。

馬蘭峪是前清陵寢所在，故亦為旗人集結之區。清代陵寢，分為東西兩處，西陵在易縣，東陵即此地；若以氣勢比較，自然東陵較大，因一代奢靡之君，如乾隆帝，慈禧后均葬此地也。數年以來，因民窮財盡之故，掘墓之風，十分盛行；此種前朝寶藏所在，豈能不被人覬覦？故除乾隆帝和西太后二陵已先被孫殿英部公然掘開外，皇陵附近各王公貴族以及達官顯宦之墓，近來已無一個倖免，有的富家，為防範未來，甚至有自動將祖墳掘開，改殮極薄之棺，以求楚弓楚得的了。這種事也大半有本地民團豪紳之類參加在內，故因此而獲得非常財富者甚多，在報施之理上講，吾人固不甚痛惜此種前朝民賊之被「鞭屍」，然若站在廣泛的人道上來看，則這類舉動之易於惹起百姓反感，也自是無疑的事！況且自北伐成功以來，一般口講三民五權而實際上只有更加倍地魚肉鄉里的新型紳士，早已種下民眾們怨毒的根芽呢。九一八以後，這地方已成了日人勢力範圍，飛機往還，駐軍日多，前年溥儀登極，還派專人為他的「祖先」致祭，不知今後托了堅兵利炮之福，還有屍骨暴露之厄否？然奸人雖可以勢迫，恐「內務府」的耗子終不能不受到利誘

耳。馬蘭峪因係山地，金礦極富，最著名的有大小倒流水等礦，土人視此，直如得航空獎券特獎，近來傾家破產從事於開礦事業的極多，但到頭也只有家傾產破而已，並無多少因此變作富翁，蓋若金礦辦得稍有頭緒，恐怕就要被人家沒收；在沒有成績之先，則在勢只有賠錢的！何況繁捐重課之下，用土法開採，也極難有成績可言呢？昔明代曾因開礦擾動民間，只有太監從中漁利，今則舉世企羨的金子，也只有造禍於人，中國之所謂「天然富源」，雖則豐富，若如此下去，亦豈全民族之福星乎？

四

冀東區的教育，不能不說較為發達，既去平津二埠不遠，自然求學有相當便利。即地方教育，辦理的也都不算頂糟，以中學論，省立的有灤縣師範、唐山中學，遵化中學，通縣師範、通縣女師範、牛欄山中學、新集鎮中學、黃村職業中學、……等，縣立則幾於各縣都有簡易師範或中學，另外還有私中和教會學校，以中國現狀論，區區二十餘縣，有這麼些學校，也就算可觀了！但是近來各學校，大部分陷入不生不死的狀態之下，如灤縣唐山各處，早已不知總理遺囑為何物，辦學校的人，只好存當一天和尚撞一天鐘的心理，學生也便胡亂度日。最近則辦理較有成績的通縣男女兩師範，因「冀東自治委員會」在該處成立而自動解散，使一千左右青年，彷徨四顧，毫無辦法，尤足令人痛心！通縣男師已駐日本軍隊，桌椅什物，聽說大都變作炊飯燃料，圖書儀器，自更不存，即使能夠恢復，恐一時也不易辦到了！

關於社會教育，雖然各縣都有民眾教育館，但大都只是位置幾名文化界的閒員拉倒，一切成績都難談到，猶記我縣民教館成立時，教育局局長擬加征全縣腳踏車捐作為經費，因而惹起民團反感，（民團有自行車隊之組織，亦即前述某保董之私人羽翼也。）

遂結隊入城，將教育局長及民教館長剝得精光，插蠟於谷道而遊街示眾，從此不單加捐未成，教育局長也「不便」再幹，而民教館至今只是一個名存實亡的機關罷了！各縣之外，通縣和楊村各有一省立實驗民眾教育館，更是有聲無氣，既未看到實驗，尤其沒有成績，也只算一回具文，裝裝門面就是了。至於談到作為各種教育基礎的義務教育、小學教育，則也如其他各省各縣一般落後，我鄉共有一千個村莊，而初級小學只有三百處，完全小學不及十處，還談什麼普及教育呢？這許多文盲，最近的將來，若不得補救的辦法，恐終於要像滿鐵附屬區一般，兒童永無與漢字相識的機會了！

民間秘密結社，數年以來已逐漸蔓延到河北，近一二年來，也侵染於冀東各縣。通稱加入此種結合曰「在幫」。個中人則名之曰「在家禮」。關於「青紅幫」「天地會」一類組織的考證，也是近來史學界時髦問題之一，自貴縣修志局發現貴州通志稿中的天地會史料以來，其中組織由來，已大明於世。大約起於反清復明的動機，而組成志同道合的集團，可以包括他們的宗旨，故總理首義，還深得會黨之助；然比來則宗旨漸渝，有逐漸橘化為枳之勢。家鄉間這種組織聽說日漸盛行，因加入之後，往往可以免去掠劫綁票以及被侵陵之禍，然則此豈非成了保險公司乎？聽說近日也有假此名義，作為醞釀自治之工具者，其荒謬尤屬不倫！履霜堅冰，不知當局將作何打算！與此名目相去不遠而目的不侔者，又有一種「在理教」，據說起於薊縣，其目的專在忌煙戒酒，而加以許多神秘的規約，遂亦使人有莫名真相之感，前些年這種組織很風行，往往於他們的所謂「公所」中，附設乩壇之類，弄些荒誕不經的文件，愚惑人心，也可以說是社會教育太不發達的表現罷！

最後，我要談到此一特殊區域之「微妙的」行政現狀：前幾天有一位同學恰從我的故鄉教學放假歸來，我們見面之後，我首先叩以此事，他說：「這很難說；在表面上是一切『毫無異狀』的，我們在當地作事的人也看不出比以先有何分別；大約是凡省政府的

命令公文，無論上行下行，還都照常來往，對於民間，也照常佈告通令，但是奉行與否則不管了。至於自治委員會的命令呢，則常常用口頭傳達，而不見於公文中，但在奉行方面，則有『唯謹』之感了。」我聽了，只有痛心的笑著說：「總結一句，對於省府，是『陽奉陰違』；對於自治委員會，則是『陽違陰奉』啦！」大家聽了，也不由得笑起來。

有人從西北來說，張家口大境門（北門）外已通用「滿洲國」鈔票了！北面的屏藩，東方的蔽障，我們都已拱手與人！今天是舊曆元旦，雪在霏微的落著，太陽收斂了暫時的光輝，我還沒起床，空中鐵鳥已在嗡嗡的響了！哎，這一九三六年的Crisis，究竟給與我們以再生的機緣呢？還是敲動我們的喪鐘？

舊年元旦完於叫化子乞討聲中

（原載1936年3月《文化建設》第二卷第六期）

---

① 孔子原話是：「殷禮吾能言之，宋不足徵也。，文獻不足故也。」意為宋國雖是殷的後代，卻無法驗證殷禮，因為文獻不足。這裡只是借用殷、宋二字，因當時京東地區被「冀東防共委員會」（後改稱「冀東防共自治政府」）控制，「主席」為殷汝耕，實際是被日軍控制；北京守軍為29軍，軍長為宋哲元，日本製造了所謂「五省自治」，在通州成立偽政權後，國民黨政府在北京成立冀察政務委員會，宋哲元任委員長；故文中戲稱殷國、宋國。

② 對於孔子這句話，歷來認為是重中國、輕蠻夷的意思。如《論語集解義疏》：「……言夷狄雖有君主，而不及中國之無君也……」，乾隆時編輯《四庫全書》除禁毀大量書籍外，還對許多古籍進行刪改，如此段被改為：「……言中國所以尊於夷狄者，以其名分定而上下不亂也。…周室既衰，諸侯放恣，…反不如夷狄之國尚有尊長統屬，不至如我國之無君也。……」。

③ 《孟子》：「孔子去齊，接淅而行」，淅是淘米，接淅而行意為淘了米不及炊，撈起來急忙走了。

北平見聞隨筆

一、一般觀感

　　氣候熱到一百多度，以我們的能力，實在難於抵禦這「太陽」[①]的侵略，只有坐在家裏聽其淌汗。近來倒好，飛機軋軋聲和打靶的機槍突突聲一點也引不起我凜然的感覺了，這種鎮定功夫在中國是很需要的；因為不然，恐怕你就一天也活不下去！朋友見面，大家談談天氣以外，像我們這些以教書謀生的，無非你多少點鐘我欠薪幾個月之類的話頭。雖則未在茶樓酒肆，亦早已「勿談國事」了。我不是曾經在另外一篇文字裏說過嗎？北方人的民族性實在早已喪失殆盡，若想從歷史上所說的慷慨悲歌的故事中尋找像荊軻那樣的志士，如今真是夢想。這原因也並非單純，社會的現實，個人的生活，歷史的薰漬，逼得人只有走上優哉遊哉聊以卒歲的路子上去，衣食住行四大需要又在失業的鞭子下打得粉碎，而這兒由來就是帝王之鄉，人們多少都有點奴氣的，時至今日我們還說什麼？——實際上呢，大家彼此，西南天下滔滔，使人焉得無日暮途窮之感？異動，誰是提線人？即出賣冀東利益的亦折東之殷汝耕也！

　　「冀察近日無外交」，報紙上這樣標了題目。自然，所有要求的我們都容納，還需要什麼外交？販毒隨意，走私無阻；進兵自由，自治包辦；經濟權利，予取予求；這也就夠可觀的了！然而我們總還算幸運，保持著中華民國國民的名義，上帝使我們還可以儘量作阿Q。由此言之，所謂及時行樂之士，或亦未便菲薄。「宛其死矣，他人是愉」[②]，何況在我們未死之先，已有種種危險呢。

　　頭昏腦脹，決定到外面去理髮。我雇一輛洋車，拉車的是一個十幾歲的孩子，眼見他拖了重量很大的我在流汗，心裏已是萬分不忍了；車過西四牌樓附近一條胡同，一個髒孩子正在街道上玩耍，拉車的小孩一面警告他躲避，一面已來不及收腳，便將他撞倒了。情形是很平常的，那孩子也沒有哭泣，因為並沒有受痛苦。洋車剛要向前移動，從旁面閃出一個衣冠不整的「彪形大漢」來，攔阻了我們的去路。他瞪起眼睛問道：「你沒長眼睛？為什麼往人身上走？」拉車的理直氣壯地道：

　　「孩子向後退著走。我離很遠就嚷，他沒聽見啊！不信你問坐車的先生！」

　　但是這些話沒有得到回答，只有肥大的巴掌一記一記的向拉車的臉上打去，發出清脆的響聲。許多看熱鬧的觀眾，起初是噤不發言的，這時忽然有人說：

　　「你給這位先生賠賠禮算了，誰讓你碰了人家呢？」我也只得壓抑下火氣說：

　　「他沒有看見，你原諒他一次吧！」可是那位有著肥厚巴掌的人並不答話，一直打了十幾個嘴巴之後就在他的孩子身上搜尋起傷痕來，可憾的是他並沒有找出什麼破綻，這時我覺得我們可以放行了，就示意拉車的要他走，那知剛一移動，他立刻就過來了。

　　「你走？撞人了你走？」

　　口音是不尷不尬的，聽不出是那兒的人來；接著，清脆的嘴巴聲又在拉車的面頰上響起來，我實在有點忍不下去了，下了車，向那個蠻傢伙說：「你要怎麼樣呢？已經給你賠禮了，你還這樣打？如果解決不了，你和他上警察所好了，也不該私自打人哪！」也許他不能瞭解我的話吧，我沒有得到回答。那傢伙只用眼看看我說：

　　「去吧！沒有你的事！」

　　我再也想不到會碰見這樣無禮的流氓，我覺得這是一種恥辱，我立即回答他：

「我走不走你管得了嗎？這是我雇的車，我就有要他跟我走的權利！」

那傢伙又看看我，還是沒有說什麼，大家都勸我不要理他了，我為了自己「息事寧人」計，就付了車錢，一直向東走去，但那個拉車的卻還未被放行。

我越想越生氣，不免罵了起來。道邊一個洋車夫見我那樣子，對我道：「先生，您惹不起他，他不是中國人，還講什麼理！」我很驚詫地問道：「怎麼回事？」

「他是韓國人呀！……您惹得了嗎？」

我的心立時跳起來，我覺得血管都在漲了，我一句話也說不出來，牙咬了下唇，淚在眼角上盤旋著，哎，原來我們已經亡國了啊！

我想到東北的同胞，冀東的同胞，和察北的同胞！

我見到另外一位朋友時，和他談起這件事情，他卻告訴我一件更動人的新聞：在他所住的一條胡同裏，也有這種「惹不起」的人，一天，幾個人向一個老太太買瓜吃，但卻不付錢；老太太和他們打起架來，一直鬧到法院。他們卻反誣老太太偷了他們的東西，要求法院把她拘留起來；法院只好惟命是聽，可是等到開庭審理時，去傳原告，原告早已搬家了，問問鄰居說是回國。後來法院就接到他們的信，說是回國了，那個老太太的拘留就要一直保留到他們回來之後。……

這些人，大約都是分配在每條胡同的販毒者！

由小的推想到大的，什麼豐台事件，茂益丸事件，以及許許多多提起來使人要咬緊牙關的事件，皆可作如是觀。總而言之一句話，「原來我們已經亡國了啊！」

二、亢旱和水災

　　中山公園的長美軒、春明館、來今雨軒，北海的漪瀾堂、五龍亭，茶座兒上擠滿了男男女女，湖面荷花叢裏蕩漾著情侶的輕舟，他們在逍遙自在或陶醉中打發著焦心的日子，冰激凌、可口可樂是他們所需要的，怎樣討女人的歡心，怎樣玩公子哥的派頭，是他們時刻注意的；還有一派自稱風雅之士的，開開畫展，讀讀經書，作兩句痰迷詩，在報屁股上捧捧女戲子，這樣也可以消此永晝！國家興亡，自是早已置之度外，大家覺得即使真正完了，也不過如此；至於那些支撐他們吃喝玩樂的農工大眾呢，自然更少有人關心了。

　　在北方，三伏的天氣是要有些日子霾雨的，這種雨對於農人是絕對的必要，因為作物正在迅疾的成長，上面既炙著火熱的陽光，只要有三五天不雨，就會感到旱的。但是，今年的情形就格外不同，春日缺雨，麥子不收，已使農人蒙受了許多損失；自入夏以來，雨更寶貴得像金汁玉液。有些地方根本沒能種上秋禾，那是不用說了；自冀南一直到察北，無處不在苦旱。鄉下人只好抬了泥龍，帶了柳葉帽子向天老爺乞憐，雖則這是胡鬧，但我們對他們這種期望能夠不同情嗎？我親眼看見北平四郊的禾苗變成灰白色了，土地都乾得成了硬塊。那種憔悴的樣子，使我這來自田間的鄉巴佬，有點悲從中來，涕淚欲墜。我們也有河流，但我們不能利用他灌溉；我們也有農科大學，但沒有聽見什麼人有些改良固有農業的貢獻，只看見一批一批穿了筆挺西裝的畢業生鬧著失業荒。從北平向東西南北各方面去，即無處不在受著上帝的懲罰，於是土匪應運而生。每年行路人所遇見的，不過是些劫路的朋友，今年則須緊防「請財神」的惡劇。我們住在四鄉的人們，誰都惴惴然不敢外出一步。如今時節已經到了立秋，假使不及時下雨。那我敢斷言北平附近的人們只好仰屋興嗟了。

在我們北方一帶鬧著亢旱的時候，黃河又有氾濫的趨勢。搶險、堵大溜、要錢、告急，每天在報紙上占了不少地位。五年以來好像黃河無一年不險，且無一年不災。固然黃河自古以來就曾給我們以許多災難，不過近來似乎更變本加厲了。不知是天老爺故意和我們開玩笑呢，抑還是人謀之不臧。《日知錄》上有一段記河工的事，意思說在人事不解決以前，什麼樣的好辦法都行不通。我想這話到如今也仍然適用，假使把治河當作官呢，那就根本不要治河，如果河已治好，更從何處揩油哩？對於大眾說黃河固是人類的仇敵，對於某一部分人說，黃河卻成了取之不盡的寶藏。嗚呼！（近日黃災獎券，與航空獎券在北方有抗衡之勢。則黃災竟成人們發財的門徑了！豈可不再來一個嗚呼！）

宋委員長已經南巡了，說是要視察民間疾苦，我希望這些事實會使他受些感動！

「如水益深，如火益熱。」在我們北方人現在已經不完全是比喻的話。在外患沒來以前恐怕天災已經剝削得我們無以自存了！

三、冀東瑣記

在這兒我要談一點我的家鄉的事：我記得我曾寫過一篇叫做〈冀東管窺〉的文字的，那時自治政府③方始成立，我所聽見的事情還不很多。我全然想不到這種劉豫式的傀儡事業會延長到現在，因為按實際說，假使不是中國本身解決了他的存在，也該是他吞併了整個的華北了！暑假以前殷汝耕幾次坐飛機到天津×國兵營開會，正可證實我所推測的後一事實之積極進展。最近王英和李守信等匪偽聯合軍努力進攻綏東，日本的駐綏特務機關長飛到天津駐屯軍司令部開會，且有若干正式軍隊開入張北縣，此與上項問題均有密切的聯繫性。早幾天的報紙曾宣揚說綏東將有動作，與西南採犄角之勢；互通聲氣，我們覺得很離奇的，因為以中國的交通形勢，

要綏遠與廣西互為犄角,那真是滑稽之談。但誰想這後面已另有主持之人,即使西南問題完全解決,恐怕這西北問題,也不能順利完結的。

冀東,佔有全河北省最肥沃之區,富庶的人口,膏腴的土地,礦山、鐵路、海關、鹽稅、山林川澤之息,無一不有。近日分毫不解中央,且由走私事件更多加若干非分的收入,無怪乎在冀東主持賣國事業之人,神氣十足,洋洋自得!愚昧的百姓們,也許有人在慶祝著王道樂土之來臨,因為不再有軍閥時代的苛捐和暴虐的征發。但他們全然不曉得「欲先取之,必姑與之」的策略。況且,一切款項既不向中央解交,除去大家分肥以外,用於地方還盡有餘裕。他們為什麼不作順水人情呢?只是,這種日子不會過得多久的,磨難就漸漸的來了啊:

首先,就是沒收民團的槍支。這是與「滿洲國」采著一致的策略的。冀東各縣,原來皆有嚴密的民團組織,這也是歷年以來所受土匪的教訓的結果。如像薊縣遵化玉田豐潤等縣,地方武力都很強悍,每縣的槍支或在二三萬枝左右,這自然是我們敵人最切齒腐心的。起初,完全採用著懷柔政策,把民團集中訓練,加重了各保長的職責,使大家皆安心從事。但自今年起,已經霹靂一聲取消了民團的名義,將團總、保長、甲長等頭銜等一律免去,而完全統轄於由公安局改組之警務局。第二步就是開始調查槍支數目,預備發價沒收。平時歌功頌德的糊塗蟲們,此時都瞪著眼睛,大家茫然失措想不出什麼主意。以力量言,對付所謂戰區保安隊者自是有餘,但那背後保鏢的老虎,我們有力量摧毀他嗎?一切人們,知道厄運快要到來了,只有在苦悶中掙扎。不知到幾時,這出悲劇就要揭穿了!

第二,文化侵略的加緊。滅亡民族意識,養成真正漢奸,此為近代亡人國者不易之常經。請看近日朝鮮浪人那種神氣,實使人啼笑皆非。但是東北未被吞併之先,不也已有了金、復、海、蓋、的虎倀嗎?(指毗連大連旅順的金州,復州,海州,蓋平四處的無恥

流氓。東北的朋友說，亡國以後，真正×國人還好搪塞，這些道地走狗才是摧殘我們性命和自由的劊子手！五年以來，愛國青年，有志之士，把生命喪失在他們手裏者不知凡幾了。諺云：「閻王好見小鬼難當」斯之謂矣！）以中國人之聰明機警，本已不愁此種人物之產生，請看一般人見了××人脅肩諂笑的樣子實令人作三日嘔！（我在東車站上火車時，親見車役自動領日本人到三等包房，給人家提了行李，殷勤得有點逾分，而本國同胞則飽吃其呀喝。）何況在偽組織之下有計劃的製造著御用傀儡呢？冀東各小學自本年起，一律用偽教育廳所編教科書，該書內容自不必提，是完全充滿了殖民地意識的：例如歷史中講日本滅琉球朝鮮，都是說因為日本國勢日強，於×年×月，置××於日本統治之下。至於九一八事變，那更記載得稀奇：

> 自日俄戰後，俄國在滿洲因與日本競爭之故，侵略手段日見厲害。滿洲人民為自保起見，因而發動民族自決的自治運動，於×年×月成立滿洲國；現在已得日本承認；在友邦協助之下，這個國家定會繁榮起來的！……」

（大意如此，手頭無原書，故不能廣為徵引。）

請問在這樣教育之下，中國的孩子五年之後，還會知道九一八事變到底是怎麼回事嗎？這種教科書在外面是買不到的，因為都是教廳按數發到各縣教育科，再由科發到各學校，不知他們是不願意別人知道他們的醜態呢？還是有其他原因。

各中學校早已和河北省教育廳斷絕了正式關係，經費也早已停發。所有各校，大都很馴順的接受了偽教育廳的委任狀。自然一切措施都得遵照主人的意旨辦去。聽說近來他們已經限制在外面讀書的回縣作事（尤其是師範生），這種封鎖辦法，無非想使本區域的學生不要向外面跑，而安心舒意的受他們的奴化教育罷了。除去

威脅辦法之外，當然也有利誘的方法，那就是近日宣傳甚盛的各縣教育科長增加薪俸（原來多系四十元至六十元一月，近來說是要加一倍）和增加各校的經費。最容易買弄的就是知識階級，誰個不願意多掙錢多享樂？於是殷長官成了冀東福星，他的照相堂皇地與孔聖人同居上位，每次開會，大家都得向他鞠躬。即如多年在北平作大學教授的凌××，也不惜出賣了人格，到那裏當一名師範校長，聽說他還兼了冀東政府的顧問，每月可以掙到六百塊錢薪水，重賞之下，必有勇夫，此或亦一例乎！（此君在冀東把持一切，頗有當教育廳長的野心，但竟被扼於一個名叫王廈材的人，使他鬱鬱不得志。據說他和池宗墨最好，因而冀東教育界有王池二派的傾軋，賣國之餘還要自相凌轢，中國人的醜態，算是被他們表現無遺了！）

至於那資送留學生或技術人員留學日本之類，自是應有之文章，不必細述。月前《大公報》曾載一消息說「滿洲國」公佈了幾個驚人的原則，就是：一，「滿洲國」以後不再設立中學，凡升中學者均赴日本；二，以日語為主要外國語；三，在中華留學之滿洲人，不得回國服務。果然暑假後聽別的朋友說許多關內在關外作教員的人，都被暗中加以反滿抗日的了不起罪名，因而被迫逃亡回來了。我們看看這種事實，再想想冀東的現狀，實不能不為他們痛哭一場。我想，也許他們所供奉的殷長官不久就要變成昭和天皇了罷！

四、幾幕悲喜劇

以下都是朋友告訴我的故事：

××之所謂特務機關，那務的確很特的。讓我們也摸不清他的權力範圍到底有多大，只知道近日已由平津兩市延長到晉綏罷了。北平一隅自從敦睦邦交以來，久矣夫不見一張有刺激性的標語（事實上應該追溯到國聯調查團來平為始），各階級的人都諱此事如談

虎。只有去年十二月和今年六月兩次學生示威還算稍稍顯露一點人氣，否則，我們就疑心這個古舊的城池生命喪亡已久了。市當局對各學校的監視是無所不用其極的，在六月那一次示威時，各市學校門前無不站滿了荷槍實彈的警察，而會考時更如臨大敵；至於平時，那是一點表示也不許有的。有一個隸屬於交通部的扶輪小學，因為他不歸市府直轄，所以不曾毀掉那些抗日標語。自然，那校長也許是個比較有熱血的人，因此才冒了危險使它存在。不曉得這事實怎麼就被××特務機關知道了，立刻來了兩個喬裝的憲兵，假作參觀人混進學校，當時就指了壁上標語向校中質問起來，恰好校長不在，由幾個夫役上前敷衍他。他們一面在學校監視一切，一面鎖了大門，回去報告。幸而這時一個工友招待他們到客廳休息，另由一人逾牆報告校長，校長當然不敢出頭的，就令那工友回去相機扯去一切有礙邦交的文件，這工友回來很敏捷的處理了一切後，另外出去報告的憲兵也回來了，他們一見一切東西皆不見了，恍如作了一場噩夢，幾乎有點信不住自己。雖則他們極端蠻橫，但到底沒有尋出什麼證據，也就拉倒了。這可以說是一幕讓我們流眼淚的喜劇。

據說，當××增兵剛剛開到北平時，有一次，他們打電話給政委會④說要有二百名兵士武裝遊覽中山公園，我們的答復是如果去也可以，由二十九軍派一營兵來武裝保護；過了半日，對方又來電話說是要有六百名兵士去，我們也答復說那就派一團來保護。哈哈，這把戲倒有趣，但是我們都預備好了，他們終於沒有來。我聽了這個事深深受了感動，原來世界上只有武力才能對付武力啊！

又一個傳說，一個××兵想要登城牆，而這城牆是不許登的。守城的兵阻他既不聽，只得拔下他的雪亮大刀說：「你要上來嗎？那你就先嘗嘗這個！」那個傢伙一聲也不哼地走了。

全中國的同胞啊！請磨快你的刀罷！

五、文化界的點點滴滴

文化城自然得談談文化。但文化實沒有什麼可談的,除去使人氣之外,便是使人哭的事實。前面我已經說過,大家為生活的鞭子所迫,已經不再理會亡國的苦悶。新畢業的大學生們被捲入廣泛的失業潮之中,一天為了飯碗東奔西撞。有了職業的文化從業員感到此處生涯之苦痛,每天在醇酒婦人中討生活,看京戲,聽大鼓,打茶圍,這都可以忘去目前的苦難而陶醉在肉的刺激之中的。好多大學教授鑒於北方情狀之陻阢,像燕子一般避寒趨暑的翩然走了,留下些奔走無門的學生們受著中外古今未曾有過的磨練。冀東平津等處早就決定政費按八折開支了,平津兩市教育經費因為有中央協款之故,算作例外,未打折扣,據說河北省已在不可避免之數。全年教育經費不過三百萬元,即使通通省下,為數亦不算大,打這樣一個扣頭,擠出幾十萬塊錢,不知於事有何補助?今日(八月十二日)《大公報》已刊出全省各院校請免減經費的呈文,不知此事果見效否?又在《世界日報》也有人登啟事強調地質問河北省教育廳長,雖未直接指明為扣減經費之事,然教育界或因此為導火線而開始勾心鬥角的爭風吃醋把戲,亦是預料之中的事!何況同時冀東政府極力宣揚著增薪增費,兩兩相形,實使人有點難堪呢!中國的事一切都是倒行逆施的啊!

中央為救濟失業大學生起見,設就業訓導班,收容近三年來的失業大學生,這對於一般沒有出路的人,實為無上福音。北方的冀察政委會好像覺得有點未便後人似的,也發動一個大學生甄錄試,說是取中的將來受訓,每月三十元津貼,並負責派事,於是就有一千餘人報考。第一試是國文,主試的人是劉哲楊兆庚一流人物,取錄的約五百人。第二試尚未舉行。我們覺得大學已經畢業,還要來一次甄別,本是不合理的事,然而在此刻現在,若不用考試方式解決實更不能有妥當辦法,我對這群被試的士子,不免於同情

之外，仍有太可憐的感覺。大學生也真不值錢，我的朋友今年在清華大學經濟系畢業的一位，（他本是學西洋文學的，因感覺沒出路才轉變了）到如今就彷徨著一無著落，同系有的人就了金城銀行行員的職務；每月薪金三十五元，也有人就南京社會調查所的職務，月薪四十元，但每月還得扣十二元的伙食費；我的朋友憤慨得沒主意，只好投考研究院，因為研究生名義既好，每月仍可拿三十元的津貼，豈不兩得嗎？只是，這個考試，又不是輕輕易易能通得過的吶！我們早畢業幾年的人，還算比較幸運了呢！話雖如此，但今年各國立大學招生投考的人卻格外踴躍，北大、清華、平大、都超過三千人，師大也在二千七百以上，我們驚詫這些高中畢業生都從什麼地方來的，不是全國都在嚷著農村經濟破產嗎？有人分析這種原因，據說不外（一）不收報名費；（二）高中畢業生毫無出路，投考大學即等於出路。說的固不見得不是，然若以目前失業潮之澎湃，這麼多人即使大學畢了業又將如何呢？刻下整個文化界都在盲目的生存著，過著有今天不管明天的日子，但若一為來日著想，我們就感到戰抖，因為我們既無自存之道，他人又在時時圖謀起而代之，不是有一種風傳說×方明年要在北平設一「同文大學」與各國立學校對抗嗎？我但盼這消息只是風傳而已，千萬別再進一步的成了事實才好！

　　六月間曾經有過一次如去年一二、一六一般的示威運動，在如火如荼的太陽下面，作著熱烈壯偉的遊行示威，我們佩服這種「稚氣的」熱誠，我們把中國的希望幾乎要寄託在這些青年的肩上。但你想，在多方迫抑之下，這種運動能夠長久嗎？縱使我們同情於他們的人，也不能不勸他們慎重從事了。何況一種運動，在初起往往是純潔的，弄來弄去，就要摻上許多背景。至於軍警大規模搜檢清華大學，在旁人看來，總是十分不愉快的事，但他們卻也有持之有故的理由，故終於由清華校長道歉了事。六月間示威運動之後，接著就有西南事變和平市會考，這時學生陣線顯然分為三派：左派主

張響應西南的抗日通電，且反對會考；右派則擁護中央的統一政策，而主張參加會考；另外的中立派，他們有時同情於左，有時同情於右，因左右兩派無不拉他，故最易得罪朋友，他們時時為許多題外的事感到莫大的苦楚。至於左右兩派那當然是旗幟鮮明地互相攻擊的，各處牆壁揭示板皆貼得花花綠綠，文字是無奇不有；記得清華大學竟有一位幽默家貼一啟事，說是在×樓×號設一臨時印刷所，專門承包傳單標語的印刷編纂事宜。一時大家為好奇心所刺激，立往×號窺察，原來卻是廁所一間，於是無不大笑。此君雖系惡作劇，然我們見了這種以愛國運動為擋箭牌，而遂行著自己的利己主義的青年們實亦噁心不置也。大學運命不知能保留到幾時，還容我們來幾天這樣的鬥爭呢？請問！

　　偌大的文化城，然我們所見到的，實沒有多少使人發生快感的事！

六、毒化

　　每個胡同裏都有一家「白面⑤房子」，而由所謂沒人敢惹的「高麗」人主持。這布遍全北平以及全華北的毒網，實在比飛機大炮還厲害，我敢斷言，十年以後，華北不必亡於火藥，而亡於毒藥了！這種制運販吸完全在有目的地指揮之下完成他的使命；而冀東一角，既為中國勢力所不及，就成為毒品的總來源。據《申報週刊》第二十七期的統計，最近天津總領事署管轄區域內的日韓僑民數目總共為一八一三七人。其分佈如次：

地名	日本人	朝鮮人	臺灣人	總計
天津	七三九九	一九五三	七四	九四二六
唐山	四〇四	六九二	—	一〇九六
北平	一四一〇	二三八一	五六	四二九七
山海關	一三一六	一七一	四	一五〇七

日韓僑民在二年以內,約增五千名,這種激進地人口在內地雜居,無疑地一面是企圖攘奪一切商業權利而附帶的就是售毒。同期該刊北平通信統計,河北省一百三十縣之中,農民共二千七百萬,而吸毒的竟在五百萬以上,換言之也就是五分之一以上的人是吸毒者!似此情形,林則徐所說的「數十年後,國貧民弱,豈唯無可籌之餉,抑且無可用之兵!」的推斷,或者還有些不夠吧!

北平市當局對於烈性毒品本持嚴厲禁絕主義,幾乎每天都有因為吸毒販毒而被槍斃的,如本年一月份查抄之烈性毒品案件計一一七起,二月亦一一七起,三月份二〇九起,四月份二六三起,其數目之驚人,幾於不敢想像,然若一究實際,則凡正式由韓人主持之毒窟,實不見得傷損分毫,而每日蹀躞其門前的癮君子,也從未減少。二個月之中我所住的一條胡同中就因貧癮交加死了三個人。其中一個且是頂有錢曾開過幾個商店的寡婦。他們的金錢既已剝削得分文沒有,生命也就隨之消滅,陳屍巷尾,遍體腐潰,臭氣蒸騰,竟致連屍首都沒人肯領!可是,每當我午夜回家時,總見鄰近的白面房子前有幾個男女,像鬼影一般盤旋不去,莫非我們中國人果真全具有非亡國不舒服的根性嗎?

白面被禁,鴉片卻得公開,此不知是何政策!前者既由以「屈膝外交」出名的×××主持了平津清查處,廣設土藥店,公開賣毒;近日當局覺其不妥,乃改為冀察清查總處,土藥店大半取消,唯批准者,仍可販煙供客。五十步百步之差,使人不能不表示遺憾!

事情也的確是為難的,外人既可橫行無忌,中國人就得處處被制,顯然使一般人感到那個。故土藥店之設,別有深意,或亦未可盡知?然其勢力絕對敵不住白面房子,則可斷言!何況有的外人公然在前門外設立了大規模的旅館、煙、賭、娼三者無不具備,入其中者,隨意所之,全可流連忘返,前門後門,無時無刻不塞滿了汽車,有了這樣保險的安樂窩,即使你中國費九牛二虎之力來禁止一切,又有什麼效力呢?

　　烏煙瘴氣的北平，烏煙瘴氣的華北！我們何時才見到真正的光明啊！

八月十三日綏東緊張聲中寫畢

（原載1936年9月《文化建設》第二卷第12期）

---

① 此處「太陽」的侵略語義雙關，故對太陽二字加引號。

② 出自《詩經》唐風〈山有樞〉，意為：如果你死了，（你的衣服車馬）都要給別人享受。全詩有勸人及時行樂的意思。

③ 自治政府，指日本操縱的偽政權「冀東自治政府」。

④ 即冀察政務委員會，唐沽協定後，日本侵略軍已通過所謂「冀東防共自治政府」控制了通縣以東的大片地區，後改稱冀東自治政府；國民黨政府在北平成立了冀察政務委員會，參看《冀東管窺》一文的注①。

⑤ 白面，即海洛因，當時這些日本人開設、韓國人出面經營的白面房子公開販賣鴉片、海洛因，也可在內吸食。

談文

關於教訓的文章

近來常常寫一點修養的文字，自己覺得實在又低能又可笑。有人說，一到中年，創作力衰退，看著許多後進繼起，難免妒忌，於是很喜歡說教訓，擺面孔，以維持自己的尊嚴。又有一種，自己道德雖然未見其好，卻把教訓文章作煙幕，以造成偽君子的地位，總而言之，教訓乃是文字中最不足為訓者，為有識者所不齒。但在我則上述兩種動機皆非也，第一屬於創作力的問題，我是根本沒有的，隨便寫幾篇與人無益的文章，只是寄託自己之感想，且也多半是古今賢哲所已說，當然談不到我的創作。第二屬於偽飾的，我或者還不至於需要這種手段，因為並沒有那麼多人注意到這樣一個渺小的存在。而且我以為罪惡是欲蓋彌彰的，所以假使我真的想作惡，也就索索興興作張獻忠那樣以殺頭為遊戲的魔王罷，這個時代，統治惡人只有以更惡的方法。教訓云云，不但對自己是無用，對別人也真是難得說到有用的。

說來說去，作這種文章真成為無意義了。實際上也未嘗不可以這樣說。不過到底也看到不少骨鯁在喉的事，用著強聒而不舍的態度，說出來了，這乃是為自己的，說了就可以暢快，可以釋然，文學乃是感情的傾訴，不是有這種副作用，教訓之下，也就不能附以文章二字了。所以教訓之可以稱為文章，一定要包含著感情與技術兩個問題，這文字所要談的便是注意到這一點，請放心，絕不是又來說教的。

我覺得近代的人對於說教訓是退步的，他們缺乏誠意與趣味，乾乾巴巴幾句擺在大禮堂的格言式的幾句話，是沒有生命的口號，叫人看了，除去頭痛以外幾於無所動。去年我很想教給我的小孩子以《朱子小學集注》，打開一看，

> 立教第一：子思子曰：天命之謂性，率性之謂道，修道之謂
> 教。則天命，遵聖法，述此篇，俾為師者，知所以教，而弟
> 子知所以學。（以上是序）列女傳曰：古者婦人妊子，寢不
> 側，坐不邊，立不蹕。不食邪味，……

我的小孩子是十一歲，小學六年級，比古時所謂八歲入小學，已是
超過學齡了。照說，已竟應該「出外就傅，居宿於外，學書計，學
幼儀」的了，可是我卻不能教他，因為這些標語式的訓條連我也不
明白，正在大學授著中國學術思想史的課程，講到《中庸》上這幾
句，似乎大學生與我的孩子有相同的茫然之感。寒齋所有的教訓書
除去《朱子小學》以外，還有《近思錄》、《五種遺規》、《二程語
錄》、《陽明語錄》、《顏氏家訓》、《雙節堂庸訓》等；對於宋人，
是早已喪失敬意的了，主要還是因為他們未能表裏如一，背乎人情
之常徑，讓人感覺著愀然不樂。對於前面所說以說教為自己掩護的
一點，或許宋賢是可以當之無愧的。於是二程語錄等，翻也不想去
翻，還是當作哲學去研究時再說罷；至於清人，乃是反對宋儒到底
的，他們的教訓是怎麼樣的呢？《五種遺規》是採取了漢學家搜輯
的工夫，述而不作的。但這裏到底有一點好處，即將許多一般人認
為無關於教訓的也算進去，可以使讀者的領域放寬，譬如《養正遺
規》中而有〈木蘭歌〉，〈哀王孫〉，〈遊子吟〉，這些篇什的效率或
者大過呂夷簡的小兒語，且在舊日書房中，老師不見得於八股講章
之外，教給這些東西，所以這態度不失為可敬，從沙子中可以淘出
一點金子，總算不差。《養正遺規》補篇唐彪「善誘法」云：

> 習舉業者寡，不習舉業者甚多，愚意不習舉業之人，必當教
> 之讀古文，作書簡論記以通達其文理。乃有迂闊之人，以文
> 理非習八股不能通，後以八股難成就，並不以此教子弟，子
> 弟亦以八股為難，竟不欲學，於是不習舉業者，百人之中，
> 竟無一人略通文藝者；噫，文理欲求佳則難，若欲大略明

通，熟讀簡易古文數十篇，皆能成就，何必由八股而入！試
思未有八股之前，漢唐晉宋文章之佳，遠過於明，……又何
嘗皆從八股入也！

這也可以算難得的教訓了。尤其在這個各式各樣八股充斥於文
化界的今日，青年人雖不想去習舉業，卻又沒有什麼文章好讀，此
所云未免加重我們懷古之惆悵了。

汪輝祖先生終身作幕，後來也不過做到縣令，對於民間疾苦，
多所知曉，我買《汪龍莊遺書》主要原因即是要看他的《病榻夢痕
錄》，想從裏面得到一些當時社會史料。《雙節堂庸訓》不過附帶
看看，覺得他在自序中所說的幾句話也還好：

> ……中人以上，不待教而成，降而下之，非教不可，居士有
> 五男子，才不逾中人；孫之長者，粗解字義，其次亦知識漸
> 開；居士扃戶養病，日讀《顏氏家訓》，《袁氏世範》，與
> 兒輩講求持身涉世之方，或揭其理，或設以事，凡先世嘉言
> 微行，及生平師友之淵源，時時樂為稱道，口授手書，久而
> 成帙，刪其與顏袁二書詞旨複遝者，釐為六卷。……

我們所贊成的，乃是中人以上，不需要教訓的一句話，汪氏
可以說是很明白。於此不妨有一趣味的統計，即作了家訓的人，其
子弟卻也並未如其父兄之有聲望事業可以稱述是也，所以教訓的效
果，究竟是很可懷疑的了。

《五種遺規》乃是雜湊的教訓百科全書，不能談到文章之風
格。汪氏是史學家，其文字只是樸實，在夢痕錄中亦看不到什麼趣
味，其教訓文字自仍舊乾乾巴巴何必再說。但他有一特點，即是肯
說自己的經驗，雖然有時也羼雜上夢兆之類，可是尚有一點懇切。
如疾惡不宜太甚一條云：

余性褊急，遇不良人，略一周旋，心中輒半日作惡，不唯良
友屢以為戒，即閨人亦嘗諄切規諫，臨事之際，終不能改，
比讀史至後漢黨錮，前明東林，見坐此病者，大且禍國，小
亦禍身，因書聖經：「人而不仁疾之已甚亂也」①十言於几，
時時寓目警心，稍解包荒之義。涵養氣質，此亦第一要事。

話雖說得簡直，卻使我很同感。對於「世故」，原亦是不可不知
的。又如「子孫多產宜分析」條云：

累世同居豈非美事？然眾口難調，強之反為不美；蓋子多則婦
多，婦人之性最難齊一，至孫婦更難矣，產業資財不為分析，不
肖之婦各私所私，費用浩繁，有家長所不能檢者，致貧之道，即
基於是。一朝撒手，兄弟姆娣疑少爭多，必釀家門之禍。

切實而近人情，比之提倡忍字、五世同堂的主張來，殊為可貴。汪
公所提的《袁氏世範》和《顏氏家訓》兩者，均是好書，世範因出
於宋儒，但以袁采先生不是有名的道學家之故，故不致過於使人嘔
逆。對於分居異財，有與汪氏相同議論：

兄弟同居世之美事，其間有一人早亡，諸父與子姪，其愛稍
疏，其心未必均齊，為長而欺瞞其幼者有之，為幼而悖謾其
長者有之，同居交爭，其相疾甚於路人，前日美事，至甚不
美，豈不可惜！故兄弟當分，宜早有所定，兄弟相愛，雖異
居異財，亦不害為孝義，一有交爭，則孝義何在！

能夠在烏煙瘴氣之中，有點通達的見解，也就是難得的清新空氣
了。但我最喜歡的，還是《顏氏家訓》，《苦茶隨筆》〈隅卿紀
念〉云：

> 十四年我擔任了孔德學校中學部的兩班功課……當時系由玄
> 同尹默包辦國文功課，我任作文讀書，曾經給學生講過一部
> 孟子，顏氏家訓，和幾卷東坡尺牘。

我雖與孔德學校小有因緣，卻沒有趕得上苦茶翁的家訓講授，大約一定有很多可寶貴的見解了。唯今日我重新讀此書而感到特別愛好者，主要乃是由於顏氏的遭遇恰與我們有若干相同之處。亂世之人，應多讀史，可以得到一些寶貴的經驗，而中國之史書是這樣多，使人難於遍誦，像顏黃門這樣把所遇到和感到的，娓娓說給我們，自然是極其可感了。

查《北齊書》本傳顏氏祖先因胡亂自山東徙金陵，又隨蕭繹至江陵，遭侯景亂，流徙失所，後來梁為北齊所併，入齊，齊併於周，入周，又入隋，其顛沛可於自傳式的〈觀我生賦〉明瞭，我讀到賦文的：

> 予一生而三化，備茶苦而蓼辛，鳥焚林而鎩翮，魚奪水而暴
> 鱗，嗟宇宙之遼曠，愧無所而容身。……既銜石以填海，終
> 荷戟而入秦。亡壽陵之故步，臨太行以逡巡。向使潛於草茅
> 之下，甘為畎畝之人，無讀書而學劍，莫抵掌以膏身，委明
> 珠之樂賤，辭白璧以安貧，堯舜不能榮其素樸，桀紂無以汙
> 其清塵，此窮何由而至，茲辱安所自臻！

誠不禁要世俗的「感喟噓唏」。但顏氏所不明白的，乃是潛於草茅，甘為畎畝，在亂世亦有所辦不到耳。我們對於顏氏的文章所以表示愛悅者，正因他是把教訓不作教訓說的。誠誠懇懇講一點自己的苦痛和感想，實在也就可以承認是為了自我的發洩，於是便沒有冷冰冰的面孔，沒有標語，沒有口號。流離在亂世的人，總該是不幸，若是苦楚也不許喊一聲，那才是暴虐。古人之野蠻，在這一點也許是不及今人的，譬如〈教子篇〉云：

> 齊朝有一士大夫，嘗謂吾曰：我有一兒，年已十七，頗曉書
> 疏，教其鮮卑語及彈琵琶，稍欲通解，以此伏事公卿，無不
> 寵愛，亦要事也。吾時俛而不答。異哉，此人之教子也！若
> 由此業自致卿相，亦不願汝曹為之！

雖然這是大家都曉知的文字，但現在看起來仍有意義。然顏君卻是
在另外的告訴人鮮卑語煎胡桃油之類的技術也可以會一點，只是伏
事公卿乃自致富貴乃大不以為然，此態度便不是無理性的主觀，應當
為我們後世人敬重的模楷。固不僅如日知錄所說有小宛詩人[2]之意
而已也。又如談到文人的：

> 每嘗思之，原其所積，文章之體，標舉興會，發引性靈，使
> 人矜伐，故忽於持操，果於進取，今世文士，此患彌切，一
> 事愜當，一句清巧，神飛九霄，志凌千載，自吟自賞不覺更
> 有旁人，加以沙礫所傷，慘於矛戟，諷刺之禍，連乎風塵，
> 深宜防禦，以保元吉。

此處所說，一定也是很有所感。會作文章不會作人，是中國的傳
統。當時梁簡文帝已曾說過：「立身且先謹慎，文章且須放蕩。」
似乎也只是空談，蓋並無若何效果。我們對於文人之不能健全，殊
不能不寄以惋歎，但這乃宿命的，無可如何的。愈在亂世，愈表現
得顯明，那主要原因，還是人人生活都是浮動而不沉著，在一般社
會，不需要篤謹誠厚實事求是的人，而虛華與形式，又是到處可
有，譬如今日也就聽說有作了暴發戶的父兄拿出錢來替子弟辦刊物
以要名的事，初聞似甚可異，而顏君也便說過：

> 治點子弟文章，以為聲價，大弊事也！一則不可常繼，終露
> 其情；二則學者有憑，益不精厲。〈名實篇〉

真是太陽以下無新事，使人興無盡之感喟了。杜陵詩云：「聞道長安似弈棋，百年世事不勝悲……同學少年多不賤，五陵車馬自輕肥。」昔曾因之生慨，今日更見滄桑，對於眼前許多貴遊，殆不容不與二千年前先賢表一同情耳。〈勉學篇〉曰：

> 梁朝全盛之時，貴遊子弟多無學術，至於諺云，上車不落則著作，體中何如則秘書。無不熏衣剃面，傅粉施朱，駕長簷車，跟高齒屐，坐棋子方褥，憑斑絲隱囊，列器玩於左右，從容出入，望若神仙。明經求第，則僱人答策；三九公讌，則假手賦詩。當爾之時，亦快士也。及離亂之後，朝市遷革，銓衡選舉，非復曩時之親，當路秉權，不見昔時之黨；求之身而無所得，施之世而無所用。被褐而喪珠，失皮而露質，兀若枯木，泊若窮流，鹿獨②戎馬之間，轉死溝壑之際。當爾之時，誠駑才也。

把這觀察及憂忿，公諸讀者，其實何僅止於家訓，正不妨稱之為很好的歷史罷？

關於顏公的態度，因為只是一味誠篤，所以雖也有罵到他人處，實在是不可容忍的牢騷，絕不感其火氣太大。書證諸篇以次，開示讀書心得，恰是大乘的態度，度眾生以津逮。我記得民國二十四年第一次讀此書時即非常喜愛其說月令「荔挺出」之解釋。荔乃「馬藺」，正我鄉俗稱：狀如蘭而野生田埂間，多年生，耐水旱而不死，故鄉人以為田界，又名曰公道老。說文所云根可為刷，北平一帶尚如此。顏氏正其以「荔挺」為名之誤，而釋挺為副詞，可以使人立即明瞭。又說猶豫云：「吾以為人將犬行，犬好豫在人前，待人不得，又來迎候，如此往還，至於終日，斯乃豫之所以為未定也，故稱猶豫。」也很可喜歡，蓋可稱郝蘭皋程瑤田之先進矣，我常感到一種能給人智慧便佳，如顏書大抵也可以算是其一了。

　　以上亂七八糟說了半天，殊亦未見獲得若干要領。我又覺得儒家的教訓多不成功，《論語》只能當格言，而無教育的效果，《孟子》過於主觀而不講理。反而是韓非子《說林》一類的書，有比伊索更好的寓言與故事，可以使青年人有趣味，雖非教訓，卻不失為最好的教訓。戰國策如不把他作為縱橫之術看，實包含不少可愛的故事，就是《呂氏春秋》也還不差，四庫退顏書於雜家，似有貶意，實則好的文字多半出於雜，儒者不雜，卻純然以面孔和偽行待人，便大失敗矣。漢代寓有教訓的故事書如《新序》、《說苑》、《列女傳》等，頗有好文字，古人質樸，便不生厭。然後來的《世說新語》卻更好，只恐正統派觀之「不足為訓」耳。若《續世說》，《世說補》，《新世說》等，都不行了。至於寓言，後代也頗多，如《艾子雜說》之類，一味開玩笑。我對先祖的閱微草堂筆記向來不敢置一辭，頃閱知翁〈看書雜記〉亦有同樣議論，狐鬼的事，如今未免太淺薄，還是把事實拿來說說罷！不必管別人的意思怎麼樣，自己高興了便好也。

（原載1944年《雜誌》第13卷第6期）

---

①　語出《論語》〈泰伯〉：人之不仁，疾之已甚，亂也。意為對於不仁的人，如果怨恨得太深，就會出亂子。

②　〈小宛〉是《詩經》中的一篇，其中有「教誨爾子，式穀似之」（大意是：教導你的兒子，繼承美德）的句子；但全詩還有為國家的黑暗動亂而憂傷，希望小心避禍的含義。

③　鹿獨，踽踽。

說賦得

　　賦得乃是制義之一，八股為文而此是詩不同耳。但八股亦是賦得，凡是別人限制了題目或者有意思而不能由我們自己的，都是賦得①。以此才有人反對，這倒不是從現在為始，梁章鉅作《制義叢話》即云：

> 梁應來曰：四書文中，有所謂墨派者，庸惡陋劣，無出其右，有即以墨卷為題仿其詞作兩段以嘲之者曰：「天地乃宇宙之乾坤，吾心實中懷之在抱；久矣夫千百年來已非一日矣，溯往事以追維，曷勿考記載而誦詩書之典要？元后即帝王之天子，蒼生乃百姓之黎元；庶矣哉，億兆民中已非一人矣，思入時而用世，曷弗瞻黼座而登廊廟之朝廷？」疊床架屋，所謂音調鏗鏗者，何以勝此！

　　蓋在盛行賦得體的時代雖專以做賦得而博功名富貴的人，對他的看法也是不大好的。所以就有了「敲門磚」的諢號。

　　我們當然很明白八股與賦得文學起來的原因，乃是帝王藉此使天下英雄入彀，如洪武大帝所云。但是日子一久，雖然頭腦清醒的人，除去作賦得的題目，哼墨派的濫調以外，再也說不出來自家的話，這就是有點麻煩了。細細推想，何以會如此呢？話說得自由，一跑野馬，甚至不會跑野馬而偶有不慎，便被砍頭，讀書人到底膽子小，古聖先賢都是告訴我們小心寅畏的，明哲保身的，於是一德從風，大家走上一條路子，到後便養成天生奴才骨頭。

這裏所說的濫調與題目，應該是廣義的，其蔓延乃出合乎功令的範圍以外。譬如說，詩嘛？唐人或是江西派，乃至於明七子；文嘛，桐城或陽湖，都有一個匡廓，不許可隨意恣縱的，因為那是無法度，「文無法度」，豈得為文？一定要受指摘與訶責。師輔父兄，大家意見全是一致。

然而還不只此，思想也是照樣炮製的。那個時代，雖沒有叫作「統制」的什麼「大綱」「暫行辦法」之類，可是有一股傳統力量，比什麼都利害，非聖無法固然是不行，所非的不是聖，所無的不成法，也照樣不行。譬如因為不信朱夫子的話也吃苦頭者，正不知有多少。我們也不必搬出什麼記載來細抄，不過我們總可以知道朱子的話絕對不必認作聖與法，連朱夫子本人也沒有這個意思，因為他還在幹著懷疑工作呢。像李旴江那麼，專以罵孟子為務的事，後代的人更不知道了。總而言之，「功令」即是「正統」，正統便是聖和法，不能非的，所以中世紀的中國思想幾乎等於零。

如今呢？我們很慶幸這該是所謂言論自由的時代，很可惜，賦得的思想還是精神不死！雖然不一定用功令來規定我們怎麼張開嘴巴，可是其力量正比有明確規定還凶，那便是說什麼也一無是處。在沒有標準中要求任何人都合自己的標準，不是比有公開的標準更難嗎？無怪說話有動輒得咎的可能。從前有過一個時期，是什麼學說都可以談的，什麼態度都可以抱的，後來有見解的人們登了台，就感覺這不是辦法，一定要思想有固定的歸趨，我們不反對思想有固定的歸趨，例如人人必須有國家與民族的觀念，必須有舍己為群的勇氣都是，但這是凡人類都應當有的條件，在此刻講，好像吃飯穿衣一般的普遍。除去像這種最高不容變更的原則以外，不應當連一舉一動都有了限制，當然，也可以說一舉一動不見得與國家民族便無關係，但恐怕也不見得全有影響吧？我們所知道的民族偉人如文信國就是很好歌伎聲色的，並且當時也曾受人批評的，自然，我

不是在這裏提倡大家都去玩東山絲竹的勾當，乃是說個人的生活思想應當有相當的自由，不能完全傾倒在一個範型裏的意思。

以寫作來舉例罷：載道派和言志派就有打不清的官司。我不明白言志以後與載道有什麼關係，抑或載道以後與言志有什麼影響。假使發了關係和影響的話，那一定還是起於相互的攻擊和詆誹。這種唯我獨尊的想法與態度，簡直想不出有什麼理由，左翼的文人攻擊右翼者是帝國主義走狗，白璧德人文主義是金元文化的應聲蟲，右翼的人一樣可以罵左翼是赤化分子，甚至叫作「赤匪」云云，馬克思主義也連帶被攻擊得體無完膚；實際上對於白璧德的學說固不屑於一顧，即資本論亦沒多少人讀個通本。於是喊來喊去，只見一片殺聲，全無半點道理，文字以外，或者旁而牽及私人生活，真是每況愈下。這樣機械論式的公式，已竟演過不止一次了。現在想起來未免都太浪費了一些。

而現今是連那樣的好賦得題目也沒有。千篇一律：東亞，和平，抗戰……因之整令的白報紙被吐棄到舊紙店裏，雖然經過了生產過程，其目的卻止在排泄，而不能達到分配與消費的目的。我們常常看見用《大題文府》、《小題文鵠》、《四書鴻寶》一類的密行小字石印書包著燒餅油條，不免想到「後之視今猶今之視昔」的一句話，其實，何嘗等得到「後日」，現在已竟就不行。故，即使就「賦得」而言，也有點失之技術太差了。

可是究竟話還是難說得很，有人罵清談，也有人提倡放恣，還有文學報國論等等，好些人都是帶著「制義」的英雄色彩，如果不俯首乞降，亦即老大不愉快，輕則是詬詈，重則是膺懲，這簡直成了四面楚歌，讓我們也不知如何是好。

到了這個時候，倒是樂得有功令式的賦得題目好，雖然是墨派濫調，終於是合乎體制呀，但又沒有一個公佈的好題目。

五月七日

（原載1945年《讀書》第一卷第五期）

① 明清科舉考試除八股文外，還要限題賦詩一首，題目都寫作：「賦
得……」。周作人論八股的一段話可幫助理解「賦得」：「這個把戲
是中國作官以及處世的妙訣，在文章上叫做代聖賢立言，又可以稱作
賦得，換句話就是奉命說話。做制藝的人奉到題目，遵守功令，在應
該說什麼和怎樣說的範圍之內，盡力的顯出本領來，顯得好時便是中
式，就是新貴人的舉人進士了。」

我與《兩都集》

　　我有一個毛病，讀過了的書，不願再讀，寫完了的文章，不願再看。讀書寫文，在我都成為日常生活之一部分，彷彿吃飯睡覺，昨天吃過了的飯，今天毋庸檢討，即使是菜蔬不對口味，也等下次改善罷，不必斤斤計較以前了。讀書寫文亦復如是。我常常羨慕能夠隨時作劄記作卡片的學者，我想那一定需要很大的耐性。譬如現在是倒在床上看書，遇見應當摘錄的材料，要我馬上起來加以紀錄，無論如何辦不到，而且越是讀得有味的書越難放下。頂多不過折起頁來作個記號，可是終於不預備把他抄下。於是材料之蒐集差不多全憑腦筋裏一點影子，有時需要從新翻書，不免焦急萬狀，頗悔何不勤勉一些，作作筆記，然事後懶態依然。寫普通的文字還好，用不到材料與可靠的論據，如果牽涉到實際問題，那可就麻煩了。所以每在寫定原稿之後，發現更好的材料，心裏感到不安，卻又不願意再來修改，也就隨他去，好在文章也沒有再版的可能，而讀者尤不見得多，自己心中明白，豈不也就足夠了呢？如此說來，現在來談自己的文字，可以說是多餘。不過一者奉編輯之命，要寫這樣的東西，似乎有些情不可卻；一者為文譬如飲水，冷暖自知，藉此機會，說說自己寫文的情形，卻也可以使人對自己多一番了解，或者說，諒解。至於古人所自負的文章千古事二語，倒不見得可信，如區區之文，其歷史當不出幾點鐘，唯得失寸心，則與古人無二，得雖難言，失總不會不曉得耳。

　　失在什麼地方？我覺得最大的一點就是沒有趣味。為什麼沒有趣味？因為生活平凡，見解膚淺。不平凡乃是天才的事，而我卻沒有天才，大抵老老實實說出自己的感觸就是，這種老老實實的話，

什麼人愛看呢？現在此刻，就是天性老實的人，也被環境遷引得不能不有點花樣了。亂世很容易產生大的天才，無論是政治的抑文藝的，蓋在平時，天才亦將置於固定範型之內，不容你特立獨行，到了一切非常的時候，需要非常的方法去應付，老實人只好束手無策。此所謂老實人之悲哀，我則其中之一也。這悲哀叫喊出來，亦正代表着一部分人罷？雖然是不被人注意，甚至於唾棄，但到底也是這樣的說出來了。被容許說出來就可以感謝，因為這正是非常的人統治着平凡人的言論的世界。

因為要想知道一些過去的經驗，——在這樣的歲月正用得着，對於歷史發生了興趣，尤其是近世的。這也是可以被人罵作迷戀骸骨，不知現實。歷史的毛病一養成，不免對於過去的要憧憬，憧憬過去，這是多麼為新時代的青年所看不起的事！但是沒有辦法，讓我把握現實委實沒有那種力量、機會、勇氣。看將來呢，也弄不清楚。唯現在雖然沒有把握，這不是也在作着本本分分的事，也在為了價格驚人的物資奔走嗎？買一尺布，三百元，嘅嘆着說，唉，從前不過一毛錢罷了，這似乎也是應有的惆悵，不該就算犯罪的，而且，即使是偶語有禁，這種心情，亦仍不能克服。對於如此的事，更進一步去認識現實，去把握現實，想也沒什麼用處的。清代人為什麼弄考據？魏晉人為什麼要講萬世唾罵的清談，我想我們應該有一番不忍之意，不該立在彼岸對於溺在水中之可憐蟲加以嘲諷。我寫〈語稼〉和〈林淵雜記〉等篇時，生活的困難，尚不及今日五十分之一，今天卻是連說這些懷舊的心情也不會有了，可見那時還算有生活的餘閒。然而大家豈不也苦撐至現在，而且將撐至不知若干遠的將來嗎？不管是認現實與不認現實，足見現實無所用其認與不認，日子則真是非過不行者也。寫這種文字，其實是有力無氣，對於閱者，情知無何好處，我自己的書到現在還不能有再版的光榮，也可以算是老老實實的證據。只是可憐的是，除去這種為現實所罪的文字以外，大約便是明星的起居注，和附上艷情字樣的小說了，

這些東西，當然是現實的，因為許多吃人的人正需要着作標本，作調味品，其奈我既沒有這種經驗，也沒有這樣才氣，寫不出來何！

我對於學問的趣味，犯了好博而不精的毛病，歷史雖然愛好，看見別的東西也想知道。當然，有許多知識表面上不是歷史，其實正與歷史有着密切關係，譬如我也很願意知道一點民俗學，喜歡搜羅民俗資料，這可算最真切的社會史了。又如關於地方掌故，更是不出史學範圍。可是在南京我還沒有收集若干地方史料，這很簡單，就是南京的風味對於我怎麼也不適合之故。這也是一種偏見，沒有方法使之矯正。去年我回故鄉北平一次，那裏也改變了，令我非常惆悵，於是在心中只剩下不現實的北平的影子，上海曾小住數日，也不行，人太多，房子太多，好像不能夠呼吸一般。不能適應一個地方的環境，才是最大的缺憾，如此便可以明白我為什麼對於許多別的地方那樣懷戀。我很想努力同化於現在所居住的所在，使自己發生一點興趣，然而現狀過於矛盾，就使我難乎製造一點幻夢。我正在研究南京土著的人的生活，從前傅彥長先生在南京時，曾學習那種早晨一起來即到茶樓惡狠狠大吃一頓的習慣，並且不久就頗讚美，我是自愧不能，也許是努力還不夠之故，但總之我是羨慕傅公的。到如今我還沒有一本講南京的方志書，反而買了許多講北京的，好似越看不見越要多明白，實則那些舊的東西對於如今的狀況有什麼解釋呢？真是胡塗之至！從今以後，也想買點南京的東西看看了，不知能滿意否？蓋一般的頭腦，一想起南京就連到六代及晚明，那都不是多麼快感的時代，何況我還是愛讀歷史的人呢！我的書雖然是叫做《兩都集》，南京乃是虛設，這裏姑且作為一個預言罷。

喜歡草木蟲魚好像真與歷史無干的了。可是通古今之郵也仍舊得歸入歷史。有人罵寫這種文章只是抄書，我則覺得能夠抄書卻也罷了，恐怕有的人漸漸會把中國都忘記，也說不定。至於舊日的書，只好讓他論斤去稱吧！昨天翻閱《植物名實圖考》，隰草類小薊條云：

妻雯農曰：薊州，其山原皆薊也。刺森森，踐之則迷陽，觸
之則蜂蠆，顧其嫩葉，汋食之甚美，老則揉為茸，以引火，
夜行之車，繩之，星星列於途也。性去濕宜血劑。

圖考長編引《本草圖經》云：

小薊……今處處有之，俗名青刺。苗高尺餘，葉多刺，心
中出花頭，如紅蘭花而青紫色。北人呼為千鍼草，當二月
苗初生二三寸時，并根作茹，食之甚美。四月採苗，九月
採根，并陰乾入藥，亦生搗根絞汁飲，以止吐血衄血下血皆
驗。……

這正是我鄉的產物，別人看了不理會，而我則大為欣然，而且知道
了故鄉幽薊之名的所由來矣。千鍼草的名字我們農村卻沒有，而喚
作「苗苗芽」，在麥田中這種有刺的開着漂亮的青紫色小花的草，
強靭的滋長着，拔起他來很不容易，其根可以入藥，蓋甚肥大。可
是鄉下人很少知道是可以止血，只有在嫩時拔來作菜吃還是有的，
也只限於荒年了。我們住了幾百年的地方，卻到如今才知曉其命名
之原故，未免可愧，然而即此知道亦尚非晚，比都德所記的老教師
寫法蘭西阿色斯尚好着一籌也。

這屬於學詩派的多識鳥獸草木之名的主張，原是迂腐了，細想
起來，詩人也並不是要我們專做博物工作的，羨慕無家而歌葜楚，
男女好合而歌勺藥，乃至輪茨蔓草，卷耳死麕，都另有其意義在，
汲汲於名物訓詁，不免於買櫝還珠，或者孔子也只把他當作附帶的
目的罷。從前——幾乎是十五年前，周豈明先生在〈草木蟲魚小
引〉裏就說因為想寫的不能寫不敢寫，而又不得不寫，才算計到草
木蟲魚身上，他把文學比作香爐，左派右派好像兩旁的蠟台，反正
文學還是文學的。又說左派好比密宗，只有念咒，右派好比禪宗，

專講頓悟，既是不願念咒也不會頓悟，只好寫出草木蟲魚一樣的東西。我們如今看了這種意見，感慨恐怕更是深了，左派的咒語比從前更其離奇，而頓悟亦無機鋒之可尋。發表乃是本能的發洩之一，念咒派把慾念寄託在阿彌陀佛波羅揭諦，其終極目的或者與我們之唯美觀念有殊，但是嘴裏哇啦哇啦，也許就算是有那麼一回事，說不定也可以算是發洩乎？若然則草木蟲魚尚微有勝於菩提薩摩訶也。

然我也為學力所限，究竟寫不出多少這樣的文章，純想博物的如〈蟋蟀〉之類，現在看看徒成累贅。就是想有點寄託的像〈夏夜談〉〈牽牛花〉也淺薄得可憐，無論古詩人溫柔敦厚之教不能追跡，即如豈明先生的淵深博洽又焉能妄想學習？近來許多人的見解，都是認為我不懂的東西就該打，說到古代的東西更該打，而沒有求了解與進一步去認識的意圖，寫小說我不敢亂說，若寫散文而沒有思想學識作底子，恐怕是非常危險的，雖然說Sketch乃是瞬間的感觸，但這瞬間就要看你的根柢如何。由於一點的偏錯，或者造成很荒唐的論調也是可能的。這裏須分明天才是一回事，識力又是一回事。憑了天才寫的文章，形式往往可愛，而質量則還在要看看學力的。

對於思想，我自己無寧承認是正統式的。本來，生在這麼一個國度，過着這麼一種生活，其思想當然也不能出乎這麼一個範圍。好像街頭上用飴糖吹作玩物的人，無論是吹成小雞小狗，乃至蛇蠍人物，其本質反正都是飴糖，不會有另外的味道。我在歷史上也看到不少外來的思想，但到最後，必變為中國式的東西而後已，譬如佛學之與宋學，以及近日所看到的西洋文化，大率皆有同感。有人罵這是橘逾淮則為枳，很可以悲觀，但若反轉來看，何嘗不可以說枳逾淮則為橘，自然，東西到了中國，是酸腐了的成分居多，不能用這種妄自尊大的話給自己解嘲；然也虧了中國有變化之功，所以中國才到底成為中國，不會在胡裏胡塗之中滅亡。把別人的東

西敢於拿來變化，而且非變化了不行的勇氣是可嘉的，變得好不好，是另一問題。我吃西餐覺得與中國菜沒什麼味道上的差異，只有用刀叉而不用筷子算不同罷了，但在外國留學的人就吃不慣巴黎倫敦的飯，必須上什麼南京樓北京樓嘗嘗異國的鄉味，在吃飯的文化上中國是成功了，不但外國的要變成中國的，就是中國人到外國去也照樣不易征服。我所理想的各種思想也該當如是。林語堂有許多被人攻擊的論調，辜鴻銘有許多可笑的固執，可是辜林二公并不是不了解西洋文化。「兩都集」很少談到思想的文章，唯在〈論從容就死〉、〈亡國之君〉等篇，總也可以代表我的一點見解。就是像〈談不近人情〉那種意見，雖然是不近人情，到如今也沒什麼改變，因為這也正是中國古來的傳說。因之，有人罵我為清談亦不錯，清談到底也還是「中國的」。

三三年十一月八日

（原載一九四四年《天地》第十五期）

散文雜文隨談

　　去年太平書局曾出版過一種現代文隨筆選，就和平區流行的刊物報紙等選了約二十家近六十篇的散文隨筆，輯為一集。今年仍然計畫續刊，委託我負選文之責，最近我和李荷山君合作，總算弄出一個目錄來了，在此物力困難之秋，能夠出版與否，尚不敢知，這也只算作了此心願而已。

　　近來批評散文的人特別多了，意見大都是不滿意、指摘，無論如何，這也是好現象，散文是引起一部分人注意來了。其實，像上面所說的散文選，乃是很誇大的說法，這如何就可以代表全部的現代呢？我們應當注意，在文化人心目中，並沒有分了什麼界限，我們總不該以一隅代表全體。科學一點，還是像近頃上海所出的《Ｘ人集》的說法好。至於內容呢？豈只散文是不能滿人意，其他文藝部門，我實在想不出有什麼可以滿意的來！

　　生活在這世界，還要拿筆墨換飯吃，不免有點低能。我常常想起古代詩人與學者，他們在亂離之中，作了很好的詩，例如杜甫，幾次陷於賊中，幾次要被餓死，所以才寫了〈北征〉、〈詠懷〉、〈羌村〉等等詩篇，讓我們異代同遇的人在二千年後還灑著同情之淚，他的遭遇雖然可悲，為了文藝，未嘗不可以說是幸運。如今的時代，比起天寶那時候，又艱難了不知若干倍，可是我們尚未看見那麼動人心魄的作品，就連內地在內，也不曾聽說有什麼最新最流行的東西，只有某作家因貧困自殺了，某作家因肺病臥在醫院求助的消息，不時傳到我們眼中，聽到我們耳裏，這很顯明的說出來，今日作家，只有呻吟在生活的重壓之下，創造的力量恐怕是沒有了，杜工部雖然很厄運，到底還有如嚴武這樣的地方軍閥收容他做

自己的幕府，而我們所遇見的則連「殘杯與冷炙，到處潛悲辛」的境界也沒有，社會對於文學的看法是可有可無，當局對於文學的看法，是點染景物，文學者自己的估價，也是自己承認不行，遇見機會就跳行，在整個人類對之漠視冷淡之下，雖然詩文應當窮愁而後工，也因為負荷不起維持生命之源的米價物價而枯萎了，或是為了代價太小，不得不粗製濫造而呈現浮薄不堪一看的現象了。

這不是文學者本身的罪狀，乃是社會的罪狀，戰爭的罪狀。

散文亦復如是。

然則散文的危機，亦即整個文學的危機，而是一時想不出方法來救藥的了。只從文字本身挑剔多用了「也」字「耳」字，有什麼用呢？從前有人說中國的思想問題，根本就是生活問題，現在文學的事，未始不可在生活上記下這筆帳，所以我的第一個要求就是欲弄文學，先須生活。

散文與雜文，近來弄得含混不清。我總覺得純粹的散文，應當也是抒情的，在中國還很少見。這是需要洗練的技巧與淨化的感情。譬如像Lomb與Isving，Isving也只作到「感想的」抒寫，而不純粹是感情。何其芳的《畫夢錄》有些近似，又那麼造作周折，如看搽了過分胭脂的女人那麼不舒服，南星的散文非常接近這條路，可是因為生活所迫，現在很少看見他作，甚至只弄弄翻譯糊口了。這種萬物靜觀皆自得的悠閒之理，在如是緊迫的時代，也十分不容易保持，就是有了這樣作品，也將不為整天計算股票紗布行市的讀者群所欣賞；另外，一世勞苦痛苦的讀者，或者沒有讀書的力量與可能，或者需要發洩更急切於欣賞，唯發洩也有不自由的因素在，於是轉為沉默與不管，或是偶爾來一陣謾罵與牢騷。無論在什麼地方，現在都不是有充分言論自由的時代，對於寫散文及雜文，這是致命的打擊，因為詩歌可以象徵，小說可以指桑說槐，散文雜文則需要直言無隱的說出所以然，即便是含蓄的，也應當有一目了然的作用。在這裏，散文的苦痛還沒有雜文大，因為雜文乃是側重感想

與說理。這個混沌世界，感想有不勝其說之歎，道理亦有朝夕不同之處。火車票不能買到，旅行者有感想，竊鉤者誅，竊國者侯，懂得點哲學的人有感想且將衡量著傳統的道理。推了開去，應當說的不是要汗牛充棟了嗎？可是也沒有，那就是中了言論要受限制的箭。言論不能隨意，說理要看情勢，作文章的人只有逃避，繞彎子，也許把昔日的升平，當作甘蔗渣咬個不休，也許東抄西掠的弄作古今中外的東西澆自己的塊壘，於是被人罵了，清談、濫調、淺薄。清談是可以誤國的，濫調淺薄是不值一讀的，但是沒有人能夠原諒其背後之不得已，也並沒看見一個大膽的戰士，敢率直的陳述了大家的需要文章，——譬如像當年魯迅先生那樣，予打擊者以打擊。這麼長久下去，批評的人儘自指摘，作文章的人還是照舊想不出什麼辦法，除非是不作。蓋道理我們徹底的明白，感想也不是一點沒有，所沒有者，只是「可能」二字罷了。所以第二個要求，應當是寫文章的自由。

上述的自由是指著周圍的環境，但是如今橫行霸道的不完全是環境，還有一種屬於八股與義和團式的思想。這是我們自己的問題，不是別人的問題。我曾在〈談道學〉一文中說道八股亦即道學傳統之可怕，現在我們所看到的八股，不單是和平或抗戰這種富有政治性的東西，另外還有具有莫名其妙的野心想要指導大多數人都走向一條路去的思想，好像如果不按照這個思想，就是犯罪。從前文壇也有同樣的現象，但那終究還有個人的自由，現在則可以運用題外的力量使你的文章不能發表，或是湊成一群無聊的人來亂叫。我們看了不能不有些寒心，好像無論在什麼方面都要變成幫會式的擁護一個人作英雄作首腦的樣子，這一點我覺得上海到底是好些的，其他的所在，我不講大家也會明白。思想應當是多方的，政治不妨單一，只要這些思想不是有惡劣影響便應當准許其發展。孔子所說攻乎異端斯害也矣，這攻字據焦理堂的解釋正作攻擊與反對解，異端者，殆即思想之多方，如果社會上需要一種思想，攻也是

沒用的，恰如不需要時勉強呼號也沒用一般。自來文學乃是感情感想的產物，其嬗變受著社會經濟等的影響，到了該變，自然要變，絕不必揠苗助長。通常是說文學應該具有Promotion的作用，但這種意向應該是文學者自覺的，不是強制的，強制的產品不能謂之文學，猶如應徵的徵文不容易有偉大的作品一樣。這裏不妨再以散文為例，從前有人提倡公安派的小品，也有人專作短劍式的雜文，載道與言志互相攻擊，其結果還是不能一個力量吞併了其他的力量，載道者照常載道，言志者不妨言志。在社會力量沒有把某一個主張淘汰了以前，很難說那個是對，那個是不對。所以第三，我要求自命為文壇指導者諸先生，還是少拿出一點成見來為好，雖然真正的批評我們還是要的。

寫散文應當有兩個條件，一是多讀書，一是多觀察。讀書與觀察無非都為的多通達事理。寫小說雖然也要這個條件，但其目的乃在採取技巧形式與有豐富的內容。寫散文的人，多少該有哲學者的風度，即使是白描的記載，也該當有了個性。對於觀察，那當然需要多樣的生活與遭遇，我不敢妄說，對於讀書我感到今日寫文章的同志真是欠缺。有人在那裏反對抄書，誠然不錯。但是懂得抄書的人或者還是上乘，有的人則連文法也弄不清楚，看那樣的文字實在不如不看。近來散文的翻譯可以說是一篇沒有，文化食糧的貧乏，已到極度，也正因為讀者群的饑渴，文字出刊不無粗濫之處，而愈是粗濫，越沒有人肯沉潛學問，培養自己的見解。若是說散文的危機，恐怕這一點倒是最可慮的。世界上有不少小說家是不學的，卻很少散文家不學。讀小說的人多半是在那裏作冒險旅行，讀散文的人乃是思想與情緒之散步。不用說思想是要根底，即技巧形式不也要黽勉去學習嗎？我可以大膽說對於散文家，讀書比天才與經歷更重要，這話不知有些微是處否？

（原載1945年《讀書》月刊第二期）

唐詩之「因」「革」

　　陳寅恪先生把唐代的政教淵源分為兩個系統：一是繼承北朝關中本位政策的餘緒，而襲取其保守的文化；一是南朝的文士風氣遺響所形成的文詞之士，通過了進士科的考試而掌握政權，這一派是革新的，尤其多善為詩。(一)這個說法差不多已成定論。在學術史上本來北主保守而南主革新，譬如群經傳注，北主馬、鄭之學，而南方則留下王弼、何晏的玄風。到隋，「政治則南統於北，學術則北統於南」，(二)可以看出學術革新的風氣是很難抵禦的。據陳氏說：唐初一百五十年，完全是關隴集團的勢力，到則天皇后以後，這勢力漸被摧毀，中經天寶之亂，益復不振，政權遂轉入詞臣手中。細想起來，文學思潮，大致亦復如此。這種風氣的造成，也許和民族的地域性有關。北地多山苦寒，民性凝重保守；南方則多水而和暖，民性流動飛揚：想來不會大錯罷？唐初的文學理論如李百藥《北齊書》〈文苑傳敘〉：

> 江左梁宋，彌尚輕險。始自儲宮，形乎流俗。雜沾滯以成音，故離悲而不雅。爰逮武平，政乖時蠹。唯藻思之美，雅道猶存。履柔順以成文，蒙大難而能正。原夫兩朝叔世，俱肆淫聲；而齊氏變風，屬諸弦管。梁時變雅，在夫篇什，莫非易俗所致，並為亡國之音。……

魏徵〈梁論〉：

> （簡文帝）文豔用寡，華而不實；體窮淫靡，義罕疏通；哀思之音，遂移風俗。

又其《隋書》〈文苑傳敘〉云：^(三)

> 梁自大同之後，雅道淪缺，漸乖典則，爭馳新巧。簡文、湘
> 東，啟其淫放；徐陵、庾信，分路揚鑣。其義淺而繁，其文
> 匿而采。調尚輕險，詞多哀思。格以延陵之聽，蓋亦亡國之
> 音乎？

令狐德棻《周書》〈庾信傳贊〉云：

> 子山之文，發源於宋末，盛行於梁季。其體以淫放為本，其
> 詞以輕險為宗，故能誇目侈於紅紫，蕩心逾於鄭衛。昔揚子
> 雲有言：「詩人之賦麗以則，詞人之賦麗以淫。」若以庾氏
> 方之，斯又詞賦之罪人也。

幾乎全是反對齊、梁的。當然，這種風氣，從隋時就有了，如文帝
時李諤上書是眾所周知的。但隋年代不長，自然不如唐代的被重
視。但理論雖是如此，事實則從帝王以至大臣，都難免受了齊、梁
文學的薰染，而作著所謂「豔體」以及「輕薄」的詩歌；如唐太宗
及初唐四傑，乃是其最著者。

　　所以如此，並非是齊、梁詩全是輕險浮豔，實因其革新的空
氣，不知不覺之間，易為富於感情的詩人所接受之故。試看他們的
文學理論：

> 夫文豈有常體？但以有體為常，政當使常有其體。丈夫當刪
> 「詩」、「書」，制禮樂，何至因循寄人籬下？（張融〈問
> 律自序〉）
> 夫楚謠、漢風，即非一骨；魏制、晉造，固亦二體。譬猶藍
> 朱成彩，雜錯之變無窮；宮商為音，靡曼之態不極。（江淹
> 〈雜體詩序〉見《初學記》〔文章〕部引）

若無新變，不能代雄。（蕭子顯《南齊書》〈文學傳論〉）

今世音律諧靜，章句偶對，諱避精詳，賢於往昔多矣。
（《顏氏家訓》〈文章篇〉）

在這種偏重「革」的理論之下，文學作品自然會走入「新」「奇」一路，《文心雕龍》所謂「爭價一句之奇」，「辭必窮力而追新」便是。又如江淹〈自序傳〉說自己「愛奇尚異」。張融〈臨卒誡子〉說：「吾文體英絕，變而屢奇。」《詩品》說謝朓「奇章秀句，往往警遒。」《南齊書》〈陸厥傳〉說他「少有風概，好屬文，五言詩體甚新奇。」以及前面所引《隋書》〈文學傳敘〉的「梁自大同之後，……爭馳新巧」，都可以作為當時作品特色的說明。明楊慎《升庵詩話》有云：「清者，流麗而不濁滯；新者，創見而不陳腐。」可以作「清新」的注腳，也就是六朝文學更具體的說明。杜甫詩：「詩清立意新」（〈奉和嚴中丞西城晚眺〉），「清詞麗句必為鄰」（〈戲作六絕句〉），以及評論李白的「清新庾開府」（〈春日憶李白〉），論孟浩然的「清詩句句盡堪傳」（〈解題十二首〉），都可以作為繼承六朝人詩論的例子。六朝詩所以有這種特色的原因，一是內容方面增加了賦的要素；二是形式上有了音律的自覺。

什麼是賦的要素？按照《詩經》六義的說法，賦就是「鋪陳其事」，[四]以體物為主；而比、興則出自詩人的感情，以抒情為主。一是客觀，一是主觀。陸機〈文賦〉說：「詩緣情而綺靡，賦體物以瀏亮」，對於這兩者的分野，說的最清楚。大致說來，齊、梁以前的建安詩，是以抒情為主的，不大有體物之作；齊、梁以後則不然，《文心雕龍》〈明詩〉云：

宋初文詠，體有因革。《莊》《老》告退，而山水方滋。儷采百字之偶，爭價一句之奇，情必極貌以寫物，辭必窮力而追新；此近世之所競也。

皎然《詩式》：

> 建安不用事，齊梁用事。

都是說齊、梁的詩有了賦的成分加入了。用事者，將抽象的心情，以具體的事實來表現，顯然這也是一種進步。開此風的當推沈約。《顏氏家訓》〈文章篇〉：

> 沈隱侯（即沈約，卒諡隱）曰：「文章當從三易：易見事一也；易識字二也；易讀誦三也。」邢子才常曰：「沈侯文章，用事不使人覺，若胸臆語也。」深以此服之。

所謂「易見事」，自指用事易於明白，如《梁書》〈王筠傳〉：

> （沈）約於郊居宅造閣齋，筠為草木十詠，書之於壁，皆直寫文詞，不加篇題。約謂人云：「此詩指物呈形，無假題署。」

這也許便是易見事的標準，而其方法則主在體物。《詩品》云：

> 若專用比興，患在意深；意深則詞躓。若但用賦體，患在意浮；意浮則文散。

前者是指摘漢魏詩，後者則評論當時詩，但於此可見齊梁對漢魏的革命就是在於加入了賦的特色。

由於「賦」體的加入，詩的題材因而擴大，一是「詠物詩」，一便是「詩史」。詠物詩是繼承晉、宋間的山水詩而起的，《文心雕龍》〈物色〉篇云：

> 自近代以來，文貴形似。窺情風景之上，鑽貌草木之中。吟詠所發，志唯深遠；體物為妙，功在密附。故巧言切狀，如印之印泥；不加雕削，而曲寫毫末。

正是說詠物體的特長。《玉台新詠》所載詠物詩甚多，可以參證。初唐詩人如董思恭、李嶠也習染此風，至杜甫而傾向更強。

「詩史」，有二解：1.詩與史，2.以詩為史。這裏所說，實指後者。齊、梁之詩，多委曲描摹事實，所以常稱詩史，此詞屢見於沈約《宋書》〈謝靈運傳〉[五]、蕭子顯《南齊書》〈王融傳〉等，雖然命意不似唐人說杜詩那麼明顯，在那時有這樣作詩方法，則無疑義。蓋當亂離之世，遭逢不偶的詩人，歌詠身世，仿佛屈子之作《離騷》，也是情理中應有之事。杜甫論庾信云：「庾信生平最蕭瑟，暮年詩賦動江關」，豈不也就因為庾氏在亂離之中，不少憤慨亡國之作嗎？

上述兩種——詠物、史詩傾向，都以賦的方法為其基礎，到唐而大為流行。例如初唐駱賓王的〈帝京篇〉及閻朝隱的〈鸚鵡貓兒詩〉、張說的〈安樂郡主花燭行〉、盧照鄰的〈長安古意〉等篇，與其說是詩，毋寧看作短的賦。杜甫的《麗人行》、《哀王孫》、《北征》、《三吏》等，賦的色彩尤濃厚。即後來極端攻擊齊、梁詩派力倡復古的韓愈，[六]他的〈南山〉一詩，能不說是賦體嗎？有人批評他「以文為詩」，或說他的詩等於「押韻之文」，更為明白。

什麼是聲律的自覺？四聲之說，起於沈約，人所共知。但我們推想，這事一定不是一個人的「發現」，而是聲音自然的趨勢。尤其從兩晉以來的西域僧徒，東來譯經，以西域及天竺語言原理分析中國的語音，可能是四聲發現的前奏。反切及韻書，都起自北方，足以為證。[七]《詩品》云：

齊有王元長者，……嘗欲造知音論，未就。王元長創其首，
謝朓、沈約揚其波。

也是四聲不起於沈約之徵。不過沈氏語音學的天才特高，故其成就最
大。不信再看與沈同時的人，好些都曾有過用雙聲疊韻說話的故事：

《南史》〈謝莊傳〉：「王元謨問：『何者為雙聲？何者為
疊韻？』答曰：『玄護為雙聲，磽确為疊韻。』其捷速如
此。」（按：玄護又作懸弧，河南省地；磽确今山東省地，
皆宋、魏交戰要衝。）
梁元帝《金樓子》〈掩對〉篇：「羊戎好為雙聲，江夏王
（義恭）設齋，使戎鋪舒坐法，戎處分曰：『官教前床可開
八尺。』江夏曰：『開床小狹。』戎復唱曰：『官家很狹，
更廣八分。』（皆雙聲）文帝與戎對曰；『金溝清泄，銅池
漾泄，極佳光景，當得劇碁！』」（亦雙聲）
《北齊書》〈魏收傳〉：「收外兄博陵崔岩嘗以雙聲嘲收
曰：『愚魏衰收。』收答曰：『顏岩腥瘦，是誰所生，羊頤
狗頰，頭團鼻平，飯房笒籠，著孔嘲玎。』其辨捷不拘若
是。」（《北史》同）
《洛陽伽藍記》五，凝圓寺條：「冠軍將軍郭文遠，遊憩其
中，堂宇園林，匹於邦君。時隴西李元謙樂雙聲語，常經文
遠宅前過，見其門閣華美，乃曰：『是誰第宅？』（按四
字雙聲）遇家婢春風出，曰：『郭冠軍家』（亦雙聲）元謙
曰：『凡婢雙聲。』春風曰：『獰奴慢罵！』（皆雙聲）元
謙服婢之能，於是京邑翕然傳之。」[八]

也可以說明對音律的自覺，非止沈、謝，乃是當日一般的潮流。只
是齊、梁人對音律的使用技巧，漸漸到了純熟的地步，這無非對建

安詩風表示革命，而達到其求「新」、「奇」的目的。所以雖然當時曾有人反對，畢竟不能不承認他們的作品較為優越。《梁書》〈庾肩吾傳〉引〈簡文帝與湘東王和書〉云：「謝朓、沈約之詩，任昉、陸倕之筆，斯實文章之冠冕，述作之楷模。」帝固反對聲律論者。又如《隋書》〈文章傳序〉雖然不滿意齊、梁作品，但也說：「江左宮商發越，貴於清綺，……文華者宜於詠歌。」沈約曾說文章三易，其一是易誦讀，易誦讀不就是宜詠歌嗎？

　　這裏我們必須強調中國文字的「單音系統」的特質。惟其是單音，故有對偶的可能；而且為了聲調的緊接及同音字太多的關係，自然會產生四聲變化。這一變化的美化應用，即是駢儷體文字的出現，更進一步，便是詩的平仄。這完全是迎合了聽覺的所感而來，鄭玄所謂「宮商上下相應」，（《毛詩》〈大序〉〈箋〉）陸機所謂「音聲之迭代」，（〈文賦〉）范曄所謂「性別宮商識清濁，斯自然也」，（《宋書》〈范曄傳〉）都是此理。至《文心雕龍》〈聲律〉篇就更加強調的說：「聲畫妍媸，寄在吟詠」，把文字的美惡條件全寄託在聲音上了。

　　由於聲律說的侵淫，唐代詩歌的音樂化益加具體，那便是入樂詩「律體」和「絕句」的興起，這是一般文學史上都講到的，則天時代的沈、宋，尤為律體領袖，而且從此「進士」科的詞人壓倒「明經」科的學者，直到唐末。(九)、(十)至於梁武帝的〈江南弄〉、沈約的〈六憶〉等篇，後世有認為就是詞的起源者，那就和音樂的關係更深了。

　　如前所說，初唐文士大都在理論上是反齊梁、反聲律的，這本是演梁簡文帝、梁元帝及《詩品》的餘緒。梁元帝《金樓子》〈立言下〉云：

　　夫翠飾羽而體分，象美牙而身喪；蚌懷珠而致剖，蘭含香而遭焚；膏以明而自煎，桂以蠹而成疾；並求福而得禍，衣錦尚褧，惡其文之著也。

可為代表。但理論雖如此，他們作品的本身就是駢儷傾向很濃的，可以說是很好笑的矛盾。再看唐初，除去前舉四傑及唐太宗的「豔體」、「輕薄」之外，如李白，本是最反對齊、梁的萎靡詩風，而以復興《大雅》自任的，他曾說：「自從建安來，綺麗不足珍。」而自許為「蓬萊文章建安骨」，然杜甫卻說他的詩體是清新的，詩句是仿效六朝的。例如稱他「為人性僻耽佳句，語不驚人死不休。」「李侯有佳句，往往似陰鏗。」「清新庾開府，俊逸鮑參軍。」這不全是流傳人口、眾所習知的麼？好像李白也並未以為忤呢。李白的詩論，無疑的是受了陳子昂的影響，陳氏對於齊、梁之風，是深惡而痛絕之的，其與〈東方左史虯修竹篇序〉云：

> 文章道弊，五百年矣。漢、魏風骨，晉、宋莫傳，然而文獻有可徵者。僕嘗暇時觀齊、梁間詩，采麗競繁，而興寄都絕，每以永歎！竊思古人，常恐逶迤頹靡，風雅不作，以耿耿也。

盧藏用為他的文集作序，說他「卓立千古，橫制頹波，天下翕然，質文一變。」可是事實上我們考察受他影響最大的李白，（李氏的〈古風〉完全襲取陳氏〈感遇〉）仍然是「長憶謝玄暉」，「一生低首只宣城」的，那末，所謂「天下翕然，質文一變」的話恐怕也要大打折扣了。

所以，我們大致可以斷言，唐代的詩歌，因襲六朝的「變革」者多，復返於漢、魏者少。即如陳子昂之流的絕對右派，皎然《詩式》也不過許他一個「復多而變少」罷了，到底不能不有些「變」的。對於一個新潮流，不能頑固的忽視，這也是一個例證，猶之關隴集團之不能和江南新進抗衡一般。大率任何一個新潮流的襲來，在初期總會遭到舊勢力的反對，文學史也不能例外。沈約的聲律論有簡文帝、元帝、鍾嶸[十一]等人反對，而北朝人士，尤抱反感，（唐初反齊、梁，似亦襲此風）[十二]但經沈氏及庾信等人的努力，

新格律究竟到處風行了。慢慢的由極右極左兩派之中，就會產生一種折衷論，如顏之推即是一例。《顏氏家訓》〈文章篇〉云：

> 古人之文，宏材逸氣，體度風格，去今實遠；但緝綴疏樸，未為密緻耳。今世音律諧靡，章句偶對，諱避精詳，賢於往昔多矣。宜以古之制裁為本，今之辭調為末，並須兩存，不可偏棄也。

唐代詩歌，自起初便和理論方面的復古主義背道而馳，形成理論事實打成兩橛的現象，（主要也許因為關隴舊人多不喜且不善為詩）於是流風所及，在理論上也就不得不趨於折衷。請看下面所舉的話：

皎然《詩式》：

> 夫五言之道，唯工唯精。論者雖欲降殺齊、梁，未知其旨，若據時代，道喪幾之矣。沈約詩，詩人不用，此論何也？如謝吏部詩：「大江流日夜，客心悲未央！」柳文暢：「太液滄波起，長楊高樹秋。」王元長詩：「霜氣下孟津，秋風度函谷。」亦何減於建安？若建安不用事，齊、梁用事，以定優劣，亦請論之：如王筠詩：「王生臨廣陌，潘子赴黃河。」庾肩吾詩：「秦皇觀大海，魏帝逐飄風。」沈約詩：「高樓切思婦，西園遊上才。」格雖弱，氣猶正，可言體變，不可言道喪。大曆中，詞人多在江外，皇甫冉、嚴維、張繼素（？）、劉長卿、李嘉佑、朱放，竊占青山白雲、春風芳草以為己有，吾知詩道初喪，正在於此！何得推過齊、梁？

獨孤及《毘陵集》卷十三〈唐故左補闕安定皇甫君集序〉：

五言詩之源生於國風，廣於《離騷》，著於李、蘇，盛於曹、劉，其所自遠矣。當漢、魏之間，雖已樸散為器，作者猶質有餘而文不足，以今揆昔，則有朱弦舒越、大羹遺味之歎！歷千余歲，至沈詹事（佺期）、宋考功（之問）始裁成六律，彰施五色，使言之而中倫，歌之而成聲，緣情綺靡之功，至是乃備。雖去雅寖遠，其麗有過於古者，亦猶路軺出於土鼓，篆籀生於鳥跡也。

劉昫《舊唐書》〈文苑傳敘〉：

前代秉筆論文者多矣，莫不憲章《謨》、《誥》，祖述《詩》、《騷》；遠宗毛、鄭之訓論，近鄙班、揚之述作。……殊不知世代有文質，風俗有淳醨；學識有淺深，才性有工拙。昔仲尼演三代之《易》，刪諸國之《詩》，非求勝於昔賢，要取名於今代。實以淳樸之實傷質，民俗之語不經；故飾以文言，考之弦誦。然後致遠不泥，永代作程，即知是古非今，未為通論。

　　在議論上雖不過於激烈，在骨子裏卻有點左傾。宋詩之由西昆演成范、陸，明詩之由七子變為公安，都同此理。

　　足以代表傾向南朝作風的詩人，當然要數杜甫，他的仿效齊、梁，記述亂離，稱為「詩史」，已見前述。[十三]他個人對於江左流風，也時致傾挹。〈偶題〉：「永懷江左逸，多病鄴中奇」，顯然菲薄建安而推崇齊、宋。因而他最喜研誦的書便是《文選》，他常說「呼婢取酒壺，課兒誦《文選》」，「精熟《文選》理」一類的話。他所仿摹的人物，則為「熟知二謝能將事，頗學陰何苦用心。」即對於一般人嗤為「輕薄為文」的四傑，也頗有好感，而罵那些淺人「爾曹身與名俱裂，不廢江河萬古流」了。

杜氏之特別注意詩律，完全是受沈、謝影響，其目的亦仍是為了達到清新，所謂「新詩改罷自長吟」，「賦詩新句穩，不覺自長吟」，「不薄今人愛古人，清辭麗句必為鄰」，都提明「新」字。又如「遣辭必中律」，「晚節漸於詩律細」，更是自述甘苦的經驗談。王楙《野客叢書》卷十九杜詩合古意條，詳舉杜詩脫胎齊、梁之例甚多，讀者不妨參照。[十四]他對於當代成名的作家，也都以齊、梁的詩人相比擬，尤可看出他對南朝的傾倒。[十五]

　　總之，唐詩的來源，對於齊、梁體，因多革少，是可以確定的。

[一] 詳見陳氏《隋唐制度淵源略論稿》、《唐代政治史述論稿》二書。
[二] 皮錫瑞《經學歷史》（《學生國學叢書》周氏注本）及周予同《經今古文學》。
[三] 《舊唐書》〈令狐德棻傳〉稱徵修《隋史》，徵傳則稱孔穎達、許敬宗作，唯敘論皆徵作。
[四] 朱熹《詩集傳》
[五] 〈謝靈運傳〉：「至於先士茂制，諷高歷賞，……並直舉胸情，非傍詩史。」按此文日本僧空海《文鏡秘府論》以為應作「並宜舉胸懷，作傍經史」，恐非是。此所云殆正指富於紀事而缺於抒情的詩篇，否則詩史對舉，於此不辭。若《南齊書》〈王融傳〉：「今經典遠被，詩史北流」。則顯屬對舉，言詩與史也。
[六] 韓愈〈薦士〉：「齊梁及陳隋，眾作等蟬噪。」
[七] 陸法言《切韻》為中國最早韻書，但唐代之前，已有許多因譯經而產生的「音義」之書。《開元釋教錄》：「昔高齊沙門釋道慧，為『一切經音』，依字直反，曾無返顧。」此為玄瑛、慧琳諸書的先聲。其年代則比沈約為遲，但我們可以推斷外國僧祇是早已會了這個方法。一如後來明代天主教傳教士入中土，首先學習以拉丁字、羅馬字拼中國音，如金尼閣的《西儒耳目資》等。
[八] 自宋代始，詩人已知用雙聲疊韻之字為詩，如謝靈運〈從斤竹澗越嶺西行詩〉：「蘋蘋泛沈溪，菰蒲昌清淺。」鮑照〈登廬山〉：「嘈嘈晨鵾思，叫嘯夜猿清」等是。宋魏慶《詩人玉屑》引《詩苑類格》舉雙聲疊韻對偶例甚多，此不贅。
[九] 詳見陳寅恪氏二書。關隴集團之舊派頗重明經科，南方新進之士則重進士科，進士科是專講詩賦的。到進士科的新進分子當

權時，把明經科看得不成東西，因有「三十老明經，五十少進士」之說，而且有許多人中了明經又考進士。

（十）尤袤《全唐詩話》：「魏建安後迄江左，詩律屢變。至沈約、庾信，以音韻相婉附，屬對精密。及宋之問、沈佺期，又加靡麗，回忌聲病，約句准篇，如錦繡成文。學者宗之，號為沈、宋。

（十一）《詩品》：「不被管弦，又何取聲律邪？」又「使文多拘忌，傷其真美。」

（十二）《周書》〈蘇綽傳〉：「自有晉之季，文章競為浮華，遂成風俗。太祖欲革其弊，因魏帝祭廟，群主畢至，乃令綽作大誥奏行之。……自是之後，文筆皆因其體。」北周文誥皆學《尚書》，極佶屈聱牙之致。

（十三）孟棨《本事詩》：「杜逢祿山之難，流離隴蜀，畢陳於詩。推見至隱，殆無遺事。故當時號為詩史。」《新唐書》〈杜甫傳贊〉：「甫又善陳時事，律切精深，至千言不少衰，世號詩史。」

（十四）如〈重經昭陵〉：「風塵三尺劍，社稷一戎衣」，本於庾信〈周宗廟歌〉：「終封三尺劍，長卷一戎衣」；〈宿江邊閣〉：「薄雲岩際宿，孤月浪中翻」，本於何遜〈如西塞示南府同僚〉：「薄雲岩際出，初月波中上」，〈秦州雜詩〉：「月明垂葉露，雲逐渡溪風」，本於陰鏗〈開善寺〉：「鶯隨入戶樹，花逐下山風」；〈題趙氏隱居〉：「伐木丁丁山更幽」，本於王維「蟬噪林逾靜，鳥鳴山更幽」等，不勝枚舉。

（十五）如張九齡：綺麗玄暉擁。（〈八哀〉）岑參：謝朓每篇堪諷詠。（〈寄岑嘉州〉）孟浩然：往往凌鮑謝。（〈遣興〉）高適、岑參：高岑殊緩步，沈鮑得同行。（〈寄彭州高三十五使君適虢州岑二十七長史參〉）李白、高適：不復見顏鮑。（〈遠懷〉）王掄：新文生沈謝。（〈哭王彭州掄〉）畢曜：流傳江鮑體。（〈贈畢四曜〉）

（原載《國文月刊》1948年11月第73期）

論唐詩中的助詞「可」字[*]

　　唐詩之妙，多在助詞，若助詞不明，詩意必晦。今先就「可」字，略貢一得之愚。

　　「可」字，通常用作可能、推量、命令以及約略的數字估計（如《史記》〈匈奴傳〉：「卒可四千人。」《漢書》〈王章傳〉：「年可十二。」等是。）等義，此種普通用法，本文均略而不談。唐詩中常有許多特殊用法，後世詞曲中亦然，且有一脈相通之處。

　　如絕句中第四句多用「可」者：

> 不如醉裏風吹盡，可忍醒時雨打稀。（杜甫：〈三絕句〉）
>
> 嫁與將軍天上住，人間可得再相遇？（戴叔倫：〈聽韓使君美人歌〉）
>
> 知有宓妃無限意，春松秋菊可同時。（李商隱：〈代魏宮私贈〉）
>
> 半月離居猶悵望，可堪垂白各天涯！（許渾：〈酬棉州于中丞使君見寄〉）
>
> 早是人情飛絮薄，可堪時令太行寒！（李咸用：〈依韻修睦上人山居十首〉）

　　推度上舉各句的「可」字，實含「不可」之意，殆即「不可」的省文。《尚書》〈堯典〉：「試可乃已。」《史記》則作：「試不可用而已。」臧玉琳（《經義雜記》二十二：「古人語氣急」，二十三：「五帝本紀書說」）孫淵如（《尚書今古文注疏》）皆以

為由於古人口氣之緩急而有分別。古書中此例尚多，如「如」與「不如」，「得」與「不得」，悉見《臧氏雜記》；焦理堂《論語補疏》在〈其得之也患得之〉章亦有論及。如所云，「可」表示語氣急，「不可」則緩。蓋可本猶疑之詞，「可」與「不可」常有時含糊，不甚有判然的分野。這也是中國文字特別的地方。古代或者只有一音節的「可」字，（不可曰叵，意為「反可」，還是一音節。）後來才發展成確定否定語氣的「不可」。

又如律詩的對偶句：

> 那堪流落逢搖落，可得淒然是偶然。（鄭谷：〈江際〉）
> 睡輕可忍風敲竹，飲散那堪月在花。（同：〈多情〉）

如上例，可字與那字相對，有「何」之意，可與何音近，是可以通假的。

全唐詩中，「可」字下注「一作何」，及「何」字下注「一作可」者頗多，足資為證。又如下例：

> 可但步兵偏愛酒，也知光祿最能詩。（嚴武：〈巴嶺答杜二見憶〉）
> 漫勞筋力趨丹鳳，可有文詞詠碧雞。（吳融：〈送弟東歸〉）
> 可道新聲是亡國，且貪惆悵後庭花。（同：〈水調歌〉）

作為對句或轉語的助詞，「可」解作「何」，尤為分明。又如：

> 高眠可為要玄纁，鵲尾金爐一世焚。（皮日休：〈寄潤卿博士〉）
> 五兩青絲帝渥深，平時<u>可敢</u>歎英沈。（胡宿：〈次韻徐爽寄〉）

在助詞複用的場合，「可為」即是「何為」，「可敢」即是「何敢」。

此外，還有可字與曾合用，作「可曾」的：

> 可曾衙小吏，恐謂（一作「為」）踏青苔！（姚合：〈武功縣中作〉意謂：曾有小吏來乎？恐其踏損青苔也。）
> 賞春唯逐勝，大宅可曾歸。（李鄴：〈長安少年行十首〉）

還有，與「可曾」相當而徑作何曾的：

> 牛女年年渡，何曾風浪生？（杜甫：〈天河〉）
> 煙水何曾息世機？暫時相向亦依依。（溫庭筠：〈渭上題〉）

「何曾」「可曾」殆一義，謂「不曾」也。
又有「可待」「可要」之例，亦是「何待」「何要」之意：

> 天教李令心如日，可要昭陵石馬來？（李商隱：〈復京〉）
> 潛夫自有孤雲侶，可要王侯知姓名？（方幹：〈山中言事〉）
> 停分天下猶嫌少，可要行人贈紙錢？（李山甫：〈項羽廟〉）

其徑用「何要」者，如：

> 此中是處堪終隱，何要世人知姓名？（杜荀鶴：〈送項山人歸天臺〉）

用「可待」之例，如：

> 此情可待成追憶？只是當時已惘然！（李商隱：〈錦瑟〉）
> 石家蠟燭何曾剪？荀令香爐可待熏？（同：〈牡丹〉）

語意與「可要」全同。（元曲《蕭淑蘭》第三折「嫂嫂可要坐守行
監」，《百花亭》第四折：「你可待碧梧棲老鳳凰枝」，用法大體
與唐詩同。

還有「可在」之例，唯較少：

> 可在青鸚鵡，非關碧野雞。（李商隱：〈和孫樸韋蟾孔雀詠〉）
> 猶自聞鐘角，棲身可在深？（方幹：〈鏡中別業〉）
> 有心為報懷權略，可在於期與地圖？（周曇：〈詠史詩・荊軻〉）

「可在」，殆有「不必……亦不要」之意，劉淇《助字辨略》卷
三，李調元《方言藻》卷三，均謂為與「何必」相通，甚是。
「在」字與「必」字相關聯之句，如：

> 豪不必馳千騎，雄不在垂雙鞬。（李益：〈輕薄篇〉）

「不必」「不在」，遙相對應，又有以「不在」為「不必」者，如：

> 勝賞不在遠（李夷簡：〈西亭暇日書懷十二韻，獻上相公〉）

中晚唐以後，常用「可能」，如：

> 可能塵土中，還隨眾人老。（白居易：〈仙娥峰下作〉）
> 立意忘機機已生，可能朝市汙高情。（韓偓：〈偶題〉）
> 落日鮮雲偏聚散，可能知我獨傷心？（徐鉉：〈賦得有所思〉）
> 可能勝賈誼，猶自滯長沙？（白居易：〈憶微之，傷仲遠〉）
> 可能休涕淚，豈獨感恩知？（可能，一作不能）（杜牧：
> 〈除官，行至昭應，聞友人出，因寄〉）

為問東山謝丞相：<u>可能</u>諸妓勝紅兒？（羅虬：〈比紅兒詩〉）
無計延春日，<u>可能</u>留少年！」（許渾：〈惜春〉）

皆「何能」之意。亦有徑作「何能」的，如：

<u>何能</u>隨眾人，終老於塵土？（白居易：〈和我年〉）

以上大體說來，唐詩中可何二字多通用。古書中可字又有表疑問者，如《史記》《藺相如傳》：「秦王以十五城，請易寡人之璧，可與否？」唐詩如此用法者，如：

桃花一簇開無主，<u>可</u>愛深紅愛淺紅？（杜甫：〈江畔獨步尋花六絕句〉）

同樣形式，在後世小說中常見，如：

范老爺平日<u>可</u>有最怕的人？（《儒林外史》三回）
我問哥兒一聲：有個周大娘，<u>可</u>在家麼？（《紅樓夢》六回）

日常口語裏的「你<u>可</u>知道」？「可不是」？「可不」！也與此用法近似。

此可字，吳音又轉為「阿」，並有「阿是」「阿曾」「阿好」等複合詞出現，如：

張大少爺，<u>阿</u>有相好嘎？（《海上花列傳》第一回）

黎劭西先生《新著國語文法》三二四頁，對此有詳細論述，可參閱。

由此種用法發展出來的,又有「可是」,最早如《世說新語》〈品藻篇〉「人有問太傅,子敬可是先輩誰比?」元曲及小說中屢見,如:

> 父親,可是那一位大衙門告他去?(《陳州糶米》第一折)
> 這十年光景成虛話,可是真假疑怪?(《薛仁貴》第四折)
> 敢問樵哥,可是翠雲山?(《西遊記》五九回)

下面的用法,近代語中該保留著其遺跡:

> 這牛布衣先生,可是曾在山東范學台幕中的?(《儒林外史》六回)
> 我聽見人說,本朝的天下,要同孔夫子的周朝一樣好的,就為出了個永樂爺就弄壞了,這事可是有的麼?(同,九回)
> 寶玉因問:可是病了,還是輸了呢?(《紅樓夢》一九回)
> 馬道婆會意,便問道:可是璉二奶奶?(《紅樓夢》二五回)

「可是」一詞,唐詩中用得很多,意思也各有分別,今分析如下:
　(1)用作「不是」「並不是」較強的否定意義。如:

> 索強欺得客,可是丈夫兒?(王梵志詩,敦煌本,原目二七一八)
> 西林可是無清景,只為忘情不記春!(皎然:〈春夜集陸處居玩月〉)
> 猿啼曾下淚,可是為憂貧?(戎昱:〈桂城早秋〉)
> 集仙殿與金鑾殿,可是蒼蠅感曙雞?(李商隱:〈漫成五章〉)
> 漢陂可是當時事,紫閣空餘舊日煙!(韋莊:〈過漢陂感舊〉)

以上用法，等於「詎是」、「豈是」、「底是」，有強烈的否定意味。近代中國語，也還殘留著此種用法，如：「石頭可是燒的？」「皇宮可是我們住的？」蓋以疑問為否定也。

（2）表輕微的疑問，實為消極的肯定。如：

> 可是武陵溪？春芳著路迷。（司空圖：〈春山〉）
> 箕山渭水空明月，可是巢由絕子孫？（徐振：〈古意〉）

其意好像說：「莫非是」，即文言的「應是」（肯定），「莫是」（否定而意疑）等詞。唐詩中也用「莫是」的，如：

> 莫是長安行樂處，空令歲月易蹉跎！（李頎：〈送魏萬之京〉）
> 鉛華不可棄，莫是槁砧歸？（權德輿：〈玉台體〉）
> 人來多不見，莫是上迷樓？（包何：〈同諸公尋李方直不遇〉）
> 山僧未肯言根本，莫是銀河漏泄無？（曹松：〈山寺引泉〉）

此種用法，並不多見。宋人語錄中偶有之，如：

> 問：孝弟仁之本，今人亦有孝弟底，而不盡仁，何故？莫是志不立？」（《朱子語錄》卷二）

又，朱子注《論語》「文莫吾猶人也」句云：「莫是疑詞，猶今人云莫是如此否？」倘照此說，其來源也很古了。《搜神記》：「莫是恨朕不賞乎？」（卷二）「莫是在政別有異能？」「汾問：娘子莫是神仙乎？」諸例皆同此。

元曲中如：

你看那水天連四野，莫是洞庭湖？（《馮玉蘭》第二折）

用法與前同，但元人多用「莫不是」，今皮黃劇詞中殘留尚多。
　　宋時，「可是」用法如前述者，尤慣見，如：

綠蓑衣底玄真子，可是詩翁畫不成？（元好問：〈息軒秋江
捕魚圖〉）
可是忍寒詩更切，故求野路踏瓊瑤？（樓鑰：〈環村踏雪〉）
可是士衡殺風骨，卻將膻膩比清緣？（楊萬里：〈松江蓴菜〉）

明代也還有，如：

自慚騎馬非閒客，可是山僧不解留？（高啟：〈山寺冒雨還
西郭〉）
東風可是無情思？吹出新楊一樹黃。（劉基：〈將曉〉）

《辭海》於「可是」條下注云：「（一）疑問詞，可，抑也，猶今
吳語言阿是。（二）轉接詞，為卻是一音之轉，故亦作卻是。與卻
字獨用義同。」前所述的可是用例，相當於（一）。唯事實上語氣
有軟硬兩種，《辭海》並未注出，即劉氏《助字辨略》亦闕如。至
於轉接詞的用法，唐詩中也有：

總角曾隨上峽船，尋思如夢可淒然。（王周：〈再經稊歸二首〉）
參佐三間似草堂，恬然無事可成忙。（皮日休：〈寒日書齋
即事〉）
世間多少事，無事可關心。（姚合：〈閒居遣懷〉）

還有用複合詞「可便」的，如：

可便無心邀嫵媚，還應有淚憶袁熙。（吳融：〈上巳日在花下閒看〉）

尋常抖擻懷中策，可便降他兩鬢絲。（徐夤：〈偶吟〉）

行藏一如此，可便老風塵！（朱慶餘：〈酬李處士見贈〉）

「可便」之意，與「卻是」相似。現代語如「真的倒是真的，可是不很好」，「雖然東西好，可是價錢太貴。」此「可是」亦即上例語意轉折之意。

　　總之，可字在語氣中頗有關鍵作用，有時表面是疑問，而實際有可能、推定、命令之意；有時也就乾脆表否定。可字之音與「何」「曷」極近，其互相通假，自屬當然。又「可」為上聲，「何」是平聲，詩歌上為了聲調問題而互易，也是一個原因吧？

（原載1949年2月《國文月刊》第七十六期）

---

* 本文取材於日人豐田穰的〈關於唐詩助詞〉一文，而略加補充。原文刊《東方學報》（東京）十二冊第一分。

《世說新語》之文章[*]

《世說新語》紀錄漢末迄晉末之名人佚事，為南朝宋太祖之甥、臨川王劉義慶所輯。分「德行」、「政事」等三十六門，不僅為史學要籍，且文詞斐亹，至今傳誦。

此書之撰述，當非出於劉義慶一人之手，據梁劉孝標注解中所引書籍已可證明。又如同一人物，而稱謂不一。例如謝安，或稱「謝公」，或稱「謝太傅」，或直呼謝安，即其顯證。唯每條作者雖非一人，而文章風格，大體一致；且此種風格，影響及於當時史籍甚大，即如《搜神記》、《異苑》，以及《高僧傳》、南北朝各時代正史等，無論為六朝人所撰，或經唐人修改，均具有與《世說》近似之格調。故「世說體」可謂當時敘事文之代表。此外，可以代表美文者，即昭明《文選》。此兩書在形式上雖有不同，但在傾向上頗相一致，因係同一時代之產物也。[一]

《世說》之文章有何特色，可舉例說明之。

〔例一〕華歆、王朗俱乘船避難，有一人欲依附，歆輒難之，朗曰：「幸尚寬，何為不可？」後賊追至，王欲舍所攜人，歆曰：「本所以疑，正為此耳！既已納其自托，寧可以急相棄耶？」遂攜拯如初。世以此定華、王之優劣。（〈德行〉）

文中特色，即在助字使用之頻繁。所謂助字，即不屬於主語、述語而專門附加他語之上，以表補助之功效者。如「有一人欲依附」之「有」、「欲」，「俱乘船避難」之「俱」，以下「輒」、「幸」、「尚」、「何為不」、「後」、「欲」、「所」、

「本」、「所」、「以」、「正」、「耳」、「既已」、「寧可」、「相」、「耶」、「遂」、「如」……等均是。前代敘事文中，如《左傳》、《史記》、《漢書》等，助字之使用決無如是之多；司馬遷之文章，其助詞已不多，但班固仍嫌欠簡潔，凡《漢書》與《史記》同一人之傳紀，必比《史記》更簡，即助字尤少。

中國舊日文法所謂實字，包括名詞、代名詞、動詞及形容詞；此外為助字，亦即虛字。虛字之增加，表示文章之屈折。以本文而論，「華歆、王朗俱乘船避難」，主語已有兩人，「俱」字之意已在，實可省略。「有一人」之「有」字亦非必要。「輒難之」之「輒」，僅表語氣之屈折，刪去亦無甚關係。下文「寬」字上，若就極端省略言，「幸尚」二字亦可省去。「何為不可」一句，本意即「可」，「何不」兩字，雙否定即成肯定，在古代修詞觀點，未嘗不可謂「費辭」。後賊追至，可簡縮成「賊追至」。「本所以疑，正為此耳」，可改為「本疑為此耳」，「本所以疑為此」……等，在文法、修詞上均更簡練。「既已納其自托」，「既已」二字，意思全同，實為重複。「其自」二字，「其」指所納，「自」指行為之來歷，而主要意思僅指納托，不過此二字均為動詞，若無實體詞（名、代）跟隨，似太無著落，音調亦欠美，因此增添此二字。「寧可以急相棄耶」為反詰語，「寧可」、「耶」專表反問語氣。「以急」之「以」，表原因，系介詞，可省。「相棄」之「相」為意味最輕之助字，刪去亦無大影響。「遂攜拯如初」之「遂」，最可省略。「如初」之「如」字，似不能省。

由上所述，《世說》文字中之助詞，或在文法上可省，或在修辭上可省，但《世說》中類此者頗多，較之前代史籍，此實為其最特異之處。茲再舉一例，以廣其證：

〔例二〕支道林、許、謝盛德「共」集王家，謝顧謂諸人，今日「可」謂彥會，時「既不可」留，此集「固亦」難常，

「當共」言詠，「以」寫「其」懷。許「便」問：主人有莊子「不」？「正」得「漁父」一篇，謝看題，「便各使」四座通。支遁「先」通，作七百許語，敘致精麗，才藻奇拔。眾咸稱善。「於是」四座「各」言懷，言畢，謝問曰：卿等盡「不」？「皆」曰：今日之言，「少不」自竭。謝後粗難，因自敘其意，作萬餘語，才峰秀逸。「既自」難干，「加」意氣擬托，蕭然「自」得，四座「莫不」厭心。支謂謝曰：君一往奔詣，「故復自」佳「耳」。（〈文學〉，引號中為助字）

以此種文字與《史》、《漢》相比，即覺《史》、《漢》之風格更近於原始。字、句以及寫一人之行為狀態，往往不借助字，而需要吾人於字裏行間之暗示中求之。《世說》則不然，充分利用助字以求表達，較之《史》、《漢》，實通暢多矣。

因助字之多，在另一方面又表現文章格調之舒緩，似使讀者多得欣賞之餘裕。全句均系實字，與口語習慣不合，故能使人感覺沉重，而無屈折之餘裕。蓋實字均代表一具體概念，概念與概念之間，若無間隔，心理殊為不安。加以中國語係單音字，為發音便利及音調悠揚，增加助字，實亦深有必要，此即足以說明《史》、《漢》以後之《世說》增添助字之故。

再說常在《世說》中發現之助字，在今日是否仍然通行。

先言〔例一〕中「寧可以急相棄耶」之「相」字。「相」字表示雙方行為平等之意，唯《世說》中之「相」字，則意義極輕，不復有此涵義，其用法以「相棄」式之例為最多，此種用法，近代中國語已頗少，僅有「相信」、「相思」、「相好」等詞。但在日本語中施用反較多，如「相成候」、「相催度」等是。蓋初用「相」字，尚存本義，及後用法趨濫，僅為湊成字數，以合為「複音詞」而已。與此類似者，又有〔例二〕中「許便問」「便各使四座通」

之「便」字，及「故復自佳耳」之「復」字，此二字之意義，已與秦、漢時大不同。「便」字之口氣，較秦、漢時為輕，近似近代之「就」字；「復」字本為「再來一次」之意，但此處並非如此，幾無任何意義，僅用以緩宕口氣，增加讀者之餘裕。

與「相」、「便」、「復」等字略異其趣者尚有：

〔例三〕林公云：王敬仁是超悟人。（〈品藻〉）

茲言「是」字。秦、漢時代，如此用法之「是」，殆不可見。《史記》中，僅《儒林傳》轅固生對竇太后云：「此是家人言耳」一例，但《漢書》即改成「此家人言矣」。（王力氏《中國文法中的系詞》一文，舉〈刺客列傳〉「此必是豫讓也」一語，謂為後人傳寫之誤，所見甚是。）可見秦、漢時代之文字，用在主語下之「是」字甚少。如上述一例，在《史》、《漢》中，必作「王敬仁超悟人」之形式。主語、補足語混為一團，本欠明晰；至《世說》時代，加一「是」字，可謂一大進步。

上述各助詞，尚可在前代史籍中略窺淵源，至於在舊日全無依據者，如：

〔例四〕衛玠始渡江，見王大將軍，因夜坐，大將軍令謝幼輿，玠見謝，甚說之，都不復顧王，遂達旦微言。（〈文學〉）

「都不復顧王」之「都」字，乃強調否定之字。「都不」、「都無」，在《世說》中最常見。等於現在語言之「並不」、「並沒有」。秦、漢時代，「都」字依此用法者，難覓其例。否定本係絕對的，在副詞上更加助字，強調否定，現代語言雖非罕見，古代當以《世說》為較多。

此外尚有「定是」一詞，亦頗特殊，多用以表意外之感情。如：

> 〔例五〕襄陽羅友大韻，……在益州語兒云：我有五百人食器。家中大驚，其由來清（言貧也）而忽有此物，定是二百五十沓烏摽①。（〈任誕〉）

「定」字此種用法，在《史》、《漢》文中未見。「定是」之意，等於今語「敢是」，有驚異之意，類此材料，不勝指數。總之，此種隨意驅使助字之風格，為《世說》所獨具。而助字之中，較之前代，每具新意，則亦《世說》所特有。推求此種語法之由來，大率為當時流行之口語。有至今依舊存在，如「是」字；有已改變，如「便」之為「就」，「都」之為「並」，「定」之為「敢」，均可在活的語言中尋得例證，唯「相」字則幾已死亡。現代中國語與中國文異趣，蓋自古以來，文字即不隨語言變化，直至《世說》，始將流行之語言入文。

語言與文字脫節，其最大之關鍵，即在語言中助字之增加，久而久之，遂與文字大異，如〔例一〕：「華歆、王朗俱乘船避難，有一人欲依附。」譯為今語，為：「華歆、王朗一塊兒乘著船去避難，有一個人要來依附他們。」又「後賊追至，王欲舍所攜人。」譯為語體，為：「後來賊人追到了，王朗就要捨棄他所攜帶的人。」均可見助字增加之趨勢。助字增加，為中國語言演化之途徑，《世說》之文章，即係追隨此途徑而行，故《世說》中凡屬詞類，以「複合」為常。如「依附」、「既已」、「言詠」、「敘致」、「精麗」、「才藻」、「奇拔」、「才峰」、「秀逸」、「意氣」、「擬托」、「奔詣」等，此種二音複合語，亦即表示語言之進步。蓋單音系統文字，為求音調之配合及避免同音異義字，每感詞類複合之重要。以《世說》與今日語言相較，今日之複合詞顯然更多，如前文所示，「舍」成為「捨棄」，「攜」成為「攜

帶」。又如同一段中「寧可以急相棄耶」，「相棄」之相字，實為使聲音穩定，不然，將使人感到過於急促。以下「故復」、「都不」等字，皆有配成複合詞之作用在內，即「王敬仁是超悟人」之「是」字，亦未嘗不具有此項副作用。以今語為比，如言「我是中國人」，其音節實為「我是──中國──人」而非「我──是──中國──人」也。由於《世說》中複合詞之多，尤足證明其文體與語言接近。

以文就語，在中國文學史上實一意義重大之事。自古中國語文即分兩橛，孔子曾言：「言之不文，行之不遠。」（見《左傳》）可見語文分離，由來已久，後世所謂「古文」，即由此而產生，文必摹古，始得稱為佳作。民國以來之文學革命，亦正為此而生。殊不知遠在南朝，《世說》即已走上革新之路矣。

分析此種特色之由來，大約不出下列原因：

第一，清談之流行。《世說》所代表之時代，適在清談盛行之際。清談家之言語，均須費思索，彼等經常討論之物件為「老」、「莊」、「易」，時稱「三玄」。上引〔二〕〔四〕兩例，可見當時人對「老」、「莊」與玄談之愛好。清談亦曰「清言」，當其輕揮塵尾娓娓而談之際，自有不少助字加進，（清談之紀錄，如《嵇中散集》、郭象《莊子注》、張湛《列子注》等書中多有之。）將此種話語移植書中，於是文字中之助字增多。如「自」、「本」、「正」、「固」等字，均為表現一種沉吟意味之助字，似為清談中所最不能免去者。

此種助字尚屬無意識的，另有若干話語，其助字本身即代表一種深遠之哲學。中國典籍中，本有以一二字斷片以代表一哲學觀念，例如《公羊傳》。魏、晉時代之清談家，每每一二字即含有極玄遠之意味，例如阮瞻問王衍「老」、「莊」與聖教之異同，王衍答：「將毋同」。「將毋」二字加於「同」字之上，即表現頗大之屈折與含蓄。此種屈折含蓄之語言，代表其哲學修養。《世說》

中，此種雋語隨處可見。〔例二〕「故復自佳耳」之本意，於「故佳」二字，加以「復自」，即顯出無限屈折。〔例一〕之「本所以疑，正為此耳」，「本」、「正」兩字，亦充滿哲學意味，此或係《世說》中助詞過剩之另一原因。

第二，助字增加之動機，在造成文體之新形式。《世說》中，四字句及由四字延長而成之六字句甚多，蓋四個音節六個音節成一句為語言之自然要求。如前所云，詞類以複合二音為最穩定，故疊成四音，或更廣成六音，實為詞類複合後句法必有之現象。因此，在不足四字或六字時，即須襯以助詞。清談時愛用之「自」、「本」、「正」、「亦」、「復」等堪吟味之助字，以及賦有新意義、新功用之「相」、「是」等字，在《世說》中大量應用，或未嘗非此之由。例如〔例一〕之「本所以疑，正為此耳，既已納其自托，豈可以急相棄耶！」句法，無非要湊成四、四、六、六之句式而已。（耶為語尾助詞，可不計。）此一意義，恐較前述哲學之意味尤為重要。

茲再舉一例，以具體化上述之理由：

> 〔例六〕道壹道人好整飭音辭，從都下還東山，經吳中，已而會雪下，未甚寒，諸道人問在道所經，壹公曰：風霜固所不論，乃先集其慘澹，郊邑正自飄瞥，林岫便已皓然。（〈言語〉）

此處所言之「整飭音辭」，正足以說明《世說》使用助字甚多之理由。而且道壹數語，豈非最好之例證？本文前云與《世說》並駕之《文選》，其所選之文章，雖與此異趣，而有殊途同歸之處，即指此書。

總之，《世說新語》之文章，代表南北朝之風格，為中國文學史一大流派。亦可謂對《史》、《漢》時代文章之一大革命，因其

一方面表現一充滿哲學意味之社會背景，一面亦代表一種新文體之誕生，實與六朝之整個精神相一致。唯此種四字六字之句法，日久亦漸成為束縛的、不自由的，於是始又有唐代之古文運動。此運動雖以復古相號召，其實乃為再來一次之革命而已。

* 本文原是日本吉川幸次郎作，載《東方學報》第十冊第三分，譯者刪其繁蕪，加以改編補充而成此篇，附此聲明。

(一) 《世說》一書，唐段成式《酉陽雜俎》稱為《世說新書》，至宋黃伯思《東觀餘論》始稱《新語》，故一般咸認為《世說新語》之名，昉於宋代，古人則以逕稱《世說》者為多。（見《隋志》。《南史》〈劉義慶傳〉亦云：「所著《世說》十卷」，可證）至其作者，魯迅《中國小說史略》云：「《世說》文字，間或與裴（啟）、郭（澄之）二家書所記相同，殆亦猶《幽明錄》、《宣驗記》然，乃纂輯舊文，非由自造。《宋書》言義慶才詞不多，而招聚文學之士，遠近必至，則諸書或成於眾手，未可知也。」所述甚明，不必再引他說。

（原載1948年《國文月刊》第64期）

① 槤，一種食盒，中有隔分為二，可供二人食用；遞，重、層。意為所謂五百人食器恐怕是二百五十個二人用的食盒吧。

論史

石晉亡國小紀——讀五代史後寫

　　西晉和北宋把國家奉送給外族，皇帝只得給人家「青衣行酒」，或者弄個自殺，這慘痛的記載，我們都曾含著淚讀過了；近來讀《五代史》，看到這動亂時代的種種相，尤不禁想起現在的「廉恥」問題來，因此要寫這一篇小紀，倒不希望引起人「同仇敵愾」什麼的，不過願意叫那些「賣國牙郎」們知道「趙孟所貴者，趙孟能賤之」的道理罷了！

　　五代是唐以後黃河流域一個許多英雄紛擾的局面，每一個朝代統一的年限都很短促，在這七十年間，更易了五姓皇帝，你可以想像當時戰禍的頻仍，人民的苦痛；何況還有一個專以壓迫漢民族為事的契丹人在北方伺隙而動呢！亂世的人，往往只顧自己的生命安全，利祿無恙，於是所謂「氣節」可以丟在腦後，但越是如此，政治也越無清明之望，成了循環式的演進；歐陽修在《新五代史》中所紀僅得全節之士三人，其餘不是像馮道那種長樂老，就是桑維翰、張彥澤那樣真正漢奸！我們因此更證明了「民族精神」一事，真是治亂興亡的大關鍵啊！

　　沙陀種的李存勗繼黃巢餘黨的朱氏而保有北方的統治權，但不久就被他的義弟李嗣源殺死，繼他為帝。這次事變最賣力氣是就是石敬瑭，因而得到李嗣源的特別信任。李嗣源死後，李從厚繼立，這時他已作河東節度使（今山西地），權勢很盛。從厚弟從珂模仿李嗣源故智，照樣對於他的兄長不客氣，從厚只好出走，到太原，石敬瑭解散了他的衛隊，將他拘禁起來。從珂知道他終於要反，徙他為天平節度使，他果然以此為藉口起兵了。

河東接近契丹，契丹兵力又異常強悍，因此石敬瑭首先就想到這利用外力助成己事的辦法，而當時的書記官桑維翰尤極力慫恿。桑維翰原是一個無聊文人，因他長得醜陋不堪，功名總是無分，後來一生氣投筆從戎，就在石敬瑭部下作事。這次可以說他第一次露了頭角，他主張和契丹成立有條件的協定，契丹自然也樂得利用這個機會，恰好此時李從珂已免石敬瑭職，並派張敬達率兵討他，於是這協定更得迅速成立，最要的條件就是石敬瑭成事後要割讓幽、涿、薊、檀、順、瀛、莫、蔚、朔、雲、應、新、嬀、儒、武、寰十六州①給契丹，契丹助石兵力。桑維翰是訂這賣國條約的專使，這時有個趙德鈞也想用同樣方法篡奪北方政權，正在向契丹首領耶律德光交涉，故桑維翰到後，很費了一番唇舌，才說動契丹決定棄彼就此，老桑在功勞簿上要紀頭一功，自是毫無問題的了。

燕雲十六州示意圖

契丹發兵從雁門關入河東，把張敬達打得大敗，石敬瑭真是喜歡得屁滾尿流，星夜跑到契丹營中，見了耶律德光，德光認他做乾

兒子，從此他就對契丹稱起兒臣來。不消說，十六州的地方是從此換了主人，（這差不多包括現在的河北山西北部及察綏之地，自五代歷北宋，始終不能收回）石敬瑭也終於得到他所希冀的帝位。

石敬瑭因起於河東，故國號曰晉，這位兒子皇帝對他的老子真是必恭必敬，時時派了大臣去問安，中國的戲子、宮女、珠寶，不曉得送了多少。契丹也時時遣人到中國，表示保護之意。石敬瑭作了七年皇帝，因為收容契丹敵國吐谷渾的叛兵，被契丹老子大罵一頓，憂憤而死。他侄兒重貴繼立，按行輩已經是契丹的孫皇帝了，自然對於「祖父」不敢有所動作的，故起初幾年，雙方使節往來，非常頻繁；但是敵人畢竟不是低首下心不抵抗就可變成朋友的，契丹的要求，一天比一天奢起來，首先是向晉借糧米，繼而就遣兵攻略滄州，一直將勢力伸張到山東邊境。晉派使者去講和，他也不容納，後來實在不能忍受了，才派劉知遠等抵抗一陣，也曾得到幾回勝利。這時主抗契丹最力的，便是景延廣，當重貴立時，有人主張向契丹稱臣，延廣說：「稱孫已足，何必稱臣？臣有屈服之意，今皇帝既非契丹所立，自無稱臣之理！晉已預備了十萬口橫磨大劍，老頭子要來，便決一雌雄，爺爺被孫子打敗，也不是什麼光彩事。」不想這話有人向契丹告密，於是契丹大舉侵晉。重貴親征契丹於澶州（今大名），延廣為御營使，先鋒石公霸被困，請延廣發兵救援，他卻按兵不動，契丹兵在外面大聲叫罵：「景延廣既吹了牛，叫我們發兵，他為什麼不出來！」重貴沒辦法，只好親自將兵救出被困各將，直到契丹退兵，延廣還深溝高壘，不敢出城，我們看了這位唱高調的傢伙，真不覺好笑。後來契丹又入寇，直逼晉的都城（汴梁），延廣在洛陽，耶律德光分兵往取，並發誓：「無論景延廣跑到哪裡，非捉了他不可！」延廣想跑又顧慮家產，於是只好投降，耶律德光鎖了他，要帶他往契丹，嚇得延廣神魂失所，到陳橋，他趁守兵不備，自殺了。

時局一天比一天緊張，晉出帝（重貴）便派張彥澤為馬軍都排陣使，杜威為北面行營都招討使，李守貞為兵馬都監，向契丹作最後一戰。張彥澤首敗契丹於泰州，後來又攻取鎮州，不意渡河時被契丹燒斷橋樑，大敗，三個統兵大將率了十幾萬兵，一籌莫展地投降了契丹，契丹當時就派張彥澤帶兵攻打晉京，另遣傅柱兒將兵二千，取監視態度，耶律德光給晉室皇太后（石敬瑭妻）一封問罪信，說：「孤有一梳頭丫鬟，偷了東西，跑到晉國去了，你們快快給我找尋！還有從先作戰時，失過一乘車子，也要加意一覓！桑維翰何在？你們為何不聽從他的意見？」這信可謂大開玩笑，不免使人想到現在的外交，常常因毫芒小事為藉口，足見這是「古已有之」的事！卻說張彥澤到了京城，打開封丘門，晉出帝已知情勢不好，便在宮中放起火來，想要自焚，不意被小吏薛超所劫，只得脫下黃袍，向傅柱兒叩首乞降。這時太后已得契丹書，還希望用乞憐的態度苟延性命，於是命直學士范質草降表，這降表真是千年難得的文獻，我將他抄下：

　　孫男臣重貴言：頃者唐運告終，中原失馭，數窮否極，天缺地傾。先人有田一成，有眾一旅，兵連禍結，力屈勢孤，皇翁救患摧剛，興利除害！躬擐甲冑，深入寇場。犯露蒙霜，度雁門之險；馳風擊電，行中冀之誅。黃鉞一麾，天下大定；勢凌宇宙，義感神明；功成不居，遂興晉祚，則翁皇帝有大造於石氏也。旋屬天降鞠凶，先君即世。臣遵承遺旨，纂紹前基，諒闇②之初，荒迷失次，凡有軍國重事，皆委將相大臣。至於擅繼宗祧，既非稟命；輕發文字，輒敢抗尊；自啟釁端，果貽赫怒；禍至神惑，運盡天亡。十萬師徒，望風束手；億兆黎庶，延頸歸心。臣負義包羞，貪生忍恥，自貽顛覆，上累祖宗。偷度朝昏，苟存視息。翁皇帝若惠顧疇昔，稍霽雷霆，未賜靈誅，不絕先祀，則百口荷更生之德，

一門銜環報之恩，雖所願焉，非敢望也！臣與太后暨妻馮氏，見於郊野，面縛俟罪！

還有太后的降表也照抄：

晉室皇太后新婦李氏妾言：張彥澤傳柱兒等至，蒙皇帝阿翁降書安撫。妾伏念先皇帝頃在并汾，遭逢屯難；危同累卵，急若倒懸；智勇俱窮，朝夕不保。皇帝阿翁，發自冀北，親抵河東，跋履山川，逾越險阻，立平巨孽，遂定中原；救石氏之覆亡，立晉朝之社稷。不幸先皇厭代，嗣子承祧，不能繼好息兵，而反虧恩辜義。兵戈屢動，駟馬難追；咎實自貽，咎將誰執！今穹旻震怒，中外攜離，上將牽羊，六師解甲。妾舉宗負纍，視景偷生，惶惑之中，撫問斯至，明宣恩旨，曲示含容，慰諭丁寧，神爽飛越，豈謂已垂之命，忽蒙更生之恩；省罪責躬，九死未報。今遣孫男延煦延寶奉表請罪，陳謝以聞！

耶律德光看了這卑謙得很得體的降表，只不過一笑說：「不要緊，總會給他們母子找個吃飯的地方的！放心好了！……」

張彥澤攻取了汴京，作威作福，殺死大臣桑維翰（可見漢奸不會有好結果。）晉出帝及太后受了他嚴重的監視，要想見他一面都不能，打算從庫中取點東西也被他禁止了。耶律德光到了京城，得他的允許，出帝和太后才能坐了肩輿到郊外恭迎，哪曉得耶律德光連見也不見，只叫將這可憐的母子安置在封禪寺，命崔廷勳帶兵看守。這時恰逢天降大雪，太后和皇后肚子空空，實在禁不起颼颼的西北風了，愁眉苦臉對和尚說：「我也曾在此捨過幾萬僧人的口糧，莫說你們就眼巴巴看我餓死嗎？」和尚卻苦笑著說，「糧食是有，但誰敢給陛下吃呢！」好容易買通守兵，才弄了一餐飽飯。

耶律德光封出帝為「負義侯」，要將他一直帶到黃龍府，（今遼寧開原一帶地，當時契丹京城）卻不讓太后跟隨，太后再四懇求，才允她和馮皇后，皇弟重容，皇子延煦延寶等一同出關。另外隨從了五十名宮女，三十名宦官，一名醫官，七名廚役，三名茶酒司，和三百名衛兵，直奔榆關而去。沿途官吏，知道自己的皇帝作了俘虜，和老百姓們牽羊送酒，想獻給皇帝，但那些野蠻的契丹兵如何能使他們上前，出帝看了百姓，只好遙遙流淚！

張彥澤在汴京一天天驕縱起來，自以為有功於契丹，晝夜酣飲，出入隨從數百人，比起耶律德光還要威風凜凜，卻豎了一面大旗，自吹自打地寫了「赤心為主」四字。出帝府庫，被他搶劫一空，軍士獲得罪人，若逢彥澤吃醉，不問青紅皂白，立刻拉出去殺頭，出帝兒子延煦的妃子長得漂亮，他不客氣地掠過來姦淫，和大臣高勳有仇，醉後徑入其家，殺個落花流水，當時人恨他要比恨外國的契丹加許多倍！耶律德光聽了他種種罪狀，就立時捉了他，開了軍法會議，大家都認為他該殺，於是令高勳監斬，所有被他害的人家，都派人來參加這次行刑典禮，大家穿了孝衣，拿了棍子，一面打他，一面哭泣，張彥澤只低了頭，一言不發，高勳殺了他，市民們將他剜心取腦，甚至割下肉來吃！

太后和出帝出了榆關，遍地荒沙，野無草木，宮女們採些野菜充饑。到錦州，契丹人強迫皇帝給耶律阿保機（契丹之祖）行禮，皇帝只得含淚跪倒，不覺大罵薛超，因為沒了他阻攔自盡，也不至受這羞辱了。走了二十多天，才到渤海國鐵州，（今遼寧蓋平縣地）又走了七、八天，憔悴的皇帝到底到了黃龍府。

度了幾個月奴隸生涯，契丹又把他們徙到懷密州，（今熱河）這裏離黃龍府已有一千五百里，除去山岡荒地以外，只有呼呼的北風。不久，又被送回遼陽，這是東契丹王兀欲的主張，皇帝在遼陽戴了白紗布的喪冠，去見兀欲，表示感謝之恩，兀欲拉他吃酒作

樂，奏樂伶官，全是晉宮的舊人，大家眼中含淚，皇帝也只有偷偷把眼淚彈落酒杯裏。

後來兀欲的妻兄禪奴看中了皇帝幼女，皇帝說年紀太小，不能訂婚，兀欲派了人掠去給了他的舅子。皇帝太后也只有眼巴巴沒辦法。皇太后等又被徙到鞬州，（遼寧中部）此地氣候更冷，太后年老，實有些禁不起，要求兀欲賜給一點土地耕種為生，兀欲未加可否，卻帶了太后一起走了；過了一年，又把他們都徙到建州，（今熱河朝陽縣）離遼地幾乎千二百里；建州節度使趙延暉待皇帝還好，在城外給他撥了五十頃地，皇帝和從者從此就過起農夫生涯來。次年三月，太后病了，卻沒處尋醫藥，只有仰天大哭，罵起杜威李守貞張彥澤來。發誓說：「只要死而有知，決不能饒你們這些漢奸。」臨死，囑皇帝焚屍送往范陽，千萬莫葬在夷狄之地。皇帝只了了草草掘了個洞將她埋了。二十年後，有人從契丹歸來，據說還見著可憐的帝王度著那淒涼的塞外生涯。再後就沒人知道他的下落了。

三月十三日狂風中寫完

（原載1936年4月《文化建設》第2卷第7期）

---

① 燕雲十六州又稱幽薊十六州，大約相當於現在的北京一部分（幽）、北京的順義（順）、延慶（儒）、密雲（檀）、天津薊縣（薊）、河北涿州（涿）、河間（瀛）、任丘北（莫）、涿鹿（新）、懷來（媯）、宣化（武）、蔚縣（蔚）、山西應縣（應）、朔州（朔）、朔州東（寰）、大同（雲），總面積約12萬平方公里，地勢險要，易守難攻；而且由示意圖可看出，割讓這十六州後，長城已完全失去了屏障作用。

② 諒闇：天子居喪之地，此處借指居喪。

臥讀瑣記

幾日秋雨，已可衣袷，這是騷人的好題目，思婦的愁光陰。我則欣喜於此已涼天氣未寒時，乃讀書的好日子。回想暑中，室內熱至百度，汗出如雨，頭昏腦脹，不害虎列拉已為幸事，何敢想到讀書？且暑假裏，作教師的可得閒，我們負學校行政之責的反而大忙，招生，奔走預算，聘請教員，最麻煩的還有應付人情請託，終日汲汲，如不暇給，實在於人於己，都沒有做了什麼，思之堪歡。現在心境和氣候一般涼爽下來，雖然尚未孜孜努力，讀書的動機和趣味總算有了，有志者事竟成，不能不這樣期待著。但是以我的個性論，幾乎可以說始終沒有正式努力讀過書，若正襟危坐，像煞有介事的定出一個時間，譬如剛經柔史或像現在學生訂的自修表似的用功，那真是永遠作不到的事。郁達夫先生《閒書》自序云：

> 凡一個人到了拿筆管寫寫的時候，總是屬於閒人一類居多，忙人是決不會去幹這些無聊的餘事的；同樣，想拿起一冊書來讀讀的人，必然地也非十分有閒者不可，忙人連吃飯睡覺的工夫都沒有，又哪裡會起看書的心思？

這話雖是有些牢騷，頗亦道著肯綮。現在是窮得連吃睡都沒有的人固不能讀書，但闊得只知計算股票市場百物漲落，有閒且去捧歌女明星志在做過房爺者，也一樣忙得不能讀書。於是徒然餘下我們這些在年青的人認為是老朽，而又被志士罵作清談，貨殖家笑為無用者流，在費盡力氣掙扎吃睡的光陰裏，讀上幾冊無裨實際的舊書，想起來可悲亦可憐矣。既是讀書就號作有閒，而且如呂蒙正所

云：「玉皇若管人間事，報到文章不值錢」的今日，又何必真想黃金屋與顏如玉呢？不才如愚，也就樂得以此為自己無恒心無毅力來解嘲了。

　　古人三上讀書，好像是很勤學，其實還是出之趣味，現在「馬上」只好改為車船，唯中國人在車船上僅有工夫去應付扒手與擁擠，現在則尤須注意被敲竹槓，其不能養成讀書習慣是後天環境造成，而非出於本性；此外則是中國文盲太多，根本談不到讀書一事，也是原因。我在旅行時好帶一兩本書，可是能讀的機會總是沒有，新途程要全神貫注去看風物，覺得這知識似比書更好；熟道路則常常困睡，頗是憾事（自然此乃從前的事，若近日則何能睡乎）。入廁讀書，無此訓練，錢思公入廁讀小詞，那彷彿今日讀通行之曲本俗調，設今日亦讀古人詞，不免有點唐突矣。唯枕上讀小說，似可仿行，所以採用了臥讀兩個字。可是小說與我無素緣，因我個人的生活完全是散文的，缺乏傳奇浪漫之氣息，而是一味平實簡單，看著那些無盡無休的故事，有時是不信，有時是動了真感情，弄得失眠，於是擱起來不看，且亦從來不買。大約我的意思，這種書應當是聰明的生活豐富的去寫作，也就應當這些人去欣賞批評。如此歸結，其與古人同者，殊亦不多，雖然是臥讀等於枕上，不亦可以說是有名無實耶？

　　手倦拋書午夢長，這情味是堪喜的，要緊仍在其無所干係，不是奉令與求道。我在睡前必須讀書半小時乃至一小時，這習慣至少有十五年了，從前住在北京，始而是為生活奔走，別人午夢時節，我還在電車上趕鐘點，儘管是機會居三上之二，也只有打盹的份兒。後來到外面小城市去當教師，這生活很簡單，上午課畢，下午就蒙被而睡，雖無好書，亦可涉獵不少。例如有一時期教學生國學概論一類課程，中國式的概論確是很概的，在半年之中要學生上通經史，下明詞曲小說，以至新文化新思潮，除去昔賢所詬詈的「橫通」之外，無他辦法。於是破例的在枕上讀些沉悶的書，什麼江俠

庵譯的《先秦經籍考》呀，《古文尚書疏證》呀，《日知錄》呀等等，睡前讀書本意為睡作媒，讀此類書可算特別容易達到目的。但對於無干涉一層未免有些不合，好在此種書雖沉重，終非自己所徹底討厭，斯為幸耳，不然，前些時還特地買了刻本的《爾雅義疏》來在枕上誦閱，豈不更刺謬乎？這裏究竟有點不同的就是，並不像入了書院似的作箚記，作考訂，還是行雲流水一般，不願看則止了，如果在學海堂南菁書院，這便第一不行，古人可佩者在此，古人可厭者何嘗不在此。在中學時也曾遵守一書不畢不讀他書之訓，唯所讀今日大體均已忘記，因之覺得還是枉然，那麼就從歧路上走下去，讓枕畔的書常常堆滿，且均是展卷摺頁的在那裏靜待罷。例如近頃略加檢視，就有《乙丙日記》，《近三百年學術思想史》，《緣督廬日記抄》，《心史叢刊》，《郎潛三筆》，《桐城吳先生日記》等數種，求學不循軌道，可見一斑。

能夠得到一本理想的「閒書」在枕上流覽，實為最大的幸福。此種書無論如何不宜過長，其真理之中夾雜風趣，或在風趣中見道理，像《近思錄》類與陳碩父《毛詩疏》等最不合理想，前者是屬於擺面孔的道學，後者是屬於規規矩矩的漢學家。可見我的意思絕不薄宋厚漢，有所軒輊。筆記日記，當然頂合理想，且亦頗為時髦了，然如越縵堂連補編達六十四冊，縱使看著罵人有趣，終朝促促如吾輩，亦難一口氣讀完。我見耆臣的日記（《中和月刊》載）記讀此書，只用五天工夫，那除非是遺老一流，終日無事，又對清季掌故特別熟悉，可以作到，我則是抽出一冊隨便翻翻的機會為多。為了知道越縵翁早年及初入京時狀況，和為什麼與周氏昆仲齟齬，補編的幾冊反而是全看了的。此外則每因時、地、人的關係，覓出考查。如今年是甲申，當然願意抽出光緒十年的來看了。《翁文恭日記》之趣味更不好，說話吞吞吐吐，只看見幾起幾起，換什麼袍褂，與讀甚佳，讀不佳等詞句而已。作大官的人要能不說老實話，滑頭滑腦，連日記也是預備死後給別人看的。緣督與桐城吳氏，皆

摘抄；復堂亦同，趣味更為低減。還有昔賢日記總好闌入學問，著述，我意此應別為筆記，日記只管私生活，和姨太太吵架可以細敘，如王壬翁之與周媪，與朋友交惡或要好，又何必不細記邪？越縵的好處在是，湘綺之風趣亦在是，唯湘綺文字枯窘，後人讀之嫌其太粗枝大葉耳。

　　古人著書，由長編而成專著，往往歷時盡數十年，終身不過一書，自然是精微奧衍，無懈可擊，如今賣文為生之人，何能夢想？唯在無意中得到自己正想覓蒐的材料，或文字已發表而又得到若干未曾知道的東西，其樂正不減於古人著作，枕上閱書，有時也會遇此佳境，這大約也可以叫做「踏破鐵鞋無覓處，得來全不費工夫」罷？數月前寫清人竊書一文，其起因自是看了陸氏的《冷廬雜識》，但一有動機，便須收羅材料，這就轉成一種苦痛，蓋材料乃是披沙揀金的，並不是擺在面前也。尋覓材料，當然首先向有可能的書去找，翻索引，看目錄，桌上弄得獺祭一般，好容易寫得成篇，可以休息了，這天一隨手翻翻胡漱唐《國聞備乘》，卻有託名著書一條曰：

　　文士厄於時令，托身卑澤，不能及物，欲借一二空言，光顯於世，往往依附於人，為富貴強有力者所掩。世傳呂氏八覽，成於門客之手，以余觀國朝諸著述家，如呂覽一流者，蓋不少也。南海伍崇曜，以貲雄於一鄉，延譚瑩於家，為輯《粵雅堂叢書》數百種，各有題跋，殿以崇曜之名，後其書盛行，海內士林，交口頌南海伍氏，鮮有道及瑩者。《行水金鑒》，本鄭餘慶撰，題曰傅澤洪，《皇朝經世文編》，本魏源撰，題曰賀長齡，《續經世文編》，本繆荃孫汪峋合撰，題曰盛康，《讀史兵略》，本汪士鐸撰，題曰胡林翼，左宗棠始入張亮基幕，繼入駱秉章幕，今所傳張駱二司馬奏稿，皆宗棠筆也。李鴻章奏議，先為薛福成等擬，後為吳汝

綸于式枚等擬。徐松代松筠撰《新疆識略》，筠遂進呈御覽，稱為欽定。畢沅開府武昌，幕賓最盛，精研史學者推邵晉涵，今所傳畢氏《續通鑒》一書，半系晉涵裁定，分任纂述者，歲久不能具述，蓋湮沒久矣。至徐乾學諂事明珠，刻《通志堂經解》成，駕名納蘭成德，攜板贈之，其卑鄙益不足道矣。

以上所說，或為我所已知，或一時想不起，或竟不知，總之，是很好的補充了。就中李文忠公的尺牘原稿，出於於晦若者，我曾買到影印本，其間頗有文忠改筆，但非常無理由，例如致某國使館信約會會晤寫了「為荷」之字樣，文忠則改為「為盼」「為幸」，然在另一天致同一人的函中用了「為盼」，卻又改成「為荷」了，情形彷彿如此，不一定就是這個字句，但可知作文人充幕府是很苦痛的，于晦若亦通人，何至連這麼一點都弄不清，只是看「大人」們之高興罷了。又有一時期我收集反對桐城派的意見，已在清初覓到若干，忽在《澗于日記》中亦被發現，始知晚清此風披靡時，亦有不少識者對此不滿，但《澗于日記》又豈能逆料其有此乎？至於李蓴客之不滿意桐城，尚在意中，若張幼樵卻是完全想不到的。為了偶而看到這種材料，也許便對夙日冷淡了的書重新生出快感，我買《澗于集》奏議等數年，未曾細看，為此日記所引誘，又找到其文集書箚看看，頗有不少妙文，在黃哲維筆記中捧得不得了的王湘綺翁，張氏卻加以詬辱；其致李鴻章函有云：

> 王壬秋主成都講席，乃香濤所薦，聞香翁言之，其人學問甚博，他非所知，承示致公書，反復研尋，仍襲我公之唾餘，而未得洋務之要領，枝蔓太多，矛盾雜出，所謂腐儒之經濟，門客之游談，不足尚也。此公倘在左右，佩綸當手提松枝，力折五鹿之角，令其目瞠舌撟而去。今徒千里致書，藉

求相公色目，束之高閣而已。都門此類甚多，略假齒牙，便栩栩然自令為知洋務者矣！

　　從這些字句裏，一面可以認識王壬公之另一面目，一面亦可明白張君之吃醋意味，文人之醜態蓋不啻夫子自道矣。於是而感覺著單文孤證的大為危險，識見不廣如我們，往往易成盲目；然以中國典籍之繁，文人立異之甚，如何能夠從各角度來看一個問題，可真有點不容易。無怪我有一友人戲云：「報紙是新謠言，歷史是老謠言」，蓋欲求信史，幾乎是不可能的。何況這又是今文學者流風方長的懷疑時代，平常看得千真萬真的古史都會打上一個五折，瞭解一樁事情豈容如明人之信意為之。我看了許多記載，以為杭大宗竊取全謝山文集之事是定讞了，甚至老遠從北京買了《煙嶼樓文集》來查勘，豈知有一晚檢查王重民君所編的《清代文集篇目索引》前面的提要，王君就第一否認此說，其語略云：「人謂董浦賣友，徐時棟煙嶼樓文集言之最詳，余別有考，恐董浦不若是也。」手頭無國學論文索引，不知所考刊於何處，自己之貧乏，即此可知。除去為求知之真切計，要看幾方面的書，有時從縫子中看出一點個人生活態度與立場，如此於矛盾中求統一，更是有趣，唯大抵可遇而不可求耳。暑假中因知堂先生寄贈《書房一角》，其〈看書偶記〉、〈思痛記〉條說收李氏此書已有四冊，身在江寧，而不能有此本地先賢著作，頗為悵悵，我倒是自從兩三年前就注意物色了的，無奈碰不到，這回不免去討了一冊，結果先生所贈給者，竟為第十一冊，由杭州收得的，扉頁題云：「民國癸未十月二十八日，從杭州得來，此《思痛記》第十一本也，知堂記。」又曰：「果庵先生欲得此書，因以第十一本奉贈，作人。」此可與《書房一角》所說以後遇此書仍擬繼續收之以備轉贈他人之意相印證，但先生曾以此書假胡適之一閱，胡不作一語而還，蓋亦深有恫於洪楊殺戮之慘，卻又怵於時下風氣，不敢作半句壞批評乎？知堂翁曾示我其感想，以

為中國人殺中國人，讀之有鞭屍之痛，揚州十日記雖亦慘痛，但究有民族觀念可以開一個洞，出了這股氣，如此書則只有令人愀然不歡也（大意如是）云云，此意已寫入另外一小文中（題曰〈讀《思痛記》〉）並引用《思痛記》中數段以示其事實，周先生在〈談活埋〉一文，也引過同一段落，為了讀者便利，還是再抄一通罷：

> 十九日，汪典鐵來約陸疇楷殺人，陸欣然握刀，促余同行，至文廟前殿，東西兩偏室院內各有男婦大小六七十人，避匿於此，已數日不食，面無人色。汪提刀趨右院，陸在左院，陸令余殺，余不應，以余已司文札，不再逼，而令余視其殺，刀落人死，頃刻畢數十命，地為之赤！有一二歲小兒，先置其母腹，腰截之，然後殺其母，復拉余至右院視汪殺，至則汪正在一一剖人腹焉。陸已憊，復拖刀而回，面色呆白，氣喘語急，余曰：何必殺，渠眾不殺，亦必死！陸言殺人最快事，爾敢勸我耶！目復努，余懼禍，遂不盡言。噫！此輩若得善死，直無天也！回館命小使取燒酒飲，又大聲命水浴身，來稍遲，則蹬足狂詈，怒不可遏，浴畢，吸鴉片十數筒，始復人形。

此不過千百分形容之一，但已令人極不暢快，古人所云天地好生之德，實則天地好生與否姑不論，人乃是生物，而相殘如是，蓋無論如何，不能解釋也。然在當時與李氏同被寇難者且自己的女兒亦被逼得上吊之汪悔翁士鐸，在《乙丙日記》中就大贊此濫殺政策：

> 賊之勝人處，去鬼神禱祀，無卜筮術數，禁煙及惰，早起夕眠，眠不解衣，殺之外無他刑，以多殺為貴，此皆勝我萬萬也！（《乙丙日記》卷二）
> 天下最愚最不聽教誨不講理鄉人，自守其所謂理而不改，教

以正則譁然動怒，導以為非為亂，則挺然稱首。其間婦人又愚於男人，山民又愚於通途之民，唯商賈則巧猾而不為亂，山民之讀書者不及也。在外經商之人，又文弱於當地之商賈。……嗚呼，安得一始皇在上，而使王翦白起章邯項羽黃巢朱溫張獻忠李自成等效力於下，而為蒼蒼一洗之！稂莠除，嘉穀植，惡木伐，美箭生，益烈山澤之德也，殺無道以就有道，季康子先得我心矣！善民善儒者，好空言處理以欺人，此言其尤也。（同上）

其他也抄不勝抄，此公霸道主義，對於提倡仁心仁術的孔孟是要大罵的，治亂用重，不明政治如我們，也不敢說出什麼學理上的反對。但讓黃巢李自成張獻忠來除惡，正恐玉石不分，連水次之良民，城市之硜硜，也是不得其死，那就大糟，蓋再生也仍然是稂莠不齊耳。何況這裏盛讚之商賈，試看今日之亂世，其罪惡如何，古代雖不至如此暗無天日，正亦難免囤積居奇，好利乃是商人的傳統，或者因間接剝削而逼得人反叛，豈不更可殺乎？傳聞曾左頗用汪說，但我總有點嫌其味道太辣，不免心中惴惴。固然，由於糧食統制或是什麼特稅舞弊驟致萬萬，不過在監獄中特別優待兩年，十分輕微，惹人不快，惟若真的流起血來，其不快恐更甚於此。汪君本意，亦是由於痛心賊亂之慘，人心之壞，政治之麻痺而起，其意未嘗不悲天憫人，如記旌德一童子云：

有無賴童子，年十一二，與遊兵狎，或戒而怵之，童子曰：彼敢凌我，我降長毛，殺若無種矣！其父母聞而愛其能，嘻，人乎哉！……余所見童子，則故鄰羅元吉，岳新堂之子雙林，及經甫之子元福，及此子也。此子罵其父母尊長，視死如歸，昨見其偷暇跣足，學行杉木上，緣橦上二丈，其志不與人同，他日請念者此也，然皆其父母因其伶俐能言，驕

縱之使如此也。洪秀全楊秀清之類，使當石勒倚嘯東門之
時，擒而殺之，一亭卒力爾！而以逆跡未彰恕之，嗚呼，逆
跡既彰，尚能制手！

防微杜漸，也是不錯，但投鼠不稍忌器，甚至連屋宇一齊拆撤，
那才得不償失。由一個泉發源的水可以流到不同的海，如汪君李
君殆是好例，現在只憑自己直覺判斷，若在事功上之成敗，固非
所知也。

　　假定這也可以算作為讀書得閒，倒是頗為好玩，蓋在本人著
作中，是不會看出自己的缺點的。月前由北京舊書店寄到幾種舊
筆記，在途已被水濕，又內容陳腐不堪，決定退回，偶然翻翻蘇
州陸中台的《薔庵隨筆》，乃是光緒重刊本，其記張蒼水先生死
事事云：

　　　　張煌言詭稱削髮為僧，潛伏普陀後山，為水師提標效用官孫
　　　　憔法徐元生所獲，先是於海上偵緝，得一小艇，內有數人，
　　　　乃煌言差出，窺探消息者，審得其情，即押原船為嚮導，夜
　　　　半，直抵其處，應手擒之，蓋鄭成功器海陸梁，唯恃煌言為
　　　　謀主。己亥江寧之役，六月興師，深入安廬，上下江同時戒
　　　　嚴，勢亦張甚，乃復身正典型，其子張奇觀，先已投誠，今
　　　　亦駢戮，二十餘年，結局如此！

然《鮚埼亭集》明故權兵部尚書鄞張公神道碑銘卻分明說：

　　　　是年，浙督趙公廷臣與中朝所遣安撫使各以書招公，公復安
　　　　撫書，大略言：「不佞所以百折不回者上則欲臣扶宗社，下
　　　　則欲保捍桑梓，……今執事既以保境息民為言，則莫若盡
　　　　復濱海之民，即以濱海之賦畀我。在貴朝既捐棄地以收人

心，在不佞亦暫息爭端以俟天命，當與執事從容羊陸之交，別求生聚教訓之區於十洲三島間，而沿海藉我外兵以禦他盜。……」閩南消息既杳，鄭經偷安海外，公悒悒日甚，壬寅冬十一月，魯王薨於台，公哭曰：孤臣之棲棲有待，徒苦部下，相依不去者，以吾主上也，今更何所待乎！癸卯，遣使祭告於王，甲辰六月，遂散軍居南田之懸嶴，嶴在海中荒瘠無人，山南有汊港可通舟楫，而其北為峭壁，公結茅焉。從者惟故參軍羅子木、門生王居敬侍者楊冠玉，將卒數人舟子一人。初公之航海也，倉卒不得盡室以行，有司繫累其家，以入告，世祖以公有父，弗籍其家，即令公父以書諭公，公復書曰：「願大人有兒如李通，弗為徐庶，兒他日不憚作趙苞①以自贖。」公父亦潛寄語曰：「汝弗以我為慮也！」壬辰，公父以天年終，鄭人李鄴嗣任其後事，大吏又強公之夫人及子，以書招公，公不發書，焚之。己亥，始籍公家，然猶令鎮江將軍善撫公夫人及子而弗囚。……於是浙之提督張傑懼公終為患，期必得公而後已，公之諸將孔之章符端源等皆內附，已而募得公之故校，使居翁洲之普陀為僧，以伺公，會公告糴之舟至，以其為故校，且已為僧，不之忌也，故校出刀以脅之，其將赴水死，又擊殺數人，最後者乃告之曰：「雖然，公不可得也，公蓄雙猿以俟動靜，舟在十里之外，則猿鳴木杪，公得為備矣。」故校乃以夜半出山之背，攀藤而入，暗中執公並子木冠玉舟子三人，七月十七日也。十九日，公至寧，傑以轎迎之，方巾葛衣而入，至公署，歎曰：「此沈文恭故第也！而今為馬廄乎！」傑以客禮延之，舉酒屬曰：「遲公久矣！」……傑遣官護行，有防守卒史丙者，坐公船首，中夜忽唱蘇子卿牧羊曲以相感動，公披衣起曰：「汝亦有心人哉！雖然，吾志已定，爾無慮也。」扣舷和之，聲朗朗然。歌罷，酌酒慰勞之。而公之

渡江也，得無名氏詩於船中，有云：「此行莫作黃冠想，靜聽先生正氣歌。」公笑曰：「此王炎午之後身也」。浙督趙公者寄公獄中，而供帳甚隆，許其故時部曲之內附者，皆得來慰問，有官吏願見者，亦弗禁。公終日南面坐拱手不起，見者以為天神，杭人爭賂守者入見。或求書，公亦應之。嗚呼，制府之賢良在張洪範之上！九月初七日公赴市，遙望鳳凰山一帶曰：「好山色！」挺立受刑，子木等三人殉焉。（《郎潛隨筆》與此同，殆轉錄也。）

抄得不免太多，但亦無法，非此無以見公之節，亦即無以見嗇庵之為何如人。不過《嗇庵隨筆》在緊鄰的一段，就記著下面的事：

蘇城本無防兵，順治十八年，大臣蘇納海銜安兵之命，從閩中移都統郎賽漢軍營二千余名駐婁齊兩門之間，亡何，郎以事去，寧海將軍祖永烈代之，名為防海，而鄭成功自己亥敗遁後，海波實不一揚也。康熙三年閏六月，忽傳旨撤回，三年荊棘，一旦廓清，於是中澤集鴻，士民復業有日矣，然豈易哉。撫台韓公先事之綢繆，臨行之遣送，無不周詳，我蘇乃恃以安全，此功此德，何以為報，當世世尸祝之。

可見對於荊棘，也不是不怕、不厭嫌，只是為了怕，才不敢說公道話，未免令後人看著太歪曲耳。陸君生年，尚早於全氏，對於清初的奏銷、哭廟、通海、闈場、關節諸大案，皆親歷之，只一味寅畏態度，蓋是典型的保身主義者，其說金聖歎則謂為大聰明而不軌於正，說李贄則以為索隱行怪，說莊氏史獄則目為過於好名，不知持盈保泰，此豈非縉紳一流代表邪？此公與盧象升祁彪佳同科進士，然其度量則不但去盧甚遠，並祁亦未如，看此類書，雖無裨見解，到底也可窺知當時一大部分人普遍心理，而就是這樣記載，在自序

上還說：「有傷時取忌處，秘不敢示人」呢。（陷張公者，孫徐二人，可以補全記，又其子亦死，陸筆亦頗感慨也。）

袁於令作《西樓記》，為爭穆素徽（真名應為周綺生）而詬辱沈志學，當時名士，如龔定山，尤西堂，曹溶，汪琬峰，……無不讚譽，詩詠連篇，唯董含《三岡識略》云：

> 吳中有袁於令者，字籜庵，以音律自負，遨遊公卿間，所著《西樓記》傳奇，優伶盛傳之，然詞品卑下，殊乏雅馴。其為人貪污無恥，年逾七旬，強作年少態，喜話閨闈事，每對客，淫詞穢語，沖口而發，令人掩耳。余屢謂人曰：此君必當受口舌之報。未幾寓會稽，冒暑干謁，忽染異疾，覺口有奇癢，因自嚼其舌，片片而墮，不食二十餘日，竟不能出一語，舌根俱盡而死。

這種世俗見解，原非高明，但可見袁君之本來面目，不為其「繡房傳嬌語」及諸大名士之詩所掩塞，便可貴重。與首例相比，其美刺之意，恰恰相反，不免貪多，而附及之。袁君乃是隨清兵南下，入蘇州代士紳作請降呈文，十足之虎倀，自然與龔君脾胃投合，則又是一點內幕，而有不忍言者也。

不覺亂七八糟，寫了這麼多，倚枕讀書，懶於起來抄節略筆記等，前已言之，隨手把要用的地方摺起頁來，如今所抄，大率屬此，則此文只能當作自己的筆記，可以重申原意的說：「只可自怡悅，不堪持贈君」，請原諒。

三十三年九月十四日夜，防空警報中。
（原載1944年11月16日《文史》創刊號）

① 李通：東漢末時人，公元196年率眾投曹操，操與袁紹對峙時，勢力孤
窘，部下人心浮動，袁紹遣使見李通，許以征南將軍之位，李通斬來
使，上交使者所齎金印；後隨操征戰，多立戰功。徐庶：東漢末人，
少年任俠，後折節讀書，投劉備為軍師，數敗曹兵；後其母為曹操所
擄，不得已投曹操。趙苞：東漢武城人，任遼西太守時，遣人迎母親
妻子，不幸途中為鮮卑所擄，鮮卑以為人質進攻遼西，其母謂苞：
「人各有命，何得相顧！」苞進戰，大敗鮮卑，母妻皆遇害；苞葬母
畢，嘔血而死。

義和團精神

　　對於義和團，舊的看法是沒知識，妄想排外，更舊的看法是義民，其意思在「扶清滅洋」，而新的看法則是打倒帝國主義的革命，在這裏很有意思的是最舊的與最新的幾乎成為一致，名詞雖然換過，本質固無多大差異，太陽以下無新事，豈亦一端乎？不過我並沒有意思要來比較新舊各說之當否，而是要說中國思想上本有這樣一種不自進取的傳統，這傳統總是對於一般的前途不甚有利的。

　　遠在秦漢之際，儒家即與方士雜糅，讀四十年前夏曾佑先生的歷史教科書，能夠看到這一點，不能不佩服驚歎。他所推斷的理由，雖然還是唯心的，然卻相當有真實性。譬如讀書人都是利祿薰心，為了迎合皇帝好長生好預知休咎的心理，不得不把陰陽五行之說闌入，我覺得這意見到現在也還是對的，而且可以得到馬上就有的例證。至於東漢以後，因為王莽是憑了偽造的符命而成功，於是為防範他人效法計，嚴禁讖緯之說，自此方士與儒家又各分離云云，是不是實情，不敢知，我只知道方士表面上雖與儒家分家，鄭高密絕非左慈管輅，但在思想的本質上，卻老老實實沒有什麼變化，頂多無非不援引「為漢制法」之類的說法講經罷了，其於時代有什麼影響，好像是小得很。

　　儒家思想本是禹稷精神，較之墨子稍為緩和近人情，而絕非不肯犧牲者，也許要怪秦始皇這樣的人，對於肯犧牲的人，有正義感的人，就目之為思想犯罪，自己沒有什麼生產能力生產手段的書生，除去後車數十乘從者數百人以傳食於諸侯的理想外，更無其他方法，何況當戰國之世，有了四公子那樣的人物，自然會使讀書人減少為生活而鬥爭的能力，那麼，也只好巴結時君世主，以圖風雲

之際會了，豈意弄得不好，因為盧生說始皇脾氣不好的兩句閒話，一下子坑了四百多人，照理讀書人應該明白統治階級一點了才是，無奈大家都是看了紆青拖紫就忘掉驪山谷下的慘劇，所以始皇儘管不竟其業而崩，一到天下復歸一統，「真命天子」出現，承露盤西王母那套舊文章又來了。

讀書人是越來越沒出息的，到後來只成了李淳風〈推背圖〉劉伯溫〈燒餅歌〉了，功名不就，事業無憑，街頭擺上卦攤兒，說什麼君平高致，真是讓肥馬輕裘的達官顯宦笑壞了門牙。但是畢竟虧了這些人還肯聽聽流年八字，不致使這些鄒衍余裔餓成臥莩，就是滿天飛B29型的今日，不是住在大飯店幾層樓上的高級賣人卜還照舊衣食無愁嗎？唯有在民間則另成一個統系，第一，是純中國式的方士說教傳入民間之後，再加上小乘佛教與半通的道教的宣傳，而造成多神的薩滿教式的習俗，許多別的宗教都是經過了淨化的，我雖不懂宗教，但可以看得出單純的宗教在生存之上都還有個超然的目的，無論是世尊抑基督穆教，其教義絕不能止於升官發財，而在中國民間所供的神佛，大約是基於這個目的而存在的：要錢就供財神，要子孫就供子孫娘娘，要避瘟疫就供王靈官痘疹娘娘，固然有人曾說過宗教即是要拿進自己所好而去掉自己所惡，但像中國這樣低級趣味的卻頗少有，或者不妨說他是近於野蠻的罷！而且縱使在原始的宗教中，目的不出求與去兩者，後來也不無將這樣情緒昇華而成殉道精神的可能，這宗教情緒殆即淨化了的宗教之精髓，而為我們最缺乏者也。第二，民間宗教組織，衍化而成政治者的工具，等而下之，亦可以造成野心家的飯碗。這個乃是本格的義和團精神，最根深蒂固的。歷史是一面鏡子，篝火狐鳴的革命也不知演了幾次，成功的與失敗的各居其半，然到底因為是頂簡易激動人心的方法，前車既覆，後車仍來，黃巾之後，又有劉盆子，韓林兒，乃至清代的白蓮八卦等，皆是一脈相承，國家不顧體統，不能名正言順起來反對暴君統治，必說氣數將終真命出現，令人不快，殊為中

國民族的不光榮表現。至於由反清復明的密秘組織一變而為扶清滅洋的義和團，尤其矛盾得不成話講，較之郭京練六甲神兵，尚不可同時並論。周知堂先生曾說有人以義和團為民族主義，不知所扶之清亦是外族，此亦如新詩人拉忽必烈為我之先烈一般可笑，不必與之饒舌者矣。

我不明白為什麼對於沒有宗教情緒的中國民族非得以宗教的力量與形式□□①他們不可，若是有理由，除非是用迷信的心理來束縛與恐嚇罷，那就把革命的目的先要放在一邊，而且在反對的方面也大可以利用此迷信以為之用了。一種信仰與力量必須先之以徹底的明瞭，否則是很危險的，譬如白蓮教可以有林清式的反清復明，也可以鬧成大師兄式的助清滅洋一樣，大約這也就是所謂中國的秘密結社了。二十世紀的五十年代還應用這種方式來作政治後盾，殊為憾事，蓋中國社會之渾濁不清，與此不無關係，從前想像革命乃是聖潔事業，不意竟須先走一條污濁不堪的狹路，而且此狹路又許是走一輩子也達不到目的地者，寧不可惜！現在革命是談不到了，殘餘的義和團勢力只有向腐爛的社會層延展造成各式各樣不順眼的事實，大部分人又承認此乃不可侮的勢力，此則可以長太息者耳。

聰明的人總會在不安本分的形態下生存，這個形態必須是不勞而獲。在沒有知識而又易於煽惑的中國民眾之環境下，這種生活並不是難於達到的，許多筆記書裏記載大師兄向商肆勒索，如果不遂就說是二毛子而放了火油燒起來，有一種叫做《景善日記》的對於此種事記得似頗多，現在也不暇一一徵引，自後漢時已有五斗米入道之術，自然這也是古已有之的了。民國以後仍然有同善社恒善社一流組織，平時散放謠言，說大劫將臨，入社可免，入社亦即花錢之別名，《花隨人聖庵摭憶》曾記某當局往社中扶乩，乩神歷數其閨閣醜事，某公大駭，不敢不捐鉅款，其實乃是事先刺探好了的。像這種敲竹槓的辦法，我們也不反對，要緊還是在敲到錢後，少吃鴉片，少娶姨太太便佳，奈究不能逃此窠臼何！細想中國的官紳商

買,平常用剝奪的方法弄到花不盡的錢,當然在良心上也欠了一筆債,於是不惜出其千百萬分之一,捐給孤兒院或是修寺觀,雖然寡人之妻孤人之子已不知有多少!現在利用他們的缺陷迎頭痛擊,花錢還有什麼問題,所以近來東一佛堂西一乩壇的現象,似乎與革命之組織完全脫節,而純粹是剝削階級的寄生蟲,對於被寄生的宿主,固不必有什麼同情,而社會上多了若干寄生分子,終於是不健康的表現,此則不能不有點杞人憂天者了。

中國人的聰明,完全表現在義和團的精神與儀式裏!

(原載1945年《讀書》月刊第四期)

---

① 此處原文無法看清。

市書日記

日記輟筆，迄已七年。知堂翁打油詩云：「不是淵明乞食時，但稱佛陀省言辭。」此亦省言之一道。《文史》徵文，無以應。念近日偶買一二殘叢小書，隨筆記經過其上，未嘗不可代表生活鱗爪，姑抄數段，以作補白。

古香齋鑒賞《春明夢餘錄》

此書余擬買數年，庚辰北中書友云有竹紙本，索至二百餘元，以彼時米價，未免太昂，遂暫置之，豈知遂爾四年。月前邂逅問經堂陸君子西，謂適收一部，不旋踵售出，更增懊惱。乃函北平寶銘堂詢之，秋節後得覆，正有此書及《萬曆野獲篇》，合共聯券五百，《夢餘錄》二百四十元，以折南幣，才千餘，又開化紙初印原裝，毅然買之。數日間傳聞北書禁寄，扣留良多，正以為憂，十月十六日陰雨，余方蹀躞太平路上閱肆，歸來此書已寄到，計四函二十四冊，絹面原裝，函亦絹制，惜稍損裂，蓋郵包擁擠所致，書巾箱本，而刊刻清晰，極可愛玩，當即抽取第一冊讀之，孫氏明末遺臣，其述此想不無哀思，故對懷宗，頗多美辭。余好研地方掌故，舊京乃第二故鄉，好嗜尤篤，雖以光緒《順天府志》《日下舊聞考》之枯澀，亦往往於枕上讀之，可消永夜。今此篇趣味，頗勝諸書，自應與原刊《帝京景物略》為寒齋二妙矣。十月二十一日記。

又查《越縵堂日記》，多記往寶名堂買書事，此寶名與寶銘不知是否為一。李南潤繆荃孫《琉璃廠書肆記》並記此肆之名，其地址在琉璃廠橋之西，路北，今此店址在廠甸四號，余竟不能憶，究

在何處。李記云：「寶名堂周氏在路北，本賣仕籍及律曆路程記，今年忽購得果親王府書，二千餘套，列而陳之，其書精麗，俱鈐圖記。……」繆記云：「寶名堂主人李衷山，山西人，才具開展，結交權貴，為御史李蟠所糾，發配天津。漢陽葉氏藏書歸之，裝潢最佳。……」如繆說李當即光緒間因與賀壽慈結交被糾參之李鐘銘，乃遣回原籍，而非發配天津也。越縵堂日記光緒五年二月二十六日云：

> 上諭侍講張佩綸奏，山西人李鐘銘即李春山，捏稱工部尚書賀壽慈親戚，招搖撞騙一節，著該尚書明白回奏，次日賀壽慈奏稱：與李鐘銘並無真正戚誼，亦無往來等語。外間皆云賀之妾李所贈，今立以為夫人，而鐘銘之妻，賀之婢也。今亦冒五品封。賀日往來其家呼之為女，而鐘銘呼賀為丈人。……」

又光緒五年三月三十日記云：

> 上諭：都察院刑部將李鐘銘訊明具奏，著照所擬杖六十徒一年，年滿解回原籍，嚴加管束。李鐘銘即李炳勳，自醇邸以下，大學士寶鋆，載齡，尚書毛昶熙，萬青藜，李鴻藻等皆與之親昵，而鴻藻尤狎之，不止賀壽慈一人也，其造宅也，仗諸貴之勢，逼死其鄰人，無不知之，凡參奏查辦之巨案，多為之夤緣消弭，居間取賄，外省大吏入京，無不以重金委之，張佩綸之疏下，朝士過慰之者，車數百輛，廠市為之道塞，今之定讞，投鼠忌器，避重就輕而已。

繆誤捏合其名字為李衷山，又誤張氏為李蟠。此不過由寶銘之名，而憶及故事，恐即使為寶名之後身，其間亦不知幾易滄桑矣，言之曷勝憮然。同日補記。

《盤山志》

　　盤山，余家鄉之山也，余族自河間徙冀北，閱三百餘年，久與河間不通聞問。盤山為京東第一大山，抑亦舊時畿甸名勝，乾隆時，特建行宮曰靜寄山莊，時時臨幸，去余家不五十里，竟未獲一登，今日乃去故鄉三千里矣，燕雲在望，澄清何日！聞山中勝地，悉付劫灰，山下居民，半屬旗籍，寶盧殘摧，舉家流離，縱有飛泉怪石古寺奇松，又焉得絕暢襟懷邪？此山志有二，一，康熙時智樸所輯，大輅椎輪，未能完密，然智樸固與漁洋諸詩人往還，（見《居易錄》）要非流俗。二乾隆御纂，差稱完備。余於去冬收得康熙志一部，板本模糊，不能愜心。今春友人張君見告，寶銘有乾隆志初刊本，索價北幣一百八十元，念得初刊匪易，勉強匯款購之。書品極精，唯毛邊紙日久，有碎裂之虞耳。字作乾隆時御修書之松雪體，柔媚撲人，插圖不下四十幅，持與鄉人觀之，云酷似實境也。暑中熱甚，晚間解衣盤薄，於松風月色之下，輒閱一二章，可以消暑，雖非有用之典籍，於余卻有佳趣，故為記之。

十月十六日補記於篔軒。

（原載1945年7月28日《文史》月刊復刊第三期）

曾國藩與左宗棠

太平之役，曾左宣力東南，非曾莫識左，非左莫輔曾。然曾博大而左尖刻，故論者每好左右袒，然以事功言，當曾氏長驅蘇皖，若非左牽掣浙邊，恐金陵之克，不能如此順利。及金陵克復，犁掃清除，尤以左力居多，沈葆楨次之，曾則積勞之餘，有不能穿魯縞之勢。然曾左卒以是搆釁，終身不聞問，幸彼此公私分明，無互為牽掣事，東南收功，西北建勛，非偶然也。嘗索曾左交惡之內幕，是否盡由湖州一役，如陳其元、薛福成所云然者，乃知二書所紀，殆近皮相，若其萌蘗，固非一日矣。陳氏《庸閒齋筆記》云：

> 曾文正公與左季高相國同鄉，相友善，又屬姻親，粵逆猖獗，蔓延幾遍天下，公與左相，戮力討賊，聲望赫然，合肥相國後起，戰功卓著，名與之齊，中興名臣，天下稱左曾李，蓋不數唐之李郭，宋之韓范焉，比賊既盪平，二公之嫌隙乃大搆。蓋金陵攻克，公據諸將之言，謂賊幼逆洪福瑱已死於亂軍之中。頃之，殘寇竄入湖州，左公諜知幼逆在內，會李相之師環攻之，而疏陳其事。公以幼逆久死，疑浙師張皇其詞而怒，特疏詆之。左公具疏辯，洋洋數千言，辭氣激昂，亦頗詆公，兩宮皇太后知二公忠實無他腸，特降諭旨兩解之。未幾洪幼逆遁入江西，為沈幼丹中丞所獲，明正典刑，天下稱快，而二公怨卒不解，遂彼此絕音問。余為左公所薦舉，公前在安慶時，亦曾辟召之。同治丁卯，謁公於金陵，頗蒙青眼。既攝南匯縣事，丁雨生中丞時為方伯，具牘薦余甚力，公批其牘尾曰：曾見其人，夙知其賢，唯係左某

所保之人，故未能信云云。蒯子範太守以告余，謂公推屋烏之愛也。辛未，公再督兩江，張子青中丞欲調余上海，商之於公，公乃極口讚許，是冬來滬閱兵，稱為著名好官，所以獎勗者甚至，……後見常州呂庭芷侍讀談及二公嫌隙事，侍讀云：上年謁公於吳門，公與言左公致隙始末，謂我生平以誠自信，而彼乃罪我為欺，故此心不免耿耿，時侍讀新自甘肅劉省三軍門處歸，公因問左公之一切布置，曰：君第平心論之，侍讀歷言其處事之精詳，律身之艱苦，體國之公忠，且曰：以某之愚，竊謂若左公之所為，今日朝端無兩矣！公擊案曰：誠然，此時西陲之任，倘左君一旦捨去，無論我不能為之繼，即起胡文忠於九原，恐亦不能為之繼也，君謂為朝端無兩，我以為天下第一耳。因共嘆公憎而知善，居心之公正若此。余又謂洪逆未死，公特為諸將所欺，並非公之自欺，原可無須芥蒂也。公歿後左公寄輓一聯云：「知人之明，謀國之忠，我愧不如元輔；攻金以礪，錯玉以石，相期無負平生。」讀者以為生 死交情，於是乎見。……

薛福成《庸盦筆記》卷三「《庸閒齋筆記》褒貶未允」一條云：

《庸閒齊筆記》……每於左文襄公事，頗覺推崇過當，又其間所論文襄與曾文正齟齬一條，則更持議偏頗，褒貶失當。余固疑大令嘗受文襄私恩者也，後又閱之，果言文襄於去浙時，保薦浙士三人，丁丙、陳政鑰與大令也。然文正實嘗訪得大令而薦之文襄者，何以大令又不知感，竊謂文正之宏獎夙廣，廣則受之者不以為奇，文襄之薦剡夙隘，隘則得之者益以自憙，即大令於涉筆之時，亦時存一沾沾之意，曰：我左公所薦也，且文襄意氣之矜忮，素著於時，彼意以為偶

一紀述，毋寧抑曾而揚左，抑曾則斷無後患，抑左則或招尤
悔，此又因畏之之心，轉而為譽，亦人情所時有也。嗚呼，
世風之偷薄久矣，余常怪世之議者，於曾左隙末之事，往往
右左而左曾，此其故亦有兩端，一則謂左公為曾公所薦，乃
致中道乖違，疑曾公或有使之不堪者，而於其事之本末，則
不一考焉；一則謂左公不感私恩，專尚公義，疑其卓卓能自
樹立，而羣相推重焉，斯皆無識者流也，夫公義所在，不顧
私恩可也，若既受其薦拔之恩，後挾爭勝之意，則人何憚而
不背恩哉！余恐後之在上位者，以文正為鑒而不敢薦賢也，
此亦世道之憂也。

薛氏以為世多非曾是左，當日輿論，不知如何，以近日傳世
筆記觀之，蓋非左者多。唯論事實，則洪福瑱之未死，固的然可
徵，不然石城之誅，豈贋鼎耶。曾氏於同治三年六月二十三日奏克
復金陵全股悍匪盡數殲滅，言忠王李秀成傳令舉火焚天王府，只有
一股七百餘人由太平門地道缺口竄出，但被追殺淨盡，幼主洪福瑱
是在宮中積薪自焚，問題焦點即在於此。其後餘賊入湖州，戰事中
心轉入浙境，左李奏章，屢見幼主之名，並云燙髮效夷人逃竄。清
廷已惡曾所報未實；先是，李秀成被捕後，湘鄉奏聞並詢解京抑就
地正法，乃朝旨令其解京時，曾已就地處決。蓋李氏供詞，有請曾
招撫各節，多所牽涉，曾為免去糾纏，毅然為之，以曾氏之地位，
朝廷自無如何，唯對曾氏之不快，則毋庸為諱耳。至七月六日左氏
奏攻勦湖郡踞逆苦戰情形一摺，指明洪幼主由金陵至廣德，再由黃
文金迎入湖州府城，中旨遂責曾氏所報「斬殺淨盡之說，全不可
靠」，並着曾氏查明，此外究有逸出若干，將防範不力之員弁，從
重參辦。此於曾氏顏面，甚不好看，曾於七月二十九日復奏力辨，
雖未明白否認幼主尚存，但指左氏所奏，據難民口說，殊難置信，
而查參不力員弁一事，則反唇相稽，謂左氏於克復杭州一役，汪海

洋陳炳文各股十萬餘眾全數逸出，尚未糾參，金陵逸出不過數百，似應緩辦。九月六日左氏奏全浙肅清一摺，對此再加辨白，謂杭城賊兵不過一萬五、六千名，所云十萬之眾，毫無根據，夸賊勢以張己功，兵家之恆，唯此則力減其數，亦一奇矣。曾左交誼，自此奏後，竟破裂不可收拾。

湘陰甲子答駱籲門宮保（秉章時為川督）書云：

> 敝軍自肅清浙東後，彼時若直搗杭垣，為力較易，乃以皖南羣盜麕集……不得已分軍助剿，……幸竭萬人數月之力，得以蕆事，而蘇杭援常之賊，遂畢萃浙西矣。富陽克復後，賊退杭餘二城，誓死固守，宗棠……水陸各營，……直逼杭城……羣賊窘蹙萬狀，乃有乞降之請，計賊眾二十餘萬，安插匪易，若概行收納，後此必別醞事端，勢非且剿且撫，不能完事，未敢取快一時，致貽後患也，滌相於兵機，每苦鈍滯，而籌餉亦非所長，近時議論多有不合，祇以大局所在，不能不勉為將順，然亦難矣。

此書頗可為曾左交惡線索。其不慊於曾者有二；一，兵機鈍滯；二，不能籌餉。若杭餘之賊明言二十餘萬，則杭州一城，絕不止一萬五、六千，與前文對看，其專為自辨而發，不無曲隱，固彰彰矣。（王闓運《湘軍志》浙江篇：「寇之自杭湖廣德西走，浙軍將報言眾數千，江西軍將言精悍者過十萬，督撫各據以告，左宗棠前以洪福瑱未死，讖切江南大軍，及自浙逸出，諸帥皆言洪福瑱由浙縱之。……」亦可參證此事，如王所云，左亦未嘗討好也。）所稱因皖南羣盜麕集，影響浙局，即指曾兵機遲鈍者。以用兵言，曾慮深而左果決，固各有短長，當徽州安慶已下，金陵合圍，曾國荃及左氏實主之，而湘鄉不以為然，同治元年，曾已統軍過十萬，左李各將數萬（左初起自練楚軍只七、八千人），合湖北江西，湘軍

幾三十萬，東起大江，西至秦隴，連兵數千里。斯時國藩日夜憂懼，以進攻江寧為非計（見《湘軍志》），蓋恐一旦敗衄，運用不靈，勢必土崩瓦解，且尾大不掉，亦足慮也。左氏當是時，已與曾意兩歧。是年四月，唐義訓朱品隆分防皖南祁門等處，以赴戰不速，為湘鄉所斥，左氏遺書云：

> 朱唐本庸材，非堪一路之寄者，既無能戰之實，又懷怯戰之隱，公復慮其戰而以勿浪戰申警之，宜其不戰矣！兵事變動不居，隔一日兩日之程，便與千里無異。若預為之制曰：「賊如何，我如何。」是教玉人琢玉，未免徒勞，且機宜亦必多不協，前周制軍天爵章奏中有曰：「我以速戰法，賊不如法而來。」至今傳為笑柄。元戎之職，在明賞罰，別功罪，一號令，其於戰陣之事，籌劃大局而已，若節節籌度，則明明有所蔽而機勢反凝滯而不靈，公宜終納斯言，勿哂其妄。

可見左對戰機一層，比曾注意，而其語亦甚刻薄，此乃左氏天性，非僅對曾如此也。翌年，江寧之圍益急，宗棠主分軍圍廣德，以減其勢，國藩以寇勢猶盛，不許。宗棠復奏言嘉興常州可緩攻（時李軍攻蘇松一帶），曾亦不以為然，是皆其意見衝突之昭昭者。

籌餉為行軍根本，宗棠之脫湘幕統軍入浙也，曾氏畀以婺源、景德、河口三處釐局，而以徽州、饒州、廣信三府錢糧為濟，然三府常在有無之間，自以釐金為重。同治元年，左氏致郭意城書云：

> ……自十餘歲孤陋食貧以來，至今從未嘗向人說一窮字，不值為此區區撓吾素節，故軍餉頃已欠近五個月，滌公不得已，以婺源、浮梁、樂平三縣錢糧釐金歸我，實則浮婺皆得之灰燼之餘，樂平則十年未納錢糧，未設釐局，民風刁悍，甲於諸省，仍是一枯窘題耳。兄前在湘幕時，凡湘人士之出

境從征者無飢匱之事，且有求必應，應且如嚮，故浪得亮
名，今亮孰如古亮邪？天下事未嘗不可為，祗是人心不平，
無藥可醫，閣下謂相信者心，相保者大局，果如斯言，不特
東南之幸，亦鄉邦之幸，特恐人心之不同如其面耳。

所謂人心不平，人心不同，當有所指，而此區區鰲金，左之不
愜於意，情見乎詞，左素以諸葛自況，此處今亮孰如古亮一語，常
為掌故家稱道，《春冰室野乘》稱氏督陝時，吳清卿為學使，試題
有「諸葛大名垂宇宙」一則，左氏撚鬚微笑，連稱「豈敢豈敢」，
其自命之態，怳在目前，斯亦士林之所不喜，而左氏未嘗自斂者
也。左與各處呼籲欠餉之函甚多，不一一贅舉（如粵省即屢次呼籲
而無結果，江西協餉，靳不與曾，曾為此大發牢騷，甚至上疏請開
缺，而左則對贛多諒詞）。及左督軍入浙，兼閩疆事，曾又索還景
鎮河口及婺樂之鰲，左尤不快，致徐樹人（閩撫）函中云：

> 餉事直不可問，……用兵日久，各省均以餉絀為苦，亦無怪
> 其然，九峯將軍所部江粵各營，餉無蒂欠，而閩汀漳詔楚
> 勇，則各欠數月，上年即有鬧索之案，亦實由飢飽不均所
> 致，弟以餉絀之故，撤遣南康勇三千，而粵勇之病弱者，亦
> 飭……隨時裁汰，……或者可期得力，此策亦曾陳之九翁而
> 未即舉行者也。

九翁即九帥，湘鄉九弟國荃也。（同治三年曾致李鴻章書云：
「餉絀異常為近數年所僅見，霆營尤有立見譁變之虞，……實則霆
營今年發餉不滿五成，舍弟營不滿三成，國藩未敢厚他營而薄霆營
也。」霆營即鮑超軍，由此則左所云九帥兵餉不欠，未知真象如
何。）其後左曾以鹽稅為軍餉大宗，各整理銷鹽引地，左意徽州廣
信，當屬浙引，曾以為應屬淮引，意見尤齟齬，左致沈葆楨函云：

廣信徽州，本浙引地，浙撫清釐引地，并非過分，節相咨復，雖未禁阻，卻以兩湖收淮鹽稅為言，其實兩湖自三年以後，並無淮南片引到境，所抽者淮北之鹽及川粵之鹽，此皆非其引地，故兩湖得而抽之，若徽信則分明浙紹引地，豈可以轄境為詞乎？節相尚氣好爭，亦可笑耳。

以轄境則徽信屬兩江，以引地則入浙紹，餉源所在，宜其各不相讓矣，同時，左又致曾一函，痛辨此事，甚至指摘曾用人不當，原文略云：

鹽事尚無起色，……引地僅徽信兩處可以就近料理，餘則杭所未復，松所被佔，無從下手，……兩淮鹽課甲天下，陶文毅（澍）在日，試行票鹽，已覩明效，唯淮北行之，而淮南有志未逮，……今若一律辦理，當於尊處餉事有裨，而淮南之鹽，行銷淮南引地，於義為正，……前讀大咨，以只論轄地，不論引地為言，而引鄂湘之收淮釐證之，鄙懷竊有未喻，前此安慶未復，其浸灌鄂湘之鹽多從淮北而來，否則賊中所帶淮南之鹽耳。淮北之私賊中之物，故鄂湘得抽其釐，然鄂湘所抽之釐，仍以川粵私鹽為多，而淮南不過偶有其事。……公督兩江，又值安慶九袱洲先後克復，江路大通之時，專兩淮之利，整頓固有鹺綱，收復淮南引地，鄂湘何能與公爭？……乃以論轄境不論引地之說先資鄂湘話柄何也？因公既免浙鹽之釐，未便再有辨駁，故止不言，亦慮公與弟均尚氣好辯，彼此更涉形迹，於大體多所窒礙也。弟更有請者，凡辦釐務在各局委員得人，能與彼地紳民商賈浹洽，然後民不擾而事易集。……景鎮河口釐務之旺，實由敝處委辦之員認真綜覈所致，於江西各局之釐，無所侵占，現在由尊處委員接辦，虛實自明，無煩置辯，而公前此頗疑景鎮河口

之釐日增，則江西各處之釐日減，弟慮公一時遽難燭察，而江西總司釐局者之益觸公怒也，故自承恐有侵占，飭委員各清界劃，不料公不信其為權辭，而信其為確實供招也！茲已委員接辦，水清石出，弟之苦衷亦可略白否？……

此函雖措詞甚銳，而曾卻回應極緩，只云：

景鎮河口之釐日旺，由公委任得人，自無疑義，顧二處之旺，為他處之衰有所侵占，弟卻無此疑問，即閣下自恐有侵占，弟亦了不記憶。

以柔馭剛，以緩制急，頗得大將風度。按當日軍餉之支絀，初不止左氏，朝廷羅掘俱窮，造大錢，行鈔法，開捐例，借錢糧，甚至變賣各省常平倉米，強收民間銅器。若釐金則幾全以供湘勇。曾以餉事難決，屢疏言去，或請簡大臣主持，迄未邀准，清廷亦深知東南危局，只曾氏尚可勉為支持。然則左之所苦，不過一枝，曾之所苦，實為全體，人人索餉，處處無錢，以若此情形，居然挫太平數十萬眾，倘非上下一致，化私為公，真恐不堪設想。故無論曾左是非如何，即其不以私廢公一點已足為後世表率。此曾左交惡之由見於餉者。夫金錢勢力，顛倒一切，昔賢猶不能免，又何怪於後此軍閥之因爭地盤而自相攻殺耶？

唯上述兩事，仍屬曾左交惡之外緣，若其內緣，鄙見所及，似因治亂方策根本歧異。金陵既下，曾主撫而左主勦，此事雖無確證，然觀同治二年二月曾氏視察金陵軍情後密報云：

但求金陵蘇杭三處，有一二克復，即當大赦羣酋，廣為招撫，庶幾赤眉百萬，同日納降之盛軌，此中自有天意，不盡關乎人謀。

曾氏所以主此，良以深悉兵凶戰危，曠日持久，絕無生理，其同奏言蘇皖一帶難民苦況云：

> 自池州以下，兩岸難民，皆避居江心洲渚之上，編葦葺茅，棚高三尺，壯者被擄，老幼相攜，草根掘盡，則食其所親之肉，風雨悲啼，死亡枕藉。臣舟過西梁山等處，難民數萬，環跪求食，臣亦無以應之。二月十五日，大勝關江濱失火，茅棚數千，頃刻灰燼，哭聲震野，苦求賑恤。他處蘆棚叢雜，亦往往一炬萬命，徽池寧國等屬，黃茅白骨，或竟日不逢一人，又聞蘇浙之田，多未耕種，羣賊無所得食，故一意圖竄江西，并窺伺皖浙已復之區。……」

此為當時戰區人民生活之寫真，不特此也，曾國荃之攻江寧，死亡無慮數萬，加之軍中疫癘，幾於斷絕炊煙，即左氏營中，亦所不免，惻隱之心，人所同具，誰更願以血肉之軀攖此鋒鏑乎？況彼此相殺，不出蚌鷸，最後之利，歸於清廷，曾氏智者，豈無稍民族思想？太平忠王李秀成被捕後，其供狀有勿專殺兩廣之人而當設法招降等語，曾以文多牽涉，大為刪削，近日忠王手蹟發現，影印行世，（惜乎無此書，竟不能摘引。）乃獲大白。（有太平天國軼聞一種，補載曾氏刪削之文兩段，其一即勸曾改剿為撫者，歷陳十項理由，然此文一望而知為偽造。）曾氏上刪供於朝，以為「其言頗有可採」，則曾實已不主再戰。（金陵攻下後曾致左李書均有「據忠王供稱……力勸官兵不宜專殺兩廣人，致粵賊必益固結，軍事仍無了日。」并盛言金陵城內變後慘狀之可痛，似以此向左李探口氣。）奈清廷見金陵攻下，自力持穴庭之誅，區區十六齡幼主，猶使曾氏不免於呵斥，其心情如何不難想像矣。左於金陵一役，未邀功賞，世傳其對曾封一等侯爵，甚為不平，（後文正薨逝得謚，左猶不以為然，嘗忿然曰：

「他都謚了文正，我們將來不要謚武邪麼？」見《梵天廬叢錄》，未知所本。）爭功之念，人情所常。李文忠當金陵將陷時，正攻蘇松太一帶，亦不肯助攻雨花台，以為有攘功之嫌，其實正是互忌表現。試閱前記左於同治三年致駱秉章函所云：「……非且剿且撫，不能完事，未敢取快一時，致貽後患也。」曾左政策之對立，昭然若揭。是時鮑超在皖南，太平軍聽王陳炳文十餘萬眾均願投誠，超以部下雜有降人，離叛不恆，要被詬病，不敢主持，炳文既無所投，遂入浙力戰，此則不能不怪之失矣。左個性忮刻，同治二年台灣事起時，致閩撫徐樹人函即云：

> 凡兵事未有不痛剿而能撫者，未有着意主撫而能剿者，……官軍勝賊，則民不畏賊而畏官軍，一戰之後，解散必多矣，解散多則所殺者真賊，打一仗是一仗，辦一起了一起。……

　　雖係對台事而言，實可作左之軍事一貫主張看。至其好大喜夸，固始終如一，晚年入相軍機，終坐是不容於朝士而出督兩江。薛福成紀其議李文忠海防事宜一事，尤足見其個性：

> 李相復陳海防事宜一疏，即余代草；……疏上時，適文襄在關外奉詔將至（時左督陝甘），恭邸及高陽李協揆（鴻藻）以事關重大，靜俟文襄至乃議之，文襄每展閱一葉，每因海防之事而遞及西陲之事，自譽措舉之妙不容口，幾忘其為議此摺者，甚至拍案大笑，聲震旁室，明日復閱一葉，則復如此，樞廷諸公，始尚勉強酬答，繼皆支頤欲臥，然因此散值稍晏，諸公並厭苦之，凡議半月而全疏尚未閱畢，恭邸惡其喧聒也，命章京收藏此摺，文襄亦不復查問，遂置不議。（《庸盦筆記》卷二）

　　徐凌霄先生云：「薛為接近李鴻章之人，李左間夙有意見，所記對左或不免有形容過甚處，而左氏俯視一切之態亦見其大略也（李草稿即薛所擬，薛之不快宜然）。」誠非誣言，諸家筆記中言左此等事者至多，或均不無渲染，即《庸盦筆記》亦明言：

> 文襄以同治甲子與曾文正公絕交以後，彼此不通音問，迨丁卯年，文襄以陝甘總督入關剿敵，道出湖北，與威毅伯沅浦宮保過，為言所以絕交之故，其過在文正者七八，而己亦居其二三。

　　是氏未嘗不認己短。左以舉人洊至卿貳，立絕代之功，平生不重科第，有高祖溺儒冠之風，晚年入副樞密，一掌翰林院事，羣儒每揶揄之，著述家不免因無生有，以小為大，斯亦王仲任「藝增」之流亞，讀者不可不以意逆志者也。

　　江蘇省立國學圖書館影印《陶風樓名賢手札》載郭嵩燾致曾文正函多通，中一通即郭被劾引退後致曾者。與曾左交惡有關，抄之如下：

> 滌生宮保通侯中堂閣下……左君在漳州，初拜督辦三省軍務之命，合廣東督撫而并傾之，其言曰：天下安，注意相，天下危，注意將，今之所謂將者，即督撫是也。廣東軍務方興，諸事廢弛，必得李某任兩廣總督，蔣某任廣東巡撫，方能望有起色。（原注：都門信言，朝廷疑子文不任疆事，以太沖求之甚堅，不得已應之。）其後兩保皆以便言之，（原注：蔣君幕友言，左君錄寄摺稿，蔣大喜，即日刊刻廣東巡撫封條，以必得為期。此兩保皆交通左君幕府吳夏諸公贊成之，摺稿皆私寄蔣。）最後一摺，直謂廣東軍務專以騙餉為事，毫無籌劃，……非得蔣某經理，萬不能有補益，請飭蔣某前赴廣東辦理軍務兼籌軍餉，前後兩摺稿所在有之，公豈未及見耶？鄙人

致憾左君，又非徒以其相傾也，乃在事前無端之陵藉與事後無窮之推宕。如此兩摺之排擠，而曰實未劾及鄙人，此猶其羞惡之心所發端，聊以自解而已，於義無害也。……吾謂左君之服膺蔣君，宜也，所不可解者，左為浙撫，蔣浙藩也，朝夕與處，又用其力克復一省城四府城十餘縣，非唯沒其功又摧折之，辱詈之，蔣君屢致鄙人書深懷怨懟，已而左為閩督，相距三千里，漳州一保，乃遽信之深如此，蔣君至廣東，為鄙人言生平受左君挫折至多，始猶相與爭勝，繼乃一力周旋之，無論其他，其赴閩也，浙餉每月二十萬，供給年餘之久，皆以每月十二日起解，未嘗一日後期，安得而不保我？即蔣君所言觀之，左君之前後矛盾輕重失倫，居心果何等也！……且又甚感官相之一劾，以朝廷眷公之深，左君一加齮齕，言者紛紛，至今攻揭不已，粵東使者至其營中十餘輩，每見必呼賤名而詬之，且言歸語汝撫，放賊入粵者乃渠親家（曾郭姻親），賊至閩我赴閩剿辦，今又赴粵剿辦，汝撫亦知之否？昨赴岳州迎候霞老（劉蓉），聞吳退菴在左君營，終日詬公，兼及鄙人，舉以詢之南屏，南屏云退菴言在營日兩食，與左君同席，未嘗一飯忘公，動至狂詬，其於鄙人，似尚從未減，吾謂左君豪傑，唯曾公足當一詬，我豈唯不受其詬，正當反詬之，左君之詬曾公，以怨報德，我則直討有罪耳。公與解釋舊嫌，以濟公家之急，此盛德事也，附會左君以咎鄙人，則過矣。左君曰：吾未嘗相傾，彼罪自應逐耳，公亦曰：左君未嘗相傾，汝罪自應逐耳，是知燕之當伐，而不悟伐燕而取之者齊也。……鄙人……疑公之斷斯獄也，未得其允，謹抄錄全案附呈以備處斷。其於左君之兇橫，亦可略得其梗概。……

按嵩燾為粵撫，事在同治二年，時毛鴻賓督兩廣，事皆決於幕僚徐灝，後毛罷，瑞麟繼至，灝益橫，嵩燾上疏舉劾，請逐灝，

並自請罷斥，事下左宗棠，宗棠言其跡近負氣，被訶責，左郭本姻家，左氏先厄於官文（左在胡文忠幕時官文曾劾之），罪不測，嵩燾為求解肅順，並言於同列潘祖蔭，白無他，始獲免，至是左不為疏辨。翌年，郭遂解職回湘，郭與左意早已不協，數訴之曾，曾並挽其弟郭意城勸之，至是益不自解，乃悉暴左短於曾，由郭言則左之排去郭氏，全係欲位置蔣益灃，而蔣以在浙時協餉不誤，得歡於左（郭去後，粵撫即改蔣，實不無可疑），似亦甚鄙，唯左蔣之沆瀣一氣，以意度之，仍是由於彼此均略有流氓氣，不同郭之書生氣耳（蔣根本不識字，全以軍功為左所提拔）。然曾嘗屢規郭之性褊，故此函自鳴其冤，盼曾勿再為左說話，曾復函則極有趣：

> 接五月惠書，敬悉一切，其謂左公竭力傾公，鄙人雖未見摺稿，而路人皆已知之，不才豈故疑之？其謂鄙人附會左公以咎公，則又似汪鈍翁私造典故，不察於事理之實也。左公之朝夕詬詈，鄙人蓋亦粗聞一二，然使朝夕以詬詈答之，則素拙於口而鈍於辯，終亦處於不勝之勢，故以不詈不詬，不見不聞，不生不滅之法處之，其不勝也終同，而平日則心差閒而口差逸，年來精力日頹，畏暑特甚，雖公牘最要之件，瀏覽不及什一，輒已棄去，即賀稟諛頌之美者，略觀數語，一笑置之，故有告以詈我之事者，亦但聞其緒不令竟其說也。……

不讀此函，不知文正之偉大寬厚處；昔富弼聞人詬詈，以為天下同姓名者尚多，雖較此更恕，然未免矯情，若曾此言，始不失人情者。余歷觀曾氏與人書，偶亦有人言可畏之嘆，然大體不作悻悻語，終始如一，或半由天性半由涵養者深歟？此種精神，則誠非左氏所可及矣。

四月二十八日於南京

（原載1942年《古今》月刊第4期）

孽海花人物漫談

近閱民國十七年重編本《孽海花》，刪去楔子，而多出法越戰爭兩面，有曾樸新序，頗不以胡適之所評「如儒林外史，割之則成片片」為然。唯吾輩中年讀此書，所喜者不在其文筆之周密瑰奇，而在所寫人物皆有實事可指，興衰俯仰，味乎鹹酸之外，自與專注意賽金花之風流放誕，而為之考索本事，有見仁見智之分也。

洪文卿因中俄交界圖失官，書生被紿，頗堪同情，胡漱唐侍御《國聞備乘》卷二云：

> 伊犁之西，科布多之南，有地名帕米爾，扼西域四部要樞，中國棄為甌脫，俄人謀英，思由此窺印度，乃詭為一圖，悉圈我甌脫，闌入俄界，條列山川里道，五色燦然，甚精密可愛。是時京朝士大夫，多講西北輿地學，若徐松、張穆、祁韻士、李文田等，皆詳於考古，而略於知今，兵部侍郎洪鈞，方出使俄國，亦好談輿地，嘗注元史地理志未成，見俄圖大喜，出重金購之，譯以中文，自作跋語，名曰中俄交界圖，以為海外祕本，可傲徐張諸老，獻之總署，且得褒獎也。俄人既售其術，潛遣師襲據帕米爾，謀通南方，英人來詰總署，謂何故割地畀俄，總署愕然，以詢俄使，俄使檢鈞所譯新圖示之，指明兩國界限，堅不認咎，鈞方寢疾，聞邊事棘，始知受欺，且懼譴，疾益劇，遂卒。俄人旋割帕米爾南疆與英和，英俄既訂約，中國不能與爭，遂喪地七百餘里，或云此案洪鈞為張陰桓所賣。

則曾氏所云，當是事實，洪氏《清史稿》本傳云：

> 初喀什噶爾續勘西邊界約，中國圖學未精，乏善本，鈞蒞
> 俄，以俄人所訂中俄界圖紅線均與界約符，私慮英先發，迺
> 譯成漢字備不虞，十六年使成攜之歸，命置總理各國事務衙
> 門，值帕米爾爭界事起，大理寺少卿延茂謂鈞所譯地圖，畫
> 蘇滿諸卡置界外，致邊事日棘，迺痛劾其貽誤狀，事下總
> 署察覆，總署同列諸君以鈞所譯圖本，以備考核，非以為
> 左，且非專為中俄交涉而設，安得歸咎於此，事白而言者
> 猶未息。

清史列傳載洪氏辨白之原摺甚詳，滿人多不學，延茂所奏或即
張樵野所教乎？蓋洪氏雖未因此立受處分，而受打擊頗大，以此致
疾，則不為妄談耳。

張蔭桓即書中之莊小燕，本以簿尉捐納起家，分發山東，受
閻敬銘知遇，薦任外交要職，後且出使歐美，著有《三洲日記》，
為治外交史者所珍。張氏少不讀書，通顯後始發憤為詩文，駢體詩
詞皆可觀，亦畸才矣。張又因當時士大夫多癖收藏，如翁文恭潘文
勤吳愙齋，固已不能及，乃發憤專收王石谷真迹，因自號書齋曰百
石齋，書中十九回記其子竄取張古董〈長江萬里圖〉事，或非全無
稽，而恰為洪文卿所遇，遂結怨委，殆亦夙緣也矣。《春冰室野
乘》記其戊戌變後，以附新黨被戍新疆，作詩奉答王廉生（懿榮）
祭酒云：「無限艱危一紙書，二千里外話京居，覆巢幾見能完卵，
解網何曾竟漏魚，百石齋隨黃葉散，兩家春與綠楊虛，灞橋不為尋
詩去，每憶高情淚引裾！」蓋廉生曾告以京居情況及其子塏消息
也，塏不知即書中所云通關節鬻肥缺之稚燕否？按曾虛白所作其父
年譜，一八九五年曾氏應考總理各國事務衙門章京，主考為張樵
野，（曾誤稱莊幼樵蓋由孽海花中張多改為莊又誤樵野為幼樵），

本擬加以羅致，後以曾氏出入翁同龢之門，翁張不洽，故特使落第云云，則曾氏於張固不無芥蒂矣。

《古今》第二十五期有〈記賽金花〉一文云，洪文卿有李十郎之憾，《孽海花》中亦頗措意於此，在第三回洪氏掄魁後回鄉冶遊遇褚愛林，乃龔孝琪之下堂妾，而曾在芝罘為倡者，今摘下一段以見一斑：

> 葦如（按即陸潤庠）笑道：雯兄（指文卿）你看主人的風
> 度，比你烟台的舊相識何如？？愛林嫣然笑道，陸老不要瞎
> 說，拿我給金大人的新燕比，真是天比雞矢了，金大人，對
> 不對？雯青頓然臉上一紅，心裏勃的一跳，向愛林道，你不
> 是傅珍珠嗎？怎麼會跑到蘇州叫起褚愛林來呢？愛林道：金
> 大人好記性，事隔多年，我一見金大人，幾乎認不真了，現
> 在新燕姐大概是享福了，也不枉他一片苦心。雯卿忸怩道：
> 他到過北京一次，我那時正忙，沒見他，後來他就回去，沒
> 通過書信。愛林驚詫似的道：金大人高中了，沒討他嗎？雯
> 卿變色道：我們別提煙台的事……

此段必須與周夢莊君所記合看，才易了解，否則有見尾不見首之嘆。或曾氏捉筆時，尚在季清，不便過於暴露之故。樊樊山彩雲曲亦有「舊事煙台不可說」之句，想此公案，必斑斑在人口實，衡以中國說部動以報應因果為訓之例，似孽海花之形容彩雲淫蕩又別有用意矣。（蔣瑞藻《小說考證》已著此說而語焉不詳，今有周文，可補斯憾。）

何珏齋指吳愙齋，甲午之役，吳氏必欲請纓出關，卒致兵敗名裂，斥回湘撫任，不久開缺，一蹶不振，殊為愙翁得失大關鍵。關於吳氏請纓之動機，僉云由於得度遼將軍印，曾氏於二十五回舖敘此事，言在湘撫任內，獻印者名余漢青，頃閱顧起潛吳氏年譜，

確有此事，唯得印在吳氏北上抵津時，而獻者則鼎鼎大名金石家吳昌碩也。年譜引錢基博所為吳傳云，事急時翁同龢密電詢大澂意，大澂慨然，自請督赴前敵，又引吳氏家書致兄云：「七月初一日上諭一道，中日戰事已成，……生民塗炭殊堪隱惻，水軍陸將，均未得利，弟素有攬轡澄清之志，不免動聞雞起舞之懷。」則此事終出己意。八月四日到滬，初八日抵威海，十二日赴津，與李鴻章商一切，二十七日，得度遼將軍印於津門。與汪鳴鑾書云：吳俊（即昌碩，初字倉石）投劾，代購得將軍銅印。據此則出兵與得印殆巧合，而非動機。吳氏出關後，專意練習打靶，以為有準頭便可制勝，又主七擒七縱之說，書生之態可掬，無怪致敗。按顧家相《五餘讀書廛隨筆》記此事原委最悉，多可與曾書相參，抄之如下：

> 吳清卿中丞……開府湖南，講求武備，嘗繫近視鏡演放洋槍，能命中於百步之外，由是沾沾自喜，親督弁兵打靶，頗有準頭，益復果於自信，中東事起，李文忠為眾矢所集，聲望大減，中丞覬北洋一席，謂非立功不可，一夕夢見大鳥從空中飛來，以手擊之立斃，時日本使臣名大鳥圭介，中丞以為己當勝之，遂請纓北上，比抵朝鮮界，大書免死牌曰，降者免死，及交鋒，新兵心驚胆顫，雖有準頭，已不能命中，全軍大潰，幸毅軍力守摩天嶺，東兵始未深入，時常熟當國，以鄉誼故，中丞未受嚴譴，仍回湖南本任。湘人作聯云：「一去本無奇，多少頭顱拋塞北；再來真不值，有何面目見江東！」湘軍素有威名，是役無尺寸之功，而生還者殊少，宜湘人之怨也。夢兆事，余尚疑傳聞失實，王介艇方伯為余言，中丞曾親向伊述及，殆所謂妖夢歟？

清代重文輕武，每以書生握兵柄，其成功者幸耳，故愙齋關外之失，勢所宜然，與張佩綸馬江之敗，可作一例觀。唯當時各軍腐

敗情形亦有吾人難於逆料者，如年譜載稱，盛京將軍裕祿，提督唐仁廉，以奉天防務緊迫，竟請旨命吳氏撥給十二生脫大砲十二尊，十八生脫大砲二尊，總署電李鴻章轉知，並云吳軍新購德國大砲一百二十尊云云，李氏電云：

> 尊處未聞有新購大跑一百二十尊之事，唐元輔竟同夢囈，且十二生脫十八生脫大砲，皆海岸砲台所用，陸路土台搬運為難，不但尊處所無，津局亦無存也。

如此守將，豈非自取覆亡乎？又俞曲園所為愙齋墓志，對此事亦頗辨正，以為戰敗之最大責任，在黑龍江將軍依克唐阿之潛師退守，致後路空虛，不能兼顧，讀者亦不妨參看也。黃遵憲人境廬詩有〈度遼將軍歌〉一首，頗致諷刺，對七擒七縱免死牌諸事，尤斤斤道之，固知曾氏所寫，未為失實。又或云，度遼將軍印乃吳昌碩偽造者。

　　寶竹坡娶江山船女為姜自劾去職事，為晚清有趣佚聞之一，蓋寶與張幼樵等夙有四諫之名，朝右側目，宜其一旦有失，樂予渲染也。曾氏特於第七回刻繪此事，頗淋漓盡致，案越縵堂光緒壬午日記云：

> 上諭，侍郎寶廷奏途中買妾自請從重懲責等語，寶廷奉命典試，宜如何束身自愛，乃竟於歸途買妾，任意妄為，殊出情理之外，寶廷着交部嚴加議處。寶廷素喜狎遊，為纖俗詩詞，以江湖才子自命，都中坊巷，日有蹤迹，且屢娶狹邪，別蓄居之，故貧甚，至絕炊，癸酉典浙試歸，買一船伎，吳人所謂花蒲鞋頭船娘也，入都時，別自水程至潞河，及寶廷由京城以車親迎之，則船人俱杳然矣，時傳以為笑。今由錢塘江入閩，與江山船伎狎，遂娶之，鑑於前失，同行而北，道路指目，至袁浦，有縣令詰其偽，致留質之，寶廷大懼，

且恐疆吏發其事,遂道中上疏,以條陳福建船政為名,且舉薦落解閩士二人,謂其通算學,請轉召試,而附片自陳言錢塘江有九姓漁船,始自明代,典闈試歸,至衢州,坐江山船,舟人有女,年已十八,奴才已故兄弟五人,皆無嗣,奴才僅有二子,不敷分繼,遂買為妾。明目張胆,自供婢妓,不學之弊,一至於此!聞其人面麻,年已二十六七,寶廷嘗以故工部尚書賀壽慈認市儈李春山妻為義女,及賀復起為副憲,因附會張佩綸黃體芳等上疏劾賀去官,故有人為詩嘲之云:「昔年浙水載空花,又見閩娘上使查[①],宗室八旗名士草,江山九姓美人麻,曾因義女彈烏柏,慣逐京倡吃白茶,為報朝廷除屬籍,侍郎今已壻漁家。」一時傳誦以為口實云。

李氏向以刻薄著,遇此佳題,自不放鬆,且對四諫,似均乏好感,日記中屢見,張孝達號稱知遇,後亦屢有微詞。寶公在晚清不失戇直,失官後隱居西山,困窮而死,終不奔走權門,亦可掩其風流之罪矣。王揖唐《今傳是樓詩話》,每不直李君月旦,即汝南二周,為李所痛恨者(日記所塗墨丁,皆此事),亦為之辯護不已,對寶事尤有不平意,其言曰:

偶閱《越縵堂日記》,頗致微詞,越縵持論每苛,不足為訓,實則君有江山船曲一首,自述頗詳,初不諱言其事也,傳者佚其全稿,僅記數句云:「乘槎歸指浙東路,恰向個人船上住,鐵石心腸宋廣平,可憐手把梅花賦,枝頭梅子豈無媒,不語詼諧要主裁,已將多士收珊網,可惜中途下玉台。」又云:「那惜微名登白簡,故留韻事記紅裙,」又云:「本來鐘鼎若浮雲,未必裙釵皆禍水,」均芊綿可誦。……人謂觀過知仁,則君之坦直可想矣。

余頗同感。賀壽慈事，當時頗激動朝野，蓋李春山確甚招搖也，事無關，不備及。鐘鼎浮雲之句，殊亦寫出一種真理，深可喜悅。竹坡詩集曰《一家草》，故前詩云然。

張季直文名夙著，翁潘兩相國久欲得為門下士，而屢於會試時誤認試卷，張孝若所為其父傳記第三章科舉記之甚詳：

> 光緒十五年我父三十七歲的會試，總裁是潘公，他滿意要中我父，那曉得無端的誤中了無錫的孫叔和，當時懊喪得了不得。到了第二年光緒十六年的會試，房考是雲南高蔚光，曾將我父的卷子薦上去，場中又誤以陶世風的卷子當作我父的中了陶的會元……。到了光緒十八年四十歲的會試錯得越發曲折離奇了；當時場闈中的總裁房考，幾乎沒一個不尋覓我父的卷子，翁公在江蘇卷子上堂的時候，沒有一刻不告訴同考的人要細心校閱，先得到袁公爽秋所荐的施啟宇的卷子，袁公說：像是有點像，但是不一定拿得穩，等到看見內中有聲氣潛通於宮掖的句子，更游疑起來。後來四川人施某荐劉可毅的卷子，翁公起初也很懷疑，但是既不能確定我父的卷子是那一本，所以施某竭力說，這確是張季直的卷子，翁公也有點相信起來，而且看到策問第四篇中間，有「歷箕子之封」的句子，更證實了這是到過高麗的人的口氣，就立刻問袁公，袁公覺得文氣跳蕩，恐怕有點不對，填榜之前，沈公子封要求看一看卷子，等到看到內中的制藝及詩秦字韻，就竭力說，決定不是，但是到了這時候，已竟來不及了。一到拆封時，在紅號內，才曉得是常州劉可毅的卷子，果然不是我父的，於是翁公，孫公家鼐，沈公，大家都四處找我父親的卷子，方才曉得在第三房馮金鑑那裏。第一房是朱桂卿，第二房是袁爽秋，當荐送江蘇卷子的時候，朱已因病撤任，袁公和馮金鑑住在隔房，常常叮囑他遇到江蘇

的卷子，要格外觀摩，不要大意，那曉得馮吃鴉片的時候多，我父的卷子，早因詞意寬泛，被他斥落了，翁公本想中我父，等到知道錯誤了，急得眼淚往下直滴，孫公和其他總裁考官，也都陪了嘆息……。

翁文恭為是科正考官，日記中有春闈記事以記之，於張季直事，俟出闈後，始露惋惜之辭，四月十三日云：

> 今日小磨勘，只籤一卷，始知張季直在馮心蘭手，未出房，黃季度在趙伯達手，亦未出房也。

潘伯寅於光緒十六年先卒，劉可毅事，與潘無關而孽海花以之繫潘，極力描寫潘憤恨之狀，不知故弄狡獪，抑誤記年月。唯曾氏本人，亦於是年會試，而與張同遭誤卷之事，或頗有所感而故將劉可毅丑角化邪？曾虛白君所撰其父年譜（《宇宙風》第二期）一八九一——一八九二一節有云：

> 這次闈試汪柳門侍郎（鳴鑾）本有大總裁之希望，因為他跟孟樸先生有岳婿關係，特意請假讓避，結果大總裁放的是翁叔平尚書，在場中暗中摸索，致誤認黃謙齋先生二藝，用了六朝文體，當作先生，在拆彌縫的時候，翁尚書還自詡眼力，高喊：這完全是曾樸卷！那裏料到先生因試卷墨污被剔，登了藍榜了。

所云汪柳門因戚屬避嫌一事，原不可信，徐一士先生在《國聞周報》第十二卷四十期曾為文辨之，蓋柳門官侍郎，而常熟為尚書，例無柳門作正考官理也。吾人於此，感到往日考試之嚴格，即欲搜羅名士，亦有無從設法之嘆。劉可毅之下回分解，在燕谷老人

《續孽海花》中已敘及（見《中和》四卷四期第五十八回），劉君以所中會元，有此一段公案，遂為世俗側目，而諷其名曰劉可殺。庚子之變，自京出走，果被戕於拳匪焉。劉君初不知因己之故，影響他人，予不禁為之呼冤也。

文廷式芸閣，即書中聞韻高，甲午之役，文在翰林院，集同人於宣武門外松筠庵（祀楊椒山之祠），聯名彈李合肥誤國，并請恭親王出主大計，頗震鑠一時，故書中有與張季直飲酒茶樓商榷摺稿一回目（第二十四回），當日局勢，合肥主和，常熟願戰，蓋合肥深知軍事外強中乾，常熟則書生結習，慷慨有餘。又或云，帝后爭權，李右后而翁佐帝，翁欲以此難題，減后羽翼，故陽主戰而陰為掣肘，合肥請械餉則處處刁難（翁主工部），是否果如是，要非我輩所敢知。盱眙王伯恭《蜷盧隨筆》李文忠條曰：

> 光緒中，合肥建議創辦海軍，因籌海軍經費無慮數千百萬，乃朝廷悉以之修頤和園，其撥歸海軍者僅百分之一耳！翁大司農後奏定十五年之內，不得添置一槍一砲，於是中國之武備可知矣。

可以代表此派說法。至主戰之策，一般人多云出之文張二氏，觀曾書所言，當亦主是說者，錢萼孫先生〈文芸閣年譜〉，光緒二十年甲午云：

> 時翁尚書與李蘭孫尚書皆主戰，孫萊山（毓汶）尚書，徐筱雲（用儀）侍郎則主和，先生與季直皆翁尚書門下士，尚書主戰之論，二人實陰主之，翁尚書為余（錢氏自稱）之舅祖，此事聞之庭訓。……七月二十六日，先生摺上參北洋大臣李鴻章，畏葸挾夷自重，……八月二十九日，翰林院諸人，集議於全浙會館，約聯名遞封事，起用恭親王，先生屬

稿，列名者五十七人，……九月初八日，先生集同志李木齋
葉鞠裳等於謝公祠松筠庵，議遞聯銜封奏，阻款議，……次
晨遞摺，先生主稿，請聯英德以拒日，列名者三十八人……

其說由來有自，可為信史，然張孝若所為其父傳記，乃力辨此事，
以為考之翁文恭日記及其父日記，議論激昂則有之，主戰則未也，
且所上彈合肥文，有不但阻戰，抑且阻和之語，蓋言不能戰斯不能
和，其意似因戰敗責任關係，欲為之洗刷，唯此事既彰彰在人耳
目，實大可不必做作耳。翰林院所上封事及芸閣彈李疏前錢君曾再
三托覓全文，俗冗栗六，迄未如願，書之於此，以誌余憾。

芸閣文章品德重一時，相傳曾授珍瑾二妃課，故大考翰詹，光
緒常特列一等第一，浸浸重用。唯各家亦頗有非之者，金息侯《瓜
圃叢談》記其吃狗糞事，固人所習知，聞並非造謠而係實事。後廷
式被逐，適有太監寇聯材上疏切諫太后被誅事，沃丘仲子（即費行
簡）《慈禧傳信錄》云：

帝屢聞珍瑾兩妃稱其師文廷式淹雅，甲午大考翰詹，閱卷大臣
擬定廷式名第三，特拔為一等第一，超擢侍讀學士，然亦詞臣
所常有，而廷式素狂淺，無行檢，遽以自負，謂有內援，將入
樞密，無識者競附之，日集京朝官松筠庵，論朝政得失，予以
嘗赴其約，然所論多遷謫官吏事，罕及大計，予笑曰：此襲東
林而加屬者，後謝不往。侍后奄寇聯材者夙知書，頗不慊其平
輩所為，欲有以自立，廷式知之，遂假瑞洵為介，與訂交焉，
其黨以明代王安擬之，廷式自擬為繆昌期，嘗代聯材擬疏，乞
后行新政，摒老臣，用才士，意在自荐也，聯材遽上之，后覽
疏震怒，將遣之黑龍江，李蓮英力譖其通外洩宮內事，乃立正
典刑，廷式亦為台諫楊崇伊所劾，罷職，勒回籍。

《蜷盧隨筆》亦云：

> 壬辰翰林大考，未及扃試，內出手諭云：一等第一文廷式，
> 上親筆也，廷式庚寅始入翰林，甫兩年遂為侍讀學士，正四
> 品，蓋珍瑾二妃為其女弟子，上久知其才也。文廷式既得
> 聖眷，一時翰林之無恥者，爭為禮附，是時上久親政，所以
> 奉養太后者，無微不至，尤不惜財力，外人有傳說兩宮不相
> 能者，廷式欲媚上見好，且得沽名市直，率同官同好數人，
> 聯名奏訐太后奢侈之非，且隱肆醜詆，上見之大怒，以為對
> 子議母，目無君上，將予嚴譴，珍妃為之涕泣求恩，長跪不
> 起，乃降手諭，發貼軍機處值房云：文廷式周錫恩張謇費念
> 慈等，均着永停差使，於是諸人紛紛出京，而廷式獨留，依
> 然肆言無忌，又為內廷所知，得旨革職，永不敘用。

廷式大考第一，事在甲午，而蜷盧誤為壬辰，其他所記，亦甚支
離，文氏初無聯名訐奏太后事，可證其未實，然此種紀載，亦足以
廣異聞，廷式所結內監，據梁濟《感劬山房日記》，原名聞闊亭，
頗攬權納賄，《五餘讀書廛隨筆》作者顧家相服官江西甚久，於本
省名人掌故紀載尤多，其江西鼎甲條記文氏事云：

> 芸閣……主眷日隆，名震中外，嘗指陳時事，擬成奏稿七
> 篇，置枕箱中，其語頗有侵合肥者，道出上海，箱忽被竊，
> 時黃愛棠觀察承喧方官上海令，為之追還，原物纖細畢具，
> 而奏稿竟不可復得，蓋早入合肥之手矣……或謂芸閣客廣東
> 時，嘗入長將軍幕府，授女公子讀，後二女被選入宮，封為
> 珍妃瑾妃，仍與芸閣常通問訊，一日孝欽后臨幸二妃宮，忽
> 欲櫛髮，宮人即以妃之匲具進，匲具內有芸閣所擬奏稿，先
> 呈妃閱者，為孝欽所得，大恚，言官希旨參劾以交通太監，

認作本家為言，夫芸閣既與宮掖通候，自不能不由內監經
手，然太監實係聞姓，非文姓，蓋周納也。……方芸閣之被
逐也，適有寇太監因上條陳正法，都人士作聯云：「慷慨陳
書，寇太監從容臨菜市；驅逐回籍，文學士何面返萍鄉。」
以籍對書，面對容可謂工切。近人有《孽海花》小說，其中
所記聞運高事，即暗指芸閣，如謂入試時與他人并坐，即能
默誦其文，皆實事也。

可與上所引證者互參，顧已談及孽海花，要亦吾道先驅也。

豐潤張佩綸幼樵，於余為鄉人，光緒初，直聲動朝野，在四諫
中殆尤為具聲勢者，曾氏所寫莊崙樵即此公。其質衣貰酒為米肆所
侮一回，頗繪出京朝官之窮相。然幼樵確以屢上彈章，廣騖聲氣而
致騰踔者，與其謂為敢諫，尚不如謂為遭逢時會，故曾氏亦不無微
詞焉。徐一士先生〈讀《澗于日記》〉云：

篢齋官翰林時，與詞曹同人張香濤黃漱蘭寶竹坡陳伯潛（寶
琛）等，慷慨言事，謇諤無所詘，言論風采，傾動朝野，一
時有翰林四諫之稱，又號曰清流黨，或曰南橫黨（以多寓南
橫街一帶之故）。而佩綸尤為儕輩中之翹楚，彈章屢上，百
僚震恐……在日記中可見者，如戊寅十二月十二日云：「安
圃為友人招飲，密繕疏懷之，有客至，縱談近夜分始去，初
不知余將待漏也。二更後驅車入朝，論大臣子弟不宜破格
保荐。」十三日云：「上諭，翰林院侍講張佩綸奏大臣子弟
不宜破格保荐一摺，據稱四川候補道寶森，係大學士寶鋆之
弟，轉屬保荐，恐以虛譽邀恩，刑部郎中翁曾桂，係都察院
左都御史翁同龢之兄子，並非正途出身，不由提調坐辦而京
察列入一等，恐為奔競夤緣口實等語，所陳絕無瞻顧，尚屬
敢言，（下係查辦所彈各人等語）……欽此。」十五日云：

「孝達邀飯，以余疏太辣，亦頗稱其胆。」此簣齋一得意之筆，足以震聾朝右者，安圃（張人駿字）為其姪，夙相親厚，而草疏時亦不令知之，蓋恐其以過於忤時而相勸阻歟？張香濤謂太辣而稱其胆，則簣齋之敢言，固以胆著，而其奏疏之特長，俾能動聽者，即亦深得辣字訣也。按《孽海花》中之崙樵即指簣齋，有一段云：「雯青一徑來拜崙樵，他們本是熟人，門上一直領進去，剛走至書房，見崙樵正在那裏寫一個好像摺子的樣子，見雯青來，就往抽屜裏一撣，含笑相迎。雯青作別回家，一宿無話，次日早上起來，家人送上京報，卻載着翰林院侍講莊培佑遞封奏一件，雯青也沒很留心，又隔一日，見報上一道長上諭，卻是有人參閩浙總督貴州巡撫的劣迹，還帶着合肥李公，旨意很為嚴切，交兩江總督查辦，下面便是接着召見軍機莊培佑，雯青方悟到這參案就是崙樵幹的，怪不得前日見他寫個好像摺子一樣的。」其所記雖虛虛實實，不可盡據為典要，然所描寫之意態，正與簣齋自記密繕疏懷之有客至云云吻合，足見《孽海花》一書之深得演影繪聲之能也。（華北編譯館館刊二之一）

又云：

> 簣齋勇於言事，所陳多關朝局，……其後來之失敗，論者多咎其意氣太甚，志大而局量未足以副之。壬午癸未間，為其鼎盛時期，氣玲之隆，朝列側目，曾孟樸《孽海花》形容備至，雖小說家言，難云信史，而關於此點，大體或不盡誣。

按此所云殆即指張弔黃漱蘭之喪一幕，其氣派實可招人讒忌，而為張氏不取者也。《越縵堂日記》對此輩沽名之輩，殊有不滿之辭，以張之好出風頭與李之擅長罵坐，其臭味不投，固亦應爾。至馬江

一役，言人人殊，要之張氏以好言為同儕所擠，乃有此覆，則各家咸無異辭。沃丘仲子《近代名人小傳》云：

> 出會辦福建軍務，時何璟督閩，張兆棟作撫，皆頹滑，佩綸至，氣凌其上，二人亦奉之若長官，及法師來侵，以承李鴻章旨，謂中朝主和，戰備盡弛，敵遂薄馬尾，船廠爐焉，佩綸披髮跣足，倉卒奔逃，至鄉村中暫避，而操北音，鄉人弗納，乃曰，我會辦大臣也，眾農曰：是即害我閩之張佩綸矣，羣噪逐之。事聞，初僅付殿議，未幾，閩京官潘炳年等，訴其撤防逃避，乃奉旨拏問，讞定遣戍，遇赦釋還，入鴻章幕，行贅李氏。佩綸初數彈鴻章，鴻章以五千金將意，且屬吳汝綸為介，張李遂交驩，及閩事敗，實由於鴻章，至是乃以女妻之。甲午日戰作，台諫劾其把持軍報，令驅逐，遂卜居江寧，竟死秦淮。佩綸色厲而內荏，好言而無識，恆責人而己不忘華膴，雖多劾論權貴，君子終不取其人也。乙酉福州有兩何莫奈何，兩張無主張之諺，即指佩綸如璋璟兆棟言。

語甚刻薄，而未為無理。唯馬江敗衂，其責任絕不應全由張負之，陳寶琛墓銘，勞乃宣墓表，皆言中朝之意，不過令張巡視海疆，初無啟衂之圖，故和議既裂，而斬不發兵，張氏唯帶陸軍三營，護造船廠，又調三營駐馬尾，籌集大小兵輪數艘及艇船商船，與敵船雜泊，以相牽掣，而彼此之勢，相去甚懸，張請先發，朝旨不許，而飭其自燬廠，相持逾月，法驟宣戰，戰書達省，而船廠未知，法艦乘潮入，攻我船，戰三時許，壞我七船，我亦破其三，而主將孤拔死之。船廠竟全。事後飛章自劾，初本只褫卿銜，後有朝臣鍛鍊周納，乃不免於戍矣。《國聞備乘》何小宋貽誤軍事條云：

馬江之敗，張佩綸為眾惡所歸，辭有議及何璟者，法師擾閩時，璟任閩浙總督，佩綸銜令至，兵事悉以委之，安坐不出一策，但日叩鬼神問吉凶，敵人與地方交涉，但知有督撫，漫不省欽使為何人，事既決裂，法提督貽書督署，約日決戰，攻砲台，璟不曉西文，壓置勿啟者二日，洋務局提調某，聞有夷書，寂不見督轅動靜，因參銜請白事，索其書觀之，則哀的美敦書也，期已迫矣，彼此瞠目相視，議馳告欽使，欽使行轅距省城六十里，得警報大懼，遣繙譯官入法軍請緩期，法軍不納，起椗鳴砲，數輪前進，我師措手不及，遂大潰。

是何璟不啻葉名琛第二矣。《清史稿》本傳云：

佩綸至船廠，環十一艘自衛，各營管帶白非計，斥之，法艦集，戰書至，眾聞警謁佩綸，亟請備，仍叱出，比見法艦升火，始大怖，遣學生魏瀚往乞緩，未至而炮聲作，所部五營潰，其三營殲焉。佩綸遁鼓山麓，鄉人拒之，曰：我會辦大臣也，拒如初。翼[②]日逃至彭田鄉，猶飾詞入告，朝旨發帑犒之，令兼船政，嗣聞馬尾敗，只奪卿銜，下吏議，閩人憤甚，於是編修潘炳年給事中萬培因等先後上其罪狀……論戍居邊。

與各家所記，略有出入，以成敗論人，中國史家之慣例，區區馬江一役，已參差如此，吾人不亦可悟治史之難耶？

《春冰室野乘》云：

甲申馬江之敗，世皆歸罪張幼樵學士，然諸將用命力戰死海，其忠藎實有不可沒者，且法人內犯，實仗孤拔一人，自

孤拔斃於炮，法人已失所恃，遂不復能縱橫海上，功過亦差
足相抵，較之大東溝劉公島諸役，其得失必有能辨之者。

此又一右張之說也。附此以備一格。

　第三卷第五回回目所云「插架難遮素女圖」，寫張文襄家居恣
縱不檢事，頗穢褻。文襄在晚清以脫略著，《國聞備乘》張之洞驕
蹇無禮條云：

> 直隸人聞之洞內用，皆欣欣有喜色，合八府三州京官張宴於
> 湖廣館，徵集名優，衣冠濟濟，極一時之盛，之洞收束已三
> 日，屆時催者絡繹載道，卒託故不往，鹿傳霖徐世昌忍飢待
> 至二更，皆掃興而散。聞其性情怪癖，或終夜不寐，或累月
> 不薙髮，或夜半呼庖人具饌，稍不愜意，即呼行杖，或白晝
> 坐內廳宣淫，或出門謝客，客肅衣冠出迎，傴臥輿中不起，
> 其生平細行大節，鮮不乖謬者。

《近代名人小傳》亦云：

> 之洞雖有廉名，而任封疆時，易幕客為掾曹，僕從為材官，
> 私用半取給公家，其數視囊有規費多且二十倍，其後督撫皆
> 效之，及官京師，其邸第、從官、報生、侍弁，仍仰給鄂
> 善後牙厘局，專橫若此！其歿也，遺疏自明其不樹黨，不殖
> 產，即箴世凱等而言，顧之洞非無黨，特其黨皆浮薄文人之
> 流耳。蓋素傲慢，幕僚起草，字書偶不檢，嚴斥不少貸，而
> 己所書稿，則潦草不可復識，苟質所疑，益逢其怒，故正士
> 恥及其門，起居無節，對客輒引几睡，錫良以湘藩司勤王過
> 武昌，宴之八旂會館，酒三行，鼾聲遽作，久之弗醒，良自
> 起過江去，湘綺先生曰：孝達佳人，惜熱中耳。

《春冰室野乘》記其宴公車名士於陶然亭而忘備肴饌事尤趣，又云：文襄自云夙生乃一老猿，能十餘夕不交睫，若然則文襄亦世說任誕門中人物，豈唯不可厭，且有可愛者在焉。前生為猿，雖無稽，而閭閻傳之甚盛。

書中寫李越縵文字不少，而均有諷意，狎優之事，尤見此老風流自命。余讀其日記，排日聽歌，所昵輒自命多情，而清詞麗句，在人口實者，更不可數計，當時風氣如此，詎足怪異？況優伶中如路三寶，五[③]九，梅巧玲，或廣濟同類，或收殮亡友，肝胆照人，須於此中求之，縉紳先生，反不無愧色。唯如品花寶鑑所記奚十一之徒，亦非夢囈，憶蒓客日記即有記此等事者（忘其月日，檢查唯難，大約記一客嬲一伶，褫袴而互淫，真可作惡也），西洋古代，亦有好男色之風，數年前咤叱風雲之希總統，辦理清黨，且手斃其徒之有此癖者，古今中外一揆，更不足為越縵罪矣。若酸丁腐儒，艱難一飯（日記補中記此種生活至夥，讀之皆可落淚），不免擷斤簸兩，計較毫釐，此又人之恆情，不可以不能放曠責之者也。然其記讀書心得，細針密縷，比較勾稽，我輩後學，唯有驚其縣栗，絕不敢議其瑣屑。吾見今之號為名士者，徒以片紙隻楮，一詩一詞自鳴，記問既醜，根柢毫無，以較同光，相去遠矣。李君平生所惡，如祥符周氏兄弟，及同鄉趙撝叔，實亦斐然儒者，不可厚非，龔定庵詩云：「乾隆朝士不相識，無故飛楊入夢多。」生當今日，乾隆二字，易為同光，要無間言。《近代名人小傳》記越縵詆甚，今著於此，亦見名士之難為也。

李慈銘……其行與學，則是己非人，務為辨駁，不勝則濟以謾罵，頗類毛大可，而記問醜薄，尚亞於毛，復好財賄，假人資終身不償，有索逋者來則報以惡聲，其治經僅習訓詁，漢人家法絕無所知，治史徒能方人比事，不識源流體例，嘗觀所為日記，動詆人俗學，不知己學亦非甚雅也。

蚍蜉撼樹，何損賢者萬一乎？聞李氏後人頗不振，幸其藏書得蔡元培先生等經紀，得出售於北平圖書館，日記及補編亦先後付印，先生之學，可以不朽矣。唯光緒十六年以迄易簀所記八冊，云在樊樊山家中，樊歿後消息毫無，不勝令人惆悵，如有好事者，勾沉行世，俾吾輩於先賢型儀，得窺全豹，想亦海內所拭目也。近見《中華月報》復刊號有陳乃乾君〈補越縵堂日記之□④〉一文，余性卞急，夙對日記塗乙之處，心焉焦灼，今有是文，亟盼快覩，顧不知所補是否完全為可念耳。《孽海花》人物，可談者當不止此，事務栗六，餘者姑俟異日。

六月二十三日匆匆完稿

---

① 「查」即「槎」，本義為水中浮木，引申為船，杜甫詩：「奉使虛隨八月槎」。
② 「翼」與「翌」通用，翼日即次日、明日。
③ 〈續孽海花人物談〉中作王九，未知孰是，姑兩存，但所指為同一人。
④ 此處「□」為一方框，指《越縵堂日記》中之塗黑處。

續孽海花人物談（上）

前余為孽海花人物漫談，掛一漏萬，不免為學人所譏。余生也晚，雖有志於朝章國故，而草野鄙僿，將何取資，況大戰成劫，書缺有間，搜羅採輯，舉不易易，時人謂近代史較古代史尤難爬梳，非夸言也。連年於《中和》月刊讀海虞張隱南先生（鴻）《續孽海花》，雖貫串脈絡，不能踵武曾氏，要其穿插時事，紀錄晚清故實，有裨國史，不能不謂為精心之作。續書每遜原著，自西廂紅樓，何莫不然，則於張氏此作，固亦當勿為苛論。張氏不幸於壬午一月病逝，耆宿凋零，彌用慨嘆，聞書將單行出版，張氏地下有知，或亦為之瞑目乎？（《中和》四卷六期止已刊完）

《續孽海花》之筋節，唯在戊戌庚子兩大變局，而以彩雲緯於其間，所惜敘及彩雲本身者，不及全書五分之一，賓主不侔，最足惹人評議。唯如余文所云，吾輩所賞，在人物而不在技巧，則味乎牝牡驪黃之外，又不必執一般成見以為衡度耳。按戊戌庚子之變，線索實非有二。自光緒帝初政，即有發憤圖雄之志，西后專擅，積不相能，乃有戊戌，戊戌之後，太后既益忌新黨，加以無識庸臣，煽誘其間，魯莽滅裂，終召八國聯軍之禍，譬之弈棋，一着既錯，滿盤皆輸，縱欲挽回，抑已艱矣。光緒十年甲申，法攻越南急，中朝窮於應付，忽而和，忽而戰，盛伯羲（昱）遂疏劾軍機大臣，於是樞垣自恭王以下十餘人，一夕俱罷，醇王代領軍機，引用孫毓汶等，朝政益不如前，翁叔平相國，亦被排出軍機者，唯仍在毓慶宮行走，不失帝師之位，其不慊孫等，已不必言，既而盛伯羲又劾醇親王不宜與聞機務，中朝對清流，漸有厭煩之意，不久，陳寶琛張佩綸等遂皆以欽差會辦之頭銜，紛紛外放矣，然朝中隱分黨

派，互為傾擠，實自茲始，故論者咸目甲申為晚清政局之關鍵焉。
（《張季直自訂年譜》：自恭王去，醇王執政，孫毓汶擅權，賄賂
公行，風氣日壞，朝政益不可謂。由是而有甲午朝局之變，由甲午
而有戊戌政局之變，由戊戌而有庚子拳匪之變，由庚子而有辛亥革
命之變，因果相乘，昭然明白，……故談朝局國變者，謂始於甲申
也。可為此說一例。）自今年上溯甲申適周甲子，撫古念今，頗多
感觸。《續孽海花》第三十九回「蘭鮑同堂洛閩分黨派」記汪鳴鑾
受翁相國暗示彈孫毓汶去職事，詳細生動，可補舊史之闕。欲明此
役，請先追言甲申故事，頃閱黃秋岳《花隨人聖盦摭憶》，對此記
載至詳：

> 甲申時，秉政者恭邸與高陽李文正鴻藻，恭邸自庚申和議
> 後，內平髮捻回匪，外與各國駐使周旋坫壇，承文忠（祥）
> 之後，雖不悉當，尚畏清議，高陽則提挈清流，開一時風
> 氣，忌清流者，亦因之而起。法越事起之前，合肥丁內艱，
> 奪情回籍，守制百日，朝廷以合肥統北洋淮軍，即命向隸淮
> 軍之張樹聲署直督以鎮率之，其子靄青，在京專意結納清
> 流，為乃翁博聲譽，此時即奏請豐潤（張佩綸）幫辦北洋軍
> 務，忽為言官奏劾，疆臣不得奏調京僚，豐潤仍留京，因而
> 怨樹聲之調為多事，樹聲甚恐，頗慮其挾恨為難，非排去不
> 安，然豐潤恃高陽，又非先去高陽不可，靄青即多方慫恿清
> 流，向盛伯熙再三遊說，彈劾樞臣失職，伯熙為動，乃不意
> 并樹聲亦論列之，此乃非靄青所料。自光緒七年秋起，法人
> 謀越日急，恭邸掌樞（軍機）譯（總理各國事務衙門）因應
> 失宜，以致決裂，已屢經台諫彈劾，且西后於邸，恩眷已
> 衰，迨十年三月，伯熙奏上，兩宮即召見伯熙曰：樞臣如
> 此，教我們如何是好？即下淚曰：然則非更動不可，伯熙亦
> 淚下。次日，恭邸與高陽即出樞，樹聲亦開兩廣缺矣，伯熙

旋亦悔之。此為同光清流於朝局盛衰之關鍵，清流亦自此結局。迨醇邸當國，援引孫毓汶入值，從此賄賂公行，風氣日壞，朝政益不堪，旋有甲午之役。……靄青名華奎，當時清流已分道揚鑣，伯熙及王可莊兄弟，黃仲弢皆不慊於簀齋（佩綸）——故為靄青所用。

又記祁文端寯藻曾孫景頤之言云：

同光間李文正公鴻藻，文文忠公祥，久居樞府，咸豐庚申，恭忠親王首辦各國交涉，其人忠懇公明，維持調護，文正以帝師兼值軍機（指鴻藻為同治師），吳江沈文定桂芬先數年入樞，當時已分南北派；榮文忠祿，時方隨文文忠左右，與文正定交，即在文忠所。光緒初，常熟又為帝師，時二張（南皮、豐潤）奔走於高陽，頗攻擊吳江（沈文定）仁和（王文勤），王為沈辛亥浙江鄉試門生，故援王以厚南派之勢。甲申三月事，實起於清流，李文忠丁母憂奪情未起，張樹聲署直督，其子華奎小有才略，向附清流，與二張稔，方謀請以豐潤幫辦北洋軍務，外間傳聞豐潤已首肯，而為南派所憚，於是有致高陽書，中有某忝值赤墀，豈疆吏所能乞請，若臨以朝命，亦必堅辭。合肥旋回任，其事乃寢，華奎乃草一疏底，以豐潤曾保唐、徐，時法越事起，唐徐敗退，為舉非其人，且辭連高陽，因王仁東達於祭酒盛昱，祭酒乃更易其詞，嚴劾全樞，正值慈寧不愜恭邸，與醇邸議，而有大處分之下，外傳孫濟寧預其事，諭旨即出其手，然濟寧已先奉命出外查辦事件，早出都門矣。

在續書中，正言翁尚書利用孫萊山曾與恭邸有此嫌隙，因而觚去之，固知當時孫氏與謀之謠，甚囂塵上矣。孫在書中化名祖蓀山，

翁則仍曰龔和甫，恭王射名敬王。按孫萊山於甲午力持和議，至痛哭流涕，後雖為清流所非，然亦不得謂為無所見也。其晚節簠簋不飭，世頗詬之，交通權璫，尤為士林所薄，沃邱仲子《近代名人小傳》云：

> 孫毓汶字萊山，故大學士玉庭孫也。以翰林同治初大考一等一名，擢侍講學士，值南書房，督福建安徽學政，考試公明，關說不入，光緒初始除侍郎，授軍機大臣，晉兵部尚書，毓汶固權奇饒智略，尤有口給，然守家學，頗勵操行，既入樞府，頓改節，孜孜營財賄，通竿牘，時領樞府者為世鐸（禮親王），懦庸無能，毓汶遂專魁柄，夙值南齋，多識羣奄，恒於后前稱其能，寵以日固。黔藩司王德榜入覲之[1]，謁之，索門包白金千，德榜起行間，負氣善罵，怒曰：「吾國家官，非孫家官也，不見何害，安用賄為！」竟去，既還仕，黔撫適缺員，毓汶為后言，德榜不通文理，不可攝封疆，遂以臬司黃槐森權撫，德榜憤死。又閩臬司黃毓恩，餽冰敬二百金，卻之曰：八年夔州，僅足辦此乎！蓋毓恩任夔州守久，膿仕也，已而竟調黔臬，懼餽萬金，未及黔遂晉閩藩。其弄權類如此！凡命題書畫，輒摹贗本進，而自留其真，時稱齊天大聖，言如小說中孫悟空之善變化盜桃竊丹然。……甲午日朝事作，遼地半失，提督董福祥晉謁，尚屬為購關東貂裘，福祥面叱之，言官爭彈其攬權，德宗亦悟其奸，遂准病致仕去，然毓汶固未嘗乞休也。

對萊山微辭良多，所稱言官，即汪鳴鑾（柳門）等，翁氏之門生，書中稱為錢唐卿，其搏擊出諸常熟授意，而罪狀則仍言甲午主和也。汪與長麟（書中化名長琳）被革黜，事在光緒二十一年十月，續書記此，完全出於李蓮英之圈套，長麟為左翼總兵，時帝親往天

壇郊祀，李故使御膳房廚司犯蹕，因被長逮繫，及西后傳膳，詭言膳夫被捕，無人烹調，遂大召后怒，傳諭德宗，痛為申飭，並問曰：「你這兩天召見的錢端敏（即錢唐卿），這個人好不好呢？」皇上一聽，知道出了事了，就奏道：「兒子因為有人說他不很安分，所以當面問問他，看起來這個人不見得靠得住。」太后冷笑道：「你這句話還有一點兒明白，你就去辦吧！」知汪、長被排，除助翁為帝張目，嚴斥后黨外，又有宮闈瓜葛在內，《蜷廬隨筆》翁文恭條亦記帝后對答之言，與續書參讀，頗有意致：

> 翁文恭師得君之專，一時無兩，上聞諸內侍相語曰：某人為某人之心腹，上笑曰：我無心腹，只有翁同龢一人，可為吾心腹耳。太后聞之不懌，蓋未悟股肱心膂之說，認作植黨營私耳。珍貴妃以微過被譴，降作貴人，遂不得與上相見，上亦不得臨幸，蓋宮廷定制如是，貴人位卑也。上以慈意嚴切，無法解救，不免怏怏踰年，太后怒息，赦珍出，仍命為妃。上意釋。定省之際，愈為婉順，太后亦喜，笑謂曰：汝常能如此盡孝，吾豈不歡？前此之桀驁，汝必誤聞人言也，吾言是否？上素性訥愿，唯唯而已，太后因問，汝當初誤聞何人之言乎？上默不敢對，太后笑曰：汝不妨姑言之，上復囁嚅，太后怒曰：有問無答，孝行何在！上大惶恐，自念實無人言，何敢妄說，而又實逼處此，不得不略舉一二，倉卒無可指名，憶及早晨召見之九門提督長萃，戶部（當作吏部）侍郎汪鳴鑾，二人素為太后所稱者，言之當無妨，乃舉二人以對，太后勃然曰：鼠輩乃敢離間我母子乎？立將二人付刑部，照離間兩宮例定罪，於是盈廷惶駭，樞臣及翁相國等，皆入宮泥首以請，旋得旨，長萃汪鳴鑾，皆革職永不敘用，慈聖之意，初欲上舉翁同龢為對，不意上以長萃汪鳴鑾當其災也。

（徐一士君認此說不可信，見《國聞週報》十卷十期隨筆）所云長萃係長麟之誤，麟官戶部右侍郎（《清史稿》云，累至戶部右侍郎）翻譯進士，能文善書，黃秋岳君引吳介清筆記云（吳名汝廉，汪同鄉官吏部）：

> 長石農能文善書，與清秋浦總憲銳，均為翻譯界出色人物，任右翼總兵時年僅二十八九歲，短小精悍，英爽俊偉，陛見日，奏對稱職，聖眷因之日隆。甲午事起，失利疊聞，不得已起用恭忠親王督辦軍務，特簡長隨同辦事，一日，因某事與王爭執，抗辯不少屈，退出後，王顧左右云：後生可畏，聖上喜用青年，吾輩暮氣深沉，不足任重致遠矣。不意進銳退速，乙未十月，竟以離間宮廷，不知大體，與吾鄉汪柳門先生鳴鑾同日罷黜。先是和議成，大學士六部九卿翰詹科道，齊集內閣大堂，恭讀硃諭，汪讀至賠欵二萬萬，與其師高陽相國，均痛哭失聲。自是攖心疾，早蓄歸計，至是得遂初服。但是日緣何致觸上怒，疑莫能解，其後曾有人追述此事經過（似是時報駐京記者汪康年），事隔多年，汪②亦忘之矣。甲午十月，豫撫裕寬，入都祝嘏，覬覦蜀督，先謀之李奄，所索奢，未能滿其欲，裕故與珍妃母家為近姻，乃齎金獻之珍妃，俾伺便言之上前，未及行，為李偵知，憾裕舍己之珍，遂以告孝欽，孝欽果大怒，立召珍親詢之，妃直自承不諱：且曰：上行下效，佛爺不開端，孰敢為此乎？孝欽怒，杖之百，賴先朝諸妃嬪及大公主（恭邸女）環跪乞恩，乃與瑾妃並降為貴人，翌年十月，長麟罷黜，不數日，竟復二妃封位，……謠傳種種，均謂長麟與珍案有關，然宮闈秘密，莫得究竟也。

黃氏云：

就前後情節觀之，汪長必為珍妃被黜進言，以為應復其位，以泯帝后之嫌隙，故觸上怒，而此事又不能明言，故以離間宮廷不知大體八字，籠統揭布；意其情形，汪柳門有藉此求去之隱衷，長石農則年少敢言，自恃八旗子弟，其同遭淪謫不復起，則緣德宗始終抑鬱，故帝黨一蹶不振也。

汪康年所記不知與此有出入否，寒齋無康年《莊諧選錄》等，故不能知。歸納諸家之說，則長汪之去，與珍妃被黜有關，殆無疑義。唯吳黃所云汪有藉此求去之心，殊恐未必。觀翁文恭乙未十月日記：

> 見起，遞摺畢，上宣諭，吏部侍郎汪某，戶部長某，離間兩宮，厥咎難逭，着革職永不敘用。臣等固請所言何事，而天怒不可回，但云，此係寬典，後有人敢爾，當嚴譴也。三刻退，擬旨，未到書房，訪夑臣數語歸，柳門候余久，伊甚坦然，可敬也。

仍以續書所云，出之新舊黨互相排擠為是，不可以小說之言，視為讕語耳。長麟被黜，既非右翼總兵，尤非九門提督，諸所記皆附會。

汪穰卿以辦時務報，蜚聲晚清，其終也，亦以報館致瞿文慎於顛躓。書中射曰王讓卿。與梁超如（啟超字卓如）林敦古（即六君子中之林旭字暾谷）戴勝佛（譚嗣同字復生）王子度（黃公度）等等盤桓詩酒，頗敦氣類，而賽金花亦所眷也。按穰卿與梁，初雖融和無間，迨光緒二十四年，新政次第實施，朝廷用康有為言，將《時務報》收歸官辦，而令康為監督，汪大不願，遂自改其報曰《昌言報》，格式一仍舊貫，康氏無可接，以朝旨令江督及滬道強迫停閉其報，經汪向江督劉坤一呈請得免，梁氏乃於上海各報刊登〈《時務報》原委記〉一文，言《時務報》之設，原係上海強學會餘歎，及兩湖張督輸捐，初非汪氏一人出資，何得自居經理云云，

蓋汪氏於《國聞報》所刊改組時務報啟事中有「康年於丙申秋在上海籌辦時務報，延請新會梁卓如孝廉為主筆」一語，深觸梁氏之怒也。梁文洋洋數千言，詆汪甚厲，汪亦為短文辯解，而着重於不可同室操戈一點。後此事派黃公度查辦，以新政瓦解，不了自了，及梁氏漫遊新大陸，又與汪通欸曲，近穰卿之弟詒年輯其兄傳記出版，對此事申說甚詳，好掌故者不妨取閱，又戈公振氏《中國報學史》，全載梁氏詆汪之文，亦可備報界故實。

賽金花至滬結識名妓小寶，其同里也，由小寶計劃，始再懸艷幟，並脫略孫三，不啻弄之股掌，則小寶亦奇人也。《清稗類鈔》娼妓類金小寶有吳娘本色一條云：

> 光緒中葉，上海名妓有所謂四大金剛者，曰林黛玉，曰陸蘭芬，曰金小寶，曰張書玉，蓋繼如來三寶之吳新寶黃銀寶何雙寶而起者也。金名粟，為吳娘，曾居閶門下塘，手足柔纖，肌膚瑩膩，風韻體態，雅近上流，若其酬答敏慧，雖文士，靡有加也。旋徙滬，負一時盛名，而絕無叫囂驕突之習，固猶是吳娘本色也。後適馬氏，未幾，挈厚賫下堂去，有兩客爭餌之，互致謗語，小寶左右之，不知所可，已而回蘇，言將入校肆業，又未幾重至滬，羅致舊客，設博場，役一俊僕，名之曰同胞。

觀此則小寶之奇可知。林黛玉亦有一條，無關宏恉，不備錄。

賽金花由滬入京及義和團變中與瓦德西結識各節，泰半取材賽金花本事，（劉半農弟子商鴻逵所述，乃親詢之賽者。）而為克林德立坊一事，尤賽所津津樂道者。賽氏病故舊京後，張次溪君曾摭拾當時紀載刊為《靈飛集》，昨余偶於冷攤買到此冊，中有楊雲史（圻）致張商量賽金花墓碑書，頗不以賽氏居功代李傅相向瓦德西說項為然，茲抄錄於后，亦不失「賽史」中一小掌故也。

次溪仁弟如晤：昨書誦悉……囑書碑文固樂為之。……唯有數事，須於此時定局，一曰定名稱也，彩雲金花，皆其化名偽姓，不可稱，今既為存其人，則不當稱洪稱魏，而稱趙靈飛坟，既雅馴，而存其真面目也。二曰核事實也，此人事迹，全在余眼中，其所排難解紛，保全閨秀名節，確功不可沒，至若近年青年文士，不書事實，為求刊物利市，聳動耳目，至謂其有功國家，信口雌黃矣。且謂李文忠求賽緩頰於瓦德西，而今月之《實報半月刊》，東山君至謂文忠屢請不至，乃躬自造訪，又不見，乃屏去騶從，徒步造膝，真令人作嘔而髮指！無論文忠豈能跪求娼寮，且文忠自入都後，即未出門一次，庚子之夏，家嚴由文忠奏調議和，余隨侍居賢良寺一年餘，與于晦若、楊蓮甫、徐次舟朝夕晤聚，一切深悉，安有絲毫此種影響！此等紀載執筆意求驚世異俗，或貪稿費，而辱國誣賢，一切不顧至此，且不獨辱祖國，且辱及德國，可謂無聊之極。倘聽其以訛傳訛^③則他日將誤及史乘，今幸余等尚復生存，豈可令其信口胡說？前歲李氏即欲與劉半農法律解決，因劉死作罷，嗣欲登報辨白，為余所阻，……所幸碑文紀載，今由弟主持其間，余聞之甚慰，亟欲與弟相晤，……此事既出之當事諸君風義之舉，則須格外謹慎，因關於國家，關於賽之事迹，若但求溢美，不顧其他，則辱國誣賢，在所不免，不可視諸真娘蘇小，與風雅等觀而已也。……再文人至不足恃，《孽海花》為余表兄所撰，二十六年前初屬稿時，余曾問賽與瓦帥在柏林私通，兄何得知之？孟樸曰：彼二人實不相識，余因苦於不知其此番在北京相遇之由，又不能虛構，因其在柏林，確有碧眼情人，故我借來張冠李戴，虛構來迹，則事有線索，文有來龍，且可鋪敘數回也，言已大笑，此辛丑之事，余年二十七，曾年三十，且余以北京拳匪材料供給不少，試問文

人筆墨為文筆不喜平庸起見，往往虛構出之，賢者不免，而況投稿求食者，豈能顧及流弊？……

與楊氏意見相同者，則又有黃秋岳氏，其說數見，姑引其二：

孟樸近為賽金花事，在滬報有談話甚詳，其實如傳彩雲者，何足辯證？鶴亭言（按是冒鶴亭）況蘷笙舊與彩雲自命甚暱，願載筆為傳，彩雲漫諾之，蘷笙一夕具紙筆，造粧閣，首詢身世，已自十問答二，又據《孽海花》，叩以阿福事，則色然報以白眼曰：瞎說八道！夫欲從老妓口中徵其往事，而又期為信史，此誠天下之書癡，蘷笙已極癡矣，近人乃不信孟樸所述，而反欲徵於彩雲，輒詢以洪文卿與下堂事，則其癡與不曉事蓋不讓前輩也。

又云：

比見南北報紙，數記賽金花事，大率拙滯可笑，獨劉半農所為傳記，余未及見，半農今已化去，見亦無從質之。其所作大抵徵於賽之口述，恐未可據為信史，庚子至今，才三十餘年，耳聞目見，說之可憑者不少，乃使老妓自言其遭際，其必為所愛者諱可知。執筆時毋乃過勇耶？但樊山〈後彩雲曲〉，所述儀鸞殿火，瓦德西裸抱賽穿窗出云云，余嘗叩之樊翁，亦僅得之傳說，若瓦賽跨馬並遨，略無顧忌，則眾所共知。瓦歸國後，卒不得志，亦云緣此事。……又《金鑾瑣記》（四川高樹撰，曾官御史）中有一詩云：「蜂狂蝶浪亂官儀，妖孽天生此夏姬，鐵面丹心驄馬使，飛符驅逐出京師。」原注云：「賽金花傳彩雲，戶部尚書楊立山暱之，莊王妒甚，使拳匪誣之，彩雲下處，京朝官車馬雲集，實天生

一夏姬也。城南弟（按樹弟名枏，時為巡城御史）惡之，巡城時遞解彩雲回蘇。」按此詩擬賽於夏姬，則年齒身世，尤不侔矣。而事實亦大誤，立山所眷口袋底名妓，名綠柔，殺之者載瀾，非莊王也。由此可見咫尺間事，猶易傳訛，矧文筆故實之比附乎？

斯所語可謂頗有見解，《賽金花本事》雖出口述，然簡略之極，尤以阿福瓦德西諸公案，皆諱言之，即孫三亦不似孽海花中描寫之情節入微，且孫黑而麻，亦不似世人想象中之面首也。樊山翁〈前彩雲曲〉世多傳誦，〈後彩雲曲〉專為賽在庚子一役之招搖而作，故猥媟不堪，詩格卑甚，為讀者便利計，姑引其序及儀鸞火災一段如下：

> 光緒己亥居京師，製〈彩雲曲〉，為時傳誦。癸卯入覲，適彩雲虐一婢死，婢故秀才女也，事發到刑部，問官皆其相識，從輕遞籍而已，同人多請補紀以詩，余謂其前隨使節，儼然敵體，魚軒出入[④]，參佐皆屏息鵠立，陸軍大臣某，時為舌人（似指廕昌）[④]，亦在行列。後乃淪為淫鴇，流配南歸，何足更污筆墨，頃居滬有人於夷場見之，蓋不知偃蹇幾夫矣。因思庚子拳匪之亂，彩侍德帥瓦爾德西，居儀鸞殿，爾時聯軍駐京，惟德軍最酷，留守王大臣，皆森目結舌，賴彩言於所歡，稍止淫掠，此一事足述也。儀鸞殿災，瓦抱之穿窗而出，當其穢亂宮禁，招搖市廛，晝入歌樓，夜侍夷寢，視從某侍郎使英德時尤極烜赫。今老矣，仍與廝養同歸，……而瓦酋歸國，德皇察其穢行，卒被褫譴，此一泓禍水，害及中外文武大臣，究其實亦一尋常蕩婦而已。……此詩著意庚子之亂，其他瑣瑣，概從略焉。

……瓦酋入據儀鸞座，鳳城十家九家破，武夫好色勝貪財，桂殿秋清少眠臥，聞道平康有麗人，能操德語工德文，……柏靈當日人爭看，依稀記得芙蓉面，隔越蓬山二十年，瓊華島上邀相見。……將軍七十虬髯白，四十秋娘盛釵澤，普法戰罷又今年，枕席行師老無力，……誰知九廟神靈怒，夜半瑤台生紫霧，火馬飛馳過鳳樓，金蛇燄舑燔雞樹，此時錦帳雙鴛鴦，皓軀惊起無襦袴，小家女記入抱時，夜度娘尋鑿坏處，撞破煙樓閃電窗，釜魚籠鳥求生路，一霎秦灰楚炬空，依然別館離宮住！……

考《賽金花本事》所記及前楊雲史轉述曾孟樸語，皆言與瓦帥初不相識，稗官附會，要亦不必太鑿，近閱瓦德西《拳亂筆記》，（王光祈譯，筆墨奇劣，竟不能達意。）對儀鸞殿災，描寫甚詳，而書中迄未提及賽氏，瓦是幕中人，自更不便說起，則此事難乎傳信，抑不必斤斤為辯矣。

書中記大刀王五與譚嗣同相結事，恍如看《七俠五義》、《彭公案》，其詳不獲於他書取證，又一回記譚入山學道，聞新黨得勢而出山赴京，途遇盜匪掠刮村農，拔刀為助，亦譚一重要軼事，不知可信否？按大刀王五（書中射名王二），在晚清時頗蜚聲京華，後以尋仇，為拳匪所殺，其人誠奇男子也。護送安維峻赴甘一事，尤為人所樂道，故書中頗致意於此。安字曉峯，甘肅泰安人，光緒六年進士，十九年官御史，一年中先後上六十餘疏，日韓起事，首彈李合肥挾外洋以自重，甚至謂其子經方婿於日，殆冬烘頭腦之戀直書生也。然於彈李之餘，乃痛詆李蓮英及西后，稜稜風骨，殊有足多。原摺略云：

聞和議出自皇太后，太監李蓮英實左右之，臣未敢深信，何者？皇太后既歸政，若仍遇事牽掣，將何以上對祖宗，下對

天下臣民？至李蓮英是何人斯，敢干政治乎？如果屬實，律以祖宗法制，豈復可容？唯是朝廷受李鴻章恫嚇，不及詳審，而樞臣中或係私黨，甘心左袒，或恐決裂，姑事調停，李鴻章事事挾制朝廷，抗違諭旨，唯冀皇上赫然震怒，明正其罪，布告天下，如是而將士有不奮興，賊人有不破滅者，即請斬臣以正妄言之罪。

　　疏入，上諭：「軍國要事，仰承懿訓遵行，天下共諒，乃安維峻封奏，託諸傳聞，竟有皇太后遇事牽掣之語，恐開離間之端，令革職發軍台。」清史本傳云：「維峻以言獲罪，直聲震中外，人多榮之，訪者萃於門，餞送者塞於道，或贈以言，或資以贐，車馬飲食，眾皆為供應。」蓋直道自在人心，初非一手可掩，同光之間，肅人前有吳柳堂（可讀）侍御之尸諫，後有安曉峯之遣戍，堪稱雙璧。關於王五，各家紀載頗多，茲引《春冰室野乘》一段，以見官府吏胥之劣狀，亦可與本書相發明。

　　大刀王五者，光緒時京師大俠也，業為人保鏢，河北山東羣盜，咸奉為祭酒。王五因為制法律約束之，其所劫必奸吏猾胥，非不義之財無取也。己卯庚辰間，三輔劫案數十起，吏逐捕不一得，皆心疑王五，以屬刑部，於是刑部總司讞事兼提牢者，為溧水濮青士太守文暹，奉堂官令，檄五城御史，以吏卒往捕，王所居在宣武城外，御史得檄，發卒數百人圍其宅，王以二十餘人，持械俟門內，數百人者，皆弗敢入，第囂呼示威而已。會日暮，尚不得要領，吏卒悉散歸，既散，始知王五不知何時，亦著城卒號衣，雜稠人中，而官吏不之知也。翼日，王五忽詣刑部自首，太守召而詢之，則曰：「曩以兵取我，我故不肯從命，今兵既罷，故自歸也。」詰以數月來劫案，則孰為其徒黨所為，孰為他路賊所為，侃侃言無少遁飾。

太守固廉知其材勇義烈，欲全之，乃謬曰：「吾固知諸劫案與汝無與，然汝一匹夫，而廣交遊，酗酒縱博，此決非善類，吾逮汝者，將以小懲而大戒也。」答之二十，逐之出。歲癸未，太守出為河南南陽知府，將之官，資斧無所得，憂甚，一日，五忽來求見，命入，則頓首曰：「小人蒙恩無以為報，今聞公出守，此去皆暴客充斥，非小人為衛，必不免，且聞公乏資斧，今攜二百金來，將以為贐。」太守力辭之，且曰：「吾今已得金矣！」五笑曰：「公何欺小人為！公今晨尚往西商處，貸百金，議不諧，安所得金乎？無已，公盡署券付小人，俟到任相償何如？至於執鞚靮，從左右，公即不許，小人亦決從行矣。」太守不得已，從其言，遂同行。至衛輝，大雨連旬，黃河盛漲，不得度，所攜金又垂盡，乃謀之五曰：「資又竭矣，奈何！」五笑曰：「是戔戔者，胡足難王五？」言畢，乃匹馬腰佩刀，絕塵馳去，從者讝曰：「王五往行劫矣！」太守大駭，旁皇終日不能食，薄暮五始歸，解腰纏五百金置几上，太守曰：「吾雖渴絕不飲盜泉一滴，速將去，毋污我！」五啞然大笑曰：「公疑我行劫乎？王五雖微，區區五百金，何至無所稱貸，而出此乎！此固假之某商者，公不信，試為折簡召之，」即書片紙，令從者持之去，次日，某商果持五所署券呈太守，始謝受之，五返京師，仍理故業。安曉峯侍御之戍軍台也，五實護之往，車馱資皆其所贈。五故與譚復生善，戊戌之變，五詣譚君所，勸之出奔，願以身護之行，譚君固不可，乃已。譚君既死，五潛結壯士數百人，欲有所建立，所志未遂，而拳亂作，五遂罹其禍。

此文大似遊俠刺客傳，惜稍病冗贅，然五之行誼於此可見。庚子被禍，自是舊黨尋仇有意為之，非僅由拳民妄殺者。（曾書亦致推挹。）

① 「之」字應是衍文，或其後尚有字（如：入覲之前），無法查對原書，姑存疑。
② 「汪」，原刊作「任」，應誤，根據上下文，當為汪。
③ 「訛」，原刊作「誤」，應為誤排。
④ 「舌人」是「通譯之官」，即翻譯官，廕昌於宣統三年任清廷所設內閣的陸軍大臣。

續孽海花人物談（中）

　　翁文恭罷黜，不出於后而出於新黨，論者頗病翁之依違老滑，書中於此，紀載頗入情理，翁蓋老實而無膽量魄力，亦可謂讀書太多之徵。其於南海，既荐而又悔焉，以是招新黨恨，然舊黨更何嘗不以去之為快，書於四十六回紀太后坐山看觀虎鬥，不禁使人悟政治鬥爭之險巇，篤厚君子，殆不能為之。王伯恭《蜷廬隨筆》記翁潘甚多，而對翁極不滿，罷相事，所載與續書悉合；茲摘錄於下：

> 光緒中，吳縣潘伯寅（即在曾書中潘八瀛）常熟翁叔平（射糞平）兩尚書，皆以好士名，潘公斷斷無他，尤為懇到，翁則不免客氣。潘公不好詣人，客至無不接見，設非端人正士，則嚴氣正性待之，或甫入座，即請出。翁則一味藹然，雖門下士無不答拜，且多下輿深談，此兩公之異也。潘公嘗向吾言：「叔平雖為君之座師，其人專以巧妙用事，未可全信之也。吾與彼皆同時貴公子，總角之交，對我猶用巧妙，他可知矣，然將來必以巧妙敗，君姑驗之！」後又曰：「叔平實無知人之才，而欲博公卿好士之名，實亦愚不可及。」庚寅冬，潘公薨於位，翁旋為軍機大臣，戊戌罷官，潘公之言竟驗。……四月二十七日，翁師相罷斥後，五月一日遂頒變法之詔，自後所有綸音，皆康有為口含天憲，雖軍機王大臣，亦不得稍參末議，而德宗於彼，言聽計從，終不加以重任。……常熟雖罷官，固未出京，太后乃追究其保荐康有為之罪，驅逐回籍，交地方官嚴加管束，並有毋得滋生事端字樣，此詔乃常熟之門人，剛毅大樞密所擬也。師傅重任，相國大臣，又得君行政，專而且久，竟

得如此下場，開闢以來所未有也。常熟既深結主知，斷無驟發雷霆之事，而康有為經常熟切保後，屢蒙召對，溫諭褒獎，謂可畀以鈞衡之任矣，不意故我依然，仍是浮沉郎署，又訽①知保摺後加之辭，引為大恨，疑常熟從旁沮之，不去此老，終難放手作事，乃於上前，任意傾軋，極口詆諆，德宗忠厚仁弱，雖知其所許過甚，竟不能正色折之，時在戊戌四月二十七日，常熟六十九歲生辰，宗族親友，門生故吏，爭來慶賀，常熟亦欣然置酒相歡，特於是日乞假，在寓酬答，蓋前一日尚在內廷行走，上意固魚水契洽如常也。忽清晨奉嚴旨，以翁同龢在上前語言狂誖，漸露跋扈，本應嚴譴，姑念平時尚無大過，加恩僅予褫職，以示保全云云，中外譁駭，以為天威不可測也。

同書康有為條云：

> 有為虛聲所播，聖主亦頗聞之，將為不次之擢；常熟竊窺上意，因具摺力保，謂康有為之才，勝臣十倍，既又慮其人他日或有越軌，乃又加人之心術，能否初終異轍，臣亦未敢深知等語。以為此等言詞，可以不至受過矣，孰意大謬不然，斯亦巧妙太過之一誤也。

可與前條參看。《近代名人小傳》亦言翁性疏闊，不達情偽，動為人欺，臨事喜納羣言，而不能別其是非，而持議輒兩歧云云，實尚未足盡翁之短。唯於翁之罷則謂：

> 張蔭桓既荐康有為，同龢以為不世才，密為帝言，既德據膠州，俄法交乘，帝決更國事，更力荐有為。初榮祿入值，執禮若弟子，亦漫受之，祿含怒弗言，至是乃與剛毅朋比，譖於孝欽，謂其勸帝遊歷國外，帝預白其誣，后終不信，遂令

開缺回籍，詔中謂其狂誖情形，斷難勝機樞之任，……姑念在毓慶宮行走有年，姑從寬開缺回籍云云，蓋后手筆也。去之日，帝哭失聲，而無如后何。

是翁之去，不由於帝矣，未知孰是。《清史稿》關內本無康傳，關外本有之，而只言「尚書李端棻學士徐致靖張百熙給事中高燮曾等先後疏有為才」，殊不及張蔭桓及翁相，不知何故。翁氏及門孫師鄭所為《說林》，頗辨翁無荐康事，曾摘翁日記以實之云：

> 甲午五月初二日，看康長素《新學偽經考》，以為劉歆古文，無一不偽，而鄭康成以下皆為所惑云云，真說經家一野狐也。戊戌四月初七日，上命臣索康有為所進書，命再寫一份遞進，臣對，與康不往來，上問何也，對以此人居心叵測，曰，前此何以不說？對，臣近見其所著《孔子改制考》知之。四月初八日，上又問康書，臣對如昨。上發怒詰責，臣對，傳總署令進，上不允，必欲臣詣張蔭桓傳知，臣曰：張某日日進見，何不面諭？上仍不允，退乃傳知張君，張正在園寓也。己亥十一月二十一日，《新聞報》紀十八日諭旨，嚴拏康梁二逆，並及康逆為翁同龢極荐，有其才百倍於臣之語，伏讀悚惕，竊念康逆進身之日，已微臣去國之後，且屢陳此人居心叵測，臣不敢與往來，上索其書，至再至三，卒傳旨由張蔭桓轉索，送至軍機處，同僚公封遞上，不知書中所言何如也。厥後臣若在列，必不任此逆猖狂至此，而轉以此穫罪，唯有自艾而已。（《甲寅週刊》一卷三十期）

由翁自紀，具見力剖無推荐事，然斯固當日人人所知之一種空氣，況翁之所以自辨者，端在康進時己正去國一語，殊不知舉荐必在進用之前，豈非欲蓋彌彰邪？昔賢日記，多留後人刊刻地步，遂不能

盡據為信史。唯書中記翁罷直接由於與張蔭桓主張不同及臨行謝恩等事，全從日記化出，如戊戌四月二十二日云：

> 是日見起，上欲於宮內見外使，臣以為不可，頗被詰責，又以張蔭桓被劾，疑臣與彼有隙，欲臣推重力保之，臣據理力陳，不敢阿附也。語特長不悉記……散時先傳旨告奕劻，又赴張蔭桓處商宮內進見，臣期期知其不可也，歸後頹然。二十七日微雨，既而濛濛，喜而不寐，今日生朝，晨起治事如常，起下，中官傳翁某勿入，同人入，余獨坐看雨，檢點官事五匣交蘇拉英海，一時許，同人退，恭讀硃諭（詞見前引各書），臣感激涕零，自省罪狀如此，而聖恩矜全，所謂生死人而肉白骨也。隨即趨出，移至公所小憩。……張樵野來，……明日仍須碰頭，姑留一宿。（時帝在頤和園）二十八日晴，午正二刻駕出，余急趨赴宮門，在道右碰頭，上回顧無言，臣亦黯然如夢，遂行。五月十三日，晴旋陰。……寅正一刻，乘轎出前門永定門，回首艫稜，能無依戀，六刻抵馬家堡，……卯正十分登車。

帝與翁初非無感情，觀其臨別依依，不禁使人惆悵，徒以既脅於新，復逼於舊，翁乃無再留之理耳。（梁啟超《戊戌政變記》康有為嚮用始末一節，記翁極傾心於康，連次密荐皆出翁力，翁之被黜，全由后黨抵排，梁氏新黨，自不欲說出真正內幕以陷於不義，合各家記述而并觀之，新黨之亦不慊於翁，蓋不可掩之事實也。）

御史楊崇伊，射名尹震生字宗湯，為李蓮英榮祿鷹犬，首彈新黨請太后再行訓政，論者鄙之。楊夙主理學，文廷式之罷，亦出楊之彈章，晚清理學之儒，大都識陋而無行，如徐桐等皆其類也。末流之弊，一至於斯。近日又有著論抗議漢學力崇宋學者（如錢賓四《近三百年學術史》），要亦不可不加考慮矣。《近代名人小傳》：

楊崇伊字莘柏，以翰林考授御史，負氣，持儀節，熱中求進，嘗劾文廷式落職，見惡於名流，乃益希權要意言事，榮祿辟為武衛中軍幕僚，已而授漢中府知府，擢道員，瀕大用矣，鹿傳霖告榮祿曰：是生最無行，彼方假公名招搖，奈何荐之？祿悟，崇伊晉謁，拒焉，憂歸，遂不復出。後以爭娶妾，捶楚鄉人，為端方劾罷，交地方官嚴管，然方實代廷式修舊怨也。

《花隨人聖庵摭憶》云：

> 余前言楊莘伯之劾文道希，由於內廷授意者，或疑未盡然，……然楊之黨后，專劾附德宗者，傳聞線索有自，實鑿然可徵。葉緣督日記，光緒二十四年八月初六日，政局全翻，發難者乃楊侍御也，並聞先商王廖兩樞臣，皆不敢發，急赴津與榮中堂定策，其摺係由慶邸遞入，據此，則楊又為戊戌政變之急先鋒，與榮祿奕劻勾結之狀，歷歷如繪。

按楊為翰林楊沂孫子，李鴻章子經方之姻親。光緒二十三年，首奏請封閉強學書局，其揣摩已可見一斑。晚年僑寓蘇州，與吳郁生弟爭妾，相訟，終遭處分。清史無楊傳，續書於此公刻畫甚至，其赴園遞摺一段，顯示李蓮英之氣燄，直視台諫如廝役。又所稱招搖事，書中指明為洩露密電，楊志不在道府，以是故，乃亟令補漢中府缺，殊不快意，非如沃丘仲子所云，以功得升擢，實因過故意外放也。

　　榮祿（射名華福）統武衛軍督直，及裕祿督直，實為太后自固之計，光緒及黨人初不覺察，致為巨猾所笑，且為所乘，哀哉！書中記端午橋（射名段扈橋）欲附新黨而不敢，謀於立山，立山乃以此內幕告之，蓋旗人多知其情，非虛語也。梁啟超政變記第三章，記述清楚，摘錄備攷：

自四月初十以後，皇上日與翁同龢謀改革之事，西后日與榮祿謀廢立之事，四月二十三日皇上下詔誓行改革，二十五日下詔命康有為等於二十八日覲見，而二十七日西后忽出罷免翁師傅硃諭令皇上宣布，皇上見此詔，戰慄變色，無可如何，翁同龢一去，皇上之股肱頓失矣。及翁同龢之出京也，榮祿贐之以千金，執其手嗚咽而泣，問其何故開罪於皇上云。嗚呼，李林甫之口蜜腹劍，於今復見，小人技倆，誠可畏哉！同日並下有數詔書，皆出西后之意，其一命凡二品以上官授職者皆須到皇太后面前謝恩，其二命王文韶裕祿來京，命張之洞毋庸來京，其三命榮祿為直隸總督北洋大臣，而九月間皇上奉皇太后巡幸天津閱兵之舉，亦以此日決議。蓋廢立之謀，全伏於此日矣。榮祿之不入軍機而為北洋大臣何也？專為節制北洋三軍也。北洋三軍，曰董福祥之甘軍，聶士成之武毅軍，袁世凱之新建軍，此三人皆榮祿所拔擢，皆近在畿輔。榮祿諷御史李盛鐸奏請閱兵，因與西后定巡幸天津之議，蓋欲脅皇上至天津，因以兵力廢立，此意滿洲人多知之，漢人中亦多為皇上危者，而莫敢進言，翁同龢知之，而莫敢明言，唯叩頭諫止天津之行，而榮祿等即藉勢以去之，皇上之危險，至此已極矣。——西后與榮祿等既布此天羅地網，視皇上已同釜底游魂，任其跳躍，料其不能逃脫，於是不復防閑，一聽皇上之所為，故皇上數月以來，反因此得有一二分之主權，以行改革之事。當皇上之改革也，滿洲大臣及內務府諸人，多跪請於西后，乞其禁止皇上，西后笑而不言，有涕泣固請者，西后笑且罵曰：「汝管此閒事何為乎？豈我之見事猶不及汝邪！」自此無以為言者，或問於榮祿曰：「皇上如此妄為，變亂祖制，可奈何？」榮祿曰：「姑俟其亂鬧數月，使天下共憤，惡貫滿盈，不亦可乎？」……至七月初間，皇上忽語慶親王云，朕誓死不往天

津，……當時適值革禮部大堂官（王小航請變法并請皇帝太
后出洋遊歷，請禮部代奏，尚書許應騤不允，為帝所知，盡
罷禮部滿漢尚侍共六人，事頗膾炙人口），擢軍機四京卿
（楊銳，林旭，譚嗣同，劉光第）之時，舊黨側目而視。七
月二十間，滿大臣懷塔布、立山等七人，同往天津謁榮祿，
越數日，御史楊崇伊等數人，又往天津謁榮祿，皆不知所商
何事，而榮祿遽調聶士成之軍五千人駐天津，又命董福祥之
軍移駐長辛店，七月二十九日，皇上召見楊銳，是日有旨命
袁世凱入京，八月初一日召見袁世凱，即日超擢為侍郎，初
二日復召見袁世凱，是日又召見林旭，而御史楊崇伊張仲炘
等，亦於是日詣頤和園上封事於太后云。初三日榮祿忽有電
報達北京，言英俄已在海參崴開戰，現各國有兵船數十艘在
塘沽，請即遣世凱回津防堵，世凱即於初四日請訓出京②，
而皇上命其初五乃行，初五復召見袁，初六日遂有西后垂簾
志士逮捕之事。

按梁氏所記，雖有涉及主觀處（如言翁之罷，全由舊黨是），然以
幕中人言此，自無更明確者矣。

　　戊戌六君子，各具性情，譚復生深於佛理，獨視死生如無物，
獄中賦詩尤世所稱誦。楊叔嶠為張香濤所荐，故以為不至於死，且
屢明其被康黨所扳，黃秋岳撼憶云：

精衛先生居北京獄中可二年，時時就獄卒，得聞數十年來佚
事，曾雜見於南社詩話。比語予，所聞字字實錄，出自獄卒
之口，質俚無粉飾，較之文人作史尤為可信。……有老獄卒
劉一鳴者，戊戌政變時，曾看守譚嗣同等六人，其言曰：譚
在獄中，意氣自若，終日繞行室中，拾取地上煤屑，就粉牆
作書，問何為，笑曰，作詩耳！可惜劉不文，不然可為之筆

錄，必不止望門投止思張儉一絕而已也。林旭美秀如處子，在獄中時時作微笑。康廣仁則以頭撞壁，痛哭失聲曰：天哪，哥子的事，要兄弟來承當。林聞哭，尤笑不可仰。既而傳呼提犯人出監，康知將受刑，哭更甚。劉光第曾在刑部，習故事，慰之曰：此乃提審，非就刑，毋哭！既而牽自西角門出，劉知故事，縛赴市曹處斬者，始出西角門，乃大愕，既而罵曰：未提審，未定罪，即殺頭邪！何昏瞶乃爾。同死者尚有楊深秀，楊銳，無所聞。唯此四人，一歌，一哭，一笑，一詈，殊相映成趣。

此所記與續書意態合，而梁任公殉難六烈士傳殊不然，如康廣仁（射名唐常博）云：

康君名有溥，字廣仁，號幼博，又號大厂，南海先生同母弟也。精悍屬鷙，明照銳斷，見事理若區別黑白，勇於任事，洞於察機，善於觀人，達於生死之故，長於治事之條理。……科舉既變，學堂既開，勸南海歸上海，卓如（即啟超）歸湖南，專心教育之事，激屬士民愛國之心，養成多數實用之才，以為三年之後，然後可大行改革也。時南海先生初被知遇，天眷優渥，感激君恩，不忍捨去。既而天津閱兵廢立之事，漸有所聞，君復語曰：自古無主權不一之國而能成大事者，今全國大柄，皆在西后之手，而滿人之猜忌如此，守舊大臣之相嫉如此，何能有成！阿兄當速出京養晦矣。先生曰：我忝受知遇，義不可引身而退也。……自是君不復敢言出京，然南海先生每欲有所陳奏，有所興革，君必勸阻之，謂必待十月閱兵以後，若皇上得免於難，然後大舉，未為晚也。……南海先生既決意不出都，俟九月閱兵之役，謀有所救護，而君與譚君任此事最力。……八月二日忽

奉明詔令南海先生出京，初三日又奉密詔敦促，一日不可
留，先生戀闕甚耿耿，君乃曰：阿兄即行，弟與復生卓如及
諸君力謀之，……以故先生行而君獨留，遂及於難，其臨大
節之不苟又如此。君明於大道，達於生死，……既被逮之
日，與同居二人程式谷錢維驥同在獄中，言笑自若，高歌聲
出金石，程錢等固不知密詔及救護之事，然聞令出西后，乃
曰：我等必死矣，君厲聲曰：死亦何傷！汝年已二十餘矣，
我年已三十餘矣，不猶愈於生數月而死數歲而死者乎！且一
刀而死，不猶愈於抱病歲月而死者乎？特恐我等未必死耳，
死則中國之強在此矣！死又何傷哉！……神氣雍容，臨節終
不少變。

（《近代名人小傳》亦云：廣仁學不足望其兄而富胆識，不畏艱
險，故當政變，未嘗逃避，對簿侃侃，不為懦詞，蓋非乃兄所能
矣。）林旭（射名林敦古）傳云：

……及開保國會，君為會中倡始董事，提倡最力。初榮祿
嘗為福州將軍，雅好閩人，而君又沈文肅公之孫婿，才名
藉甚，故榮頗欲羅致之。五月，榮既至天津，乃招君入幕
府，君入都請命於南海，問可就否，南海曰：就之何害，若
能責以大義，怵以時變，開導其迷謬，消遏其陰謀，亦大善
事也。於是君乃決就榮聘，已而舉應經濟特科，……遂與譚
君等同授四品卿銜，入軍機參與新政，十日之中，所陳奏甚
多，上諭多由君擬。初二日，皇上賜康先生密諭，令速出
京，亦交君傳出，蓋深信之也。既奉密諭，譚君等距踊椎
號。時袁世凱方在京，謀出密詔示之，激其義憤，而君不謂
然，作一小詩代簡致之譚等曰：「伏蒲泣血知何用，慷慨何
曾報主恩，願為公歌千里草，本初健者莫輕言！」蓋指東漢

何進之事也。及變起，同被捕，十三日斬於市。臨刑呼監斬吏問罪名，吏不顧而去，君神色不稍變云。……妻沈靜儀，沈文肅公葆楨之孫女，得報痛哭不欲生，將親入都收遺骸，為家人所勸禁，乃仰藥以殉。

康無論矣，適與獄吏之說反；林臨刑仍問，似亦非笑而不言者耳。唯譚劉二傳，與書全合；譚傳曰：

譚君字復生，又字壯飛，少倜儻有大志，能文章，好任俠，善劍術，父繼洵官湖北巡撫，幼喪母為父妾所虐，備極孤孽苦，故操心危，慮患深，……自甲午戰後，益發憤提倡新學，……時南海先生方倡強學會於北京及上海，天下志士走集應和之，君乃自湖南溯江下上海遊京師，將以謁先生，而先生適歸廣東不獲見，……陳公寶箴為湖南巡撫，慨然以開化為己任，君亦為陳君所督促，留長沙與諸志士辦新政。……定國是之詔既下，君以學士徐公致靖薦被徵，奏對稱旨，超擢四品卿銜，與楊劉等同參與新政，……八月初六日，變發，時余方訪君寓，對坐榻上，有所擘畫，而抄捕南海館之報忽至，旋聞垂簾之諭，君從容語予曰：昔欲救皇上既無可救，今欲救先生亦無可救。吾已無事可辦，唯待死期耳。雖然，天下事知其不可而為之，足下試入日本使館謁伊藤氏請致電上海領事而救先生焉。余是夕宿於日本使館，君竟日不出門以待捕者，捕者既不至，則於於其明日入日本使館與余相見，勸東遊，且攜所著書及詩文辭稿本數冊家書一篋託焉。曰：不有行者，無以托將來，不有死者無以酬聖主。今南海之生死未可卜，程嬰杵臼月照西鄉③，吾與足下分任之，遂相與一抱而別。初七八九三日，君復與俠士謀救皇上，事卒不成。初十日遂被逮，被逮之前一日，日本志士

數輩苦勸君東遊，君不聽，再四強之，君曰：各國變法，無不從流血而成，今中國未聞有因變法而流血者，此國之所以不昌也。有之，請自嗣同始！卒不去，故及於難。君既繫獄，題一詩於獄壁曰：望門投宿思張儉，忍死須臾待杜根，我自橫刀向天笑，去留肝胆兩崑崙！蓋念南海也。以八月十三日斬於市，春秋三十有三。就義之日，觀者萬人，君慷慨神色不少變，時軍機大臣剛毅監斬，君呼剛前曰：吾有一言！剛去不聽，乃從容就戮。嗚乎烈矣！

劉光第（射名劉培村）傳云：

劉君字裴村，四川富順縣人，弱冠成進士，授刑部主事，治事精嚴。及南海先生開保國會，君翩然來為會員，七月，以陳公寶箴荐，召見加四品卿銜，充軍機章京，參與新政。……向例凡初入軍機者，內侍例索賞錢，君持正不與，禮親王軍機首輔，生日祝壽，同僚皆往拜，君不往，軍機大臣裕祿擢禮部尚書，同僚皆往賀，君不賀。……其氣節嚴厲如此。……變既作，四卿同被逮下獄，未經訊鞫，故事提犯自東門出則宥，出西門則死，十三日使者提君等六人自西門出，同人未知生死，君久於刑部，譜囚獄故事，太息曰：吾屬死，正氣盡！聞者莫不揮淚。君既就義，其嗣子赴市曹痛哭一日夜以死。

按《後漢書》〈黨錮傳〉張儉為八及之首，與李杜齊名，及被錮，亡命，困迫遁走，望門投止，莫不重其名行，破家相容。則譚詩宜作「投止」，不當「投宿」也。又杜根傳，永初元年，舉孝廉，為郎中，時和熹鄧后臨朝，權在外戚，根以安帝年長，宜親政事，乃與同時郎上書直諫，太后大怒，收執根等，令盛以縑囊，於

殿上撲殺之，執法者以根知名，私語行事人，使不加力，而載出城外，根得蘇，太后使人檢視，根遂詐死三日，目中生蛆，因得逃竄，為宜城山中酒家保，積十五年，酒家知其賢厚，敬待之。及鄧氏誅，左右皆言根之忠，帝謂根已死，乃下詔布告天下，錄其子孫，根方歸鄉里，徵詣公車，拜侍御史。譚氏獄中，尚隸事精切如此，良不可及。劉裴村不賞蘇拉酒資，書中頗強化之，以為結怨之媒，自古小人難養，不可不假以詞色，張江陵成功，半由於是，新黨諸君，蓋有未諦於此者焉。

　　往余於北平歷史博物館見刑人用鬼頭刀，以為鋒利無比。及閱說部，記當日行刑時兵士狼狽之狀，不覺失笑。而燕谷老人，久宦京曹，自非讕語。清末武事之窳蓋如是。頃見《四朝詩史》有許承堯〈過菜市口〉詩，言刑人之狀，可與書中比勘：「薄暮過西市，踽踽涕洟歸，市人競言笑，誰知我心悲？此地復何地？頭顱古累累！碧血沁入土，腥氣生蚍蜉，愁雲泣不散，六月嚴霜飛，疑有萬怨魂，逐影爭嘯啼。左側橫短垣，茅茨覆離離，此為陳屍所，剝落牆無皮，右側豎長竿，其下紅淋漓。微聞決囚日，兩役舁囚馳，高台夾衢道，刑官坐巍巍，囚至匍匐伏，瞑目左右欹，不能辨顏輔，亂髮鬖鬤鬢；劖刀厚以寸，鋒鈍斷脰遲，一役指囚頸，一役持刀揮，中肩或中頤，刃下難遽知，當囚受刃時，痛極無聲噫，其旁有親屬，或是父母妻，泣血不能代，大踴摧心脾！」世俗對行刑有種揣測，以為劊子手者，敏利有法，直如庖丁之於牛，豈知不然，觀六君子之受戮，不啻一部中國殺頭史也。

（原載《古今》半月刊第三十四期）

續孽海花人物談（下）

譚復生遊說袁世凱（射名方安堂，蓋由慰亭二字化出），是新黨得失之關鍵，以袁之梟雄，而不能預料其忠佞，知人之難，有如此者。任公譚傳，記事尚詳，他家亦有記之者，或不如梁氏之可信耳：

> 皇上欲開懋勤殿設顧問官，令君擬旨，先遣內侍持歷朝聖訓授君，傳上言謂康熙乾隆咸豐三朝有開懋勤殿故事，令查出引入上諭中，蓋將以二十八日親往頤和園請命西后云，君退朝，乃告同人曰：「今而知皇上之真無權矣！」至二十八日，京朝人人咸知懋勤殿之事，以為今日諭旨將下而卒不下，於是益知西后與帝之不相容。二十九日皇上召見楊銳，遂賜衣帶詔，有「朕位幾不保，命康與四卿及同志速設法籌救」之語，君與康先生捧詔慟哭，而皇上手無寸柄，無所為計，時諸將之中，唯袁世凱久使朝鮮，講中外之故，力主變法，君密奏請皇上結以恩遇，冀緩急或可救助，詞極激切。八月初一日，上召見袁世凱特賞侍郎，初二日，復召見，初三日，君徑造袁所寓之法華寺直詰袁曰：「君謂皇上何如人也？袁曰：「曠代之聖主也；」君曰：「天津閱兵之陰謀，君知之乎？」袁曰：「然，固有所聞。」君乃直出密詔示之曰：「今日可以救我聖主者，惟在足下；足下欲救則救之，」又以手自撫其頸曰：「苟不欲救，請至頤和園首僕而殺僕！可以得富貴也。」袁正色厲聲曰：「君以袁某為何如人哉！聖主乃吾輩所共事之主，僕與足下同受非常之遇，救護之責，非獨足下，若有所教，僕固願聞也！」君曰：「榮

祿密謀，全在天津閱兵之舉，足下及董轟三軍，皆受榮所節制，將挾兵力以行大事，雖然，董轟不足道也，天下健者，唯有足下，若變起，足下以一軍敵彼二軍，保護聖主，復大權，清君側，肅宮廷，指揮若定，不世之業也。」袁曰：「若皇上於閱兵時疾馳入僕營，傳號令以誅奸賊，則僕必能從諸君子之後，竭死力以補救。」君曰：「榮祿遇足下素厚，足下何以待之？」袁笑而不言，袁幕府某曰：「榮賊并非推心待慰帥者，昔某公欲增慰帥兵，榮曰：『漢人未可假大兵權，』蓋向來不過籠絡耳。」……君乃曰：「榮祿固操莽之才，絕世之雄，待之恐不易易，」袁怒目視曰：「若皇上在僕營，則誅榮祿如殺一狗耳！」因相與言救上之條理甚詳，袁曰：「今營中槍彈火藥皆在榮賊之手，而營哨各官，亦多屬舊人，事急矣，既定策，則僕須歸營更選將官，而設法備貯彈藥則可也。」乃丁寧而去，時八月初三夜漏三下矣。至初五日袁復召見，聞亦奉有密詔云，至初六日，變遂發。

譚之膽識，不可謂不大，惜在心未細耳。而袁氏奸猾之狀，歷歷如見。

立山為內務府大臣，富於貲，自稱漢軍，故又姓楊，字曰豫甫，戊戌與榮祿合力傾新黨，而庚子終不免於舊黨銜怨，何也？說者不一，《近代名人小傳》云：

> 己亥，議為穆宗（同治）立嗣，山主恭親王溥偉，載漪仇之，及拳亂作，廷臣議對御前，山復言神術未可恃，而匪渠皆艷其富，遂說漪勳等殺之。

《春冰室野乘》云：

逢福陔觀察言：立豫甫尚書之死，人皆知為拳匪涎其財富，而不知尚書與瀾公別有交涉，其死也，瀾實與有力焉；先是都下有名妓曰綠柔者，艷絕一時，瀾與立皆昵之，爭欲貯諸金屋，是時瀾尚閒散無差事，頗窘於資，故不能與立爭，綠柔卒歸立。瀾以是銜立刺骨，及是遂傾之以報。聯荇仙（沅）學士之上封事停攻使館也，出遇崇文山於景運門外，崇訝曰：「荇仙何事，今日未明入值耶？」學士告以故，崇勃然曰：「荇仙！君自忘為吾滿洲人乎？乃效彼漢奸所為！」（聯為崇門生）學士毫不遜謝，竟拂衣去，崇益怒，未數日，學士遂赴西市矣。是日學士已赴市，將就刑，忽見一大師兄，紅衣冠由宣武門出，怒馬驟馳，騎後尚拖一巨物，塵埃坌涌，觀者皆莫辨，俄頃至刑所，始知為一人，縛手足，繫諸馬蹄，面目已毀敗，不可復辨，私問諸番役，乃知為立尚書也。

如所言，立之死亦慘矣。之二說者，皆有所見，蓋若西后無死之之心，徒瀾公亦無能為役。余前記黃秋岳言，已力辨瀾公與立結怨為綠柔而非賽金花矣，然續書中固言瀾與立曾因爭賽而失和，立賽交誼，本非尋常，《賽金花本事》記其自述云：

在這個時期中（指由滬移津），我結識了不少的顯貴人物，有一位楊立山，性情極豪爽，和我最要好，初次見面，就送給我一千兩銀子，以後三百兩五百兩是常常給。又有一位德曉峯（名馨，曾為浙撫，即書中之達壽山）人也誠懇，和我最投契。……楊立山的老太太作壽，我由天津來京給他拜壽，恰巧德曉峯也在京，事畢後，他們便同着一些朋友很懇切的挽留我長住在京裏，無論如何，不讓再回天津了。有的便趕忙去給我租房子，他們這番美意，很難違拂，且有他們幾位在旁關照，也絕無什麼舛錯，隨即搬來京裏。我們在京就住在李鐵拐斜街

鴻陞屋裏（按即與孫三幽會所也），這時如韓家潭，陝西巷，
豬毛胡同，百順胡同，石頭胡同等地方，住的差不多全是妓女
相公，這一帶非常繁華。京裏從前是沒有南班子的，還算由我
開的頭。我在京裏不久，經諸位摯好一吹噓，幾乎無人不知。
每天門前車馬擁擠不堪，有些老爺們，覺着這樣來去太不方
便，便邀我去他們府裏，像莊王府，慶王府我都是常去的，尤
其是莊王府，只有我一個人能去，旁的妓女，皆不許進入。賽
二爺的稱呼，也是從這時才有的。因為楊立山給我介紹了他一
好友，名叫盧玉舫，人極有趣，見我幾次面，就想着同我拜把
兄弟，我竭力推辭，他偏不允，便換了盟單，磕了頭，他行
大，我行二，從此人們都稱呼我賽二爺。過了些時，我嫌城南
一帶太髒太亂，想在內城找一所清潔寬敞的房子，就在刑部後
面高碑胡同內看好了一所，便租了過來，搬去還沒有一個月，
房東要賣房，我因裝置修飾花了不少錢，捨不得搬走，便打算
買了他，同房東划了划價錢，講妥二千五百兩銀子，才要寫契
撥欵，趕上官廳禁止口袋底，（商鴻逵氏原註云：口袋底，西
城一胡同也，……光緒己庚[1]間，這一帶成立了一種曲班，裏
面都是姑娘們唱曲，賣茶，如今之落子館。後其中漸有操賣淫
業者，時端王弟載瀾任步軍統領，聞而禁之，因最初之一曲班
設於口袋底，故聆曲者，皆曰逛口袋底，及禁止，亦皆曰禁止
口袋底。）內城不許立樂戶了，那些被驅逐的姑娘們，就有躲
藏在我這裏的，房東恐怕受牽連，房也不租不賣了，只催我快
搬家，整天同我吵鬧，我一生氣，就又回了天津。

由此不特證明賽立之關係，抑可知立瀾之爭，原因顯然，彩雲是時
傾倒眾生，竟可左右時局，恩仇互快，夫豈彼所能料耶？立山官內
務府久，生活極侈汰，陳恒慶《歸里清談》記載殊詳，大可與書中
相印證，恒慶與立至交，亦非妄談也：

立山尚書，字玉甫，漢軍人，其先楊姓。美容儀，慷慨好施，交遊至廣，善鑒別古磁古字畫，收藏綦富，由奉宸苑郎中，洊升戶部尚書，為內務府大臣。邸內園林之勝，甲於京師諸府。余與之鄰居，起園時，為之擘畫，自園門至後院，可循廊而行，雨不能阻。山石亭榭，池泉樓閣，點綴煞費經營。演劇之廳，原為吾家廳事，後歸尚書，予為布置，可坐四五百人，時雅片盛行，設榻兩側，可臥餐烟霞，靜聽詞曲，男伶如玉，女伶如花，迭相陪侍。……凡冠蓋而來者，冬初則一色鷄心外褂，深冬則一色貂褂，王府女眷，珠翠盈頭，小內監二人，扶掖而至，脂粉之香，馥郁盈室，復有時花列案，蓓蕾吐芳，雕簷之下，鸚鵡八哥，懸以銅架，喃喃作人語，與歌聲互答。酒酣燈炧，時已四鼓，賓散戲止，優伶各駈[②]快車出城去，此可謂盛矣。」

續書四十七回記其慶壽演戲一節，皆京朝名伶，極一時之盛，舖排場面，與上文及金花所述對勘，可知梗概。《近代名人小傳》亦云：

既官總管久，致巨富，家居侈靡，排日宴樂觀劇，而性坦直好義，數傾萬金濟人急，未嘗有難色，每隆冬諸旂員寒素者，輒假其裘裳，入春盡付質庫，第以質券歸，山一笑罷，無復言也。……山嗜烟，日盡二兩，而儀容俊偉，容光煥發，人無知其有烟霞癖者。

至其偏護皇帝與西后不合，或亦出之義俠本性，有不能自已者歟？《凌霄一士隨筆》云：

立山庚子被殺，與五忠之列，其任內務府大臣，嘗於冬令為光緒帝設一屏風蔽寒，時在戊戌政變後，帝被囚，西后虐視

之，他大臣無敢向帝致慇懃也。西后知而大怒，嚴詰何人所為，立山自承，並請未先白太后之罪，西后喝令奄人毆之，立山亟曰：奴才自己打罷！於是自批其頰，至紅腫不堪，后怒始解而叱之退。蓋立山不欲辱於奄人之手也。

又引《崦園談往》記立庚子被禍云：

立忠貞公之入獄，在請室一慟而絕，救之良久不起，羣以先世父（指徐致靖先生）精於醫，因請為診，以竣劑甦之，詢其獲罪之由，且勗以舒和以全大臣之體，忠貞曰：「昨論大舉攻使館於御前，廷議紛紜莫決，太后謂羣臣曰：『此國之大事，應決之於皇上，』帝自退政，恒拱默不言，自是力言其不可，以為無同時與各國開釁理，王夔石稽首曰：『聖慮及此，國家之福也！』端邸怒斥之曰：『王文韶此時，猶為此誤國之言邪！』余繼謂宜先派大員宣朝廷德意，不喻，然後圖之，則我為有辭。太后遽曰：『即命汝往！』余對受國厚恩，不敢辭，惟向不諳洋務，請命徐用儀同往，允之，未及覆命，亂民已蟻聚我家，設壇門外，謂有地道潛通西什庫教堂，大搜索之，無跡，則擁余至壇前焚表，表升，無以罪我，方擾攘間，有類緹騎者，逮予至此。余雖不肖，然亦朝廷極品官，乃一時昏瞀而屈膝於亂民，虧體辱國，死不蔽辜，是以悔恨，非畏刑也。」逾二日，大差下，獄卒掖之去。

是立雖遊惰手，然不失為識大體之臣也。端剛諸惡，此之不容，國家不亡，豈非天哉！楊以豪俠，常周人急，故有伶人路三寶殮屍美譚，與王九之送張樵野遣戍，同為晚清伶界之光云。

沈鵬，字北山，與燕谷老人生同里閈，以排擊三凶，直聲大動，既閱本書，乃知房闈之間，頗有隱衷，激而出此，非局外所

知，小說有裨正史，此一端矣。孫師鄭（雄）《舊京詩文集》載沈墓表，極稱斯舉，照錄之：

光緒二十四年戊戌四月，故相翁文恭公奉嚴旨開缺，知與不知，皆以公之去國為惜，公曷為而去國？為榮祿剛毅葷媒孽傾陷而去也。（此其說與梁任公同）——沈君北山，與翁公同里閈，肄業國子監南學，為公所賞，旋拔中癸巳順天鄉試舉人，出公門下。甲午聯捷成進士，改庶吉士，散館授編修。夙慕楊忠愍史忠正之為人，平居目擊時艱，常鬱鬱思有所建白。同邑內閣中書張鴻，振奇士也，與君為總角交，又與翁氏有連，常擬彈劾三凶疏稿以示君，君極稱許，謂適如吾意中所欲言，因加點竄，於己亥十月呈乞掌院學士代奏，疏中大旨謂三人行事不同，而不利於皇上則同。且權勢所在，人爭趨之，今日旗員之中凡掌有兵柄者，即權不逮榮祿，而亦榮祿之黨援也；凡勢位通顯者，即悍不若剛毅，而亦剛毅之流亞也；而旗人漢人之嗜進無恥者，日見隨聲附勢而入於三人之黨，時勢至此，人心至此，可為痛哭流涕長太息！故竊謂不殺三凶以儆其餘，則皇上之安危未可知也。臣伏願皇太后聽曲突徙薪之言，懷滋蔓難圖之義，亟收榮祿之兵權，而擇久任督撫忠懇知兵者分領其眾；懲剛毅之苛暴，而用仁恕慈祥之人；李蓮英奄豎小人，復何顧惜！除惡務盡，不俟終朝，如此則皇上安於泰山，可以塞天下之望矣。掌院徐相國桐，怖其言，格不上達，君流涕長跪，再三固請，仍不允，遂將摺匣置案上，拂衣出都，道出津門，有國聞報館記者來訪君，乞觀疏稿，君坦然示之，次日，即登報傳播遐邇，為榮祿剛毅所聞，徐桐恐禍及己，遂露章劾奏，旋奉嚴譴，奪職監禁，經年始出獄，然已憂悸成心疾，居北郭家祠，三歷寒暑，見人不言，時或狂笑，惟喜振筆疾書，

不能得紙，則牆壁几案，墨痕狼藉，視其所書之語，多詰屈
不可解，未幾，疾卒。……初聘吳縣劉氏，繼娶武進費氏。
（即書中所言之米小亭，乃費妃懷念慈也。）

夫以斂壬[3]滿朝，奸邪道長之季世，而敢批鱗直諫，不畏強禦，若
沈君者，詎不足以風乎？惜所稱《轟天雷》[4]說部，未之寓目，或
其點染，更有可觀者。

　　余雖嗜史，而深惡正史，翻閱清史，殆個人之履歷表、官階
表耳，其於個性，固無所描繪，即事實之肯綮，亦不願明言。昔人
稱墓誌碑銘，為諛墓之文，披覽史書，誠不知相去幾許。（《清史
稿》尚不如碑傳集等所刊之文能盡委曲）所幸私家紀載，往往詳官
書所不詳，紀正史所不紀。而數十年來，以時事為背景之說部，迭
出不窮，其中緣飾固多，然亦必有其質地以為根核，吾人欲明晚清
之社會，轉不如於此覘之。若《孽海花》，固此中佼佼者，續書恣
縱，雖不逮正，唯於戊戌以來三十年之朝局，大致可以得一輪廓
矣。余每讀《三國志》注，輒覺裴氏之法，頗宜仿行，今日若有人
大發宏願，盡取清代筆記之有關正史者，分別輯錄附載之，綱以目
錄，緯以索引，俾後之從事於斯者，一展卷而眾說悉陳，異聞斯
廣，則有益學術，當復不淺！掌故之學，未窺門徑，徒事搜撦獺
祭，草為此篇，因感翻檢之難，遂期補苴之切，不知海內識者，以
為如何也。若夫政局之變化，賢佞之興衰，久有定論，無待費辭。

　　　　　　　　　　　　　　　　　九月二十三日晨起完稿
　　　　　　　　　　　　　　　（原載《古今》半月刊第三十五期）

① 己、庚同為天干，應是兩個紀年的首字。根據賽金花的經歷，說這番
話應在1898至1900年她在京津期間，則成立「曲班」的己庚年間應是
前一輪己庚，即1889（己丑）與1890（庚寅）年間。

② 駈，同驅。

③ 僉壬，巧言諂媚。

④ 《轟天雷》，清人孫龍尾根據沈北山事跡創作的小說。

風塵凟洞室日抄（上）

　　昔黃東發為《黃氏日抄》，述記考索，深有名理，四庫提要極稱之。余好讀雜書，初無倫序，疇居塞外，畫苦風塵，夜懍寒沍，輒顏其居曰「風塵凟洞室」，每爐火初溫，煮水絲絲作響，雖牖外風聲虎虎，沙礫撲窗，而發書疾覽，佐以紅茶，則大適意，不知其在居庸數百里外也。於役金陵，轉息三載，花開草長，無復向日瑟縮之態，然春秋風至，亦可以昏兩間，耳鼻為垢，是江南而有塞上之思矣，取舊名而名之，匪直溫故，抑以知新焉。讀書無程，寫文無法，豈唯不敢妄擬黃氏，即定庵詩所云：「著書都為稻粱謀」亦愧不足語於著書二字也，其將何以自解乎？有所得則記之，無所得則已之，如是而已，是為序。

鹽菜

　　童時讀共和國國文，有曰：嚴霜既降，園菜漸肥，曝而醃之，其味鮮美，可以久藏不壞。輒以為是我鄉大白菜，南人名曰黃芽菜者，既來南始知二者非一，醃菜自是醃菜，與黃芽菜渺不涉。《清嘉錄》鹽菜云：

> 比戶，鹽菘菜於缸甕，為禦冬之旨蓄，皆去其心，剉菔蔞為條，而有各寸斷，鹽拌酒漬入瓶，倒埋灰窖，過冬不壞，俗名春不老。孫晉灝鹽菜詩云：「寒菘秀晚色，油油一畦綠，殘年咬菜根，嗜此亦稱酷。所少官園送，絕喜野人劚，壓肩一擔霜，百錢買十束，結繩庋嚴風，攤擔暴晴旭，飛白撒晶

鹽，殺青斷花玉，但覺兩眼饞，那顧雙手瘃？酸醬酢中滴，醃雞甕中浴，每飯飽黃韭，鑄焦就廚綠，誰信苜蓿盤，至味等椒粟，旨蓄在室中，禦冬亦已足。

詩雖不甚佳，但頗寫實，三百篇以菲菲禦冬，注者多云當系萊菔蕪菁之類。詩多產於齊魯衛鄭，其說是也，吾鄉醃菜，則蘿蔔芥菜耳，正與古合。春不老保定出產，乃芥之別種，亦即雪裏蕻，而非如書中所云云也。余初不喜鹽菜，以為老而無味，既久漬染，遂甘三百甕黃齏矣。此物經發酵微酸，故又曰酸齏，北中每以黃芽菜略煮而齏之，即酸菜，口味同嗜，千里攸同，詎不異耶？然余獨喜黃芽菜之嫩而肥，昔人盛讚春初早韭秋末晚菘，始以為黃芽也，今知非是，為之索然。北人質實，不知揚其鄉風，張家口產蕪菁株可五六十斤，肥極，固不為海內所知，豈僅黃芽菜哉。士大夫以菜根為難嚼，儒者以苜蓿為本分，山妻入市，菜亦以十元論斤矣，苜蓿盤正不易辦。

蟹

秋深蟹肥，畢茂世可以拍浮一世矣。仁和吳恒生詠蟹詩云：「何事季鷹千里駕，只思鱸膾故鄉秋？」張季鷹豈遂不知味，蓴鱸南中始產，蟹則北方亦非罕見耳。余來京三年，每歲食之，均以洋澄湖為號召，實不知其所從來，猶之北京必以勝芳為言也。然今年蟹最瘦，古人持螯，今人食黃，斯亦一異，《清異錄》載劉承勳言，十萬白敵一個黃大不得，此言螯不如黃遠甚，蓋晉唐以後漸重黃歟？余則卞急，食此有蘇公「又如食蟛蜞，盡日嚼空螯」之煩，而嗜酒者方以剝剔為得佳趣。正陽樓吃蟹，人備木槌之屬，又專收勝芳產之肥而鮮者，故人多趨之，京中無專食蟹所，多念燕趙不置。《清嘉錄》「煠蟹」云：

湖蟹乘潮上簖，漁者捕得之，擔入城市，居人買以相饋贈，或宴客佐酒，有九雌十雄之目，謂九月團臍佳，十月尖臍佳也。湯煠而食，故謂之煠蟹。

按煠音插殆即炸字。如油炸豆腐乾，正應寫作油煠也。南人吃蟹油煠，北人只蒸熟一品，若炸蟹黃蟹粉，則不能與蒸蟹並論，小吃而非大嚼耳。松花江產蟹，其大如輪，一跪一肉，可佐一餐，盡花雕二斤，或制為罐頭，猶不失味，以予之饕餮，庶幾食此為得。惟聞不易捕，或鉗人致死焉。《嶺表錄異》：

> 海鏡，廣東人呼為蠔菜盤，兩片合以成形，殼圓，中甚瑩滑，日照如雲母光，內有小肉如蚌胎，腹中小紅蟹子，其小如黃豆，而頭足具備，海鏡饑則蟹出拾食，蟹飽歸腹，海鏡亦飽，或迫以火，則蟹子走出，離腹立斃。或生剖之，逡巡亦死。

此可謂蟹之奇者，屈翁山《廣東新語》，不知及此否，余藏有此書，而為友人假去，惜不獲查之。北人嗜乾蝦，皆蝦之小而竅者，俗曰蝦皮，其中則有小蟹，其大如豆，螯跪皆具，兒時頗以為嬉，不知即此否，若然，亦不易得也。蓋故書載記，每有故作神奇以為炫者，果蠃螟蛉，亦此之類，昔賢辨之審矣。吾鄉春日，多食海蟹，甲端有二銳刺，乃蝤蛑也，味亦甚鮮。兒時觀社戲，便買以歸，色紅而鹹，置數日不敗，悵觸前塵，不覺亦有張季鷹思歸之念。

飲食之費

飲食之費，至今而極，一筵五百元，猶無下箸處，海上酒家，一席無不以萬論值者，然秦淮河畔之喧闐自若也。考事變前宴會，

每席不過十元，已有鴨翅，《清稗類鈔》記光緒己丑庚寅間，京官宴會，每席六兩至八兩，是四十年間，無若何變化，光宣追溯乾嘉，以為盛世，民國之人，未嘗不憶同光餘韻，至今日則又以戰前為不可即矣，世事如丸走阪，滋可歎息。光緒季年，黃岩喻志韶太史長霖在京師，厭酬酢之繁，有謝宴會私議一啟，略云：

> 供職以來，浮沉人海，歷十餘年，積八不堪，謹供下忱，敬告同志：一，現處憂患時代，禍在眉睫，宴會近於樂禍，宜謝者一。二，今日財政窘困，民窮無告，近歲百物昂貴，初來京師，四金之饌，已足供客，今則倍之，尚嫌菲薄，小臣一年之俸，何足供尋常數餐之容，久必傷廉，宜謝者二。三，京員舊六部，近添新署共十一部，而官益多，加以學堂林立，巡警普設，人數倍蓰於舊，宴會之事，彌增彌繁，若欲處處周到，雖日日邀客，日日設饌，仍有不逮，且京中惡習，巳刻肅客，至申不齊，午刻肅客，至暮不齊，主人竟日衣冠，遠客奔馳十里，炎夏嚴冬，尤以為苦，宜謝者三。四，宴客略分數等，如貴人冶游，巧宦奔競，達士行樂，可置勿論，若知交祖餞，朋友講習，誼分當然，似非得已，然近來酒食之局，大都循例應酬，求其益處，難獲一二，宜謝者四。

其餘四則，個人之私，姑不錄，但以所舉四者，今日視之，感想如何？冶游奔競，積久愈甚，豈五十年來，我國遂一無進步邪？為之黯然。比來提倡儉約之說甚盛，故不惜拈此以見今昔一揆焉。宴會不守時刻，厥病尤久。《清稗類鈔》云：

> 以請客遲到而謾友者，如祝雲帆春熙是也，一日，雲帆招梁敬叔恭辰程晴峰裔采達王圍麟李蘭卿彥章往其家，陪新簡金

華太守楊古心兆璜，候至上燈時，古心猶未至，雲帆大怒，
乃先入座暢飲，且曰古心必不來，即來亦聽之，飲至三鼓，
肴核盡矣，而古心忽至，雲帆乃恣口肆詈，聲色俱厲，僅以
一羹一飯了之，古心大慚沮喪而去。

此則頗資談噱，近來不守時之風，雖漸戢滅，然仍未見準時，恨無
祝雲帆其人，以振作之。

鐵路

鐵路之利，夫人而知之。乃其初創，淞滬鐵路，曾大為居民所
反對，以為有礙風水，毀而投之江，即今思之，一何可笑。江西胡
思敬，清末名御史也，所輯《國聞備乘》，頗資掌故，此老雖不憚
劾當時宗室重臣之苞苴行賄，而於新黨設施，亦多不以為然，用知
是時固有非新非舊之一派，特既不得於新，更受詆於舊，朝廷自不
容此種人立足耳。其〈審國病書〉，痛數新政之失，與所上諫新政
疏可相表裏，報館，學堂，鐵路，皆在排斥之列，所論執拗，無取
於今日，然亦未嘗不略中末流之弊，如鐵路云：

鐵路之議，倡自劉銘傳，當時阻撓者頗眾，自京漢京奉相
繼告成，東南各省爭以此為利窟，其實南北幹路既通，支
路利少害多，當嚴禁舉債私辦；凡鐵路通有之地，民必漸
習，物必漸貴，俗必漸奢，遊手逐末之民，必輕於出，由
是市鎮之民日眾而盜患多，鄉村之民日寡而田畝曠，不特
江西南潯鐵路舉債至七百餘萬，入不敷出，地方受無窮之
累也。

又《國聞備乘》卷二鐵路條有相同議論，可參看。

條耕

俗音每可證古，不得以田夫野老少之，冀北稱打更曰打「經」，粳米音如「精」米，耕田曰「經」地，而「更」「京」之音古本互通，故「屢更」即「屢經」也，「花梗」即「花莖」也，「粳」亦與「經」義近。太炎先生《新方言》，專辨此事，條理並通，收穫獨多。余不明韻學，周豈明先生有天書之喻，蓋同感焉。唯苟深入淺出，勿餂飣於陰陽清濁之理論，而取證於日用口語，或亦轉資通俗，惜乎音韻學者之唯高深是鶩，令人如入五里霧耳。頃翻讀《新方言》一條云：

> 漢書律曆志，用銅方尺而圓其外，旁有庣焉。鄭氏曰：庣，音條棄之條，蓋凡中窊之器，可以容物者，皆謂之庣。說文，銚為溫器，方言，碗謂之銚銳，此食器中窊容物者謂之庣也。其鐎鬥刁刀諸名，亦皆仿其聲類，並以中窊容物得名。斟藥者，漢人謂之刀圭，即十分方寸匕之一，刀即庣字，圭者，漢律曆志，不失圭撮，孟康曰：六十四黍為圭，是也。圭讀耕者，支佳耕青同入對轉，圭聲字多轉入耕清，如圭田即頃田，跬步即頃步今讀刀圭如條耕，正符其例。或說當為調羹，非也，此以斟羹，非以調羹，人所盡知。

此說甚新穎有趣，無論調羹之義是否有約定俗成之價值，然由此方言而知古音之通轉，固遠勝一篇〈娘日二紐歸泥說〉矣。按銚音吊，今北京謂煮水器仍曰銚子，而日人更呼茶具之可提起者曰銚子，亦可為章說一證。（憚按：蘇州方言均稱銚子）

行散

今多稱藥粉曰散，其意蓋或取分散不整意，然散之朔義，本是酒卮，甲文金文與孚形近。而散盤之散，又是地名，散宜生之氏是矣。魏晉人有行散之風，始於何晏。倘亦藥粉名散之本義乎？魯迅翁〈魏晉風度與藥及酒之關係〉一文，說此甚詳。今撮其要如次：五石散乃毒藥，自何晏始服之，其藥用石鐘乳，石硫磺，白石英，紫石英，赤石脂合成，故名五石散。服之能轉弱為強，而貧人不敢用，蓋食之不慎，往往致死，服後不久，藥力發作，名曰「散發」，此時必須走路，不可休息，六朝詩云：「至城東行散」，即此意。（或解行散為散步，實望文生義也）行散後，體漸熱，熱久復寒，而不宜食溫物，服暖衣，反之衣少食冷，以冷水澆沃，始能收效，否則亦死，五石散緣是又曰寒食散。又行藥後，須飲酒。身體膨脹，必衣寬博衣，赤足或著屐，六朝多飲酒衣肥大著屐，職是故也。貧人少暇，不能行散，更不能飲酒，遂少服散矣。此文多推測之辭，未敢斷其與當時情形合否？然富人好補品，今日尤甚，海上有因濫注維他命乙劑而致死者，補品之為害為益，自古已難言如此，惜多金者未悟耳。散既有發散意，故吾曰藥散之義，不盡取於零星散碎。姑存此說，以待質證。

東莞李竹隱

余為日抄，不意遂一周矣，以余之無恒，有此成績，已屬不惡。然覓題檢書，大為不易，或譏為獺祭，不知獺祭亦仍須讀書也，拙稿刊登之次日，龍榆生先生自城北以《廣東新語》見還，因有感於談蟹一文而然，不勝惶恐，蓋余非粵人，買此書時，徒以作者屈翁山曾被文字獄而破鈔，非必有所用之，龍公假閱時，已有相贈意，今又辛勤送回，不幾於有意為之邪，一笑一笑。頃因覓題，首翻此書，以答龍公雅意，至卷九事語〈過洋樂〉一條云：

東莞李竹隱先生，當宋末使其婿熊飛起兵勤王，而身浮海至日本，以詩書教授，日本人多被其化，稱曰夫子，比死，以鼓吹一部送喪返里，至今莞人送喪，皆用日本鼓吹，號〈過洋樂〉。

此又早於朱舜水陳元贇三百年矣，第不知今時猶有此風否？京中不乏東莞賢者，深盼有以語我。竹隱歷史，大足研討，事忙書少，愧未能也。

黃巢菊花詩

秋光漸老，菊有黃華，東籬佳趣，隱逸所高。自來作菊花詩者，多寄託遙遠，韓魏公被黜，有「不羞老圃秋容淡，自有黃花晚節香」之語，久炙人口，頃見褚稼軒《堅瓠集》記黃巢菊花詩一則云：

《貴耳集》載，黃巢五歲時，父翁吟菊花詩，翁思未就，巢信口吟云：「堪與百花為總領，自然天賜赭衣黃。」父怪欲擊之，翁曰：孫能詩，令再賦一篇，巢應聲曰：「颯颯西風滿園栽，蕊寒香冷蝶難來，他年我若為青帝，報與桃花一處開。」翁大異之。《清暇錄》又載，巢下第作菊花詩曰：「待到秋來九月八，我花開後百花殺，沖天香陣透長安，滿城盡戴黃金甲。」二詩已見跋扈之意，豈不為神器之大盜邪？《七修類稿》載：明高皇亦有菊花詩云：「百花發，我不發，我若發，都駭殺！要與西風戰一場，遍身穿就黃金甲。」似亦祖巢之意，巢之反，果在於秋，而明兵敗士誠，克大都，皆在八九月，但滿城戴金甲，不過擾亂一番，而穿就黃金甲豈非黃袍加身之象？此所以為巢之敗，高皇之成也。

按明祖詩見《七修類稿》卷三十詩文類，巢詩附載，世對英雄，每多附會，黃巢明祖之詩，豈遂可信？然自張端義既已言之，流傳亦云久矣。梟雄口吻，或有不凡，若謂即此便占成敗，不免侯門仁義之誚。

再記過洋樂

余前記李竹隱先生事，東莞有過洋樂之俗，頃承范直公兄示以詳況，頗可感，茲代為披露如次：

> 果庵先生：關於李竹隱先生逸事，曾見縣誌，（惜客居京都，未克檢送）所謂過洋樂，在余記憶中，現尚流行，每逢喪殯，不論貧富，此過洋樂，必有吹出者。其器係用竹管，約四寸許，頭端有橫孔，用薄紙或用蔥衣黏之，吹出聲音，哀感動人，相傳我鄉與省港比賽音樂，為人所敗，好事者以此器吹出送之，意為詈咒獲勝，至今我鄉名此器為送喪笛，廣州諺語有「阿聲送殯」謂聽死人笛，不理會你們所說什麼也。但此笛以我鄉為優，鄉父老且樂道之，惜余生也晚，且在鄉日淺，未能一一奉告耳。熊飛起義，誠然，凡車過廣九石龍站，見有巍然一塔兀立者，即熊飛起義所在之地，塔名石榴花塔，蓋以紀熊公也。民國成立，袁政府有所謂忠義祠之設，除祀關帝外，旁及歷朝忠義大臣，吾鄉即以熊將軍配焉。

按先生所述，可謂詳盡，唯洋樂究與日本有何關係，仍未著明。屈氏所云樂人衣冠皆東洋式，不知到底若何？范公函後附云，黎國昌先生或所知更多。余與慎圖兄昕夕過從，惜未暇問及，亦極疏矣。李竹隱及熊飛，史並無傳，又無暇遍考《小腆紀年》、《紀傳》[①]等書以實之，為學不易，此一端耳。

書畫金湯

鄭秉珊兄轉代懇陸曙輪先生花草一幀見投，畫秋葵一枝，伴以山石，白陽神韻，點綴寒齋秋色不少，秉珊兄亦精繪事，山水尤具法度，非今之浪以西法寫中畫者可擬，識者於所寫文字中，不難知其取精用弘，固無待辭費也。頃閱《繪事微言》，書畫金湯一條，頗可助收藏家為談資，錄之以省翻檢勞。

> 一，善趣：賞鑒家，精舍，淨几，風日清美，瓶花茶筍橙橘時，山水間，二人不矜莊，名香修竹拂曬，天下無事，考證，高僧，與奇石鼎彝相傍，睡起，病餘，雪，慢展緩收。
>
> 二，惡魔：黃梅天，燈下，酒後，硯池汁，屋漏水，硬索巧賺輕借，收藏印多胡亂題，代枕旁客催逼，陰雨燥風，奪視，無揀料銓次，市談攬，油污手，曬穢地上，臨摹污損，蠹魚，強作解，噴嚏，童僕林立，問價，指甲痕，剪裁摺疊。……四，落劫：入村漢手，質錢，獻豪門，剪作練裙襪材，不肖子，換酒食，盜，水火厄，殉葬。

按此所云，固無以易一字，而天下無事一語，余謂尤凡百根本。往昔名家輩出，何莫非受此之賜？方饔飧之不繼，不以書畫易米者蓋尟。若清照詞人〈金石錄後序〉所云，又今日數見不一見者矣。於惡魔一項，今擬著一鼠字，蓋以京中而論，鼠患之厭人，固人人知之，余所藏書畫冊籍，無不罹此厄者，鼠矢累累如丸，鼠遺片片如潘，齒牙所及，更不堪問，焉得狸奴守而殲旃，方釋此恚。

米價

趙甌北《二十二史劄記》，唐代米價，貞觀時斗米三錢，安史之亂，兵役不息，田土荒蕪，兼有攤戶之弊，十家之內，五家逃亡，

即令未逃之五家，均攤其稅，是以逃亡愈多，耕種愈少，代宗時，斗
米一千四百，畿甸援穗，以供宮廚，至麥熟後，市有醉人，詫為祥
瑞。較貞觀時，幾至數十百倍，讀史者至此，可以覘事變也。至如攻
戰之地，城圍糧絕，尤有不可以常理論者，安慶緒被圍於相州，斗米
錢七萬，魯炅守南陽，斗米至四五十千，有價無米，一鼠值四百，
黃巢據長安，百姓遁入山砦，累年廢耕耘，斗米湧至三十千，官軍執
山砦民，賣賊為食，一人值數十萬。又明代米價：《明史》〈周忱
傳〉，時京師百官月俸，皆持俸帖赴南京領米，米賤時，俸帖七八
石，易銀一兩，忱請重額官田，極貧下戶，准納銀，每兩當米四石，
解京代俸，民出甚少，而官俸常足。〈楊守隨傳〉：王府祿米每石征
銀一兩，後增十之五，守隨入告於王，得如舊。是明中葉米價不過如
此，及崇禎四年，斗米值銀四兩，民多從賊，〈左懋第傳〉，崇禎時
山東兵荒，米石二十四兩，河南乃每石一百五十兩。按此可注意者，
即古代一遇非常，物價上漲之百分比，亦每有超乎想像者，非僅今時
為然也。又自宋以前，中國通用貨幣，尚不以銀為單位，元明以降，
用銀漸廣，而物價益增，若崇禎末每石米價為百五十兩，折合銀元已
二百餘元，較之今日價格，相去幾何？斯又不能不使人驚異者矣。官
俸用米，承平時苦米價之低，似亦應考慮處。汪龍莊《病榻夢痕錄》
乾隆五十一年江南大水，無錫設粥廠，米價一石四千三百，丹陽更
昂，每石四千八百，流丐載道。洋河鎮隸宿遷縣，米制錢十千二百文
一石，豆價與米價等，豆腐一斤錢十六文，面一斤錢七十六文，屍橫
道路，按又可見承平時之物價變化，清高宗在位六十年，江南無事，
故糧價如此，已為奇災，若今日則夢寐求之未可得耳。

烤肉

　　故都吃烤肉涮肉，雋事也，亦趣事也。寒霜漸繁，晨起可棉，
遙憶松柴白酒，正不減季鷹蓴菜。南人不諳此味，都中食肆，雖亦

具此，而趨之者仍是北人，若南人至北方，或以不知食法，轉生笑柄，某年秋，余與友釀飲東來順，食火鍋，隔壁二人操南音，亦索此，余輩穴隙覘之，大鍋既至，肴品鹽梅雜陳，乃竟不知所措，計議良久，啟蓋將肉片及菜悉數傾入，仍煮之，半時許，肉老不堪食，相與唏噓，余輩則大嗚噱，因念吾人若旅居百粵，見龍虎之羹，蜜炙之鼠，或亦不免乎此耳。按《都門瑣記》曰：

> 正陽樓以羊肉名，其烤羊肉，置爐於庭，熾炭盈盆，加鐵柵其上，切生羊肉極薄，漬以諸料，以碟盛之，其爐可圍十數人，持碟踞爐旁，解衣盤礡，且烤且啖，佐以燒酒，過者皆覺其香美。

《舊都文物略》：

> 八九月間正陽樓之烤羊肉，都人恒重視之，熾炭於盆，以鐵絲罩覆之，切肉者為專門之技，傳自山西人，其刀法快而薄，片方正，蘸醢醬而炙於火，馨香四溢，食者亦具姿勢，一足立地，一足踏小木，持箸燎罩上，旁列酒尊，且炙且啖，往往一人啖至而二、三十拌，拌個盛肉四兩，其量亦可驚也。

諸所記皆可見吃烤肉之習俗，然邇日烤肉亦尚牛，不似涮之以羊為本，又有「烤肉宛」者，更有聲於正陽樓，頃見曹見微先生有文記之甚詳，不贅。

送寒衣

　　「一之日觱發，二之日栗烈，無衣無褐，何以卒歲！」每於冬時，諷詠此篇，輒有瑟縮之感。電火韶光，又屆冬日，不知無以卒

歲之同胞，尚有幾何。考故都有十月送寒衣之俗，所以竭孝思，懷祖澤，亦良風已。《帝京景物略》曰：

> 十月一日，紙號裁紙五色，作男女，長尺有咫，曰寒衣，有疏印緘，識其姓字輩行，如寄書然。家家修具夜奠，呼而焚之門，曰送寒衣。新喪，白紙為之，曰新鬼不敢衣彩也，送白衣者哭，女聲十九，男聲十一。

劉同人巧於摹物，區區此事，亦必斤斤於男女哭聲比例，風趣可見。《荊楚歲時記》不載此俗，唯《清嘉錄》云：

> 十月朔，俗稱十月朝，官府祭郡厲壇，遊人集山塘，看無祀會，間有墓祭如寒食者，人無貧富，皆祭其先，多燒冥衣之屬謂之燒衣節，或延僧道作功德，薦拔新亡，至親亦往拜靈座，謂之新十月朝，蔡雲吳歈云：「花自偷開木自凋，小春時候景和韶，火爐不擁燒衣節，看會人喧十月朝。」

是南方亦有是節，特名曰燒衣不曰寒衣耳。十月小春，有花開之事，余所寓邇日紫荊繡球皆作花，玉蘭亦含苞待發，蔡詩先得之矣。京中似有祭先之俗，而燒衣否未悉。《水曹清暇錄》燕台新月令十月云：

> 是月也，曆乃頒，鶴鶉居於蒲，簾在戶，羊始市，咕咕入於懷，僧道課經，豆腐凍，山兔化為貓。

對寒衣未提，蓋僅十月一日之事，非關節候耳。十月頒曆，或有取於古人以十月為歲首之意，今國定曆書亦適於是時修訂，咕咕即蟈蟈之別寫，故都之嬉蟲者，入冬以葫蘆盛蟈蟈蟋蟀之屬，納懷

溫之，鳴絕清脆，以為一樂，一葫蘆之值，每千百，若豆腐之凍，則北國多寒使然，大江以南尚可衣裌，一冬不見冰凌，不以為異，斯又中國地大物博之徵也。

石發

　　前為行散一則，記魏晉人服五石散事，頃閱唐朱揆《諧噱錄》有石發一條，可參證：

> 魏時諸王及貴臣，多服石藥，皆稱石發：乃有熱者，亦云服石發熱，時人多嫌其詐作富貴體，有一人於市門前臥，宛轉稱熱，眾怪問之，答曰，我石發，眾曰：君何時服石？曰，我昨市米中有石，食之今發，眾人大笑。

按准此例，則我人今日食米，日日可詭石發矣，一笑。又郝懿行《晉宋書故》寒石散一條，說此尤詳，並引《晉書》〈裴秀傳〉云，服寒食散當飲熱酒，而飲冷酒，泰始七年薨，時年四十八。〈王戎傳〉：戎偽藥發，墮廁，得不及禍，〈皇甫謐傳〉：服寒食藥，違錯節度，隆冬裸袒食冰，當暑煩熱，加以欬逆，或若溫瘧，或類傷風，浮氣流癰，四肢酸重。又《宋書》〈王徵傳〉：憶往散發，極目流涕。然則補藥之患詎不大哉！古人所云，服食求神仙，多為藥所誤，於此又獲一解。

蔡乃煌

　　益堅君為〈蘇撫陳啟泰〉一文，頗資掌故，益堅先生即餘杭褚稼先，清末名御史褚博約之嗣，博約先生官至潮州知府，後丁艱為金陵惜陰書院山長，其在台諫，以敢言稱，然身後凋零，後人

不得不橐筆自給，廉吏可為而不可為也。清史於陳無傳，以開府一方之大員，而疏略若此，亦一異也。蔡乃煌粵人，原名金湘，作秀才時，殊無賴，好以刀筆為人構訟，後卒被褫去衣冠，乃挾其兄子乃煌監照北走京都，冒應順天鄉試，登乙科，居然以乃煌名而字伯浩，人亦莫辨也。甲午臺灣獨立，煌在台為藩幕，乾沒中朝餉金二十萬而逸，納其資為四川道員，既又夤緣入都，張文襄適領樞府，遇事推重袁項城，而日以詩鐘②自娛，一時名流樊增祥易順鼎等，爭趨侍焉。一日南皮集項城及其他幕僚為詩鐘，慶親王奕劻亦在，南皮特拈「蛟斷」二字，蔡應聲云：「射虎斬蛟三害去，房謀杜斷兩賢同」。蓋慶邸方與瞿鴻禨岑西林不協，正假京報案觝去之，詩上句指此事，下句則指袁張交讙，亦云巧慧矣，慶袁張皆大悅，即日擢放蘇松太道。後以忤載澤去職，辛亥鼎革，復至京，希起用，袁氏鄙之，一日，蔡復集客為詩鐘，拈「申鑒」二字，客曰：「今日未必能申蠖，往事真堪作鑒龜」，蔡失色不語，翌日，襆被去京矣。（按詩鐘或謂梁鼎芬作，梁雖便捷，不至以是為迎合，蔡有詩鐘集《石絜園詩鐘》，蓋頗以此自詡者也。）

隨園

　　蔣心餘《臨川夢傳奇》譏陳眉公，隱奸一出定場詩曰：「裝點山林大架子，附庸風雅小名家，終南捷徑無心走，處士虛聲盡力誇，獺祭詩書充著作，蠅營鐘鼎潤煙霞，翩然一隻雲間鶴，飛來飛去宰相衙。」可謂謔而虐。然此詩葉衍蘭太史謂系詆袁隨園，雖不足據，而袁氏風格，固與此近。余每過小倉山，觀高冠吾氏所為題額，遙見荒墳蔓草，輒覺即此名士，亦不作久矣，大雅寢微，吾衰誰陳，可堪一慨。考《石城山志》：隨園舊為隋織造園，既歸袁氏，易隋為隨，四山環抱，中開異境，樓臺皆依山構造，如梯田狀，雖屋宇鱗次，而占地無多，四圍皆倚峭壁，不設牆墉，入園必循山坡，迤邐而下，固天

然形勢也。今則平原一片，雙湖水僅一泓可辨，以外絕無陂陀處，相傳洪寇因糧餉告乏，填平洞壑，資田以供給偽王府之食米，及克復後，復有棚民墾殖山谷，其土日壅日高，遂不能按圖而考其跡矣。是隨園之鞠為茂草，抑已久矣。黃秋岳筆記云：

> 昔聞冒鶴亭言，在京師廠市，得批本隨園詩話，不知誰氏所批，中有一則，言幼時隨其母至江寧，見袁簡齋之夫人於隨園，談次，袁夫人自詆所居，荒煙蔓草，與鬼為鄰，入市購物至艱，為良人風雅所累云云。

今按其地，距市仍遠，年前日本神社動工之先，曾盡發其地棺柩，豈自袁夫人時，即有義塚邪？唯余過其地，詢種菜人，則地猶袁姓，青門尚可種瓜，亦可羨耳。

書生歎

書生百無一用，黃仲則之言哀矣。百物湧貴，生計艱難，而書生之悲歎益多，甚有不能謀朝夕者，數十年後，視此不知以為如何？陸放翁書生歎，羅掞東極賞之，蓋放翁亦有所感而發乎？其詩曰：「君不見城中小兒計不疏，賣漿賣餅活有餘，夜歸無事喚儔侶，醉倒往往眠街衢。又不見隴頭男子手把鉏，丁字不識稱農夫，筋力雖勞憂患少，春秋社飲常歡娛。可憐秀才最誤計，一生衣食囊中書！聲名才出眾毀集，中道不復能他圖，抱書餓死在空谷，人雖可罪汝亦愚，曼倩豈即賢侏儒！」羅評云：「中道句真正書呆。」吁，書生之所以為書生，正在其不能為他圖耳，翻手為雲，覆手為雨者，固不得與於書生，即之胡之越又豈書生所應爾邪？今之棄學而商者甚眾，海上稱之曰動腦筋，吾輩獨苦未能，其腦筋或幾乎腐矣。以迂執之見，應波譎之世，宜其死於空谷，而無所訴也。

端方

　　端午橋有小慧，善伺人意，初附新黨，既見其勢不能自存，乃
又悔焉，然新黨敗後，終稍受牽罣，《秋星閣筆記》云：

> 端午橋小有才，充名士，好嘲弄人，猶憶上海某中書者，發
> 起一拒賭會，網羅名人不鮮，而尤企大力者為之作登高呼，
> 時端正開府兩江，某中書趨謁節轅，痛陳賭害，端太息曰：
> 「誠如君言，此花骨頭亦喪余不少。向者余亦嗜此，一行作
> 吏，茲事廢矣。唯近日盛行麻雀牌，聞士大夫皆嗜之如性
> 命，君亦能之乎？」某君曰：「中書向於各種賭經，均未入
> 其藩籬，殊為門外漢也。」端曰：「我猶彷彿憶之，麻雀牌
> 中，他牌均四，惟白板則五，」某君急辯曰：「大帥誤矣，
> 白板亦四也。」端熟視某中書半晌，笑曰：「咦！亦個中人
> 也，能正我之誤，大佳。」又周視在座諸僚曰：「君輩亦深
> 知白板之數非五也，」語已皆大笑，端茶送客矣。

　　按文宗昵孝欽時，台諫或陳春藥之害，孝欽乃指示文宗云，何
不批以朕不知春藥為何物，著該員明白回奏，諫者果自裁，西后自
是益得寵，端之答復禁賭，亦此類耳。端官兩江久，佚事宜多，不
知白下有何傳說，若有好事者一蒐輯之，亦快事也。

秦淮

　　余淡心《板橋雜記》，寫秦淮旖旎風光，宜令人惆悵，所謂：
「每當夜涼人定，風清月朗，名士傾城，簪花約鬢，攜手閒行，憑
欄徙倚，忽遇彼姝，言笑宴宴，此吹洞簫，彼度妙曲，萬籟皆寂，
遊魚出聽，洵太平盛世也」者，在淡心當時，固已有「每一過之，

蒿藜滿眼，樓館劫灰，美人塵土」之歎，若《桃花扇》〈餘韻〉云云，又不必吾人靦覥矣。昔曾文正收復兩江，不廢遊宴，人多賢之，明人詩云：「花無桃李非春色，人有笙歌是太平，」此自極人情之致，不可全以世道人心之論衡之，然太平而後可以笙歌，則又未可本末倒置耳。友朋相過，無不以艱難生事為言，淚眼問花，花將不語，則余之期年不涉秦淮一步，又豈有冷豬肉之思邪？每見夫子廟前，鳩茶羅列，菜色羸形，為之不忍，縱月白風清，亦無言笑憑欄之雅興。是則燈紅酒綠中，更有痛於蒿萊滿目者，況黔垣赭廬，依然觸眼乎！

毛人

友人贈《人間世》合訂本一冊，其第二期即刊老向〈吾民其為毛人乎〉一文云：

> 村中老頭兒嘗譚，斤鹽如超過京錢百文之價，則官逼民反，天下大亂。尋繹斯言，意義有二，蓋一則以懼，懼其反時生靈塗炭，一則以喜，喜其亂後鹽價得平也。夫京錢百文，合孔方銅元五十之數，當十銅元僅五枚也，今則鹽商巧思藉改用新衡之名，行增加鹽稅之實，以量減一兩有六之新秤，每斤且漲至銅元五十四枚，合京錢千文而有奇，村中老太太們又說：碩鼠食鹽，則織毛盡脫，化而為蝙；人則適得其反，如不食鹽則遍體生毛，狀如西藏之犛牛。若然，則既免鹽商之剝，又有寒衣之備，吾民其為毛人乎！

今日讀此，不免笑為少見，蓋私鹽已漲至十五元一斤，猶無買處；而配給之官鹽又遲遲不至，毛人之說，果其將實現歟？古人設喻，以駑馬鹽車，牽延隴阪為賢者惜，殊不知於今之馬，欲負鹽車

而不得。古又有無鹽之邑，不知其民何以為活。世每云恬淡自甘，恬得靜趣，淡實不甘。聞西南夷以鹽為珍物，家有客至則奉少鹽使舐之，或吾人不久亦將以此為饋遺矣，書博一笑。

胡餅

胡餅，即今之燒餅。燒餅滄桑亦甚矣，始余來京時，枚不過一分，或餡以蔥脂，二分，每晨買兩枚，並餺飥佐而食之，早點之最適者也。厥後以角計，而五角，而一元，每漲價，寒具忽龐然大，餅如之，久而浸縮，及其不足以塞吾人之一嚼，則又驟大，而價增焉，以是驗胡餅之低昂，無或爽，欲取姑與，亦賣者伎倆之一也。考胡餅出西域，漢唐與西域交通繁，胡俗漸入長安，故古詩有胡姬酒家胡諸語。玄宗東奔至咸陽，饑甚，皇孫等掬父老麥飯食，而楊國忠市胡餅以獻，當是此物，潯沱麥飯，以中興而傳，胡餅則不因蒙塵主君而獲佳話，是亦飲食之不平也。中國面麥，雖有餅名，如齊民要術所稱餅法者，則皆今之麵條，故又名水引餅，謂加水引之，形如委蜓。今南人食面，似仍僅此一法，不諳其他，固古意矣。然或有炊餅，水滸傳潘氏藁砧之所售是，蓋加酵粉蒸熟，今謂蒸餅者。燒餅寒具，為全國最通行最廉美之晨餐，是即謂我國皆胡化，亦未為已甚。中國民族，喜吸收外來文化，即飲食小事，未嘗不可為證。若今之衣服，純然蒙古式之胡服，與古意相去極遠，然其利便，殊倍徙③博袖廣襟，取實際而去虛形，又不能不加以讚美者也。《燕京學報》曾有唐代長安與西域文明之輯，詳瞻精博，此不過摘其一端耳。

衣衾棺槨詩

買丁氏排印《歷代詩話》一年矣，既忙且懶，迄未一翻，冬雨連宵，寒燈擁絮，不免取資消遣，乃甫展卷即見《秋窗隨筆》衣衾棺槨詩，甚奇，遂摘其實吾抄云：

余病中偶見法華老衲詠棺詩，戲云，何不補足衣衾棺槨四首，老衲欣然援筆而成，命之曰大歸詩，余亦和作，遂忘其病，時人以死為諱，讀此得毋大駭？然所謂死者，果駭而可避邪！詩並錄於左：兒女千行淚滴汗，著來寒暖不關膚，誰能立地明三事，漫說升天重六銖。翠袖明璫長已矣，繡裳金卷得知無？早知一向為黃土，虛費區分紫與朱（衣）。越紵吳綾細剪裁，千條百結裹枯骸，閨中繡滿梵王字，原上飛成鬼伯灰；不許鴛鴦棲並翼，任他蝴蝶夢千回，恰如旅客和衣睡，倚枕鰥鰥子夜來（衾）。誰信千年永不開，徒教骨肉隔黃埃；收回天上三春豔，蓋盡人間一石才，水土幾番灰卻了，山林又復斧斯來；還愁仙骨埋難盡，碧落殷勤選玉材（棺）。渾如護惜加窮袴，莫是提防用檻車，螻蟻一生忙不了，牛羊他日此相於；漆園再向骷髏語，為問王孫意底如！（槨）④。和云：披來已是四肢僵，誰與身裁較短長；白骨幾根撐作樂，銅棺三寸貯為箱；永辭裘葛春秋換，卻省晨昏著脫忙；重戀人生衣錦樂，熏籠已爇返魂香（衣）。一蓋長年仰面人，夜台從此不知春，葡萄豔覆三生夢，翡翠文遮累劫身；但有漆燈時閃爍，更無玉體共橫陳，秋墳雨打歌蒿里，擁鼻骷髏得句新（衾）。東園秘器作安居，匠斧經營慘澹初，千古賢愚從論定，兩旁兒女總成虛；崔家尚有黃金碗，唐苑寧無白玉魚，獨是英雄戰場上，裹屍馬革不關渠（棺）。皮囊臭腐豈知憐，玉匣蛟龍作套堅，黃土落時先露角，青燐明處不燒邊；狸狐跳嘯重扉外，螻蟻奔馳復道連，縱是三生得同穴，四層木板隔癡緣（槨）。

按《秋窗隨筆》作者西安馬石亭，與杭董浦為友，楊復雲跋云：「《秋窗隨筆》，鮑丈以文所貽，余劇愛其中衣衾棺槨詩八

章，旨趣深遠云云，」則古人已有先我歆賞之者。首唱與和章各有佳句，非必通首皆瑜也。

稿費

《中和月刊》四卷七期刊葉遐庵先生鬻文字例云：「碑傳序記，每篇三百字以內，儲券三千元，頌贊題跋，每字撰書並計，二十元，詩五七言長古，每首二千元，短古及五七律，每首一千元，五七絕每首三百元至五百元，詞中調視長古，小令視律詩，聯語，不逾十五字者，每副五百元至一千元。」晚近所見潤格，此為觀止矣，而以一字論直，恐亦以此為嚆矢。然海上米價每石一千六百，三百字文，不過兩石米，變前念元之數耳，以當時潤資為衡，要稱最廉，若千字斗米，尚以為甚，不知視此，又作何說。日知錄十九，引王楙《野客叢書》，作文受謝，非始於晉宋，觀陳皇后失寵於漢武帝，別在長門宮，聞司馬相如工為文，奉黃金百斤，此風西漢已然，蓋洪邁《容齋隨筆》有作文受謝，始於晉唐之論也。韓退之諛墓，劉禹錫為祭文有曰：「公鼎侯碑，志隧表阡，一字之價，輦金如山。」故有劉叉持金，譏為諛墓所獲之事，若在今日，亦為應分，豈可目為非義。杜工部八哀詩，言李北海：「碑版照四裔，豐屋珊瑚鉤，麒麟織成罽，紫騮隨劍几，義取無虛歲」，稱為義取，實緣與掊克苞苴不同，何物劉叉，輒敢非韓公邪？唐潤筆多以實物，杜詩已可證，白樂天為元微之作墓誌，饋以縑素車馬，價值六七十萬，白以微之摯友，不忍取而捨之寺，亦可參照。故今所謂斗米千字云云，古人固已先我行之，特古今之值遠殊而已，頃於冷肆買遐庵先生所印趙承旨《膽巴碑》一冊，價才六十元，而有先生題字兩行，倘以二十元一字之潤例計之，所獲不已多乎？百無聊賴，持此自解。

沈愚溪

　　沈藎，字愚溪，一字北山，湖南人，光緒二十九年以言論不慎，被譖入獄。余欲考其詳細經過而不得，（江亢虎先生在《文友》一文，亦談及之）蓋余對文字之獄頗感興趣，每欲搜集此項材料也。王小航《方家園紀事詩》注云：

> 光緒二十九年，沈漁溪被某譖陷入獄，夜半宮中傳出片紙，天未明而沈已碎屍矣。其明年，余（小航先生自稱）入獄，即沈之屋（王氏因贊成變法曾勸皇帝太后出洋遊歷，吏部不為代奏，為光緒帝所知，盡罷滿漢六堂官。戊戌變作，王亡命日本，返國後，一度入獄），粉牆有黑紫暈跡，高至四五尺，沈血所濺也；獄卒言，夜半有官來，遵太后傳諭，就獄中杖斃，令獄吏以死報，沈體極壯，群杖交下遍身傷折，久不死，連擊兩三點鐘氣始絕云。

所記已足使人悒悚，而黃秋岳筆記所記，尤可不寒而慄。原文云：

> 精衛先生被逮入北獄時，有一獄卒，嘗為述沈事，歎息言曰：「彼一鐵漢也；當被捕時，老佛爺本欲即殺之；萬壽在邇，乃命杖死，行刑官宣讀時，彼面不變色，但曰：『請快些了事。』於是亂杖交下，骨折肉潰，流血滿地，氣猶未絕，呼曰：這樣不得了的，快把我堵住罷！於是裂其衣幅，塞口鼻及谷道，再杖始絕云云，」精衛先生近為予言之，彌歎其壯烈。

　　沈在北京被捕時，章太炎方在上海獄中，有詩曰：「不見沈生久，江湖知隱淪，蕭蕭悲壯士，今在易京門！」末云：「中陰應待

我，南北幾新墳。」語甚沈雄，亦稱沈之壯烈也。夫新聞界有此壯烈人物，而後進不之知，似非敬賢之道，故特表而出之，如有人紀述其被罪詳細情形，發潛德之幽光，彰往哲之前烈，更所盼也。

渾蛋

閱天津華學瀾先生《辛丑日記》，大部記貴州主考事，翔實樸茂，具有北人風格。余與先生哲嗣華以慎兄共事數年，久仰遺型，蓋亦一有維新頭腦之人物也。先生工數學，雖捷南宮，不廢籌策，其日記中記在路途，猶以布算為消遣，厥後津浦路局及開灤礦局諸人，泰半先生及門弟子；而陶孟和先生，與有世誼，故為之纂輯日記，付之剞劂。若以書法著名北方之華弼臣士奎，則輩分與先生為叔侄行，日記中記其過從甚密。因憶王小航先生《方家園雜詠紀事詩》，有記華學涑事，涑為先生叔子，字實甫，又字石斧，好理化，日記中恒記買化學藥品及曬圖紙等事，皆為實甫所辦者，實甫尊人祝萱公則極守舊，信拳匪，時官侍郎，為京官領袖，旋奉命典試閩省，閩考官用侍郎者甚稀，此蓋銜令宣傳大計，沿路勸化魯蘇浙閩四省督撫也。學涑聞之，勸曰：「父親借此逃難好極了，天津北京，不久必失，不能走者苦矣。」祝萱曰：「你小孩子懂什麼，天道六十年一變，今滅洋之期已近，我豈逃哉！」學涑答曰：「無怪乎人說三品以上皆渾蛋也。」王氏所記原文如此，以子詈父為渾蛋，大奇，然當日京官之不曉事，蓋亦可見。寶竹坡太史之子壽伯莆，寄寓華宅，此役竟殉焉，學瀾先生與同寓，則偕實甫共為理後事，是時北京之困難，什百今日，其風義又足多矣。北俗罵人喜用渾蛋，官場尤甚。憶某筆記記某公宣統間為奉天監司，名其科長曰：大渾蛋二渾蛋，一日客至，欲為雀戰而鼎足闕一，乃以電話召其科長曰：「叫大渾蛋來」，斯更渾蛋之異聞也。

放翁生日

　　太疏翁招集橋西草堂，為放翁作生日，忝侍諸君子之列。翁詩有云：「小儒凝涕望京華，無計車書更一家」，讀之感慨萬端。昨樊仲雲先生枉談云：我國知識份子論和戰，以五代為樞紐，五代以前泰半主和，厥後則多言戰。蓋漢唐國勢盛時，羽檄所至，北至朔漢，西抵龜茲，南則交趾入貢，東則三島來學，而役民驅眾，勞亦深矣，漢武有輪臺之悔，唐人多非戰之什，即高岑之流，高歌邊塞，又何嘗不以古來征戰幾人還為悲乎？至若香山杜陵，尤無論矣。乃至趙宋，國威漸替，政令不出河北，國家局促中原，及女真尋釁，乘輿播遷，昔之士夫，議論不定者，遂無不以戰為言。激切陳辭，痛哭流涕，若胡銓之十弔十慶，真不失為鏗鏘文字。詩人如放翁，詞人如稼軒，忠憤之句，百世如見其人，顧酸儒腐論，究何與人事？且均不免於附韓之玷，為人所譏。是國家有主戰之論，必其勢已絀於戰，不若非戰之時，戰有餘而和不足也。武皇開邊意未已，邊庭流血成海水，較之度兵大峴，收泣新亭，是何境界，識者當有以語我。余感此論之透闢，不揣其筆墨之陋，摘記如此。任公詩云：「詩界千年靡靡風，兵魂消盡國魂空，集中什九從軍樂，千古男兒一放翁。」以兵魂國魂，付之詩人，殆已誤矣，吾人俯仰千載，追祭古人，不免於萬首詩篇之外，重有若干惆悵耳。

譚組庵先生論書

　　太疏翁見假譚組庵題跋抄本一冊，是未經印行者，楷書清整，多論書法並及晚清諸名公箋啟跋語，亦且有裨掌故。黃秋岳跋云：「掌故既羅胸不紊，論書尤有獨到語，」良不誣也。暇擬謄錄一通，以資披覽。今摘抄其論右軍書法一段云：

清道人嘗疑蘭亭為偽，以臨敘為證，大為沈寐叟所呵，然寐叟但云更從何處得行楷，不足折道人也。吾謂道人，唐太宗善書，不至寶偽跡，且其時王書甚多，唐去晉如我輩之於董香光，何至標舉偽跡，以號召天下乎？且王右軍號為書聖，一時從風，不始於太宗，北齊書魏書言：善書多言學王羲之可證。所謂聖者，正以變法，若猶循分隸舊法，則時人皆能之，何聖之有！衛索之倫，皆能自立一時，而庾翼謂王頡還舊觀，知學古不至，不能更出於新意也。

按疑王右軍者，不始自清道人，阮芸台南北書派論，及蘭亭帖跋，已露斯旨，蓋王書之脫盡圭角，與漢晉隸書體勢相去太遠，以時代論之，不容有此突變也。若謂內府所藏，必屬真跡，以昭陵之酷好王書，得墨蹟數百紙，猶命遂良辨其真贗，二千年後，又復何所據乎？董香光去吾人不過五百年，偽作正復不少，譚公此論，不免蔽矣。今日所見漢唐寫經木簡，其意均與隸近，雖已解散隸體，而波磔尚存，無一似王書之圓熟者，以真跡論，此諸無名之作，不須偽制，自是可信，又豈得以清宮所收一二小紙，寥寥數字，遽斷為二王真物而抹殺當時流行體制邪？

書貴自成一家

譚組庵先生云：

山谷詩：「隨人作計終後人，自成一家始逼真。」況後世俗尚相高，非力追古昔，何以自拔，不但舊日館閣習氣，即一時風尚，某碑某帖，亦不可從，創始者非無工力，轉相則效，所謂咬人矢撅，非好狗也。

數語頗有味。吾國書法，多以臨摹為事，初學臨摹之功，自不可廢，若學之既久，而不能生出新意，則亦不足道矣。書派初宗南帖，以二王為高，片紙隻字奉為瓌寶，舊唐太宗宣導之力居多。至乾嘉後始有言北碑者，北碑近古，又較帖意之圓熟生厭者，每有可喜處，書林景從，蔚為風氣，包康之論，所以揚激之者，無所不至，逮晚清而趙董之書，無人問津，梁山舟王夢樓，輒被譏訶，末流所屆，怪態橫出，五角六張，毫無矩矱。比及今日，學子乃廢法書而不顧，遑論碑板法帖，即毛筆松煙，亦將輟於廛肆矣。平心論之，只要熟而生巧，力而有姿，碑也帖也，夫何所擇？若能自成一家，如鄭蘇戡吳倉石，取精用宏，斯更士林所不廢者耳。

畫展

赴中華留日同學會訪啟無兄不遇，信步至中日文化協會，看第二次全國美展。時適晨起，觀者寥寥，然其日既為日曜，亦足徵國人之不嗜美術者。美展出品並不甚多，以余所知，京津及滬上諸名家，闕如者尚不在少。或開幕方始，作品尚未收齊歟？抑交通梗阻，未能遍徵歟？余不知畫，顧甚喜畫，外行人不能作內行語，恕不敢妄肆雌黃。但見畫幅標籤，有誤石冥山人為石真山人，誤瞿兌之為瞿光之者，幅幅如是，當非筆誤。以邱瞿二公在藝壇之地位，宜乎家喻戶曉，乃猶有魯魚之訛，又何怪乎觀者之寥落乎？按中國藝事，自以舊京為中心，瞿兌之先生在古今三十五期論其原因甚詳，讀者不妨參閱。清初畫家，太倉之王，陽湖之惲，虞山之吳，杭郡之金，以及明之遺民八大石濤，何一非生長江南，緣何三百年後，此風轉微，其間殊堪吟味。余細考舊京畫者，其實籍仍以南方為多，特作宦京華，久住不歸，遂家於北耳。當太平之盛世，樂衣食之無虞，京都百物輻輳，人情淳樸，宦於是者，動有菟裘⑤之念。迨人文既成，蔚而成風，遂令

江南昌阜，轉不逮燕趙風華，斯則由畫而涉及其他，罔不如此者
也。若以目下而論，雖寸楮百金，猶不足謀室人一飽，六法雅
尚，能維持幾時，又不能不抱杞人之懼矣。

張蔭桓

余前為孽海花人物漫談，對張樵野佚事，有所捃摭。頃買得吳
漁川《庚子西狩叢談》，於張事多言人所未言，張曾疏薦吳氏以為
堪膺方面，自不無知遇之感。戊戌變後張以佑新黨遣戍新疆，及庚
子端王矯西后詔殺之，吳記云：

> 張公於予有薦主恩，聞之惻然。當主辦日約時，（甲午之
> 役，張被派為和議大臣，初被拒，後改李合肥，合肥未及
> 約終他去，仍由張辦理。）余曾從事左右，相處逾歲，其
> 精強敏瞻，殊出意表。在總署多年，尤練達外事，翁常熟當
> 國時，倚之真如左右手，凡事必咨而後行，每日手書往復，
> 動至三五次，翁名輩遠在張上，而函中乃署稱吾兄我兄，有
> 時竟稱吾師，其推崇傾倒，殆已臻於極地。今張氏裒輯此項
> 手箚，多至數十巨冊，現尚有八冊存余處，其當時之親密可
> 想。每至晚間，則以專足送一巨函來，凡是日經辦奏疏文
> 牘，均在其內，必一一經其寓目審定，而後發佈。張公好為
> 押寶之戲，每晚間飯罷，則招集親知幕僚，團坐合局，而自
> 為囊主。置匣於案，聽人下注，人占一門，視內之向背以為
> 勝負，翁宅包封，往往以此時送達，有時寶匣已出，則以手
> 作勢令勿開，即就案角啟封檢閱，封中文件雜遝，多或至數
> 十通，一家人秉燭侍其左，一人自右進濡筆，隨閱隨改，塗
> 抹勾勒，有原稿數千字而僅存百餘字者，亦有添改至數十百
> 字者，如疾風掃葉，頃刻都盡，丞推付左右曰：開寶開寶！

檢視各注，輸贏出入，仍一一親自核計，錙銖不爽，於適處分如許大事，似毫不置之胸中。然次日常熟每與手函致謝，謂某事一言破的，某字點鐵成金，感佩之辭，淋漓滿紙，足見其倉促塗竄，固大有精思偉識，足以決謀定計，絕非草草搪塞者，而當時眾目環視，但見其手揮目送，意到筆隨，毫不覺其有慘澹經營之跡，此真所謂舉重若輕，才大心細者，宜常熟之服膺不置也。

對張之揄揚，可謂甚罕。世固有一等人，其明敏超過恒人之上，然不善含蓄，圭角太露，終不足以襄大業，張樵野之外，近世若徐又錚，殆有同感。按此書所敘，徐一士先生在《國聞週報》隨筆中已有徵引，特亂後書闕，不妨再抄一番，以廣異聞耳。

史書

　　史書都未可盡信，劉子玄《史通》已著疑古篇矣。古事邈遠，宜其難稽，自近代研史者一取實證，古代傳說之露暴真相者，豈只一端，小儒拘於短視，方抱朱子綱目以為不可移易，不知堂堂五帝三皇，早已發生動搖，亦可笑也。余讀近世史，雖其事與人去今不過數十年乃至數年，已有傳述不一無所適從之感。魏收撰史，傳以賄成，為世所譏，此一事也，若夫身為當軸，大約皆有執筆為文刊印發佈之便利，故私人著述，多有臆見在內，亦不足視為徵信。蔡絛《鐵圍山叢談》，多為其先人辯護，而世亦不廢其書，此又一事也。近日印刷便利，書可汗牛，一事而有數家之傳，閱者最易墮入五里霧中。頃讀吳漁川《庚子西狩叢談》，對岑西林頗致不滿，且云其當孝欽西奔途中，與太監相結納，助儉壬爪牙，而《中和》四卷五期，所載岑氏《樂齋漫筆》，正汲汲以裁抑閹宦為言，此究當以何為信邪？又岑氏督兩廣時，曾於一年內參罷屬吏數十百人，其

最著者為霍丘裴景福，時令南海，《樂齋漫筆》亦紀其鞫法狀，而裴氏《河海昆侖錄》今為家弦戶誦之書，所自辯解甚明，此又當以何者為據乎？瞿文慎相國與袁世凱慶王不協，幾已傾其出軍機矣，以京報一案不慎，為小人所擠，遂一蹶不振，然在吳氏書中，亦寫成一譏刻忌猜之人，令人不生快感，斯亦令人疑不能明者，昔者吾友某君曾有一言云：「歷史者古人之謠諑也，」吾不禁為之啞然，是則吾人研究歷史，豈非日日輾轉於謠言之中乎？噫。

余自三十二年十一月起，應王代昌兄之命，為《中報》中流版撰文，閱書有所抄，輒以畀之，月尾，雨生兄來京，已集得三十條，謂可抄成一帙，由《風雨談》再為發表。夫以此種餖飣屑瑣，而浪費紙張與讀者精力，不幾為罪過邪，然而家有故帚，享之千金，既已有此機緣，亦遂不願放過，好在滬上看《中報》者不多，未嘗不可自解。抄校既竟，附志於此，後此有作，容當續書。

十二月一日抄畢記

（原載1944年3月《風雨談》第十期）

---

① 《小腆紀年》為清人徐鼒著編年體的南明史，此處《紀傳》指《小腆紀傳》，為前書的補遺。

② 詩鐘是一種文字遊戲，有不同方式，此處所說的是「嵌字」式，隨意拈出或指定二字，要求寫出兩句對偶詩句，把指定的字分別嵌入兩句的相同位置，必須在限定的時間內完成，故名詩鐘。通常用焚香限時，例如：用細線懸一銅錢，下置銅盤，線旁燃香一支，香火燃至線處則線斷錢落，鏗然有聲，表示時間到，必須停筆。

③ 蓰音喜，意為五倍。

④ 此詩似缺首聯兩句，但不得原書，無法查補。

⑤ 菟裘，古地名，約在今山東泗水縣，常借指隱居之地，菟裘之思即退隱之思。

風塵澒洞室日抄（下）

《新新外史》

　　以百餘元買《新新外史》十二冊於舊書肆，亦講晚清與民初故實者，民國八九年頃，連續刊載於天津《益世報》「益智粽」欄，其欄如今之副刊，而專載滑稽諷刺之品，又多以當時政局要人為對象，並有胡淡人之諷畫，尤對當軸備至熱嘲，設在後此，早被懲處矣。是報主持者為天主教會，吾鄉劉濬卿先生為經理多年，故幼時縣中無不閱之者，劉君雖不知以新法改進，而十數年如一日，其精力亦有足多，民二十後劉故，改易經理，比國雷鳴遠司鐸實陰持其事，羅隆基錢端升等，曾分別為總主筆，以社論敢言，為時所重，然余鄉則以劉君既卒，轉不閱之，代而興者則極端通俗化之《新天津報》也。新天津為劉髯公所主持，在津東之銷路，無與倫比，聞變後已停刊，今劉君未悉如何。《新新外史》，濯纓著，其人似姓董氏，殆久歷宦場，對晚清故事制度極稔熟者，筆墨頗條暢幽默，突梯處大類《官場現形記》、《二十年目睹之怪現狀》等書，而又較其多寫實成分。但有不必隱而妄為曲折者，如徐錫麟刺恩銘，徐既久為後人所崇仰，恩又早故，而諱其省為江西，諱其名為徐天麒，他如袁世凱諱為項子城，慶親王，為恩王，張之洞為莊之山，振貝子為興貝子，端方為瑞方，不一而足，然又有絕不諱者，如李鴻章，寶芬等，亦頗不少，蓋隱名於疑似之間，乃是時著書一種風氣，有時日久忘記，則又不隱也。此書體裁，亦如官場，二十年諸作，分之則成片斷，實非真正之長篇說部，此亦報紙小說例有之現象也。

蔣式瑆

胡思敬《國聞備乘》蔣式瑆參慶王條云：

> 奕劻初封貝勒，後封親王，辛丑回鑾以後，寖寖用事，既領樞
> 務，五福晉爭寵，各通賄賂，積存金銀日多，多寄頓滙豐銀
> 行，過百萬，道員吳懋鼎為滙豐行司會計，私以告御史蔣式瑆
> 劾之，事下尚書鹿傳霖，左都御史溥良查辦，奕劻大懼，遣使
> 先與吳約，願割其半，以借券還之，請勿宣，吳許諾，翌日，
> 傳霖等至，呈其簿據觀之，凡巨室所存母金，借隱其名曰某堂
> 某會，傳霖等不能辨，亦不願窮究其事，結怨於王，遂以查無
> 實據入告，而式瑆斥還翰林院，懋鼎寖寖富矣。

此事亦晚清最駭人聽聞傳說之一，新新外史第三十四回特著之而諱
蔣為江士興，吳懋鼎之角色則曰梅子林，恐係出於杜撰，最可異
者，謂慶王此項賄款，乃張鳴歧所獻，鳴歧以岑春煊幕貪緣為廣西
巡撫，陛見入都，以一百五十萬金賂慶王等，遂不次擢兩廣總督，
蔣時新為御史，張奉炭敬二百金，以為少，思發其事以洩其憤，而
滙豐司帳與有戚，為之謀，先言於銀行經理，果慶王以註銷此款為
請，乾沒之數，當畀蔣若干，既上白簡，慶王大驚，使其門吏海亮
入行疏通，蔣竟獲三十萬金云云，情節描摹逼真，不知與事實合
否？晚清吏治之壞，前史所無，自作孽不可活，覆亡豈不宜哉！

《帝京景物略》

劉同人《帝京景物略》，奇書也，世之為方志者，苟能有取
乎是，又何致令人見而頭痛耶。余昔只有河間刪本，失其真矣，舊
刊已不甚易得，價亦殊昂。今秋過保文堂書肆，忽見一帙，略一

翻檢，則羅莘田先生舊藏也，一印曰：「羅常培讀」。余來金陵買書，遇故人所藏，此係第二次，其一則橋西草堂主人李釋戡先生所藏《漁洋精華錄》，硃墨爛然，足見吾師功力之勤，乃於去歲，璧返草堂，珠還合浦，較在寒齋，為得所矣。今此帙索直至千數百元，雖物價騰湧，亦覺非揣大所堪，而又不忍恝置，爰先持回流覽一過，日來幾經磋讓，此責粗了，稍加拂拭，為之跋云：「癸未秋遇此帙於金陵保文堂書肆，云北估寄售者，價約二千金，余錯愕久之，既展卷，則羅莘田先生圖章，殷然入目，因姑持以歸，秋檠蟲吟，連宵細雨，籀讀一過，愈喜劉君之作，以為求之於今，固不可得，求之於古，亦無幾人，抑且念及是編，師友之藏弄，其間必有不少隱曲轉折，足為後之談資者，鼙鼓未息，各在天涯，及今不收，不知又將流轉何許，人生之緣，更能有幾？心中忐忑，實難為懷。昔我遠祖以山河為泡影，而不能已涕淚於片紙公羊，文人結習，蓋如是夫！爰摒擋舊書數事，益以賣文之資，至冬十月，此債差了，自到江南，斯蓋齋中第一珍籍矣。他人之珍之與否，良非可知，宋人寶燕石，未嘗非敝帚之意，周客徒胡盧何為者①！憶初得是書時，曾移箚知堂老人告以經過。覆信云：『莘田藏書，散出已不少，去歲苦雨齋曾收其強村叢書』云云。眼底滄桑，曷勝可慨，然余之買此，無非以寄一時之興，來日若何，又焉所計！達觀人亦不作種種想耳。此書雖未刪本，而實印於順康間，觀其中涉及北虜字樣，皆已剜去可證，唯即此亦可窺見清初文網之密，又不必以為悒悒也。冬十二月五日即禹曆十一月初九日，晴窗翻檢，拂拭積塵，加簽小印兩枚，乘興記此。」

小館

與知交數人飲於同慶樓，京中最小之飯肆也。以席為覆，人語雜遝，殊非大人先生所宜至，然價賤而肴匪惡，吾輩中人，趨之

者如鶩焉。堂倌老李豐碩滑稽,尤為眾客所寵,此肆之盛,蓋頗有功。吾輩食已時,忽訇然一聲,發於通衢,座客大驚,李則坦然曰:「午炮,午炮,快對表,」諸人出而視,一時又半矣,則相與大笑,蓋車輪爆裂作響也,其機智如是。憶在舊京,若此小館,隨處而有。皀溫,耳朵眼,穆柯寨皆是也,皀溫在隆福寺,以爛肉面著,穆柯寨在王廣福斜街,以炒疙瘩著。皀溫者,或云其肆通宵有火,隨時可吃,昔承平,人都耽賭,中夜散場,過此則問曰:皀尚溫乎?曰:皀溫,皀溫,於是訛而成遭瘟,雖然,遭瘟從此幸矣。穆柯寨老闆,為一半老徐娘,西人也,(山陝而非泰西)主其肆數十年,親為割烹,客多善之,比年多用美男為招待者,或曰面首也,未之敢知,如非熟客,罕自操刀,而餘人稍有疏忽,巨掌隨之,批頰作響,不敢計較,觀者異焉。凡此諸肆,昔日皆有帶炒來菜之法,顧客為經濟計,可外買肉菜,交彼代作,味腴直賤,甚為方便,余在黌舍,每與同學過之,今日回想,都成夢寐。又南新華街師大南鄰一山西小館,曰慶華春者,原係賣酒之肆,既學生多往就食,遂成飯館,當日以一角五分可吃炒火燒,過油肉,撥魚兒,刀削麵諸品,任憑自擇,其主人亦西人,病頸而曲,聲高以銳,吾輩每於寢室中學之以為笑樂,後此公忽有所戀,竟累其停閉,改染坊,未久,又於琉璃廠天順居操其尖銳之聲,周旋於食客之前矣。友人某君,長於余約十歲,告余云,當彼入中學時,日食兩餐,銅幣十枚足矣,以視我儕,已為三代以上,若今之一飯千金,又豈昔時所及料哉。初至金陵,宴客無不六華春,太平洋,西餐則福昌,江河日下,今也即同慶樓猶覺勉強,不知何時,同慶樓亦只有望門大嚼矣。

樊山批牘

樊山批牘有極資嗢噱,如批沔縣令一稟云:

苟馬仁生一女，特招李檢娃入贅，兒婿兩當，自應慎選於先，乃能和睦於後，及檢娃不孝，又繼令伊女與金來娃苟合，並欲殺李而贅金，及被檢娃看破，有要殺兩之語，彼老龜者，遂同來娃，將其捆打致死，此亦丈人行中所僅見者也。夫女既適人，則其身已在本夫勢力範圍之內，此非可隨時改良者也，乃為之岳者，竟欲開為公共碼頭，許其迭相佔領，奸其女者，亦遂視為長江流域，可以彼此通商，彼本夫自有之權利，一旦姦婦欲自由，姦夫欲平權，不惟損其名譽，要亦大違公法。是以得其影響，立起沖突，憤然有革命流血之思想，而其岳與姦夫，本有密切之關係，不甘身為犧牲，聞此風潮，立成返對，逞其野蠻手段，必欲達其目的而止，而本夫李檢娃遂立斃杖下矣。姦婦李苟氏供稱通姦屬實，謀殺不與，猶恐狡辯避就，仰再研究権情，按擬招解。

徐一士先生云：「雜用許多新名詞，以道鄙褻之事，殊屬不像官話，輕薄太甚，乃竟刻流行，甚無謂也。」頗有微詞，若樊山翁者，遊戲人間，何事不可供其筆端揮灑，文人作惡，亦不過如斯耳，故吾曰：文人筆端，畢竟不如武士劍端。

金息侯記徐又錚

息侯老人《瓜圃述異》，多記近人掌故，其徐又錚條云：

徐又錚，余初不識其人，初至沈，說張雨帥入關，余向主守關待時，力阻之，徐歆以利，張意動，遂決遣兵。徐屈意訪余，暢談大勢，謂亂成矣，非武力不能定於一，論辯滔滔，凡所言皆譎而不正。余正色告之曰：「余唯知至誠耳，」徐曰：「待友可誠，待敵不可誠。」余曰：「余所言誠，至誠

也，不論敵友，皆以至誠待之，久而自效，不在一時。」徐笑曰：「公行王道而我用霸術，東周已不可為，姑從管仲後耳。」余亦笑曰：「失言矣，齊桓尊王，何不可為東周乎？」遂一笑而別。後同在燕，對客必尊余上座，戲謂此王者，必當在正位也。余亦戲謂之曰：「見子鈐章乾卦，仿御印，殆亦以王者自娛邪？」徐不覺失色，力辯無之，蓋慮人窺其隱耳。甲子文字獄，徐發書為余辯白，至以狂疾為解，雖非真知我者，其意良可感矣。徐縱橫排闔，才實可愛，惜未竟其用而遽死！聞臨行多有阻者，皆不聽，方登車，有犬銜衣不釋，亦不顧，竟中道被禍。棺厝津寺，夜常發聲如裂帛，聞者驚歎，求仁而得仁，又何怨邪。

寫小徐飛揚跋扈，頗入神理，余前記張樵野，其才蓋相侔，所以終遭凶閔，究不學故也。林琴南先生與徐極相得，文中多稱頌，有知己之感焉。徐曾在故鄉創辦成達中學師範等校，規模宏達，校風嚴肅，今其址已改為新民印書館，又一滄桑矣。所云甲子文字獄，蓋指遜帝出宮後檢出金氏奏摺等件，有密謀恢復之計，當時由故宮委員會提起公訴者，時正段氏執政，徐為辯解，固有力也。

李越縵論桐城派

李蓴客不滿於桐城，多所訾議，同治二年二月初三日日記云：

閱姚姬傳《惜抱軒集》十六卷《後集》十卷，《法帖題跋》三卷。姚氏之文，自謂遠承南豐，近淑望溪，而實開桐城迂緩之派；予於丙辰之春曾閱一過，爾時日記中，謂其碑表志傳散漫不足觀，而序記諸作，舂容大雅，有得於師承，為乾嘉間文章家之俊；今日閱之殊覺諸體多冗滯平弱，前言非

也。姬傳人品高潔，故文自身無齷齪氣，而性情和厚，語言亦無險怪之習，此其可取也。唯生平學術頗疏，文習於望溪而好議論，意欲持漢宋之平，出入無主，遂致持議頗僻。……

初六日日記云：

桐城劉大櫆，詩文皆不成家，其文尤乏佳處，雖稍有氣魄而粗疏太甚，其生平於古人文法亦甚留心，而所作往往軼於軌度，又或摹仿淺拙，轉多可笑，詩稍勝於文，苦無作意，而程魚門姚姬傳輩極推之，姬傳稱之尤力。……

同治三年十月十九日記云：

昭代文至劉海峰朱梅崖，詩至沈歸愚袁子才，可謂惡劣下魔矣；而近日更有桐城末派，如陳用光梅曾亮者，則以歸唐之磊苴②，為其一唱三歎也。

此外所論尚多，不及備記。李氏固好雌黃，然桐城派學問稍疏，固誠有之，其末流則視古文如八股，以定格為範，凡屬性質相近之題，胥以納之範中，昔徐凌霄隨筆曾摘張廉卿墓誌文中匡廓相同者，以為比較，張氏在桐城中尚為健者，若虛自標識，並桐城之法乳而亦未得者尤不必論矣。

張佩綸論桐城派

張佩綸《澗于日記》，前年購藏，始於遣戍終於甲午，而福建之役闕如，又所記多簡略，迄未卒讀。頃閱壬辰正月初二云：

余最不喜桐城派,蓋李臨川錢宮詹之說,先入為主也。近日作古文者,於鹿門所選八大家亦未涉獵,案頭姚姬傳《古文辭類纂》一部,便高視闊步,有睥睨一切意,甚無謂也。偶閱序說一門,歸震川壽序數篇,亦復入選,體固陋劣,文實不佳,如戴素庵一序,乃泛泛應酬之作,人為鄉愿文亦鄉愿,此何足以為法?婦人壽序,更難出色,顧文康夫人序,前後迫溯文康,無非庸腐,及夫人生平,則曰公之德厚而順,其坤之所以承乾乎?夫人之德靜而久,其恒之所以繼咸乎③?尤覺寬廓可笑,然猶云應酬之作也。其母吳氏事略,其父尚在,婦以夫為綱,子以父為綱,乃通篇不及其父一字,直屬大謬。王弇州以為歐陽定是晚年荒亂之倫,而虞山奉為神明,桐城尊為鼻祖,殊不值通儒一哂也。桐城方勝於劉,劉直亂雜無緒耳,然則姚選有刪及方劉者,當是定本。惜康吳兩本,均以多為貴,不知抉擇也。士大夫欲作古文,當自出手眼,為周秦漢魏,為韓為歐曾,為三蘇為豐山,即不然,亦宜博考三朝兩宋間,求其理解,而以本朝諸學人之經說史論參之,無徒博古文之虛名,恃姚選為秘本,稗販偷竊,以水濟水,流於空滑無味之文也。

張氏之言殊有激切處,如歸熙甫文,固非篇篇如是,唯歸不出里閈,其庸處昔賢早有議及者。弇州著論,非可為衡,不過韓文傷於客氣,歐文難免舛疏,在今日清新一派盛行之時微詞當所難免。若論古今人造詣之分,今人恐尚相去有間,非智力相去太遠,即時代使然,倘持語體為較,則又古不逮今矣。

挺經

讀崇德老人自撰年譜,頗可知曾文正公治家之嚴儉,子孫享其餘澤宜矣。文正晚年,以中法天津和約,備受指摘,實則為大局著

想，不得不忍辱出此。且當時交通困難，消息隔絕，又豈可以存心辱國責之老成邪。年譜紀其自保定赴天津時，立遺囑而後往，足見其毫無苟活畏葸之心。吳漁川《庚子西狩叢談》記李文忠敘公挺經故事云：

> 我老師的秘傳心法，有十九條挺經，這真是精通造化，守身用世的寶訣，我試講一條與你聽：一家有老翁，請了貴客，要留他在家午餐，早間就吩咐兒子前往街市上備辦菜蔬果品，日已過巳，尚未還家，老翁心慌意急，親至村口，看見離家不遠，兒子挑著菜擔，在田塍上與一個京貨擔子對著，彼此不肯讓，就釘住不得過。老翁趕上前婉語曰：老哥，我家中有客待此具餐，請你往水田裏稍避一步，待他過來，你老哥也可以過去，豈不兩便嗎？其人曰：你教我下水，怎麼他下不得呢？老翁曰：他身子矮小，水田裏恐怕擔子浸著濕壞食物，你老哥身子高長，可以不致於沾水，因為這個理由，所以請你避讓。其人曰：你這擔內，不過是菜蔬果品，就是浸濕，也還可以將就用的，我擔中都是京廣貴貨，萬一浸濕，便一文不值，這擔子身份不同，安能叫我避讓？老翁見說不過，乃挺身就近曰：來，來！然則如此辦理，待我老頭兒下了水田，你老哥將貨擔交付於我，我頂在頭上，請你空身從我兒旁邊岔過，再將擔子奉還如何？當即俯身解襪脫履，其人見老翁如此，作意不過曰：既老丈如此費事，我就下了水田，讓你擔過去，當即下田避讓，他只挺了一挺，一場競爭，就此消解，這便是挺經中開宗明義第一條。

所謂挺字，亦即負責耳，試閉目思之，我國人病根，豈不在油滑推託虛驕客氣邪？時至今日，還須來一挺字。至於十九條云云，乃是誕詞，有此一條，諸難可消矣。

俞恪士詩

《花隨人聖盦摭憶》文筆清麗，掌故羅胸，信筆記良構也。其記陳伯弢《哀碧齋雜記》一條云：

> 歲辛丑余需次江寧，僦居烏衣巷，一日飲集同人，待俞恪士觀察不至，旋以詩來辭云：「寒風吹腳冷如冰，多恐回家要上燈，寄語烏衣賢令尹，醃魚臘肉不須蒸」。「轎夫二對親兵四，食量如牛最可嫌，轎飯若教收折色，龍洋八角太傷廉。」轎飯，京師謂車飯錢，雖每名只犒一角，然南京宴會，如座客有道台五七人，親兵之外，尚有頂馬纖夫，開銷動輒百餘名，跟丁則每名倍之，或竟有需索者，廉員請客固不易也。

黃君云：「辛丑間轎飯一角，至甲辰以後，則皆兩吊矣。」今日宴客者，汽車夫須五十元至百元，包車夫至少三十元，各可抵昔日中下級公務員一月薪俸，然猶有時呶呶不休，以為主人請得客，豈遂賞不得車飯錢邪？即被人所約，亦是難題，貪夜往返，車費不貲，一也；設有包車可坐，向主人需索酒資，頗難為情，二也。故對俞公此詩，頗有同感。按俞名明震，號觚庵，山陰人，進士，官至甘肅提學使，項城當國，充肅政使。陳伯弢又云：「中國人有三貴徵，小辮子，近視眼，怕老婆。有三不和，前後任，大小妻，正副考」，殊趣，惜今日人事多變，當有以更列之矣。

南北

南北之見，自古有之，五胡亂華，北稱南曰島夷，南詆北曰索虜，較之蠻子、韃子，京派海派之爭尤甚。中國地大物博，民風因環

境而有不同，《漢書》〈地理志〉言之詳矣。南北朝時，南人尚無備中樞者，古文化原在中原河汾之間也。《南史》〈張緒傳〉：齊高帝欲用張緒為僕射，以問王儉，儉曰：「緒少有嘉譽，誠美選矣，南士由來少居此職。」褚彥回曰：「儉少年或未諳耳，江左用陸玩顧和，皆南人也，」儉曰，「晉世衰政，未可為則。」又〈沈文季傳〉：宋武帝謂文季曰：「南風不競，非復一日！」是已見晉宋時南北之限頗嚴。《通鑑》記宋真宗欲相王欽若，王旦曰：「祖宗朝未有南人為相者，」乃止其人入相。欽若曰：「為子明遲我十年作宰相。」寇準北人，極排南籍，宋史晏殊以神童與進士試，援筆成文，神氣不懾，將賜同進士出身，準曰：「殊外江人，」帝曰：「張九江非外江人耶！」《江鄰幾雜誌》云，蕭貫當為狀元，寇萊公進曰：「南方下國，不宜冠多士，」遂用蔡齊，出院顧同列曰：「又與中原奪得一狀元，」其無理之態，頗可哂。元以異族入主中國，分中土為蒙古色目漢人南人四等，南人後降，故尤次於漢。明興江淮，南人始漸用事，然禮闈猶以南北分配比例，不得稍有偏枯，及其末世，南方文化遠較北人為高，北人遂漸失勢。清初雖以武功，專用滿人，而文治諸臣，無不籍隸江浙，蘇州一城，至以產狀元聞名國內，北人真如檮昧①，唯晚年張文襄公兄弟出，始略張其軍。余北人，然不諱北方之少文，顧亦不樂南方之巧偽。輪軌交通以來，風氣漸可混比，願南北各去其短，互補厥長，庶亦國家民族之福也。

被唾記

余自某校授課歸，雇一敝車，車夫老羸，如不能勝，心中已極憐之，駑馬鹽車，行自念耳。比至通衢，則前後各駛來汽車一輛，進退維谷，勢不可避，幸後車繞道而過，方倖免於輪下，不意車中客乃啟窗伸首，向車夫加以一唾，濁沫飛揚，余亦承婁師德之享焉，車夫戴舊笠得其蔽，一若不知也者。余則露頂，醍醐滿面，車

中人初不類顯者，短後衣，御墨鏡，殆十足傖棍也，見老車夫不敢與抗，輒矜然喜，數數向余車作獰笑，噫，世界之大，唯容此輩橫行，良可慨歎。轉念萬卷撐腸，終復何用，余對門一汽車夫，初尚為人傭雇，汽油節約，遂自買一車，走下關，載單幫，每日奇贏數百元，積日無多，已有車兩部，晨起熾炭，煙塵彌漫，日初上，疾馳以去，比晚飽獲而歸，婦子怡然，蓋若不知人世有艱辛者。友人曰：「子徒知車，而不知單幫之利也，夫攀援輪舟而為之，置身輪下而甘之，倘非重利所在，何不畏死如此！」老子曰，民不畏死，奈何以死懼之，其亦今日之謂矣。莊子曰，支離其行者，猶足以養其身，況支離其德者乎！吾輩不能支離其德，宜其受唾於傖夫，而唯握管以自抒其憤也，哀哉，作被唾記。

聖誕節

基督聖誕，遠較孔子誕為熱烈有趣，即商店廣告，未見有因孔誕而減價者，然X'masSale則比比也。窗櫥陳有須之老人，高尚家庭有冬青之樹，綴以電炬，即不信教者，亦以發賀年卡為趨時，送X'masGift為摩登，友人柳雨生君恒操一語曰：「亦一異也」，用之此事，可謂不差。《帝京景物略》曰：

> 耶穌，譯救世者，尊主陡斯，降生後之名也，陡斯，造天地萬物，無始終形際，因人始亞當，以阿襪言，不奉陡斯，陡斯降世拔諸罪過人，漢哀帝二年庚申，誕子於德亞國，童子瑪利亞身，而以耶穌稱，居世三十三年，般雀比利多以國法死之，死三日生，生三日升去，死者，明「人」也，復生而升天者，明「天」也。其教，耶穌曰契利斯督，法王曰俾斯玻，傳法者曰撒責而鐸德，奉教者曰契利斯當。祭陡斯以七日，曰米撒，於耶穌降生升天等日，曰大米撒。

明時耶教在中國已頗盛，今北京宣武門內天主堂曰南堂者，即利瑪竇傳教之所也，明神宗母后篤信天主，受羅馬教皇誥勒焉。故劉同人記之如此。《花隨人聖庵摭憶》：

> 昔之風物，冬至日獻襪履於舅姑，今日但知有聖誕節，不知有冬至，但知有聖誕老人贈兒童玩具之襪，乃至新婦多不願有舅姑，遑知有獻襪乎？即此一端，餘不枚舉，吾聞古者亡人國家易，亡其國之風俗難。若國未亡而俗先自喪，所謂見披髮於伊川，知百年而為戎，理或不誣，抑何其異也。

慨乎言之，吾人宜知所警惕矣。

元日

江盈科進之之⑤〈都門早春云〉：「無家無夕不傳觴，玉燭銀燈澈夜央，按節管弦嬌鳥語，踏春兒女蜜蜂房。深閨抓子閒家計，平地空鐘趁豔陽。總為君王休物力，饑寒從未到街坊！」雖所指非新曆，然其升平氣象，固自足慕。劉同人《帝京景物略》春場條記正月云：

> 女婦閒，手五丸，且擲且拾且承，曰抓子兒，丸用橡木銀礫為之，競以輕捷，……空鐘者，刳木中空，旁口，蕩以瀝青，卓地如仰鐘，而柄其上之平，別一繩繞其柄，別一竹尺有孔，度其繩而抵格空鐘，繩勒右卻，竹勒左卻，一勒，空鐘轟而疾轉，大者聲鐘，小亦蜣螂飛聲。一鐘聲歇時乃已，制徑寸至八九寸，其放之，一人至三人。

如劉言,昔之空鐘,殆較今制為繁複。北中空鐘非舊曆新年無有,南中則一入冬日,街巷小兒,人手其一矣。明人又有詩曰:「花無桃李非春色,人有笙歌是太平」,比來人之所苦,蓋已至極,笙歌之樂,非復所望,但有衣可禦冬,茅廬可蔽風雨,足矣。然海上米價,有五千之謠,為五斗而折腰者,亦須有兩千半之數,談何容易!故江詩所云:「饑寒從未到街坊」者,尤足為齊民所蘄盼也。獻歲書此,聊當息壤。

袁海叟詩

袁凱字海叟,有《海叟詩集》,傳本甚稀,唯選本《在野集》通行,亦明初一大家也。而其後以文字得罪高祖,幾與高季迪同命,幸其抽簪早退,佯狂自放,獲以苟全。余最喜搜輯文字獄史料,斯亦其一也。叟詩取法杜陵,何仲默《大復集》推為明初第一;程孟陽至謂自宋元以來,學杜未有如叟之自然。楊鐵崖亦稱其白燕詩之名。朱氏《明詩綜》曰:

> 海叟純以清空之調行之,洵不易得,然合諸體觀之,則不及季迪伯溫尚遠,何仲默推為國初之冠,非篤論也。

陳氏《明詩紀事》云:

> 海叟詩骨格老蒼,摹擬古人無不逼肖,亦當時一作家,何大復標為明初詩人之冠,過為溢美,宜諸公之不取也。

此外,《香祖筆記》、《明詩別裁》皆對之略作微詞,今不具引。袁氏所以構罪,《明史》本傳云:

洪武三年，薦授御史大夫。武臣恃功驕恣得罪者漸眾。凱上言：諸將習兵事，恐未悉君臣禮，請於都督府延通經學古之士，令諸武臣赴都堂聽講，庶得保族全身之道。帝敕台省延名士直午門為諸將說書。後帝慮囚畢，令凱送皇太子覆訊，多所矜減。凱還報，帝問朕與太子孰是？凱頓首言，陛下法之正，東宮心之慈。帝以凱老滑持兩端，惡之。凱懼，佯狂免告歸，……背戴烏巾，倒騎黑牛，遊行九峰間。……

傅沅叔《藏園群書題記》〈校海叟詩集跋〉引陸文裕〈金台紀〉云：

凱一日趨朝，過金水橋，詭得風疾，太祖命以木躓躓之，忍死不為動。歸田後，以鐵鎖項，自毀形骸。太祖每念之曰：東海走卻大鰻鱺，何處尋得！遣使即其家起之，凱對使唱月兒高一曲。使者覆命，以為凱誠瘋矣，遂置之。又傳聞告歸後，背戴方巾，倒騎烏犍，往來峰泖間，潛使家人以炒麵攪砂糖，從竹筒出，狀類豬犬矢，遍佈蘿根水涯，匍匐往取食之。太祖使人覘之，以為食不潔矣。嗚呼，公負軼世之才，事雄猜之主，雖得罪放歸，而猶遣使偵刺，不懌於懷，卒以毀形自污，躬食不潔，風狂浪跡，僅而得免，其際遇蹇屯，良可傷歎。顧其豪縱瑰奇之氣，無所輸寫，乃一於詩發之，故其詩野逸高淡，疏蕩傲兀，往往得老杜興會。觀集中古意二十首，苦寒行，荒園，題葛洪移家，題三昧軒，楊白花諸詩，皆感憤遙深，隱攄胸臆，而集外所傳題四皓圖及詠蟻二詩，尤譏切深至，豈公陰有畏忌，而有意刊落之歟？曹一士敘公集，言明祖用法嚴峻，寵眷如潛溪，卒以貶死，吳之高楊張徐，半由文字構禍，叟佯狂自廢，匿路消聲，其所自定，殆必有大滿己意，而不得已而悉從刪薙者，可謂知叟之深矣。

觀乎此，欲求免於雄猜之主，豈易事哉。按叟蟻詩云：「群蛇戢戢方鬥爭，蝦蟆蛞螻相和鳴，百足之蟲行無聲，毒氣著人昏不醒。蚊蚋雖微亦縱橫，隱然如雷籲可驚：東方日色苦未明，老夫閉門不敢行。」或云此傷元季世亂之作，而太祖以為譏己，亦太附會矣。《靜志居詩話》言叟居松江府治東門外，崇禎末單恂即其址構白燕庵，李舍人待問書聯於柱云，「春風燕子依然入，大海鰻魚不可尋。」不知松江今尚有其遺跡否耳。

屠門大嚼記

貧忙交迫，蟄伏一隅，不入市肆，幾兩月矣。昨日偶得休沐，躑躅太平路上，予唯閱書耳，他何敢求？久不交易，諸肆主殆如不相識矣。而插架萬卷，固仍如故。及詢其市價，未免錯愕。余先至南京書館，以其為海上各大出版商代理店也，主人昔也稔熟，見包裹堆集不下千百，以為必上海新寄圖籍，詢之，則擬自京寄滬者：蓋申莊缺貨，遂爾倒流。南京本非出版地，今若是，曷勝可慮。翻書數種，據云最近又加價二十二成，數十頁之書，定價恒在百元以上！而《圓明園西洋建築殘跡》，才二十頁耳，價二百五十餘元，幾不知是夢是囈！昔人云，字字珠璣，今人有焉；匪著述可以震世藏山，紙價則然也！凡予所願一閱者，如房龍之《思想解放史》，某君譯本之《婚姻進化史》，皆商務星期標準書，而一冊之值，咸逾三百；囊中羞澀，屢翻屢止，不能辦也。為敷衍計，買兒童讀物兩冊，亦百四十餘元。踉蹌擬歸，見有影印《詞林紀事》廣告，書十冊，紙墨精好五百元：較之洋紙諸書，終不為昂，余藏有排印本，又不事吟味，識之而已。入上海書店，無可覽觀，循道南行，過慶福萃文諸肆，欲求一《經韻樓集》而不能得；盈架溢案，皆陳腐集部及海上低級趣味言情小說也。至保文堂，小坐，允從他處代借數書，又托覓《隨園詩話》刊本，至翰文齋，見《蔡元培

先生六十生日紀念論文集》上冊一本，價五百元：倘有下冊殆非千元不可！夫有力購書者，初無讀書之癖好，措大如我輩，又唯有自歎無錢；世事不偶，莫甚於此。書林道德日類：或則論斤稱紙，或則囤而居奇。聞《辭源》一部需洋二千。工具歟？裝飾歟？誰得而知之？抑售者購者，又咸苦於須繳消費稅；買書一事，在金錢為消費，在書籍則未嘗為消費，士多困窮，不知此稅可蠲否？甚願賢有司一措意也。又北平所刊各書，聯銀券不過一二元者，到此皆售百餘元；此其折合率，又不知以何為准？總之，吾輩書癡，無往而不受剝削，可為歎憤！書既不能買，徒使胸中惆悵。歸途過一食肆，一貧兒植立窗外，目注板鴨不少瞬，饞涎下嚥有聲，余為黯然，既思吾之與書，毋乃類是！因作大嚼記。

日抄至此，未再賡續，多則取厭，如老婦人瑣瑣米鹽，豈不煩人？可以止則止，亦哲學之一道也。甲申三月尾風雨如晦，悶坐校此，附記數語，以為結束。

（原載1944年6月《風雨談》第十二期）

---

① 胡盧，意為「笑在喉中」；周客胡盧出於一則寓言：宋之愚人得燕石以為大寶，周客聞而求觀，主人齋戒七日，鄭重出石，革匱十重，緗巾重重包裹，客見掩口胡盧曰：「此燕石也，與瓦甓不異。」

② 磊苴，即藞苴，讀如喇眨（lǎ zhǎ，ㄌㄚˇㄓㄚˇ），其主要釋義有：一、邋遢，不整潔，不端莊；二、闌珊，衰落；三、放誕，不遵規範。此處似取第二義。

③ 乾、坤、咸、恒，均為易經中卦名；乾代表天、陽剛、男性，以陽氣始生萬物；坤表示地、柔順、女性，與天配合能開創化生萬物。坤之承乾對男女關係而言表示夫妻和順，效法天之剛健奮發和地之柔順載物。咸表示交感、感應，恒表示持久、守常。恒以繼咸表示感情、美德可以持久。

④ 檮昧，音桃昧，意為愚昧無知。

⑤ 江盈科，字進之，明萬曆12年（1592）進士，曾任江蘇吳縣縣令等職。此句是引用江盈科（字進之）的〈都門早春〉詩。

不執室雜記

　　憶大乘起信論有云，無遣曰真，無住曰如，無遣則不被執於人，無住則不被執於己，人己兩忘，斯得自在。青年好奇，嘗以無遣名齋，貪嗔癡念，一未革除，何有於此，今日思之，殆等夢囈。中歲哀樂，所更已多，劫火不息，此生轉煩，欲其無遣無住，更焉可得？特無眼耳鼻舌身意，無色聲香味觸法，其柄仍操之自我，昔人詩云：「柴米油鹽醬醋茶，般般皆在別人家，我也一些愁不得，且鋤明月種梅花，」蓋有所執而不執，則亦不足為我煩矣。余性卞急，輒大憤怒，而又善忘，旋得愉樂，妄念悔念，展轉環生，無所斷制，一至於此，雖然，喜怒不形於外者，其必有所攖於中，歐陽子曰：「百憂感其心，萬事勞其形，宜其渥然丹者為槁木，黟然黑者為星星」，是感心之苦，不更甚邪？若余之茹吐自如，不以停滯，事過境遷，如無此事此境，無憶無夢，亦無思無患，雖不得上，可稱得中。是余豈唯不執於物，又不執於心，自謂不失為消遣世慮之一法。室人譙余欠涵養，則笑而不應，蓋有由矣。心固不執，身役乎人，衣食所需，欲遯不得。所賴以養志者，偶有一錢，便以貨書，未必盡讀，乃以得之為樂，嗚乎，此詎非一執邪？他執可斷，此獨不能，道力不堅，識者所哂，抑又進者，讀書所見，或喜或惡，竟又筆之為文，供於眾覽。己之所執，更以執人，此執中生執，毋乃不可。然不吐不快，必將苦我，信筆雌黃，過則忘之，又破執之一道。所企讀吾記者，亦閱而付諸一笑，勿為所執，而生忿懥，則反復之間，化有執為不執，神而明之，存乎人焉。是為前記。

《唐土名勝圖繪》

　　掌故風土之書，夙所喜悅。去年曾托人買《唐土名勝圖繪》，遲遲未果。歲尾於役北中，估人告余已有，卒卒鮮暇，竟不遑取，返京後，保文堂彭君送來此書，價殆三百餘元，憶二年前有人買之，已百元許，由米價推論，值良不昂。中土此等書如《都門紀略》、《宸垣志略》等皆極簡陋，又無圖繪，不能引人入勝，此書圖刻頗精，不能以其為「指南案內」之類而少之。尤可愛者，城郭滄桑，早非昔觀，欲覘往境，此稱翔實。如前門大街，荷包巷，東華門，西牌樓，金魚池等，所繪景物，今日久不可見，而廣和查樓[①]，今之侷促於千闌萬闡中者，彼時竟如鄉間社戲，廣場中列一台，下則植足而觀，更有婦女，列車為屏，遠方食肆茶坊，歷落可數。考此書刊於同治四年乙丑，至六年而明治維新，距今甫逾六十年，世變之亟，可抵數千年矣，是後人之幸歟，抑其不幸邪？其稱唐土，殆猶有尊視之意。閱朝覲儀式，皇帝大駕鹵簿，皇帝大閱，八旗操演諸圖，威儀繁密，想見帝制之崇隆，民物之康阜，蓋專制之威，尚須建築於民生問題之上焉。凡東土所稱曰唐，舉有大意，唐為「大言」是乃古訓，引而申之，良有以也。若謂唐代文物獨盛，影響最深，固亦未為不可。此書六冊，僅及京師直隸而止，京師所繪，多據會典圖、南巡萬壽諸盛典圖等，故能得其真象，若各府縣名勝，或仿之於志書，或逕出臆度，不能與原景吻合，殆無容疑，書後附有聲明，中土各省之圖將次第發刊，不知後均成書否，譾陋如余，未之敢知，然以此估計，若全部書成，卷帙大可觀矣。東洋舊書，皆用皮紙，韌而白，唯微嫌粗，刻字清晰，遠勝我國，此書說明，皆用行體，有小如蠅者，更附假名，然皆可辨。又偶取前人詠名蹟詩句，書家繕錄，匡以圖案，附刊圖後，彌益興會。去年曾買《指南錄》及《備論》各一部，亦日本刊，紙墨相仿，而刊刻不如，偶閱知堂先生《苦竹雜記》，其記廖柴舟《二十七松堂集》云：

文飯小品第六期，上有施蟄存先生〈無相庵斷殘錄〉，第五
則談及廖燕文章，云《二十七松堂集》已有鉛印本，遂以銀
六元買了來。其實那日本文久二年的相悦堂刊本還不至於絕
無僅有，我就有一部，是以日金二元買得的。名古屋的中堂
書店舊書目幾乎每年都有此書，可知並不難得，大抵售價也
總是日金二圓，計書十册，木板皮紙印，有九成新。

是可知中土居為奇貨之書，東瀛往往而有，近日舊書論斤出
售，其禍何減於焚坑，聞日本書價皆公定，其價頗廉於中土，不肖
之徒，且施伎倆以漁其利，可嘆可嘆。三月七日。

《梁貞端公遺書》

桂林梁貞端公濟，梁漱溟先生之父，於民國七年十月初七投故
都積水潭自裁。後人輯其遺文，為《梁貞端公遺書》，計分遺墨，
年譜，感劬山房日記抄，別竹辭花記等數十卷。余去冬北行，寓所
門外即為廠甸，獻歲以來，書商麕集。雖心緒未佳，積習所至，仍
抽暇往觀，凋零破敗，殆不成書，大抵破爛雜誌及佛經殘本之類而
已，欲求披沙之獲，戛戛乎難。且價值奇昂，尤不免拒人千里之
外。唯此書竟多有，一種黃毛邊印，一種白連史印，價不過北幣
五六元，遂買其一。公私蝟集，每至夜分，體疲神煩，廢讀久矣，
此亦不快，臨睡之頃，偶加翻檢，迄未卒業，及匆匆南返，又遺於
友家，未之取攜，字句卷數，都不復憶，唯意象中知此翁亦一畸人
而已。按翁於清末官內閣中書，浮沉十餘年不遷，癸卯詔舉經濟特
科，被荐未赴，民政部初設稱巡警部，奏調為部員，充京師教養局
總辦，局初創，親為規畫，總局容罪犯，分局容貧民，使分科學
藝，更立小學教貧兒，纖細畢舉，而所費甚少，然勞資並著，竟不
補官，亦不更得差，以迄清亡。蓋性端謹，不善趨應，亦以親貴用

事，朝政日非，知天下將亂，私為奏議，分為民德，君德，官紀，諸項，及財政實業教育諸大端，都為十類，彙記於冊，比次既定，將請代奏，辭官乞老，值武昌革命軍興，清廷退位，不果，民國成立，屢加徵聘，皆不赴，仍官冷曹。適政府議為官吏加薪，而不及民生事，上書辭不受，其詞深痛，因而去職，漸有殉國之意，蓋其初方屬望於民國之圖治，迄失望而出此。戊午為公六十誕辰，子女謀為祝，乃決心自裁焉。其遺筆告世人書，首即曰，吾今竭誠致敬以告世人曰：梁濟之死，係殉清朝而死也，又曰：「吾因身值清朝之末，故云殉清，其實非以清朝為本位，而以幼年所學為本位，吾國數千年先聖之詩禮綱常，吾家先祖先父先母之遺傳，深印於吾腦中，即以此主意為本位，故不容不殉」可證。公少孤寒，寄居戚家，賴母氏教讀為生，其感劬山房之命名，即含報親之意。文字多拖累，因無所取，然末世得此，亦復不惡，若吳柳堂，王國維等不猶愈於全軀保妻孥者萬萬耶？別竹辭花記多有意致，寫舊京齊民生活大好。其思想深受儒家影響，而能言行合一，不似色厲內荏者之矯作，又不學偽名士之作態，（樊樊山李越縵皆所誹議）可以生則生，不可生則死，獨往獨來，余故曰亦畸士也。

《藥堂雜文》

知堂先生見貽《藥堂雜文》一書，先生最近之文字結集也。新民印書館刊，白道林紙印二六〇頁，雖是片楮，在物力維艱之今日，亦足珍矣。共收文字二十七篇，蓋繼《藥味集》之後者。序言一則，多有妙語，外間未見，（編者按：上海太平書局有售）不妨擇要抄出，以公同好：

> 本集所收文共二十七篇，最初擬名一簣軒筆記，今改定為藥堂雜文，編好重讀一過，覺得這些雜文有什麼新的傾向嗎？

簡單的回答一個字；不。……寫的文章似乎有點改變，彷彿文言的分子比較多了些。其實我的文章寫法並沒有變，其方法是：意思怎麼樣寫得好就怎麼寫，其分子句子都所不論。假如這裏有些古文的成分出現，便是這樣來的。與有時有些粗話俗字出現正是同一情形，並不是我忽然想作起古文來了。說到古文，這本來並不是全要不得的東西。正如前清的一套衣冠，自小衫袴以至袍褂大帽，有許多原是可用的材料，只是不能再那樣的穿戴，而且還穿到汗污油膩，新文學運動的時候，雖然有人嚷嚷，把這衣冠撕碎了扔到茅廁裏完事，可是大家也不這樣作，只是脫光了衣服，像我也是其一，赤條條的先在浴堂裏洗一個澡，再來挑揀小衣襯衫等洗過了重新穿上，開袗袍也縫合了可以重新應用，只是白細布袷襪大抵換了黑洋襪了罷？頭上說不定加上一頂深茶色的洋氈帽。中華民國成立後的服色改變，原來也便是這樣，似乎沒有什麼可以奇怪的地方。朝服的猞猁猻成為很好的冬大衣，藍色實地紗也何嘗不是民國的合式的常禮服呢？不但如此，孔雀補服作成椅套，圓珊瑚頂拿來鑲在手杖上，是再好也沒有了，問題只是不要再把補服綴在胸前，珊瑚頂裝在頭上，用在別處是無所不可的。我們的語體文大概就是這樣的一副樣子，實在是怪寒傖的。洋貨未嘗不想多用，就生活狀況看來，還只得利用舊物，頂漂亮的裝飾大約也單是一根珊瑚杖之類罷了。假如這樣便以為是復古，未免所見太淺，殆猶未曾見過整的古文，有如鄉下人見手杖以為是在戴紅頂了。……我看人家的文章有一種偏見，留意其思想的分子，自己寫時也是如此。在家人②也不打誑話。這些文章雖然寫得不好，都是經過考慮的，即使形式上有近似古文處，其內容卻不是普通古文中所有。……

語體文與古文之別，不過如此，是丹非素或是素非丹者豈非多事。邇日另有一種人，專以攻擊老輩為事，甚至文中之「之乎者也」亦成罪狀，寫文之難蓋如是，先生斤斤以此為言，或不無所感乎？三月十一日忽攖小病，無以為文，抄此塞責，乃大可愧耳。

梁巨川論李越縵

余前記梁貞端遺書事，此書頃由友人代為寄到，亟檢其論李君一條，在《感劬山房日記抄》中，文曰：

> 我嘗博徵細訪，留心揆察，積日既久，乃知李蒓客先生的的確確是一謬品，而其勢傾動眾人，至恐為人心風俗之害。晚近讀書人不務根本，偏尚詞章考據一面，淵博能文者，便享大名，為士林之所宗仰，士風盡入於浮偽之途，皆由此種人為之屬階！③蒓客行事，吾不能盡知，知亦不能盡數，伊為部曹，投書朝邑相國（指閻敬銘）大肆謾罵，謂朝邑小人陋劣，烏足為政，此在彼則自矜傲吏，而一般文人名士亦相與津津稱道氣節不凡，其實全是讀書人門面習氣，豈有當於氣節哉！朝邑局量褊小，才短識拘，不無可議，然斷未有因其一短，而遂沒其老成宿望清樸公忠者。至於以司員而有意在長官，矯激刻薄，不獨士風盡變為浮偽，恐流弊影響將在國家治亂上耳。又蒓客以為天下無足為彼師者，故在彼無所謂師長，一切以平等行之，公然相爭吵辱詈，如其詆庚辰會試房師林侍御事，已遍傳，庚午鄉試主考為李若農，因若翁學問素著，得彼此友善，有時議論不合，則當面大斥，經人勸散者屢。又潘文勤待以上賓，友契極矣，而亦或當筵謾罵，夫此似不過脾氣乖張，舉動倨妄，無足深論，然我所憂者，則以其人如此，固又未嘗不談忠孝品節學問經濟，斯其

害不可勝言耳。蓋一切俱將入於浮偽迷謬，而無復忠孝品節學問經濟之真也。夫忠孝品節原是實理實事，即在尋常日用之間，有此一段平平無奇之誠心，豈為幾個好名色供標榜做文章用者？況一涉矜心慕名，立意即為不是，又并不見諸行事，徒托空言邪？至於學問經濟更非文人名士所知，如治國，治民，治兵，河務，鹽務，漕務，交鄰，互市，籌邊等，要做切實事，有真本領，豈窗下用功，誦得幾本書，於世事全未諳曉所能坐論者？聞藐客家政不肅，權操僕媼之手，似此天生無用之人，而談經濟，其迷謬當何如也！

其下尚有反對俞曲園之論，不具引，按梁氏所云，乃是正統的載道派看法，若其人無以自明，必有以為矯情之見者，但所說欲明經濟，必曉世事事理，乃誠篤實不破之論。文章詞采亦無可非，然思想究竟不能置之不論。蔡元培先生極稱李君詞采，而未嘗稱其思想可以宗風，知堂老人亦云然，如讀〈《列女傳》〉一文說俞理初對婦女問題之可佩，引《越縵堂日記》，補辛集上云：

俞君好為婦人出脫，其節婦說言：禮云，一與之齊，終身不改，男子亦不當再娶，貞女說言：後世女子不肯再受聘者謂之貞女，乃賢者未思之過，未同衾而同穴，則又何必親迎，何必廟見？妬非女人惡德論言：夫買妾而妻不妬，是㥽[④]也，㥽則家道壞矣。……語皆偏譎，似謝夫人所謂周姥者。

評之曰：

越縵俗儒，滿腹都是男子中心的思想，其以俞君語為偏譎本不足異，惟比擬為出於周姥則極有意思，本是排調卻轉成賞譽矣。

觀此可證。（周姆制禮故事見世說）關於李君與會試房官林紹年意見不投事，查越縵堂日記，光緒六年庚辰四月十三日云：

晨，敦夫出闈，知余卷在林編修紹年房，初不知所謂，以問其鄉人陳編修琇瑩，陳君力贊之，猶不信，更質之錢辛伯，辛伯謂通場無此卷也，始請君代擬評語，呈薦於翁尚書，尚書大喜，二十五、六日即以次三藝發刻，本中高魁，後以景尚書取本房一卷作元，乃置第十九名，既翁尚書欲以余卷束榜，始置一百名，而仍刻入闈墨，意別有在也。……下午謁房師，送贊銀八兩，門茶九千，入城，至東華門外燒酒胡同，謁翁叔平師，送贊銀四兩。門茶九千，相見殷然，極致謙挹。

慈銘失意場屋三十年，至是始得通籍，而其卷又非房師所賞，故積不能平。徐一士先生筆記云：

聞慈銘謁房師林紹年，語頗不投機，出告人曰：頃所見非人也。然說者謂紹年後在言路有聲。慈銘為御史時非能逮也。

與梁文可相參閱。李在戶部為郎中，閻丹初為尚書，力求振作，定每日接見司官，京曹冷窶，多終年不入衙署，李乃致書論其非是。光緒九年十一月二十日記云：

作書致閻尚書，言署中接見唱名之非禮，約數千言，尚書性長厚，亦廉介善吏事，而闇於大體，頗喜操切，其於余亦知愛慕，而不能重其禮，作書忠告，以酬一日之知。

所謂投書謾罵，或即指此。書中實不見有若何謾罵處，然其後日記中對閻不滿之詞甚多，如光緒十二年七月八日一則云：

邸抄閻敬銘續假一月，朝邑前請開缺，賞假一月，今已滿而
不求去，復請續假，進退自由，不顧廉恥，此古今所無者
也。予初謂朝邑特纖嗇好利，執拗不學耳，去年吳峋貶官，
已無解於清議，嗣聞其疏請各省所進固本錢專解內務府，是
以貨財為迎合也，鄙夫不可與事君，聖人之言信哉！

此則真近乎罵矣，大抵越縵憑一時得失意氣對人贊詆者甚多，
不限於閻氏一人，文人結習，固宜如是，況又有熱中躁進思想，從中
作祟，更易不能把持。若經濟用世之學，越縵似亦不曾以此自傲耳。

〈豆芽菜賦〉

苜蓿生涯，昔人所悲，有志之士，去之如恐不及。劉廷璣《在
園雜志》云：

> 關夫子殿額，多用志在春秋，鄘州劉廣文（峒）自嘲曰：此
> 四字似可移書苜蓿齋中，專為吾輩而設，吾無奢望，唯望二
> 丁祭得肉食耳，是亦志在春秋也，聞者絕倒。

又有謔廣文一聯：「耀武揚威，帶褲打門斗五板；窮奢極欲，
連籃買豆腐三斤。」帶褲連籃，更覺形容過甚。陳其元《庸閒齋筆
記》，梁章鉅《楹聯叢話》，有相類紀載，姑不具引。昔日教官，
自視人視，不過如此，雖然，三年考績，尚可升遷，若令之為師保
者，豈復有門斗可答，豆腐可吃乎？即丁祀亦僅排班伺候耳，肉食
云云，徒成夢寐，但恨無人以幽默筆墨，撰數聯供解嘲耳。《棗林
雜俎》有御史試〈豆芽菜賦〉一則，正吾輩日所必食之品，既名為
賦，其必舖張揚屬可知，亟錄之以供酸丁共賞，亦以見我輩享用，
並不薄也。

蒙城陳嶷，薦賢良方正，考選試〈豆芽菜賦〉，嶷第一，拜浙江道御史，終按察副使。賦曰：

南國之賓，客於上國，與北都主人曰：子居上都，俯視八隅，日覽天下之奇物，亦知天下之奇味乎？主人曰，唯唯，客何言歟？天下之味，形類萬殊；燧人作俑，庖人之初；曰胾曰臠，曰豢曰芻；八珍甲四海之美，五味極六合之腴；猩唇豹胎之鼎，熊掌駝峯之廚；趙普掣鱉之炙，何曾鵝掌之殊；黨家之羊羔美酒，五侯之燕髀鯖餘；斫吳中之膾，釣松江之鱸；架釀施蓼，雪蛆侑俎。至若橙黃而螃蟹實，荻綠而河豚來，黃雀入幕之子，烏鷄啄粟之雛，加之以椒桂，益之以油酥，當嘉賓之既集，命細君而當爐，巨觥淺酌，艷曲咿唔，調嚼滋味，既美且郁。客曰：子唯知葷腥之為味，而不知清楚之佳蔬也。主人從而啟曰：北山采蕨，南山采薇，祛萱堂北，襘芹澗湄。烹綠葵之嫩葉，饞血蕹之芳蕤。補羸杞，移繁蕪，蔴菇縷分於淮术，菠稜寸斷於蹲鴟。酣糟子姜之掌，沫醯新笋之絲；至若錢塘之茭白，商山之紫芝，大宛之苜蓿，二蜀之鷄栖，揀擇加精，調苴得宜，香聞爽臆，味適開眉，當舉案之頃，會稱觴之時，飲此佳品，喜溢厥頤。客曰：子若徒知異之為美，而不知近之為奇，主人瞠焉語塞，拱手戲嘻曰：然則子所言美者，請備言而述之！客曰：有彼物兮，冰肌玉質，子不入於淤泥，根不資於扶植，金芽寸長，珠蕤雙結，匪綠匪青，不丹不赤。宛訝白龍之鬚，彷彿春蠶之蟄。雖狂風疾雨，不減其芳，重露嚴霜，不凋其實，物美而價輕，眾知而易識，不勞乎椒桂之調，不資乎芻豢之汁，數致而不窮，數餐而不斁。雖以赫乎柱史之嚴，每常置之於齒牙，薦矣憲台之邃，亦嘗款之而深入。當其退食之委蛇，則伴其倉米之廩食，至於滌清腸，漱清臆，助清

吟，益清職，視彼主人所陳者，奚相去倍蓰而翅億萬也歟？主人聞而嘆曰：得非市之所鬻，豆芽菜乎？客乃曰：子何見之晚也？夫天下之味，適口者為佳；天下之士，無欲者為貴。彼之所云者，非不口欲，我之所卻者，恐為心累，脫若致之弗克，則為口腹之累。傳不云乎，養其小者，則失其大者，大者既失，雖羅五鼎，亦唯取羞，雖享太牢，適增其醜，語竟，客即揖謝，于于而退。

夫吾輩雖未享太牢五鼎，然尚不致增醜遺羞，豆芽菜乎！誠為功德無量也。春丁後二日。

筆

武西山君文房四寶一文，對羊毫頗加倡導，余不善書，羊毫最所厭惡，日常作字，每用狼毫。狼毫非舊法，羊毫亦非古製，古筆蓋兼剛柔之毫而為之，不用一種。《齊民要術》引魏誕筆方曰：

作筆當以鐵梳梳兔毫及青羊毛，去其穢毛，使不羶茹，訖，各別之。皆用梳掌痛拍整齊，毫鋒端本各作扁極，令均調平好。以青羊毛為被，去兔毫頭二分許，然後合扁令極圓。（略取大意如此）又宋蘇易簡文房四譜載王義之筆經，略云：先用人髮抄數十莖，雜青羊毛並兔毳（原注云：凡兔毛長而勁者曰毫，短而弱者曰毳）惟令齊平，以麻紙裹拄根令治。（原註：服以麻紙者，欲其體實，得水不漲。）次取上毫薄薄布拄上，令拄不見，然後安之。

又崔豹《古今注》云：以柘木為管，鹿毛為拄羊毛為被。馬叔平先生記漢居延筆，釋上引各文云：

據以上之所述，是筆頭之中心謂之拄，其外謂之被，拄用兔毫或用鹿毫，被則獨用羊毫。羊毫弱而兔毫鹿毫較強，以強補弱，而後適用。

按：古筆之存於今日者，當以西北科學考查團在居延地方所發掘之漢筆為最古，然其狀與今筆大不類，而幾同於畫西洋水彩畫之畫筆。管細長而殺其端，以木為之，折而為四，納筆頭於本，而纏之以枲（麻也），塗之以漆，以固其筆頭，其首較銳者，蓋以尖木冒之，以束成一圓也。筆管黃褐色，枲纏黃白色，漆黑色，筆毫為墨所掩，作黑色，鋒則呈白色，長度略如今之鋼筆。考傅玄〈筆賦〉，蔡邕〈筆賦〉，皆言纏枲固鋒，是此筆製法，悉與古合，故古筆敝則去其頭，而另納新者，一如今之鋼筆，右軍後人智永禪師退筆成塚，職此故也。日本正倉院藏唐筆十七枝，而最寶貴者為天筆，乃奈良大佛開光所用之物。余見傅芸子君《正倉院考古記》所附圖板，其筆已如今製狀，而管粗毫短，大似我鄉豆腐店所用之「文章一品」，毫內近根處裹白麻紙，亦古法之遺，唯居延筆並無麻紙，斯為異耳。傅記云：

其裝璜之華麗，尤足驚人，言其管，有梅羅竹者，斑竹者，豹文竹者，篠竹者，間施裝飾，有飾金者，飾銀者，飾牙者，樺纏者，（如今笛上所纏黑絲）管端大率以象牙為之，尚有紫檀或銀鑲者，筆帽如閉傘形，以竹為之，間有施銀牙裝飾者，亦有如今竹筆帽式者。

後代踵事增華，於此可見。往余見西陲木簡，漢晉書式，不類柔毫，抑且只見古拙，不見精好，居延筆毫，短而剛直，想見作書時詰屈之狀，絕無後世揮毫落紙，如雲烟之樂也。狼毫始於宋，見陳眉公《妮古錄》，紫毫盛於唐宋以後，清代寫試卷尤非此不辦，

亦兔毫之別名，吾友朱劍心，曾為《文房四友考》，刊《真知學報》二卷五期，言之尤詳。

名人前因

名人建功立言，震世駭俗，遂多有迷信之說，對其前生，作種種附會。如曾文正相傳為癩龍，薛庸盦陳其元皆言之，文正全身生癩，時時搔爬，又其家有紫藤，自文正生而益茂，且每視文正之升轉為榮枯焉，故其子紀澤祭文中亦以此為符應，不為諱也，張南皮或言猿猴所化，傳說尤多，不必細舉。李合肥則有鶴相，張亨嘉或云蛇精，里巷委談，滋為怪異，或者非此不足以魘俗人想望乎？吾宗曉嵐先生，亦傳說夥頤，如《嘯亭雜錄》云，「紀曉嵐宗伯……今年已八十，猶好色不衰，日食肉數十斤，終日不啖一穀粒，真奇人也。」雖未言其有所自來，蓋已目為非常。《妙香室叢話》有一則云：

> 世傳名人前因，皆星精僧道，殆不盡虛。相傳紀文達公為火精轉世，此精女身也，自後五代之時即有之，每出現，則火光中一赤身女子，羣逐之，一日復出，則見入紀家，家人爭逐，……正譁然間，內報小公子生矣。公生時，耳上有穿痕，至老猶宛然，如曾施鉗環者，足正白而尖，又若曾纏帛者，故公不能着皂靴，公常脫襪示人，不加諱也。又言公為猴精，蓋以公在家，几案上必羅列榛栗梨棗之屬，隨手攫食，時不住口，又性喜動，在家無事，不閒坐片時也。人傳公為蟒精，以近宅地中有大蟒，自公生後，蟒即不見，說正不一。少時在坐暗室，兩目如電光，不燭而見物（按此見公閱微草堂筆記），比知識漸開，光即斂矣。或謂火光女子即蛇精也。……惟公生平不穀食，麵或偶爾食之，米則未嘗入

口也，飲食時豬肉一盤，熱茶一壺耳，宴客殽饌亦精潔，主
人惟舉箸而已。英烈高先生，嘗見其僕奉火燒肉一器，約三
斤許，公旋話旋啖，須臾而盡，則飯食畢矣。

觀此，是公之前因，更兼諸人而有之，取精用宏，非只學問為
然矣，書以一笑。我國筆記，或專以此種異聞為足錄，不計其事之
可能與否，識者哂之，然此又一事，當別論也。

萬年少

殷無染兄以所輯〈萬年少先生事蹟彙輯〉（刊《真知學報》三
卷三期）見貽，展讀一過，極佩其用力之勤。無染籍蕭縣，年少其
鄉賢也，在昔濠泗間，人傑挺出，往往為天下先，世食衰歇不過百
餘年耳，然山川所鍾，將來必有繼起者。余每過徐州，見其沃野千
里，雄偉曠大，輒為感動，昔退之〈送董邵南遊河北序〉，有「為
我觀於其市，復有昔之屠狗者乎」之語，不免微涉諷嘲，然余於徐
淮間，蓋真有亂世英雄之意，年少以孝廉起兵謀恢復，兵敗瀕死，
不屈遇釋，隱於緇流，詩酒自放，殆亦可謂英雄者矣，明亡三百
年，異者順者，不妨入滿人之彀，其有心者固未嘗須臾死，江南草
澤之士，屢仆屢起者，曷可僂指，而閻應元之於江陰，鄭成功之於
台灣，其尤著者也。人心怵惕，必有雷霆之勢以震之，雖是時未能
以螳臂當車，而三百年後，終賴其氣，復我華甸，則年少諸先生之
功詎不偉哉。有明季世，士大夫以風流跌宕自喜，亭林先生嘆為羣
居終日，言不及義者，如年少等，亦被嬲於秦淮諸妓，（見周亮工
《印人傳》）與牧齋芝麓諸老將毋同，然其結局則大異，人之度量
相越，固不遠歟？余於內景道人所知不多，前歲曾為中大買《徐州
二遺民集》，未暇觀覽，昨又從無染處借《隰西草堂》集，刊刻
頗精，發卷快讀，其詩文殆有奇氣，非僅餖飣鑽研者可幾。如〈偶

成〉云：「白楊黃棣滿天涯，大陸晴風展玉沙，北闕關心馳萬里，南冠遺淚洒千家，銅駝舊闕花仍發，金盌諸陵日易斜，聞道雲中新牧馬，龍驤百隊向京華。」詩中北闕京華意頗涉複，然正可見楚詞反復致意不忘君國之思焉。又〈隰西草堂〉一首曰：「浦上老漁秋水明，小窗剪燭酹同傾，不知今世為秦漢，莫向當塗辨濁清，豐草長林從此遠，白衣蒼狗太無情，高原回首聞南雁，帶到衡陽第幾聲。」睠顧山河，淒然欲涕。而濁清一語，胡中藻《堅磨生室詩鈔》固曾以此興大獄者，道人身後，未罹奇劫，亦云幸矣。甲申三月十九日，懷宗殉國，去今恰滿五甲子，寒食節後，連日陰雨未霽，感念昔時，愁溢胸臆，道人〈甲申〉詩曰：「甲申三月十九日，地坼天崩日月昏，皇帝大行殉社稷，樞臣從逆啟城門，梓宮夜泣東華省，廟主朝遷西寢園，身是我君雙薦士，北臨躄踊表精魂。御極於今十七年，勵精圖治邁前賢，臣工鉤黨爭持祿，中外營私競養奸，遂使弄兵皆赤子，幾番舉火達甘泉，長安一夜陰風慘，萬壽台前血未乾！」詩意率質，大有歌以當哭之致。《紀載彙編》馮夢龍記帝自慨云：朕非亡國之君，臣皆亡國之臣。此所云中外營私，臣工鉤黨，蓋實錄也。知堂翁〈甲申懷古〉記諸臣寫知單商開城迎賊事，與此比勘，尤足致慨。甲申舊三月十四日夜挑燈記此，掩卷悵然。

胃病

連日病胃，消化不良。鬱火上蒸，唇舌為焦，飲食言語，諸不便利，蓋人之病胃，往往唯在於胃，或以為胃酸過多，則服蘇打，或則泄痢，服補藥或清導之劑，然余病則每在喉舌，中下焦之病，而現於上焦，豈余生平好言，天亦以此示警邪？余素患便祕，服泄劑非逾量則無效，如Castor oil一次非百瓦不可，言之駭人，然前年連服兩次，泄後忽腹痛如絞，在醫院調治三日，始告痊可，自是不敢輕服，孟子云，若藥不瞑眩厥疾不瘳，豈其然乎？平日不敢貪口腹，亂世家

寒，生涯苜蓿，固亦無口腹可貪，而其不消化如是，吁，可怪矣。因念今日文化現象，與此不殊，蓋目下文化毋寧亦稱之為消化不良也。其一、刊物充斥而內容大率無聊，讀者徒欣其情節離奇，或筆墨穢褻，即且甘帶⑤，終非正味，譬之每日食糖，則必患糖尿病矣。又或終日詔人以八股，久而不覺其意義，譬之日食蔥椒，久而麻痺矣。其二、薪俸微少，苦乏良師，學生在校，視而不見，聽而不聞，於是程度日益低下，甚至大學學生，不能作明順之函札，此猶食而未化，徒怨滋養之不足，又如舌不辨味，雖有魚與熊掌，不知厥美，不能茁壯成長，固宜也。其三、文人多窮，轉而他謀，或商，或賈，或謀苞苴之奉，日居月諸，恐文壇荒蕪，將有空白之嘆，是則因噎廢食，或更飲酖止渴，疾至於此，蓋已難救。噫，余之胃病，尚可得療，不知此文化界痼病，何時乃得折肱之醫耳。

《西征隨筆》

汪景祺《西征隨筆》，以言賈禍，亦雍正朝文字獄之一。此書已由故宮博物院印行，惜下冊不全，余曩從書肆得一冊，置而未讀，頃因檢此殘書，取而翻閱，蓋多才好言之士，又以書及詩干年羹堯，其被殺於劊刻之雍正帝，固其宜矣。（其案先後似與查嗣廷同時）據雍正御批云，「悖謬狂亂，至於此極」，又云作詩譏訕聖祖大逆不道云云，今覽其書，多言陝甘官吏貪污，頗觸時忌，又有功臣不可為一篇，尤非君王所樂覩，其言略曰：

> 夫猜忌之主，其才本庸，而其意復怯，當賊寇昌熾時，望烽火則魂驚，見軍書則股栗，忽有奇才異能之臣，起而戡定羣兇，寧謐四海，捷書一奏，喜出非常，遲遲既久，則轉念曰，敵人如此其橫肆，兵事如此其周章，而此臣竟剪滅之，萬一晉陽甲興，誰復能捍禦者？於是而疑心生焉矣，既而閱所上紀功冊，某處斬首幾

十萬，某處拓地幾千里，心胆震驚，魂魄蕩懾，於是而畏心生焉。……疑也畏也，以此待功臣，有不兇終而隙末者乎？

此所論直似指實世宗而詈之，夫豈能堪。至譏聖祖之詩，實在「紀詼諧之語」一條，其文云：

> 先帝南巡，無錫杜詔字紫綸，方為諸生，於道左獻詩，先帝頗許可之，賜御書綾字，杜捧歸啟視，則雲淡風輕近午天四句也。某作七言絕句：「皇帝揮毫不值錢，獻詩杜詔賜綾箋，千家詩句從頭寫：雲淡風輕近午天。」

詩亦刻薄，景祺原名曰祺，父霈，中鴻博，蓋懷才不遇，因而玩世牢騷，非有民族思想如呂留良者可比，以此喪命，亦可鑑戒，不徒供文字獄史料也，四月十九日燈下記。

京官歎

京官多苦，自昔已然，於今為甚。某說部記清末京官，不備朝衣，肆中輒市高麗紙製之品，染以黑色，繪以斧扆，如朝會遇雨，斯狼狽矣，又云，朝靴不敢常着，敝則無力重置也，每日趨衙挾之而往，至署前覓僻處易焉，吁，宜其為猾吏肥胥所侮而不敢誰何矣。今則衣住行三者，已屬分外之求，即食尚不能果腹，他何暇計！為五斗折腰，昔為憤憤之詞，今則求而難得。頃讀《妙香室叢話》京官歎一則云：

> 《雨邨詩話》中，有翰林改部京官歎四首，今錄於此，恐非過來人不能道也，傳為杭州韓太史所作，詞云：「幾曾見傘扇旗鑼紅黑帽，叫名官，從來不坐轎，祇一輛破車兒

代腿跑，剩個跟班夾墊馱包，傍天明將驢套。再休題，遊翰苑三載清標，祇落得進衙門一聲短道。大人的聰明洞照，相公的度量容包，小司官應答周旋敢挫撓，從今那復容高傲？少不得講稿時點頭搖腦，登堂時垂手哈腰，待堂事了，拜客去西頭路須先到，借債去東頭路須親造，亟歸家柵閉溝開沿路繞，淡飯兒剛一飽，布衣兒剛一覺，怎當得有個人兒細把家常道，道則道，非絮叨，你清俸無多用度饒，衙門裏租銀絕早，家人的工食嫌少，這一只破鍋兒待火來燒，那一只破籮兒等米淘，那管他小兒索食傍門號，怎當得啞吧牲口無草料，思量到明朝，幾家份子典當沒分毫。

　　按此所云，出有車也，家有僕也，尚有十足官架，若今之京官，曷足語此？唯妻子謫窮，小兒啼飢，差為近耳。京師二月開溝，淘淤泥以暢水道，故有溝開之說。京官司員坐轎車，富者以騾馬，貧者以驢，故云云。若外任，則知縣典史之微，亦莫不有轎，故翰林朝考，有故意居三等以求外優者，然清華之選，究是讀書人所心慕，不似今日，趨州縣如蟻附羶也。

車夫

　　車夫月入數千元，大非我輩腐儒敢望其項背，誰謂勞工不神聖哉？余校幸有一車，亦行敝矣，一載以來，所易車夫，幾已逾十。始也，莫不異順，稍久，則要求加工資矣，不從，以辭職為要脅矣。計至今日止，一月所費膳費六百元，工資七百，每路稍遠，時偶晏，未嘗不額外犒之，俾久其位，而不日日煩擾也，然猶以為未足，忽而輪胎無氣，則打氣之費，至少須四十，忽而膠皮破裂，一補之值，輒又數百，浸假而無日不失螺絲少零件，一若非此不足以厭其欲者。吁，貪夫之饕餮，一至此乎，余則忍而

涵之,蓋街頭零雇,其不堪尤甚於此。一昨之午,余返稍遲,距午飯約半小時耳,車夫則以午飯無菜,須外出用膳為詞,意態甚嬾散,殆若大不豫者,余將有事外出,勉慰之,許以償其菜金。下車後,畀以三十元,意其罄可盈矣,比返,則舉錢還我,曰:是恐遺於車上者,余既確憶為付彼之數,仍遣人付之,不轉瞬則又以擲還,其意曰:此戔戔者,將焉用之?事至於此,雖忍亦無所用,不得已遣之,因念一車夫之所得,已抵余月入二之一,較之小學教師,且不可以道里計,余非多資,用此奚為?決心不再傭此輩。友人聞之,呼而告曰:子徒知包車夫之可厭,猶未知汽車夫之更可畏也。其要挾誅求,什百於此,而用炭者盜炭,用油者盜油,展轉循環,仍以所竊,售之主人,所贏動數萬焉。若夫修車配件,酒資,犒賞之所得,又非包車可懸擬。更有權貴御者,則挾其利便,貿遷走私,奇計取盈,娶歌女,住洋房,掛手槍,豎眉目,盛氣凌人,驕奢淫佚,豈唯酸丁,卑官亦必卻步,抑何子所見之不廣邪。余曰:唯唯,富貴而可求,雖執鞭之士,吾為之矣,相與啞然,作車夫記。

清代弈乘

余不知弈,然觀人弈亦趣事也,易宗夔《新世說》,巧藝仇隟兩門皆有勝朝弈壇掌故,摘抄於次,想亦好弈者所樂聞乎?

> 清初弈手,以過百齡,盛大有,吳瑞澂諸人為最著,過曾著弈譜,變化明代舊譜之着法,詳加推闡,以盡其意,一時稱為傑作。按:過名文年,江南無錫人,生而慧穎,十一歲見人弈則知虛實先後進擊退守法,曰:是無難也,與人弈輒勝。於是里黨間無不奇百齡者。時福清葉台山弈名居第二,過錫山,求可與鬥者,鄉人以百齡應,至則尚童子也,葉已

奇之，及與弈，葉輒負，自是名噪江以南，越數年，至京師，與國手林符卿弈，三戰三勝之，於是百齡碁品遂第一。歸隱錫山，出遊輒得數百千金，復盡之於博簺，或勸之，百齡曰：我向者家徒壁立，今得此資，俱以弈耳，得之弈，失之博，夫復何憾！且人生貴適志，區區逐利者何為？（聞吳清源亦髫齡善弈，與此類）。周嬾予天資超卓，少好弈，家故貧，父母督使讀，又督使商，皆勿願也，輒竊出與人弈，禁之不可，與人博彩，屢獲勝，夜則纍纍負金錢歸，後遂以弈遨遊郡邑，時過百齡方負第一手之譽，嬾予不為下，屢與對局，嬾予多勝焉，一日棄家去莫知所之，或傳其在海外，以技為某國王師，既而歸，以弈終其身。按：周名未詳，浙江嘉興人，徐星友有《兼山堂弈譜》，具道過與周之工拙。黃月天在弈家稱第一流，自出新意，窮極變化，且其弈時沖和淡泊，好整以暇，雖有他人之奇兵異陣，應之怡然也。按：黃名龍士，乾隆時國弈也。徐星友初遇黃月天，黃授以四子，漸進乃授三子，星友殫思竭力，終勝之，嘗撰《兼山堂弈譜》，其論弈謂用虛不如用實，用巧不如用拙，制於有形，不若制於無形，臻於有用之用，不如臻於無用之用，斯言何其雋永歟。星友性好稗官家言，常乘人握子布算時，出以觀之，既下輒應，應已復觀，當危迫之際，其人或汗流浹背，星友則從容如故，局甫半，輒語人曰，若負幾路矣，及竟，如其言。按：徐名未詳，浙江錢塘人。星友與月天同時供奉內廷，月天誠樸不苟，星友則結納內監，大內之事輒預知之。一日語月天曰，君棋實勝於某，惟君勝某局亦不少矣，明日御前相較，能讓一子，以全一日之名否？月天笑應之曰，是亦何難。明日內廷忽召二人入，高宗指案上一硃漆盒曰，內有一物，弈勝者取之，遵旨對弈，弈畢，星友勝月天負，蓋預得內監之報告，知匣中為知府文憑一紙也。徐之

後弈名最噪者，為梁魏今，程蘭如，施定庵，范西屏，世並稱之曰梁程施范。梁輩行最早，與星友對局尚多，蘭如後起，星友耄矣，嘗弈於某處，主者忌星友盛名，嗾眾國手陰助蘭如，星友屢敗，大怒，遂歸武林，不復出。按：梁程名未詳，范名世勳，施名紹闇，均浙江海寧人，同學弈於俞長侯，范十六成國弈，施十四成國弈。袁簡齋稱范為海內弈家第一，惟施定庵差相亞，然施斂眉沈思，或日映未下一子，而范應畢，輒歌呼睡去，每見其對局時，西屏全局僵矣，隅坐者羣測之，靡以救也，俄而爭一劫，則七十二道體勢皆靈云云，論者以此言揚范抑施，未免過當，范施弈品，如雙峯並峙，各具高深，初難軒輊，弈家謂范如神龍變化，莫測首尾，施如老驥馳驟，不失尺寸，可謂知言。然范於弈實由天賦，李松石云，范之於弈，如將中之武穆公，不用古法，戰無不勝。臧念宣云，西屏授子，靈奇變化，莫測端倪，如武侯八陣圖，五花八門，入其中者，莫能自免，推許若此，可以知其弈品也。范所著《桃花泉弈譜》，及施所著《弈理指歸》，皆為對手說法，久已風行海內矣，按：范又著《四子譜》，施著有《二子譜》，亦俱刊行。范施對壘，弈家稱為出奇無窮，惜遺譜散佚，有鄧君弈潛者，刻四大家弈譜，於梁程施范極力搜羅，亦僅得十局耳，梁程後有十八國手之目，然弈品皆不逮范施矣。

前所述為弈壇佳話，更有因弈而生隙喪命者，如仇隙門云：

乾嘉時，朝貴盛行弈藝，以此四方善弈士，咸集京師，而以范西屏為巨擘，先范得名者黃月天久遊公卿間，稱國手，年亦倍長於范，及范入都，黃與角藝，卒死范手，於是慕范者未嘗不惜黃，而不知其中自有天焉。先是，富春韓生館某

部郎家，韓本善弈，而人莫知，一日部郎邀黃弈，韓作壁上觀，局竟，謂部郎曰，黃某弈雖名盛一時，而自我觀之，其於攻守之法，猶未盡然，誰謂無可敵者？部郎乃復邀黃與韓對弈，黃見韓年少，意甚輕之，及布局覺有異，即極力防拒，而輒為所審。黃或乘間出奇，韓則信手以應，不費思索。竟三局，黃北焉，遂推枰起曰，余今適發隱疾，越日當與君決勝負耳，嗣是黃名稍遜，而韓技亦有知者。某王亦精此藝，聞韓名，召與弈，自辰至日中，連和三枰，末局韓負半子，蓋應召時，使者以王好勝為囑，韓欲博王歡，而又不墮己名，故於進退間，分毫不失如此，然其心力之劬，恰過常局數倍矣。時黃恨韓成仇，偵知其故，韓出即要於途曰，今日願與君畢其所長，韓告辭不可，勉與弈，乃爭一角，韓反復凝思，卒不能應，黃以冷語迫之，韓神色頓異，連噴血數升而絕，越後二十餘年而黃為范乘，若相報復焉。按黃范已見前，相傳范入都時黃猶在，諸鉅公設彩，邀二人一爭勝，局未分，亦以一角分上下，范見黃握子不落曰，先生殆不欲戰乎，黃忽色變曰，孽也，天奪我矣；又何爭為！方推枰起，遽倒地而死。

果按：徐一士先生隨筆亦曾引用前述黃徐在帝前對弈故事，並引傅芸子《東華瞻語》有云：「帝太息謂黃曰，汝棋向雖勝於彼，其如命之不如彼何！」又引宋人葉紹翁《四朝聞見錄》云：

思陵（宋高宗）時，百工技藝，咸精其能，故挾技術者率多遇，而亦有命焉，吳郡王益……偶致棋客，關西人，精悍短小，王試命與國手敵，俱出其右，王因侍上弈，言之，翌日宣喚，國手夜以大白浮之，出處子，極妍靚，曰，此吾女也，我今用妻爾，來日於御前饒我第一局，第二局卻饒爾，

我與爾永為翁婿，都在御前。不信我說，吾豈以女輕許人！國手實未嘗有女，女蓋教坊伎也，關西樸而性直，翌日，上召與國手弈，上與王視，第一局關西陽遜國手，上拂衣起，命且斟酒曰：終是外道人，如何敵國手！關西才出，知為所賣，鬱悶不食而死。

以詭譎相傾，又甚於黃徐，懷才見妒，屈子自沉，古今一轍，更可慨也。

龔孝拱功罪

龔橙字孝拱，定盦子。世傳其功名不遂意，學夷語，為英領威妥瑪幕客，英法聯軍之役，焚圓明園，龔實為之導焉。為人多怪，晚年號半倫，蓋謂五倫皆不足語，惟有妾尚可侍奉，不成一倫，斯為半倫也。孽海花第三回，「半倫生演說西林春」，記之甚詳，世亦樂道其讀父文而捶笞木主事，資為嘔噱，天才橫溢，不為時重，抑鬱少歡，宜如是矣。然譚復堂（獻）〈龔公襄傳略〉頗為辨正，其說曰：

公襄（橙後改字公襄）治諸生業，久不遇，間以策干大帥，不能用，遂好奇服，流寓上海，習歐羅巴人語言文字，咸豐十年，英吉利人入京師，或曰挾龔先生為導，君方以言瞽[6]酋長，換約而退，而人間遂相訾謷，君久居夷場，洞悉情偽，蘇杭相繼陷賊，西人助守上海，軍書餉導，藉通南北，開說萬端，始得其力，江南人至今稱之。

《藏園羣書題記續編》〈龔君手書小學三種跋〉引譚氏此文，并加論曰：

以是而言，君以習絕國方言，通知外情，為英使威妥瑪治文書，正藉英人之力以抒禍變，保海疆，寧有快心事仇如張元施宜生所為耶？特以懷抱奇略，無所發抒，又好為新奇異譎可怪之論，為世駭愕，遂被以放誕奇僻之行，嗚呼，自古有非常之才者，恆負舉世之謗，豈不重可哀哉。

是沅叔先生，亦不以世俗傳說為盡然。海禁初開，略有新知者，罔不被謗，如郭玉池之使英，士夫送行，比於流放，而張樵野，立山，李少荃，諸公或以此被千載惡名，或且嬰殺身之慘，由此推論，龔君之事，正未易言耳。抑吾人所慨者，史事真象，往往隨文人之好惡而種種不同，英法戰役，去今不及百年，輒已如此，古史邈遠，又豈可執故書以為不可遠違耶？

李日華《味水軒日記》

陰雨索寞，讀《味水軒日記》為遣，乃有記秀水迎神賽會事，頗致不滿。因憶前月京中所見，不免類是，而彼是天下小康，此則兵戈塞野，為不同耳。李文云：

> 萬曆三十八年四月二日，先是三月三日秀水濮院鎮醵金為神會，結綴羅綺，攢簇珠翠，為抬閣數十座，閣上率用民間娟秀幼稚，妝扮故事人物，備極巧麗。迎於市中，遠近士女走集，一國若狂。蓋無賴輩誘惑愚蕩，利其科斂乾沒所入不貲故耳。且迎會之日，民間親戚來聚其家，醬酒臟肉，費用甚侈，貧者典質以應之。又有抬閣至經行之處，羣惡少竟自拆毀牆屋，無可哭訴，甚則踰越之盜，乘人盡出，恣行探胜，不良之姬，飄蕩之子，潛相拐引。其他幼弱挨擠，蹋背折肢，酗狂鬥狠，喪生構訟，騷然不寧者，數日未已，鎮

民甚苦之，云每三年必遭一劫，蓋三年一迎會也。特以鎮去郡遠，官法不能盡行，而無賴輩結黨橫肆，良民不敢觸之也。今歲郡中諸無賴輩，抵掌效尤，以城隍神為由，自閏三月十四日起，至二十五六日，晝夜騎馬嘶鑼，糾眾勒索，嘉興陸會君前後出示，嚴禁不止，反借他事編謠歌以污衊之。又假借鄉紳名目，公行抗拒，日夜攢簇抬閣，城內外約七八十，擁塞街巷，司李沈公出，不避道，公怒令焚之，諸無賴輩慮人搶掠，各拆卸遁去。余以為令行禁止，乃可為國，令不行，禁不止，何亂不釀，何法可恃！此真可寒心也。而無識者反怏怏於遊觀之不足，此何異燕雀處堂者邪？

蓋慨乎言之，然今日賽會且有執戟之士以為之衛，古今人之賢不肖，固甚遠歟？

《學海月刊》

吾師李釋戡先生創刊《學海月刊》，其發刊辭曰：

伊川有言，不農而足食，不工而足用，不躬堅銳守土而安居，晏然為天地間一蠹，唯綴緝聖人遺書，庶幾有補爾。然即如其說，亦豈俗儒所可企及哉！苟能宗顧亭林文不關六經之旨當世之務者不作，亦已難矣。第人成一書，詎易語皆精當？白首窮研，往往不竟其功。即博洽有成矣，喪亂困乏湮滅不傳者，何可勝道！使各攄心得，彙刊流布，則事易集而無虞散佚，此學海月刊所由作也。夫海，望之不見其涯，測之莫得其深，烏能免望洋之嘆，不過冀讀者嘗一滴而知大海味耳。故凡經史，諸子，文字，音韻，輿地，曆算，金石，

書畫譜錄之學，有考訂闡明者，不偏門戶，不囿中外，片辭隻義，悉所收羅，幸博雅君子有以教焉。

按近日刊物雖多，而措意於學識者殊少。蓋一則困於專門人才之分散，再則羣趨利藪，終日汲汲，即有寶筏，終戀迷津。曩者余在中央大學，創辦《真知學報》，固內容之苦窳，亦讀者之無多，遂令陷於不死不生之局。厥後上海聯合出版公司有《學術界》之刊，而江蘇省立教育學院亦有研究季刊之輯，較之真知，所逾已多，然比之戰前中央研究院史語所集刊，北大，燕京，清華各學報，及蘇州章氏國學會之《制言》，均有遜色矣。國於世界，必有以立，若長令典籍荊榛，文獻銷亡，來日情形，何堪設想，今人徒知訑訔清淡，而不知空以呼號為口號亦絲毫無補於實際也。釋戡先生經文緯武，廣識海內學人長者，斯編一函，其必有光芒萬丈之觀乎？余輩後生，拭目俟之！

〈清明上河圖〉

張擇端〈清明上河圖〉，太倉王杼以之遭禍，世稱《金瓶梅》為弇州山人代父報仇之作以諷嚴東樓者，而東樓即以翻書毒死，見顧公燮《消夏閒記》，梁拱宸《勸戒四錄》，及《寒花菴隨筆》等書，而傳奇〈一捧雪〉即演此事，其代東樓鑒定此圖為贗者，或曰湯裱褙，或曰唐荊川，然李越縵日記對荊川事辨證甚詳，殆是讆[⑦]言，不足置信，余讀李日華《味水軒日記》，對此圖記述差詳，堪備掌故，因轉錄之：

> 萬曆三十七年己酉，七月七日霽，乍涼，夜臥冷簟，小不快。客持宋張擇端文友清明上河圖見示，有徽宗御書清明上河圖五字，清勁骨立如褚法，印蓋小璽，絹素沉古，頗

多斷裂。前段先作沙柳遠山，縹渺多致，一牧童騎牛弄笛，近村茅屋竹籬，漸入街市，水則舶艫帆檣，陸則車騎人物，列肆競技，老少妍醜，百態畢出矣。卷末細書：「臣張擇端畫織紋綾上」。御書一詩云：「我愛張文友，新圖妙入神，尺縑賅眾藝，采筆盡黎民。始事青春早，成年白首新，古今披閱此，如在上河春」，又書賜錢貴妃印。另一粉箋，貞元元年正月上有蘇舜舉賦一長歌，圖記，眉山蘇氏，又大德戊戌春三月，剡源戴表元一跋。又一古紙，李觀李巍賦二詩。最後天順六年二月，大梁岳璿文璣作一畫記，指陳畫中景物甚詳。又有「水村道人」及「陸氏五美堂圖書」二印章，知其曾入陸全卿篋中也。後又有長沙何貞立印，又吾姻友沈鳳翔超宗二印記，超宗化去五六年矣，其遺物散落殆盡，此卷適觸余悲緒耿耿也。此圖明本，余在京師，見有三本，景物布置，俱各不同，而俱有意態，當道君時奉旨令院中皆自出意作圖進御，而以擇端本為最，俱內藏耳。又余昔聞分宜相柄國，需此圖甚急，而此卷在全卿家，全卿已捐館，夫人雅珍祕之，諸子不得擅窺。至縫置繡枕中，坐臥必偕，無能啟者。有甥王姓者，善繪性巧，又善事夫人，從容借閱，夫人不得已，為一發藏，又不欲人有臨本，每一出必屏去筆硯，令王生坐小閣中靜默觀之，暮輒厭意而去。如此往來三月，凡十數番閱，而王生歸輒寫其腹記，即有成卷。都御史杼迎分宜旨，懸原價購此圖，王生以臨本售八百金，御史不知，遽以獻，分宜喜甚，發裝潢湯姓者，易其標識，湯驗其贗，索賄四千金於王，為隱其故，王不允所請，因洗露匠者新偽，嚴大嗛王，因中之法，致有東市之慘。夫王固功名草草之士，宜不具鑑，分宜少頗淹雅，晚年富貴已極，搜閱甚多，宜一見了了，而王生之偽，必藉老匠以發，則臨本之工，亦非泛泛者。今臨本不知何在。而真者獨出，豈亦有數

存乎其間耶？……王生號振齋，亦因此構仇怨，庾死獄中。或云，真本為衛元卿所得，元卿續獻之嚴，偽本乃敗，未知的據。

萬曆去嘉靖不遠，李氏所言，或有可信者。然王既不惜八百金，市此一圖，而吝此四千金，終召大禍，似亦不甚入理耳。

兩都集®跋

拙作《兩都集》，頃由上海太平書店刊行，檢閱一過，愧汗良多，為文譬如飲水，冷暖自知，因就所感，拉雜言之，亦足當鴻爪也。

一，是集之輯，始於客冬，排校牽延，遂爾半載。然魯魚亥豕之訛，彌目皆是，雖云校書如掃落葉，究竟過於粗疏，不知何時得細訂一過，以贖此愆。

二，封面題字，原是自作聰明，寫成製版。蓋余有一癖，己文絕不就正於人，且不願求人作序及題署等，匪敢自絕於標榜，實以知己文者，莫如自己，何必以此煩人？余恆言為人須存恕道，為文絕對不必，所謂我手寫我口，他人如何，何必計也？此又一事。唯余所題字，大小尚能適合。不意書店製版，竟大如杯口，以三十二開之書，署以如許大字，又散漫不整，其為傖惡，何庸贅辭！然木已成舟，亦只有聽之矣。（編者按：兩都集付印，在太平書局改組接盤之前，不勝歉仄，並請著者讀者鑒諒。）

三，余為文只得一「雜」字，駁雜不純，雜亂無章，頗足盡之。然每念常識二字，乃是今日國民所應具，否則漢末有黃巾，靖康時有郭京，清末有拳匪，皆是國民平時無知之表現，實國家民族莫大之危機。近頃乃又有以妖言惑眾聞者，豈二千年來，吾民竟無一毫進步耶？余雖無文，竊願於此三致意，舉凡博物之微，事理之

細，凡有所得，輒願筆之於書，雖是庸腐，亦所不惜，但絕不敢附
會誣妄，如八股先生所云云耳。

四，懷舊之感，依戀之情，每當亂世，人所愈增，師友凋零，
親戚走散，一也；民生艱苦，彌念太平，二也；兵戈遍地，無所求
生，窮則反本，舊亦本也，故每念之，三也。凡此諸情，若不得
瀉，亦是苦惱，或則譏為清談無用，或詬為遁逃避世，不知今日之
罪，不在清言，而在渾濁，不在遁避，而在貪得也。平時向不辯
爭，於此附著二語，以釋疑者。

五，為文苦事也，亦樂事也。當其獺祭尋檢，苦不得愜心當
意之辭，雖有感想，無足證發，又或本無所思，勉湊字數，言之無
物，徒存皮毛，斯皆不足以言樂。若夫如文賦之所云，因枝振葉，
沿波討源，本隱之顯，求易得難。則詞藻紛披，理深義恰，如吐喉
鯁，如傾積愫，固金聖歎當入之豈不快哉者也。余文苦拙滯，又困
於案牘人事，每一篇章，動歷多時，前後相塞，氣脈不屬，通人方
雅，見而知之。欲求敏給，限於天賦，實無如何。又往往於一文既
刊之後，頗得新義，無以補苴，此集付印倉促，更未訂正，斯皆有
待於賢者指示而為他山之助者，深蘄先進前輩，或同學同道不棄而
見教耳。

　　　　　　　　　　　　　　　　民國甲申六月十四日。

以上筆記若干則，乃三十三年春夏間陸續寫記，其動機無非讀
了書之後，覺得有意思的便抄錄一番。中國的雜書真是看不勝看，
而我自己讀書又向來沒有恒心毅力，雖然常常記起古人不可有始無
終的教訓，終於覺得那樣太束縛，所以求學不能有系統，寫文也只
是一知半解，不像一個完整的東西。這裏所抄，尤其細碎無意味，
古人作筆記，或者有獨到見解，或者可以益人常識，像此種雜亂無
條貫的物事，二者均談不到。且亦不會如先祖之閱微草堂，藉鬼狐

說教訓，或聊齊志異之廣異聞寄感慨，甚至連雀入大水為蛤女人變猪之類的可以令人驀然一驚或供識者一哂的材料也沒有。抄而存之，想不出別的意義，只好說算是半年來讀書的一點業績罷，以後還有，如果許可的話，也許還要糟蹋一些紙張。

甲申七月念六日大熱兼旬矣，揮汗記於篁軒。

（原載《風雨談》，第15、16期）

---

① 「查」字疑為原刊誤排，可能應為茶字。按文中所述，當指民國時期的廣和樓戲院，而《唐土名勝圖繪》中所繪當是清同治年間（1861-1872）或更早的情形。

② 原刊誤排為「在人家」，應為「在家人」，佛門有「出家人不打誑話」的說法，故此處稱「在家人也不打誑話」。

③ 屬階：惡行、惡事的開端。

④ 㤿，音夾，意為無憂慮、憂愁，或對事漠然不覺。下文的「周姥制禮」事出東晉，謝安欲納妾，其甥侄輩對謝夫人劉氏說，《詩經》中讚美不妒是女子的美德，且男子可多娶是周公制禮時規定的；謝夫人當即回答說：若周姥制禮，定不若是！

⑤ 即且甘帶：即且或作蝍且，蜈蚣；甘帶，喜吃蛇腦；比喻美惡無定準，各有所好。

⑥ 讋（上龍下言），音折，意為懼怕、恐懼，此處用作動詞，意為恐嚇敵酋，使之有所畏懼。

⑦ 譌（上衛下言），音位，意為欺詐、虛假。

⑧ 《雨都集》為作者的一本散文集，1944年上海太平書局出版，此條中的編者按即該書局編者語，後被收入遼寧教育出版社的叢書「新世紀萬有文庫」中（1998年出版）。

附録

紀果庵簡要年表

1909年2月6日	出生於河北薊縣（現屬天津）
1916年8月~1922年7月	河北薊縣縣立第二高級小學學生
1923年2月~1929年1月	河北通縣省立師範學生
1929年2月~1929年7月	北京市立打磨廠小學級任教師
1929年8月~1933年7月	北京國立師範大學學生，同時在孔德學校任教
1933年8月~1937年7月	察哈爾宣化省立師範教員、教務主任
1937年8月~1937年12月	北京賦閑
1938年1月~1940年5月	河北灤縣省立師範教員
1940年6月~1940年7月	南京教育部秘書
1940年8月~1945年8月	南京中央大學教授、總務主任、師範專修科主任；附屬實驗中學主任
1943年8月~1945年8月	南京立法院立法委員
1945年9月~1946年5月	在南京被補、關押在蘇州監獄，後判決無罪釋放
1946年6月~1947年3月	南京賦閑
1947年4月~1948年3月	蘇州文通書局編輯；上海大中國圖書局編輯，中國女中教員
1948年4月~1950年1月	蘇州國立社會教育學院教授
1950年1月~1952年7月	無錫蘇南文化教育學院教授，研究班主任，語文系主任
1952年7月~1957年12月	蘇州江蘇師範學院教授，教研室主任
1957年12月25日	被劃為「右派」
1958年7月~1960年7月	被判處反革命罪、管制二年，擔任江蘇師範學院歷史系資料員
1960年7月~1964年9月	江蘇師範學院歷史系資料員、教員
1964年9月~1965年1月	被下放蘇州上方山農場勞動
1965年1月8日	在蘇州上方山石湖投湖自盡
1979年2月27日	「右派」平反
1979年4月13日	蘇州市中級人民法院宣佈無罪

國家圖書館出版品預行編目

不執室雜記──紀果庵文史隨筆選 / 紀果庵著.
-- 一版. -- 臺北市 : 秀威資訊科技, 2009.12
　　面 ；　　公分. -- (語言文學類 ; PG0267)
BOD版
ISBN 978-986-221-298-1 (平裝)

855　　　　　　　　　　　98017313

語言文學類　PG0267

不執室雜記
──紀果庵文史隨筆選

作　　　　者 / 紀果庵
主　　　　編 / 蔡登山
發　行　　人 / 宋政坤
執 行 編 輯 / 藍志成
圖 文 排 版 / 黃莉珊
封 面 設 計 / 蕭玉蘋
數 位 轉 譯 / 徐真玉　沈裕閔
圖 書 銷 售 / 林怡君
法 律 顧 問 / 毛國樑　律師
出 版 印 製 / 秀威資訊科技股份有限公司
　　　　　　　台北市內湖區瑞光路583巷25號1樓
　　　　　　　電話：02-2657-9211　傳真：02-2657-9106
　　　　　　　E-mail：service@showwe.com.tw
經　　銷　　商 / 紅螞蟻圖書有限公司
　　　　　　　台北市內湖區舊宗路二段121巷28、32號4樓
　　　　　　　電話：02-2795-3656　傳真：02-2795-4100
　　　　　　　http://www.e-redant.com

2009 年 12 月　BOD 一版
定價：380元

讀 者 回 函 卡

感謝您購買本書，為提升服務品質，煩請填寫以下問卷，收到您的寶貴意見後，我們會仔細收藏記錄並回贈紀念品，謝謝！

1.您購買的書名：＿＿＿＿＿＿＿＿＿＿＿＿＿＿＿＿＿＿

2.您從何得知本書的消息？

　□網路書店　□部落格　□資料庫搜尋　□書訊　□電子報　□書店

　□平面媒體　□ 朋友推薦　□網站推薦 □其他＿＿＿＿＿＿

3.您對本書的評價：(請填代號　1.非常滿意 2.滿意 3.尚可 4.再改進)

　封面設計＿＿＿　版面編排＿＿＿　內容＿＿＿　文/譯筆＿＿＿　價格＿＿＿

4.讀完書後您覺得：

　□很有收獲　□有收獲　□收獲不多　□沒收獲

5.您會推薦本書給朋友嗎？

　□會　□不會，為什麼？＿＿＿＿＿＿＿＿＿＿＿＿＿＿＿＿＿

6.其他寶貴的意見：＿＿＿＿＿＿＿＿＿＿＿＿＿＿＿＿＿＿＿＿

＿＿＿＿＿＿＿＿＿＿＿＿＿＿＿＿＿＿＿＿＿＿＿＿＿＿＿＿＿＿

＿＿＿＿＿＿＿＿＿＿＿＿＿＿＿＿＿＿＿＿＿＿＿＿＿＿＿＿＿＿

＿＿＿＿＿＿＿＿＿＿＿＿＿＿＿＿＿＿＿＿＿＿＿＿＿＿＿＿＿＿

讀者基本資料

姓名：＿＿＿＿＿＿＿＿＿＿　年齡：＿＿＿＿　性別：□女 □男

聯絡電話：＿＿＿＿＿＿＿＿　E-mail：＿＿＿＿＿＿＿＿＿＿

地址：＿＿＿＿＿＿＿＿＿＿＿＿＿＿＿＿＿＿＿＿＿＿＿＿＿＿

學歷：□高中(含)以下　　□高中　□專科學校　□大學

　　　□研究所(含)以上 □其他＿＿＿＿＿＿＿＿

職業：□製造業 □金融業 □資訊業 □軍警 □傳播業 □自由業

　　　□服務業 □公務員 □教職　□學生 □其他＿＿＿＿＿＿

To：114

台北市內湖區瑞光路 583 巷 25 號 1 樓

秀威資訊科技股份有限公司　　　收

寄件人姓名：

寄件人地址：□□□

(請沿線對摺寄回,謝謝!)

秀威與 BOD

BOD（Books On Demand）是數位出版的大趨勢，秀威資訊率先運用 POD 數位印刷設備來生產書籍，並提供作者全程數位出版服務，致使書籍產銷零庫存，知識傳承不絕版，目前已開闢以下書系：

一、BOD 學術著作—專業論述的閱讀延伸
二、BOD 個人著作—分享生命的心路歷程
三、BOD 旅遊著作—個人深度旅遊文學創作
四、BOD 大陸學者—大陸專業學者學術出版
五、POD 獨家經銷—數位產製的代發行書籍

BOD 秀威網路書店：www.showwe.com.tw
政府出版品網路書店：www.govbooks.com.tw

永不絕版的故事・自己寫・永不休止的音符・自己唱